Sascha Krone

Die Amulette von Pregolet

Leben & Tod

Band 1

Roman

Danksagungen:

Für Korrektur und Lektorat:
RehBuck Lektorat
Birte C. Gnau-Franké
Meike Franké
Wolfgang Schommertz
Johanna Krone

Für Tipps und Hilfe bei der Veröffentlichung:
Patricia Glißmann
(Ihre Buchreihe: Mathilda Engelskräfte)

3.Auflage 2024
Texte: © 2024 Copyright by Sascha Krone
Illustrationen: © 2024 Copyright by Sascha Krone

Instagram: Sascha.Krone.Autor
Facebook: Sascha.Krone.Autor

Verlag: BoD · Books on Demand GmbH,
In de Tarpen 42, 22848 Norderstedt, bod@bod.de
Druck: Libri Plureos GmbH, Friedensallee 273,
22763 Hamburg

ISBN: 978-3-7597-2163-1

S. Krone

Die Amulette von Pregolet

Leben & Tod

Kapitel 1 Der Waldmensch   1

Kapitel 2 Schweiß und Schmerzen   18

Kapitel 3 Grüner Nebel   31

Kapitel 4 Der braune Gibu   40

Kapitel 5 Die Waldstadt Erbolt   48

Kapitel 6 Die Abschiedsfeier   59

Kapitel 7 Die Sonnenvereinigung   70

Kapitel 8 Die Drei Kammern   86

Kapitel 9 Verborgene Kräfte   103

Kapitel 10 Erbholter Weißwein   115

Kapitel 11 Bedrohliche Wälder   124

Kapitel 12 Eisgreise   134

Kapitel 13 Die Gibu Reiter   149

Kapitel 14 Das Jahreswechselfest   157

Kapitel 15 Ein letzter Versuch   170

Kapitel 16 Die Crofe   184

Kapitel 17 Wiedersehen bei Grama   198

Kapitel 18 Die Allianz   209

Kapitel 19 Die Quelle von Nisha   225

Kapitel 20 Der Kampf der Dupable   245

Kapitel 21 Die Sonne Fillons   272

Kapitel 22 Lila Rauch   286

Kapitel 23 Schneewüste   292

Kapitel 24 Die Fackel der Hoffnung   315

Kapitel 25 Die sechs Amulette   329

Kapitel 26 Die drei Gefängnisse   343

Kapitel 27 Riesen Probleme   358

Kapitel 28 Die Krieger aus dem Dunkeln   383

Kapitel 29 Leben und Tod   398

Kapitel 30 Eine neue Ära   413

Kapitel 31 Aufbruch   428

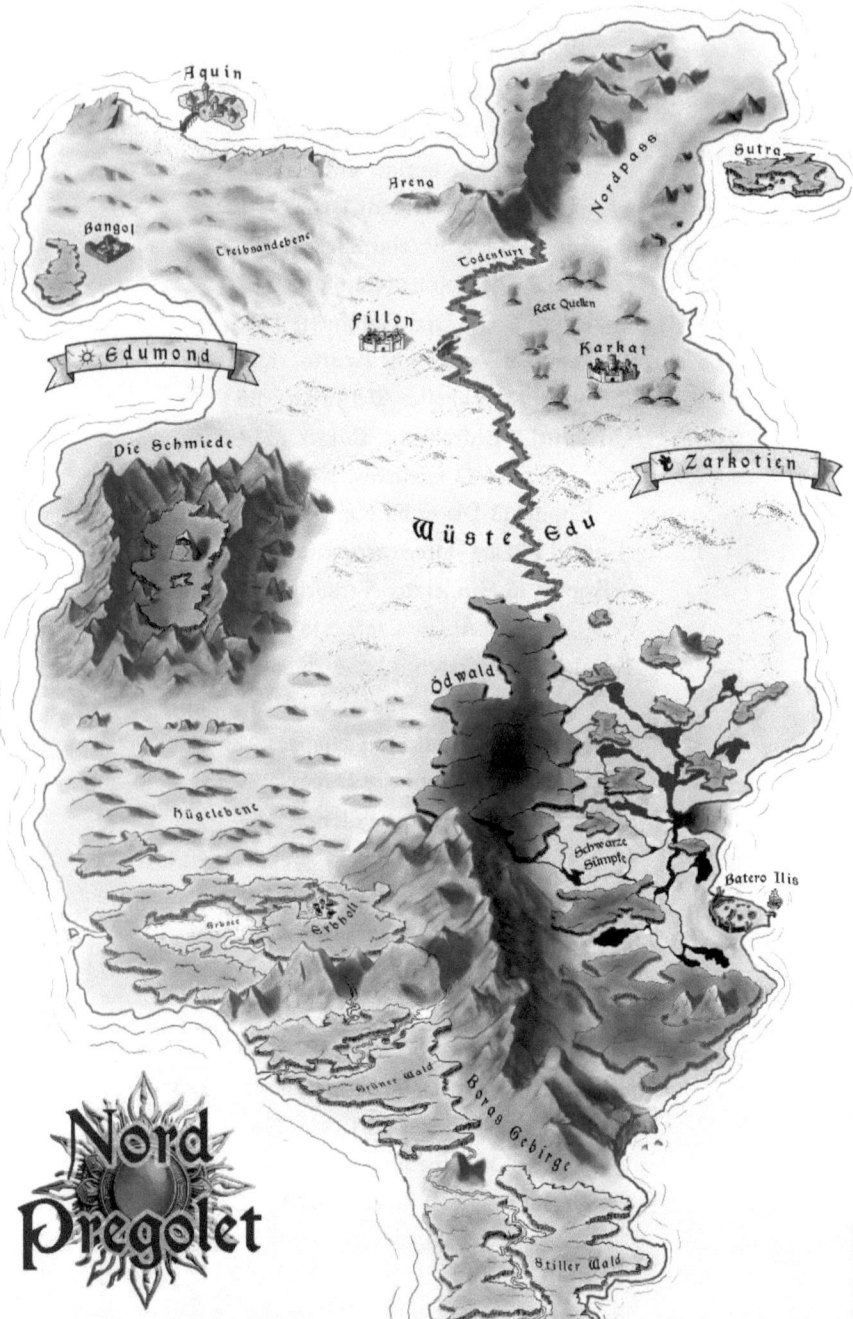

Kapitel 1
Der Waldmensch

Heron saß am Bach, hinter dem Haus und wusch seine Hände. Dabei beobachtete er sein Spiegelbild, das durch die Wellen, nur verzerrt sein weißes Gesicht und sein kurzes grünes Haar abbildete. Er trocknete seine Hände am Stoff seiner einfachen, grauen Hose ab und richtete sich auf. Dann zurrte er seinen grünen Kapuzenumhang zurecht und strich sich etwas Dreck von seinem ebenfalls grünen Hemd. Schon vor Egoleit, der ersten Sonne, war er aufgestanden, um die Tiere zu versorgen. Nachdem Egolet, die zweite Sonne, am Himmel erschienen war, hatte er das Dach des Stalles abgedichtet und danach das Abendessen für sich und seinen Vater vorbereitet.

Seit er denken konnte, lebte er allein mit seinem Vater, Barion, auf dem kleinen Hof inmitten des Waldes am Fuße des Boras und noch nie war er anderen Menschen begegnet. Wieder und wieder hatte er seinen Vater angefleht, ihn doch einmal mit nach Erbholt zu nehmen, von wo Barion heute zurückkehren wollte. Die Antwort seines Vaters war jedes Mal die gleiche gewesen: „Heron, die Welt da draußen ist gefährlich. Es ist besser, wenn du hier im Schutz unseres Zuhauses bleibst." Mit dieser Antwort hatte sich das Thema für Barion erledigt und er ließ sich auf keine weiteren Diskussionen ein. Doch mittlerweile war Heron achtzehn Jahre alt und neugierig darauf zu erfahren, wie andere Menschen lebten und aussahen.

Langsam schlenderte er zurück zum Haus. Auch wenn er müde war nach dem langen, arbeitsreichen Tag, so waren seine

Sinne hellwach. Jedes Geräusch des Waldes war ihm vertraut, er kannte jede Pflanze und jedes Tier.

Plötzlich schallte ein heller Schrei durch den Wald. Es klang wie ein Wort: „Hilfe!" Herons Muskeln spannten sich. Ein erneuter Schrei drang durch den Wald, diesmal noch lauter und panischer.

Instinktiv rannte Heron los in die Richtung, aus der er die Schreie vermutete. Er sprang über den Bach, lief durch das Unterholz und schwang sich an Ästen über Büsche und Steine hinweg. „Hilfe, ist da niemand?"

Er vernahm die Schreie nun deutlicher, hastete über einen umgekippten Baumstamm und hielt blinzelnd inne. Er stand am Rand der Lichtung, auf der er im Sommer oft im Gras lag. Sie war einer von Herons Lieblingsorten und zu dieser Jahreszeit mit Blumen in allen nur erdenklichen Farben bedeckt.

„So hilf mir doch jemand, ich kann mich nicht mehr lange halten!"

Als sich seine Augen an das Licht der tief stehenden Sonne gewöhnt hatten, sah er ihn am anderen Ende der Lichtung. Einen Dirkast. Geschmeidig schlich die große Raubkatze am Fuß eines Baumes auf und ab. Ihr kurzes schwarzes Fell verschluckte das Sonnenlicht. Mit ihren langen weißen Krallen und dem grauen Horn auf der Stirn war dieses Raubtier eine ernstzunehmende Bedrohung. Heron war schon etliche Male von einem Dirkast verfolgt worden. Doch durch seine Wendigkeit war er ihnen jedes Mal problemlos entkommen. Fauchend fixierte die Kreatur irgendetwas in der Baumkrone.

Heron pirschte sich durch das Dickicht und umkreiste dabei die Lichtung. Als er nah genug war, um zu erkennen, was sich dort im Baum befand, blieb er stehen. An einem Ast hoch oben zwischen den Blättern hing eine Person. Es war eine junge Frau mit rötlicher Haut und knapper brauner Kleidung. Heron rieb sich verwundert die Augen. War das ein Schwanz an ihrem Rücken? Vor Schreck trat er einen Schritt zurück und durchtrennte dabei lautstark ein paar kleinere Äste. „Verdammt, verdammt, verdammt!", fluchte er innerlich. Hoffentlich hatte der Dirkast das nicht gehört.

Verärgert über seine Unachtsamkeit ging er noch näher an den Rand der Lichtung, um erneut einen Blick auf die Frau im Baum zu werfen. Dieser war es derweil gelungen, sich auf einen parallel verlaufenden Ast zu retten. Heron hatte jetzt eine bessere Sicht auf sie und betrachtete sie genauer. Sie war schlank und mittelgroß. Ihr langes schwarzes Haar hatte sie zu einem Zopf zusammengebunden. Sie trug einen kurzen Lederrock, an dem zwei Dolche befestigt waren. Außerdem eine kurzärmlige Weste und dünne Stiefel. Als sie sich zur Seite drehte, fiel sein Blick auf ihren schlanken Schwanz, der am unteren Rücken begann und fast bis zu ihren Füßen reichte. „Wer ist sie? Was ist sie? Wo kommt sie her? Was macht sie hier?" schoss es Heron durch den Kopf. Die wichtigste Frage aber leider erst zum Schluss: „Warum klettert sie den Baum herunter, obwohl unten der Dirkast auf sie wartet?" Er ließ seinen Blick über die Lichtung schweifen, konnte das Tier jedoch nicht erspähen.

Da spürte er einen fauligen, warmen Windzug im Nacken. Hastig drehte er sich um und sah den Dirkast vor sich. Mit offenem Maul, in dem schon der Speichel zusammenlief, machte sich die Kreatur bereit, ihn anzugreifen. Kalter Schweiß lief Heron den Rücken hinunter. Der Dirkast scharrte mit den Vorderbeinen über den Boden. Als die Kreatur zum Sprung ansetzte, streifte Heron mit seinem Fuß über den Waldboden und schleuderte Blätter und Zweige hoch, die direkt im Gesicht des Dirkasts landeten. Die Kreatur drehte den Kopf zur Seite und fauchte wütend. Diesen kurzen Moment der Ablenkung nutzte Heron, um die Flucht zu ergreifen. Er rannte quer über die Lichtung, vorbei an dem großen Baum, von dem gerade die junge Frau hinabgestiegen war. Der Dirkast war ihm auf den Fersen, als er wieder in den dichten Wald eindrang. Elegant sprang er über einige Büsche hinweg und glitt dann zwischen zwei engen Bäumen hindurch. Die Kreatur blieb dicht hinter ihm. Einige weitere Hindernisse später hatte Heron sein Ziel erreicht. Vor ihm tauchte eine schmale Felsspalte auf, durch die er hindurchschlüpfte. Er lehnte sich gegen die Felswand der kleinen Höhle und schnappte nach Luft, bevor er sich umdrehte und durch den Spalt nach draußen sah. Der Dirkast war weder zu sehen noch zu hören. Hatte er ihn abgehängt?

Die junge Frau schaute dem unbekannten Grünschopf hinterher, der dicht gefolgt vom Dirkast im Wald verschwand. Wer war dieser junge Mann? Sollte sie ihm folgen? Sollte sie ihm helfen?

Sie strich sich mit der Hand über die leicht blutende Wunde, an ihrem Oberschenkel. Was sollte sie der Kreatur entgegenbringen? Ihre zwei Dolche würden nicht viel nutzen. Nein. Sie musste sich selbst in Sicherheit bringen. Der junge Mann würde schon zurechtkommen. Sie richtete ihre Kleidung und verließ die Lichtung.

Doch bevor sie den Wald betrat, schaute sie noch ein letztes Mal zurück zu der Stelle, wo der Unbekannte mit dem Dirkast verschwunden war. Ein lautes Brüllen durchbrach die Stille. Sie vernahm ein Rascheln und Knacken, gefolgt von weiterem Gebrüll, das noch lauter war als das vorige. Panisch sah sie sich um und versuchte zu erahnen, aus welcher Richtung die Geräusche kamen. Ihr Blick fiel auf eine Stelle, die mit großen, dichten Büschen bewachsen war.

In diesem Moment sprang der Dirkast daraus empor und preschte mit seinem bulligen Körper direkt auf sie zu. Instinktiv ergriff sie die Flucht und lief so schnell sie ihre Füße tragen konnten. Der Waldboden wurde immer unebener und zahlreiche Äste erschwerten ihr die Flucht. Mehrmals knickte sie um, ohne jedoch das Gleichgewicht vollends zu verlieren. Sie hörte, wie der Dirkast immer näher kam. Sollte sie versuchen zu kämpfen? Mit nur zwei kleinen Dolchen gegen solch einen Gegner? „Das ist doch Irrsinn. Lauf weiter", sagte sie sich. Sie sprang zwischen zwei dichten Dornenbüschen hindurch und zog sich dabei Schnittverletzungen an Armen und Beinen zu. Mit schmerzverzerrtem Gesicht ging sie in die Knie.

Es nützte nichts, ihre Kräfte waren aufgebraucht. Sie musste kämpfen, mochte die Chance aufs Überleben noch so klein sein. Mühevoll stand sie auf und lehnte sich an einen bewachsenen Felsen, in Erwartung ihres gefräßigen Todesboten.

In diesem Moment sprang auch schon der Dirkast mit einem gewaltigen Satz über die Büsche. Nicht gewillt, seine schon einmal sicher geglaubte Beute nochmals entkommen zu lassen, rannte er brüllend und mit aufgerissenem Maul auf die junge Frau zu. Entschlossen zog sie ihre Dolche aus dem Gürtel und starrte ihren Gegner an. So leicht würde sie es ihm nicht machen, diese Beute würde er sich mit Schmerzen verdienen müssen.

Sie atmete tief ein und versuchte ihre Nerven zu beruhigen. Der Dirkast beschleunigte sein Tempo und setzte zum Sprung an. Mit ausgestreckten Armen richtete sie die Klingen auf ihn.

Urplötzlich packte sie etwas an der Schulter und riss sie nach hinten durch eine schmale Felsspalte. Gerade noch rechtzeitig, bevor die Kreatur sie erreicht hatte.

Etwas benommen blieb sie auf dem staubigen Steinboden liegen, während der Dirkast brüllend versuchte, mit wilden Schlägen durch den Felsspalt in die Höhle zu gelangen. Doch die Öffnung war zu schmal für den wuchtigen Körper des Tieres.

Verwundert setzte sich die junge Frau auf und sah sich in der kleinen Höhle um. Warum hatte sie die nicht gesehen? Und wer hatte sie hier hineingezogen? Dann entdeckte sie ihn. Im hinteren Teil der Höhle saß der Grünschopf von der Lichtung. Er hockte auf einem Felsvorsprung und schaute sie mit seinen großen, grünen Augen an. Sie rappelte sich auf, strich sich den Staub von ihrer Kleidung und ging ein paar Schritte auf ihn zu. „Ich bin Prinzessin Kira. Und wer bist du, Grünling?"

Heron starrte die Prinzessin an. Er konnte kaum einen klaren Gedanken fassen, so verzaubert war er von ihr. Ihre tiefschwarzen Augen ruhten abschätzend auf ihm. Sein Mund war trocken und seine Hände zitterten vor Nervosität. Dennoch fasste er seinen Mut zusammen und antwortete ihr: „He… He… Her… Heron." Mehr brachte er nicht heraus.

Sie lachte laut auf. „Also, He… He… Her… Heron. Ich glaube, es ist eine Entschuldigung deinerseits fällig."

Heron dachte kurz, er hätte sich verhört. „Ich soll mich

entschuldigen? Wofür denn?"

Prinzessin Kira sah ihn verständnislos an. „Du hast die Kreatur erst richtig wild gemacht und dadurch zu mir getrieben. Durch dich bin ich erst in diese unglückliche Situation geraten."

Heron konnte nicht glauben, was sie da sagte. Entrüstet entgegnete er: „Du hast um Hilfe gerufen und ich habe dir innerhalb kürzester Zeit zweimal das Leben gerettet. Das erste Mal an der Lichtung, als du kurz davor warst, vom Ast zu stürzen. Da habe ich den Dirkast von dir abgelenkt. Und das zweite Mal jetzt gerade, als ich dich im letzten Moment in die Höhle gezogen habe."

Die Prinzessin drehte verächtlich den Kopf weg. „Auf der Lichtung kam ich sehr gut allein zurecht. Ich war gerade im Begriff von dem Baum hinunterzuspringen und die Kreatur mit meinen Dolchen zu zerlegen. Doch du hast sie weggelockt. Und auch hier vor der Höhle hast du mich wieder davon abgehalten den Dirkast zu töten."

Verärgert warf Heron einen kleinen Stein an die Höhlenwand. Wie undankbar und eingebildet sie doch war. Dennoch konnte er seinen Blick nicht von ihr lassen. Sie tupfte sich vorsichtig mit einem kleinen Stofffetzen die leicht blutenden Wunden ab und konnte dabei nicht gänzlich einige leise Schmerzlaute unterdrücken. Herons Blick fiel auf den Felsspalt. Vor der Höhle war es still geworden und das scharfe Fauchen des Dirkasts war nicht mehr zu hören. Er wagte vorsichtig einen Blick hinaus ins Freie. Es war kein Dirkast zu sehen. Langsam verließ er die Höhle, jederzeit bereit, wieder zurück in das Versteck zu eilen. Aber die Kreatur blieb verschwunden. Heron dachte nach: Sollte er die Prinzessin einfach in der Höhle sitzen lassen? Schließlich war sie nicht gerade dankbar gewesen. Er verwarf den Gedanken jedoch wieder und rief ihr zu: „Du kannst herauskommen, Prinzessin."

„Das weiß ich selbst!", fauchte sie und kroch langsam durch den Spalt nach draußen.

Heron musterte sie ein weiteres Mal. Warum war er so gebannt von ihr? Wegen ihrer leichten Bekleidung, die sie gerade zurechtzurrte? Oder weil sie einen Schwanz hatte? Nein, es war ihre Haut. Die wenigen Sonnenstrahlen, die es durch das dichte Dach der Baumkronen schafften, trafen auf ihren Körper. Ihre Haut funkelte unter der Reflexion der Sonnenstrahlen und er bewunderte dieses Lichtspiel, bis Kira sich bewegte und aus den Kegeln der Strahlen trat. Sie war im Begriff zu verschwinden, ohne ihn noch eines Blickes zu würdigen. Auch wenn Heron noch immer verärgert über ihr Benehmen war, konnte er sie nicht einfach so gehen lassen.

„Woher kommst du?", schoss es aus ihm heraus.

Sie blieb stehen und drehte sich noch einmal um. „Ich komme aus Karkat. Und damit du nicht denkst, dass ich ein Unmensch bin: Danke für deine Hilfe." Ein kaum sichtbares Lächeln huschte über ihre Mundwinkel. „Mach's gut, Waldmensch!"

Heron war verwirrt. War der Dank ernst gemeint? „Geh nicht, Kira. Ich hab noch so viele Fragen." Er wollte nicht, dass sie ging. Aber sie war schon im Dickicht verschwunden.

Er blieb noch eine ganze Weile vor der Höhle stehen, ehe er langsam und in Gedanken versunken nach Hause ging.

Als er sich dem Hof näherte, sah er den Karren seines Vaters vor dem Haus. Titus, ihr Gibu, war bereits ausgespannt und schaute erschöpft von der langen Reise über die Stalltür hinweg.

Heron strich dem treuen alten Tier über das zottige Fell. Titus schnaufte zufrieden und wedelte leicht mit seinem Stummelschwanz. Als er jedoch seinen Kopf an Herons Arm reiben wollte, wich dieser lachend zurück, um seinen kräftigen Stoßzähnen auszuweichen. Titus war seinem Vater und ihm seit vielen Jahren eine treue Hilfe auf dem Hof. Außerdem zog er den Karren, wenn sein Vater nach Erbholt ging, um Waren zu holen. Auf dem Weg zum Haus fragte sich Heron, ob er Barion erzählen sollte, was heute vorgefallen war. Doch beim Anblick seines Vaters verwarf er diesen Gedanken wieder. Barion war dabei, das verbrannte Abendessen zu entsorgen.

„Oh nein, der Eintopf!", entfuhr es Heron. Er hatte ihn bei all der Aufregung völlig vergessen. Beschämt hängte er seinen Kapuzenumhang an den Haken neben der Tür, während sein Vater sich auf einen Stuhl niederließ.

Barion war eine sehr auffällige Gestalt. Er war gut zwei Köpfe größer als Heron und sehr kräftig gebaut. Seinen Kopf zierten lange, rotbraune Locken, die ihm bis über die Schultern hingen, und ein ebenfalls rotbrauner Vollbart. Er trug eine schwarze Lederweste und eine schwarze Stoffhose. An dieser befanden sich ein kleiner, brauner Münzbeutel und ein Riemen, der zur Befestigung seines Breitschwert dient. Mit seinen großen, kräftigen Händen begann er, sich ein Brot zu schmieren. Ohne dabei hochzusehen, forderte er Heron mit einer Geste auf, sich mit ihm an den Tisch zu setzen. Zögernd nahm Heron Platz. „Guten Abend, Vater", sagte er leise und schuldbewusst.

„Guten Abend, Heron", erwiderte Barion brummig. Dann widmete er sich wieder seinem Brot.

Heron hoffte, dass sich die Laune seines Vaters bessern würde, wenn er sich erst einmal satt gegessen hatte. Während der Mahlzeit vermied er es deshalb, ihn anzusehen. Er ließ seinen Blick immer wieder durch die kleine Stube schweifen, welche nur spärlich eingerichtet war. Ein Esstisch mit zwei Stühlen aus Holz und ein Herd sowie zwei Hängeschränke befanden sich auf der langen Seite des Raumes. Auf der anderen Seite standen ein großer Schrank und daneben ein Kamin aus Stein mit zwei Schaukelstühlen davor. In dem Kamin brannte ein helles Feuer, das gelegentlich die für Heron unangenehme Stille mit einem Knistern und Zischen durchbrach. Sein Blick fiel auf die Kleidungsstücke, die auf dem Schaukelstuhl lagen, und er bemerkte, wie unaufgeräumt ihre Wohnstube war. Ordnung halten gehörte leider nicht zu seinen Stärken.

Nachdem sie mit dem Essen fertig waren, räumte Heron den Tisch ab und reinigte die Teller und das Besteck. Dann beseitigte er die restliche Unordnung.

Barion hatte in der Zwischenzeit seine Stiefel ausgezogen und in einem der Schaukelstühle Platz genommen. „Heron, setz dich zu mir, mein Junge. Die restliche Hausarbeit hat bis morgen Zeit. Bitte bring auch gleich unsere Instrumente mit."

Heron stellte den Besen in die Ecke. Er holte Barions Laute und seine Geige aus dem Schrank, die ihm sein Vater zum zwölften Geburtstag geschenkt hatte. Mit viel Fleiß, Eifer und Barions Unterstützung hatte er das Instrument erlernt. Seitdem musizierten sie gemeinsam viele Abende vor dem Feuer. Er reichte seinem Vater die Laute und der begann, eine ruhige Melodie zu spielen. Es war die Melodie ihres Lieblingsliedes. Heron stieg mit seinem Geigenspiel ein, und sein Vater begann mit tiefer Stimme zu singen.

„Dein Wald so grün, voller Schönheit,
die Bäume lang, die Kronen weit.
Blumenvielfalt, welch herrliche Pracht,
wie schön ist es, wenn alles erwacht.
Die Wesen wohnen im Schutze bei dir,
Du schenkst Nahrung, du kennst keine Gier.
So still und friedlich bist du bei Nacht.
Erstrahlst im Winter in schneeweißer Pracht.

Dort oben hoch, am Himmelszelt,
das gleich erscheint der ganzen Welt,
küsst Egoleit den Egolet,
darunter, da liegt Pregolet.
Oh Pregolet, oh Pregolet, wir leben hier auf Pregolet.
Oh Pregolet, oh Pregolet, wir leben gern auf Pregolet.

Unsere Welt, auf der alles wohnt.
Und über allem der Boras thront.
Die Seen und Meere mit endloser Weite,
die tiefe Schlucht in zwei dich teilte.
Die Quellen rot, voll sprudelnder Hitze,
dickes Eis bedeckt jede Bergspitze.
Auf dieser Welt ist nichts nur Zier,
doch gerne leben wir hier auf dir.

Dort oben hoch, am Himmelszelt,
das gleich erscheint der ganzen Welt,
küsst Egoleit den Egolet,
darunter, da liegt Pregolet.

Oh Pregolet, oh Pregolet, wir leben hier auf Pregolet.
Oh Pregolet, oh Pregolet, wir leben gern auf Pregolet.

Heron liebte dieses Lied. Als kleiner Junge hatte seine Mutter es ihm oft vorgesungen, wenn er nicht einschlafen konnte oder krank war. Das hatte sein Vater ihm erzählt, denn er selbst erinnerte sich nicht an seine Mutter. Sie war an einer schweren Krankheit verstorben, als er noch sehr klein war. Laut den Erzählungen seines Vaters hatte sie tagelang starkes Fieber gehabt, bis ihre Kräfte nachließen und sie von ihnen ging. Viel mehr wusste Heron nicht über seine Mutter. Er war sich jedoch sicher, dass sein Vater sie sehr geliebt hatte, denn selbst so viele Jahre nach ihrem Tod fiel es ihm schwer, über sie zu reden. Aus Rücksicht vor den Gefühlen seines Vaters vermied es Heron deshalb, ihn auf sie anzusprechen.

Nachdenklich und schweigsam saßen beide in ihren Schaukelstühlen. Das lodernde Feuer des Kamins zeichnete flackernde Schatten an die Wände. Heron überlegte, die Stille im Raum zu durchbrechen. Sollte er Barion von den heutigen Geschehnissen berichten? Seine Neugierde siegte, und so schoss es aus ihm heraus: „Wo ist Karkat?"

Barion verschluckte sich am Rauch seiner Pfeife und hustete heftig. Es dauerte eine ganze Weile, bis er sich wieder gefangen hatte. Mit tränenden Augen legte er die Pfeife zur Seite und wandte sich mit ernster Miene Heron zu. „Woher kennst du Karkat?"

Sofort fing Heron an zu erzählen was geschehen war. Als er beschrieb, wie er in den Wald gerannt war, um den panischen Hilfeschreien zu folgen, unterbrach Barion ihn verärgert. „Du bist einfach losgelaufen? Ohne zu bedenken, welchen Gefahren du dich eventuell aussetzt?"

Heron sah verschämt zu Boden. „Entschuldige Vater. Aber in dem Moment siegte meine Neugier."

„Schon gut, Heron", sprach Barion beschwichtigend. „Ich lehrte dich hilfsbereit zu sein. Auch ich hätte wohl nicht anders gehandelt. Nun erzähle weiter. Was war auf der Lichtung?"

„Ein Dirkast hatte eine junge Frau mit roter Haut in einem großen Baum festgesetzt. Sie drohte herabzustürzen. Also habe ich den Dirkast von ihr abgelenkt, sodass sie vom Baum klettern konnte. Ich führte die Bestie bis zur kleinen Höhle und suchte dort Schutz."

„Das war sehr töricht, Heron", unterbrach Barion seinen Sohn erneut in scharfem Ton. „Dein Leben aufs Spiel zu setzen. Für eine Fremde."

„Ich konnte nicht anders, Vater. Als ich sah, welch panische Angst sie hatte, musste ich einfach handeln. Ich konnte sie doch nicht dem sicheren Tod überlassen."

Barion seufzte. „Du bist ein guter Mensch, Heron. Und das macht mich wirklich stolz. Jedoch besorgt es mich, dass du dein Leben so leichtfertig riskierst." Barion griff wieder nach seiner Pfeife. „Es hat wahrscheinlich lange gedauert, bis der Dirkast aufgegeben hat. Und deshalb hast du deine Hausarbeit auch nicht mehr beenden können." Er deutete auf den Besen.

„Da liegst du richtig", gestand Heron etwas verlegen. „Doch der Dirkast war sofort wieder verschwunden. Ich habe noch etwas gewartet, um sicherzugehen, dass es nicht nur eine Finte war. Als ich dann die Höhle verlassen wollte, tauchte auf einmal die rothäutige Frau vor dem Spalt auf. Der Dirkast muss direkt wieder Jagd auf sie gemacht haben, nachdem ich für ihn unerreichbar geworden war. Er hätte sie fast getötet, doch ich konnte sie im letzten Moment in die Höhle ziehen."

Erneut seufzte Barion und Sorgenfalten zeichneten sich auf seiner Stirn ab. „Wie hieß sie? Warum war sie hier? Und was hat sie dir gesagt?"

„Ihr Name war Kira." Kaum hatte er den Namen ausgesprochen, riss Barion die Augen auf. „Warum sie hier war, weiß ich leider nicht. Viel Zeit blieb mir auch nicht zu fragen. Sie verschwand, kurz nachdem der Dirkast abgezogen war. Ich konnte sie nur noch fragen, woher sie kommt."

„Prinzessin Kira aus Karkat", murmelte Barion mehrmals nachdenklich vor sich hin. Dabei paffte er auffällig zügig an seiner Pfeife. Heron wartete nervös.

Irgendwann räusperte Barion sich und sah Heron mit einem gezwungenen Lächeln auf den Lippen an. „Ich bin sehr stolz auf dich. Du warst so mutig und selbstlos, jemandem zu helfen, den du nicht mal kanntest." Dann machten sich erneut Sorgenfalten auf seiner Stirn breit. „Ich weiß, dass du jetzt sicher einige Fragen hast, doch vorerst werde ich dir keine Antworten geben." Sein Sohn sank enttäuscht in seinen Schaukelstuhl. Barion griff nach Herons Unterarm und versuchte ihn zu trösten. „Lass mich bitte eine Weile über alles nachdenken. Bevor wir darüber reden, einverstanden?" Mit fragendem Blick wartete er auf eine Antwort seines Sohnes. Doch diese folgte nicht. Stattdessen sprang Heron enttäuscht auf und rannte wortlos aus dem Haus.

Es hatte angefangen zu regnen, aber das störte Heron nicht. Auch nicht, dass er ohne seinen Kapuzenumhang hinausgerannt war.

Nach einer ganzen Weile, die er durch den nun schlammigen

Wald gelaufen war, blieb er an einem umgekippten Baumstamm stehen. Seine Kleidung war komplett durchnässt und seine Schuhe hatte die nasse Erde fast vollständig umschlossen. Tränen traten in seine Augen. „Warum sagt er mir nicht, wo sich Karkat befindet? Wieso erzählt er mir nichts über die Welt da draußen? Warum hält er mich hier gefangen?" Der Regen vermischte sich mit seinen Tränen und lief seine Wangen hinunter. Er setzte sich auf den Baumstamm und ließ den Kopf hängen. Enttäuscht von seinem Vater fühlte er sich auf einmal sehr einsam.

Noch eine ganze Weile saß er an diesem Ort und suchte nach Antworten, die er ohne seinen Vater jedoch nicht finden konnte. Nachdem er sich etwas beruhigt hatte, ging er langsam zurück. Ihm war kalt und er war sehr müde.

Von weitem sah er seinen Vater bereits vor der Tür des Hauses stehen. Als Heron an ihm vorbei ins Haus gehen wollte, griff Barion mit sorgenvoller Miene nach seiner Hand. Doch Heron riss sich los und lief in sein Zimmer.

Barion atmete tief durch. Dann setzte er sich auf die kleine Stufe zur Türschwelle und schaute auf den Hof. Er sah dem Regen zu, wie er sich in großen Pfützen sammelte oder an anderen Stellen sofort im Boden versickerte.

Sollte er seinem Sohn die Antworten geben, die er verlangte? Wenn ja, sollte er alles erzählen oder nur einen Teil? Früher oder später würde Heron fortgehen und alles erfahren. Ob mit oder ohne seine Zustimmung, da war sich Barion sicher. Sollte er seinem Jungen erlauben zu gehen? Er würde ihn nicht mehr beschützen können.

Während Barion versuchte eine Entscheidung zu fällen, betrachtete er eine kleine Futterschale, in der sich das Regenwasser sammelte. Es tropfte in regelmäßigen Abständen durch ein kleines Loch im Vordach. Gedankenverloren sprach er zu sich selbst: „Im Grunde genommen ist es wie mit dem Wasser in dieser Schale hier." Barion nahm sie in die Hand. „In dieser Schale kann man es ewig festhalten und aufbewahren, jedoch wird es früher oder später ungenießbar werden." Er kippte das Gefäß leicht, gerade so, dass etwas Wasser aus ihm herausfloss und auf den Boden tropfte. „Wenn man es ausschüttet, versickert es im Boden und verschwindet, aber es hilft den Pflanzen zu wachsen." Diesen Gedanken nachhängend blieb er noch einen Moment dort sitzen. Dann hatte er seine Entscheidung gefällt. Er stand auf, schloss die Haustür hinter sich und ging zu Herons Zimmer, um seinem Sohn eine gute Nacht zu wünschen. Langsam und vorsichtig öffnete Barion die Tür und sah, dass Heron bereits eingeschlafen war. Er löschte die Kerze, die auf dem kleinen Nachttisch stand, und verließ das Zimmer.

Heron schlug die Augen auf. Er hatte sich schlafend gestellt, um einer weiteren Konfrontation zu entgehen. Auf dem Rücken liegend, blickte er aus seinem Fenster hinaus in den Wald. Die Wolkendecke war an einigen Stellen aufgebrochen und der Regen hatte aufgehört. Der Mond Getos schien heute besonders hell. Seine Strahlen brachen sich an den Regentropfen der Fensterscheibe und übersäten Herons Zimmer mit unzähligen kleinen, leuchtenden Punkten. Er betrachtete das wunderschöne

Lichterspiel und musste an Kira denken. Dieses faszinierende Wesen ging ihm nicht mehr aus dem Kopf. Er wollte sie unbedingt wiedersehen. Jedoch würde ihn sein Vater niemals gehen lassen. Sollte er einfach ohne seine Zustimmung aufbrechen? Seinen Vater verlassen? Das brachte er nicht übers Herz. Zwiegespalten überlegte er hin und her bis die Müdigkeit ihn übermannte und er in einen unruhigen Schlaf fiel.

Kapitel 2
Schweiß und Schmerzen

Am nächsten Morgen wachte Heron wie gerädert auf. Immer wieder war er in der Nacht aufgewacht und hatte gegrübelt. Als er nun blinzelnd die Augen öffnete, strahlten Egoleit und Egolet mit voller Kraft in sein kleines Zimmer. Er schreckte hoch, zog sich hastig an und rannte in die Stube. Sein Vater war nirgends zu sehen. Weder sein Schwert noch sein Mantel hingen am Haken neben der Tür. Heron eilte hinaus auf den Hof. Titus und der Karren waren ebenfalls verschwunden. Unschlüssig ging Heron zum Bach, um sich zu waschen. Es ärgerte ihn, dass er verschlafen und dadurch abermals seine Arbeiten vernachlässigt hatte. Unwirsch fuhr er sich mit den nassen Händen durch sein Gesicht. Es sah Barion gar nicht ähnlich, einfach fortzugehen ohne Bescheid zu sagen. War er etwa wieder in die Stadt gefahren?

Langsam ging Heron zum Haus zurück. Er war fast an der Haustür, als er das Knarren eines Wagens und das vertraute Schnaufen des alten Gibus vernahm. Barion und Titus näherten sich auf dem Waldweg. Als sie die kleine Steinmauer passierten, konnte er auf dem Karren eine große Truhe erkennen, die von oben bis unten mit Schlamm bedeckt war, daneben eine verdreckte Schaufel.

„Guten Morgen. Ich hoffe du hast gut geschlafen", begrüßte Barion seinen Sohn mit einem freundlichen Nicken, während er die Truhe vom Karren hob. „Verzeih, Vater. Ich habe nicht gut geschlafen und bin erst spät aufgewacht."

„Ist schon gut Heron. Bring Titus bitte in den Stall und komm dann ins Haus. Ich möchte dir etwas zeigen."

Als Heron wenig später die Stube betrat, hatte Barion die Truhe vor dem großen Eichenschrank abgestellt. „Setz dich, Heron." Er hatte etwas Mühe, den rostigen Riegel der Truhe zu öffnen. Als er schließlich aufsprang, hob Barion den schweren Deckel und tastete in ihrem Inneren herum. Heron tippte nervös mit den Fingerspitzen auf die Tischplatte. Nach einer Weile hatte sein Vater gefunden, was er suchte und legte ein zusammengerolltes Pergament auf den Tisch.

„Zuallererst möchte ich dir erzählen, was dies für eine Truhe ist. Ich habe sie vor vielen Jahren im Wald vergraben, kurz nachdem deine Mutter verstarb." Barion setzte sich. Seine großen Hände zitterten leicht und er verbarg sie unter dem Tisch. „In dieser Truhe befinden sich viele Dinge, die ich vergessen wollte. Viele Dinge, an denen schreckliche Erinnerungen hängen. Doch sind sie zu wertvoll, um mich endgültig von ihnen zu trennen. Nach unserem gestrigen Streit habe ich beschlossen, einige dieser Erinnerungen mit dir zu teilen." Das Zittern seiner Hände wurde stärker. Zur Beruhigung nahm er einen Schluck Wasser aus seinem Becher. „Die gestrigen Ereignisse haben mir die Augen geöffnet. Zwar kann ich versuchen, die Welt da draußen vor dir geheim zu halten, jedoch kann ich dich nicht vor der Welt verstecken. Gestern war es so weit und sie hat dich gefunden. Ich weiß, dass du jetzt neugieriger denn je bist. Du willst wissen, was sich dort draußen, außerhalb unseres kleinen Waldlebens, noch alles befindet. Ich kann dich verstehen. Auch ich war als junger Mann neugierig, wollte die Welt entdecken und ferne Orte kennenlernen. Doch so verlockend der Gedanke ist, sei dir Folgendem stets bewusst: Nicht jedes Wesen ist so freundlich, wie es sich gibt. Nicht jedes gesprochene Wort ist so ehrlich gemeint, wie es zuerst scheint. Und selbst der sicherste Ort kann zahlreiche Gefahren bergen."

Barion griff nach dem Pergament und breitete es auf dem Tisch aus. Es war eine gezeichnete Karte. Sie zeigte ein großes Stück Land, welches fast vollständig von Wasser umgeben war. Nur am unteren Ende grenzte das Festland an den Kartenrand. Für Heron sah es aus wie der Stamm eines Baumes, der den Rest der Landmasse stützte. Inmitten dieses Abschnittes war ein großes Gebirge eingezeichnet, das von einem Wald umgeben war. Oberhalb teilte eine breite Schlucht das Festland in zwei Hälften. Sie endete erst weit oben in einer weiteren Gebirgskette. An einigen Stellen der Karte waren mehrere große und kleine Städte eingezeichnet und beschriftet. Leider konnte Heron nicht lesen und schreiben. Barion hatte es ihm nicht beibringen können, da er es selbst nie gelernt hatte. Bisher hatte Heron diese Fähigkeit auch nie vermisst, denn sie besaßen weder Bücher noch Schriften.

Barion kannte jeden Ort so gut, dass er die Beschriftung nicht benötigte. „Das ist eine Karte von Nord-Pregolet. Hier unten leben wir, am Fuße des Boras." Er zeigte mit seinem Finger auf einen großen Berg des unteren Gebirges. „Der Wald südlich vom Boras ist der Stille Wald. Dort leben die Waldzarren. Sie sind böse Kreaturen und seit jeher der Grund, warum Nord-Pregolet größtenteils vom Rest der Welt abgeschnitten ist. Die Heimat der Waldzarren zu durchqueren ist sehr gefährlich und hat schon zahlreiche Menschen das Leben gekostet. Also halte dich von ihnen fern."

Barion beobachtete Heron einen Moment, wie dieser fasziniert und gebannt auf die Karte starrte, ehe er mit seiner

Erläuterung fortfuhr. „Die Schlucht in der Mitte nennt man die Todesfurt. Das ganze Land zu ihrer Linken heißt Edumond. Auch unser Zuhause zählt dazu. Und das …“, er zeigte auf eine große Stadt im oberen Bereich der Karte, „… ist Fillon, die Hauptstadt von Edumond. Dort lebten wir einst mit deiner Mutter.“

Heron schaute seinen Vater erstaunt an. „Wir haben in einer Stadt gelebt? Mit anderen Menschen?“

„Ja, Heron. Doch schon kurz nach deiner Geburt verließen wir Fillon, denn du solltest in der Ruhe der Natur aufwachsen.“ Barions Hände begannen wieder zu zittern. Heron jedoch war zu sehr von der Karte gebannt, um dem weitere Bedeutung zuzumessen. „Das Land rechts nennt man Zarkotien.“ Barion sprach jetzt mit einem verächtlichen, abwertenden Unterton. „Die Hauptstadt heißt Karkat und befindet sich hier.“ Er deutete auf einen Punkt im oberen Teil der Karte, nicht weit von Fillon entfernt, doch auf der anderen Seite der Schlucht.

Herons Augen weiteten sich. Dort also lebte Prinzessin Kira.

„Nimm dich vor den Karkaten in Acht“, mahnte Barion. „Von allen Menschen, die hier leben, sind sie die verlogensten, hinterlistigsten und kaltblütigsten.“

Er stand auf, holte seine Pfeife vom Kaminsims und zündete sie an. Nach ein paar kräftigen Zügen wandte er sich wieder Heron zu, der geduldig darauf wartete, dass sein Vater fortfuhr.

„Um in der gefährlichen Welt da draußen überleben zu können, musst du lernen, wie man sich verteidigt. Ich biete dir an, dich darauf vorzubereiten. Es gibt viel zu lernen über die Gefahren unserer Welt. Ich werde dich lehren und dir alles beibringen, was du wissen musst. Du wirst jeden Tag Übungen durchführen. Jedoch erst, wenn deine Aufgaben auf dem Hof erledigt sind. Bist du einverstanden?"

Heron konnte nicht glauben, was sein Vater ihm gerade angeboten hatte. Schnell nickte er.

„So sei es." Barion hob mahnend den Zeigefinger: „Allerdings habe ich eine Bedingung: Solange ich sage, dass du noch nicht bereit bist, bleibst du hier. Danach kannst du anfangen zu suchen, was auch immer du hoffst, in der Welt da draußen zu finden." Abermals nickte Heron begeistert. Dabei bemerkte er nicht den traurigen Schatten, der sich bei dem Gedanken, ohne seinen Sohn zu leben, über Barions Gesicht ausbreitete.

Heron strahlte über das ganze Gesicht und sprang von seinem Stuhl auf. Während er seinen Vater umarmte, flüsterte er leise: „Ich bin mit allem einverstanden. Danke, Vater! Vielen, vielen Dank!"

Egoleit warf ihre ersten Strahlen auf Pregolet und auf dem Hof herrschte geschäftiges Treiben. Heron war früh aufgestanden, um wie jeden Tag seine Aufgaben zu verrichten. Allerdings tat er es heute in einem unglaublichen Tempo. Barion staunte nicht schlecht, als er durch die Haustür hinaustrat und fast von seinem Sohn umgerannt wurde, der mit einem Eimer Wasser über den Hof zum Stall eilte. „Mach langsam, Sohn, wir haben noch den ganzen Tag Zeit!" Doch wie erwartet folgte Heron seiner Aufforderung nicht.

Kurz darauf waren die Tiere versorgt und die Stube aufgeräumt. Heron hatte alles erledigt und stand nun erwartungsvoll mit seinem Vater vor dem Haus.

„Lektion Nummer eins", begann Barion: „Die Grundvoraussetzungen sind Schnelligkeit, Ausdauer und Kraft. All das werden wir als Erstes angehen."

Verwundert sah Heron seinen Vater an. „Ich hatte erwartet, dass du mir beibringst zu kämpfen?"

Barion lachte laut. „Erstmal musst du genug Kraft haben, eine Waffe führen zu können." Er deutete dabei mit seiner Hand auf Herons Oberarme. „Zum Kämpfen brauchst du Schnelligkeit, Kraft und Ausdauer. Andernfalls ist der Kampf schneller vorbei als dir lieb ist." Heron nickte ihm geduldig, aber leicht enttäuscht zu, woraufhin Barion in die Hände klatschte. „Lass uns anfangen. Folge mir in den Wald."

Heron hatte das Gefühl, dass sein Vater ihn ziellos umherführte. Die Route war so willkürlich gewählt, dass er nicht verstand, welchen Zweck sein Vater damit verfolgte. Als sie abermals abbogen und Heron bemerkte, dass sie im Kreis liefen, schoss es aus ihm heraus. „Vater, was soll das? Warum laufen wir im Kreis?"

Barion blieb stehen. "Hast du dir den ganzen Weg von Anfang an einprägen können?" Heron nickte fragend. „Sehr gut, mein Junge. Denn diesen Weg wirst du den Rest des Tages laufen."

Heron lachte unsicher. „Sehr lustig, Vater." Barion stimmte in das Gelächter ein. Immer lauter lachten beide, ehe Barion abrupt verstummte und wieder ernst wurde. „Das war kein Spaß, Heron."

Dieser seufzte vergnügt: „Ach Vater, du bist zu komi..."

„LAUF!", brüllte Barion plötzlich so laut, dass Heron erschrak und auf der Stelle loslief.

Als die Dämmerung einsetzte, fing Barion seinen sichtlich erschöpften Sohn auf seiner Route ab und beendete die Übung für heute. Heron wusste nicht, wie viele Male er den Rundweg gelaufen war. Irgendwann hatte er aufgehört zu zählen und sich einfach seinem Schicksal ergeben. Mehrmals hatte er es jedoch bereut, dass er sich morgens so mit seiner Hausarbeit beeilt hatte.

Wieder am Hof angekommen, ging er direkt zum Bach, um seine schmerzenden Füße darin zu kühlen. Erschöpft setzte er sich ans Ufer.

„Ich kann gut verstehen, dass du müde bist, mein Sohn." Barion hatte sich unbemerkt zu ihm gesellt. „Du hast dich für den ersten Tag sehr gut geschlagen."

Heron lächelte mühsam: „Danke, Vater. Hast du etwas dagegen, wenn ich schon schlafen gehe?"

Barion schüttelte den Kopf. „Nein, Heron, es ist in Ordnung, geh nur." Heron stand auf und humpelte an ihm vorbei. Dabei stöhnte er leise vor Schmerzen, sobald seine Füße den Boden berührten. „Keine Sorge, mein Sohn, morgen habe ich eine andere Übung geplant."

Heron seufzte schwer. Er konnte sich nicht erinnern, wann er das letzte Mal so früh zu Bett gegangen war.

Barion hielt sein Wort. Am zweiten Tag musste Heron den Waldweg nicht laufen. Stattdessen sollte er zwei bis zum Rand gefüllte Wassertröge einen steilen Hang hinauftragen. Nur kurz durfte er sich nach jedem Abstieg ausruhen. Auch diese Übung musste Heron bis zum Abend wiederholen. Als sein Vater ihn schließlich erlöste, ging er wie am Vortag zum Bach hinter dem Haus. Dieses Mal, um seine schmerzenden Hände und Arme zu kühlen.

Am dritten Tag erwartete Barion seinen Sohn erneut im Wald.

Dort hatte er über einem langen Baumstamm etliche Sandsäcke aufgehängt. Herons Aufgabe bestand darin, von einem Ende des Baumstamms zum anderen zu balancieren, ohne von ihm herunterzufallen.

„Endlich eine einfache Aufgabe", dachte Heron erleichtert. Doch bevor er loslief, stieß sein Vater einen Sandsack nach dem anderen an, sodass sie über dem Baumstamm pendelten. Heron balancierte los und wurde sofort vom ersten Sandsack an der Schulter getroffen. Er verlor das Gleichgewicht und stürzte seitwärts vom Stamm. Mit schmerzverzerrtem Gesicht stand er auf.

„Das kann doch nicht so schwer sein!", rief er verärgert. Sein Ehrgeiz war geweckt. Immer wieder versuchte er die Aufgabe zu meistern, doch bis zum Abend hatte er es nicht ein einziges Mal geschafft, den gesamten Baumstamm zu überqueren. Den restlichen Abend war er sehr enttäuscht darüber. Obendrein war sein Körper von blauen Flecken übersät, die ihn an sein Scheitern erinnerten.

Auch in den nächsten sieben Tagen hatte sich Barion weitere anstrengende, kraftraubende und frustrierend schwere Übungen ausgedacht.

Nachdem am zehnten Tag die letzte Sonne untergegangen war, saßen Heron und Barion in ihren Schaukelstühlen vor dem Kamin. Barion rauchte genüsslich seine Pfeife und Heron versuchte, keinen Muskel zu bewegen. Die letzten Tage waren so ermüdend und anstrengend gewesen, dass ihm der ganze Körper schmerzte. Gerade als er sich entschieden hatte, zu Bett zu gehen, richtete Barion das Wort an ihn.

„Ich muss sagen, dass ich zutiefst beeindruckt von dir bin. Du hast dich enorm angestrengt und die Übungen kontinuierlich ausgeführt." Barion nickte Heron lobend zu. „Obwohl es sicherlich sehr hart war, die Übungen das erste Mal zu absolvieren, habe ich dich nicht jammern hören."

Herons Gesichtsausdruck wechselte von einem geschmeichelten Lächeln zu einem verdutzten Starren. „Entschuldige Vater, aber willst du mir damit sagen, dass ich alle Übungen noch einmal absolvieren muss?"

Nun war es Barion, der verwundert schaute. „Natürlich. Und dann wieder und wieder." Er wartete Herons Reaktion ab. Doch dieser blickte ihn nur mit ausdrucksloser Miene an. Da Barion vermutete, Heron hätte ihn nicht verstanden, erläuterte er seine Aussage. „Du wiederholst die Übungen der letzten zehn Tage so oft, bis ich dir sage, dass es genug ist."

Herons Miene versteinerte sich. Nach einem kurzen Moment der Stille stand er auf und sprach mit monotoner Stimme: „Ich gehe schlafen. Gute Nacht." Auf dem Weg in sein Zimmer murmelte er leise vor sich hin: „Wieder und wieder und wieder und wieder." Barion musste grinsen und nahm zufrieden einen Zug aus seiner Pfeife.

Heron quälte seinen geschundenen Körper ins Bett. Die Worte seines Vaters hatte er noch immer im Ohr. Wie sollte er das nur durchstehen? Wie sollte das irgendjemand durchstehen? Dann dachte er an Kira und an die Karte mit all den Orten, die es zu entdecken gab. Vor seinem geistigen Auge sah er die Prinzessin vor sich. Dieses faszinierende Wesen, das er einfach wiedersehen musste. So leicht würde er nicht aufgeben. Er schaute aus dem Fenster. Im Mondlicht sah er, wie der aufkommende Wind ein Blatt nach dem anderen vom Baum löste. „Es wird Herbst", dachte er noch, dann schlief er erschöpft ein.

An den darauffolgenden Tagen wiederholte er die Übungen,

wie ihm sein Vater aufgetragen hatte. Und tatsächlich stellte er fest, dass sie ihm mit jedem Mal etwas leichter fielen. Er trainierte den ganzen Herbst, ohne nur einen Tag auszulassen. Bei Sturm, bei Regen und selbst bei Gewitter.

Irgendwann hatten die Bäume im Wald ihr Blätterkleid bis auf wenige Ausnahmen abgelegt und der erste Schnee fiel. Viele Waldbewohner hatten sich in ihr Winterquartier zurückgezogen und den Wald in einer winterlichen Stille zurückgelassen. Die Landschaft hätte wie ein Gemälde gewirkt, wäre da nicht Heron gewesen, der ächzend seine Route durch den Wald lief. Sein Vater hatte ihm zwar freigestellt, bei Frost und Schnee die Übungen zu pausieren, aber er hatte dankend abgelehnt. Mittlerweile war er an die Übungen gewöhnt. Sie waren zwar immer noch anstrengend für ihn, gehörte aber bereits zu seinem festen Tagesablauf.

So ging auch der Winter vorüber. Der Schnee, der den Waldboden, wie ein weißer Teppich bedeckt hatte, begann zu schmelzen. Die Tiere wagten sich wieder aus ihren Verstecken und der Frühling hielt Einzug. Die Bäume trugen ein saftiges Grün und der Waldboden war nach kurzer Zeit übersät von Blumen der verschiedensten Arten und Farben.

Heron war auf dem Weg zum großen Baumstamm, um die Übung mit den Sandsäcken zu absolvieren. Barion ging neben ihm und beobachtete seinen Sohn. Heron hatte sich verändert. Er war muskulöser und reifer geworden. Sein ganzes Erscheinungsbild wirkte erwachsener als noch vor einem halben Jahr.

Am Baumstamm angekommen, band sich Heron sein mittlerweile langes Haar zu einem Zopf zusammen. Dann balancierte er los. Geschwind sprintete er über den Baumstamm und wich dabei spielend leicht den Sandsäcken aus. Am Ende angekommen, sprang er herunter und lief in schnellem Tempo wieder zum Anfang zurück. Diese Prozedur wiederholte sich einige Male. Barion gab sich große Mühe, die Sandsäcke immer schneller und genauer auf Heron zu stoßen, doch war es ihm unmöglich, seinen Sohn zu treffen. Schon an den Tagen zuvor hatte Barion bemerkt, wie leicht Heron auch die anderen Übungen meisterte. Die Krüge mit Wasser trug er lässig mit einer Hand den Hügel hinauf. Die Waldroute lief er mit einer unglaublichen Schnelligkeit und kam dabei nicht einmal mehr richtig ins Schwitzen.

„Halt!", rief Barion, als Heron zum wiederholten Male auf den Baumstamm springen wollte. „Es reicht für heute. Lass uns zurückgehen."

Fragend sah Heron seinen Vater an und folgte ihm dann schweigend.

Sie betraten die warme Stube und Barion bedeutete seinem Sohn, am Tisch Platz zu nehmen. Er selbst trat an den großen Schrank und holte ein Leinenbündel heraus, welches er demonstrativ vor Heron auf den Tisch legte.

„Deine Hose ist löchrig, deine Schuhe sind alt und dein Hemd ist zu eng geworden", stellte Barion fest.

Heron blickte an sich herunter. Sein Hemd saß tatsächlich zu eng und war inzwischen viel zu kurz. Er begutachtete seine Hose, die am Knie ein großes Loch hatte.

„In dieser Kleidung kannst du unmöglich lernen, wie man kämpft." Barion hatte die Worte noch nicht ganz ausgesprochen, da sprang Heron schon auf.

„Wirklich, Vater? Ist das dein Ernst?“

„Ja, das meine ich ernst. Gleich morgen fangen wir mit deiner Kampfausbildung an.“ Barion schob das Leinenbündel noch näher an Heron heran. „Doch heute wird erst einmal gefeiert. Alles Gute zum Geburtstag!“ Lachend klopfte Barion seinem Sohn auf die Schulter.

Sein Geburtstag! Heron hatte sich die letzte Zeit so sehr auf seine Übungen und die Hausarbeit konzentriert, dass er seinen Geburtstag vergessen hatte. Hastig öffnete er den Leinenbeutel und strahlte über das ganze Gesicht. „Neue Kleider! Darf ich sie anprobieren?“

"Natürlich. Ich hoffe, es passt dir alles. Ein Schneider aus Erbholt hat sie nach meinen Wünschen für dich gefertigt.“

Ohne zu zögern, begann Heron sich umzukleiden. Bevor er ein Kleidungsstück anzog, schaute er es sich ganz genau an. Alles war aus robustem, dunkelbraunem Leder gefertigt. Eine hautenge, lange Hose mit schwarzen Nähten. Am Hosenbund war ein schwarzer Münzbeutel befestigt. Eine Weste mit mehreren schwarzen Nieten. An der rechten Brust war eine kleine Tasche angenäht, die sich ebenfalls mit einer schwarzen Niete verschließen ließ. Auf der linken Brust und auf der Rückseite der Weste war etwas eingestanzt. Das Abbild eines großen Baumes, der von einem verzierten Ornament umrahmt wurde.

„Damit du nicht vergisst, wo du herkommst“, erklärte Barion die auffällige Verzierung. Heron bewunderte das Muster noch einen Moment lang, ehe er das letzte Kleidungsstück anzog. Ein Paar eng anliegende Halbstiefel, die sich perfekt an seine Füße schmiegten. Ein großer Lederbeutel mit schwarzen Riemen vervollständigte das Geschenk seines Vaters.

Komplett neu eingekleidet lief Heron in sein Zimmer, um

sich im Spiegel zu betrachten. Er war beeindruckt, wie gut alles passte und ging zufrieden zurück in die Wohnstube. „Die neuen Kleider sind großartig, ich danke dir von ganzem Herzen!" Glücklich umarmte er seinen Vater.

Den Rest des Tages ließen es sich die beiden gutgehen. Sie aßen, lachten und musizierten zusammen. Am Abend tranken sie sogar eine Flasche Wein, die sein Vater beim letzten Stadtbesuch erstanden hatte. Sie feierten bis spät in die Nacht hinein.

Kapitel 3
Grüner Nebel

Als Heron am nächsten Tag schlaftrunken in die Stube schwankte, wartete sein Vater bereits mit dem Mittagessen auf ihn. Hatte er tatsächlich so lange geschlafen?

Barion konnte sich das Grinsen nicht verkneifen. „Guten Tag", rief er laut. „Mir scheint, als ob wir auch noch an deiner Trinkfestigkeit arbeiten müssen."

Die Worte hallten in Herons Kopf wie Glockenschläge nach und er griff sich mit beiden Händen an die Stirn. „Bitte sprich nicht so laut, Vater." Lachend stellte Barion den Eintopf auf den Tisch.

Nach dem Essen machten sie sich gestärkt auf den Weg zur Lichtung, auf der die beiden das Kämpfen üben wollten. Die frische Frühlingsluft tat Heron gut und er erholte sich zunehmend vom gestrigen Abend.

Sie erreichten die Lichtung. Es war die selbe, auf der ihm damals Kira begegnet war. Dort stand der Baum, auf dem sie vor dem Dirkast Schutz gesucht hatte. Der angebrochene Ast war mittlerweile heruntergefallen und lag im hohen Gras.

„Heron, du Träumer. Wollen wir anfangen oder brauchst du noch ein Mittagsschläfchen?", riss Barion ihn aus seinen Gedanken. „Beginnen wir mit den Grundlagen des Kampfes. Zuallererst das Blocken und Ausweichen." Er warf Heron einen von zwei langen Holzstäben zu. Diesem gelang es zwar den Stab zu fangen, er wurde jedoch von der Wucht, mit der er geschleudert worden war, umgestoßen. Barion ärgerte sich, während er zu

31

seinem Sohn eilte, um ihm aufzuhelfen. Dass er auch immer seine eigene Kraft unterschätzen musste. Er dachte an die zahlreichen Türgriffe und Krüge, die er im Laufe der Jahre unabsichtlich zerstört hatte. „Entschuldigung, Heron, ich hoffe, du hast dich nicht verletzt?"

„Nein, Vater, alles in Ordnung." Heron seufzte und klopfte sich das Gras von den neuen Kleidern.

Dann begannen die beiden mit den Kampfübungen, welche ein Außenstehender wahrscheinlich anders beschrieben hätte. Das Wort „Verdreschen" hätte darin sicher seinen Platz gefunden. Obwohl Heron mittlerweile sehr kräftig war, lag er mehr auf dem Boden, als dass er auf den Beinen stand. Immer wieder stöhnte er verzweifelt, wenn Barion ihn zu Fall brachte. Dieser gab sich zwar Mühe nicht zu hart und schnell zuzuschlagen, jedoch waren selbst diese Attacken noch zu rasch für Heron, der im Kampf völlig unerfahren war. In den Pausen gab Barion seinem Sohn Ratschläge, erklärte und demonstrierte verschiedene Angriffs- und Abwehrtechniken.

Heron war frustriert über den Verlauf der ersten Übungskämpfe. Er hatte nicht erwartet, dass es so schwer werden würde, den Umgang mit der Waffe zu erlernen. Doch sein Ehrgeiz trieb ihn weiter an. Sie trainierten fortan Tag für Tag und Heron lernte stetig dazu.

Es war ein kühler Sommertag. Heron war allein auf der Lichtung und übte einige Schlagkombinationen, die Barion ihm beigebracht hatte. Am Himmel zogen düstere Wolken auf. Als Heron erschöpft eine kleine Pause einlegte, vernahm er ein seltsames Rauschen. Es war weder Regen noch Wind. Die Blätter an den Bäumen bewegten sich nicht. Auch ein Tier, das solche

Geräusche machte, kannte er nicht. Das Rauschen wurde lauter. Er umklammerte seinen Holzstab mit festem Griff und beobachtete angespannt die Büsche in seinem Umfeld. Das Geräusch war inzwischen so laut und intensiv, als wäre es in seinem Kopf.

„Hallo, ist da wer?" Noch immer konnte er nicht sehen, wer oder was dieses Geräusch verursachte. Er spürte etwas Kaltes an seinen Beinen und blickte erschrocken nach unten. Der Boden war von einem zähflüssigen, grünen Nebel bedeckt, der langsam an seinen Beinen hochkroch. Er schlug mit seinem Stab in die Masse und versuchte sie abzuschütteln, doch seine Schläge verpufften im Nichts. Der Nebel kroch weiter, erreichte seinen Bauch, seine Brust. Er musste weg hier, weg von diesem Zeug, was auch immer es war. Er wollte fortlaufen, doch hatte der grüne Dunst bereits seinen Kopf erreicht. Er konnte sich nicht mehr bewegen und alles um ihn herum begann sich mit dem Nebel zu füllen. Bald sah Heron nur noch grün vor Augen und wusste nicht mehr, wo vorne, hinten, oben oder unten war. Er sackte in sich zusammen und fiel zu Boden. Kurz bevor ihn seine Sinne verließen, brachte er noch zwei letzte Worte heraus. „Hilfe Vater!"

Tock tock tock. Heron kam langsam zu Bewusstsein. Tock tock. Musste Vater morgens schon so einen Lärm machen? Tock tock tock. „Es reicht!" Heron war sauer und drehte sich in seinem Bett um. „Geht es auch ein bisschen …?" Das letzte Wort blieb ihm im Halse stecken. Er lag nicht in seinem Bett, sondern auf einer kalten Holzpritsche. Verwirrt sah er sich in dem kleinen

Raum um, der nur durch das Licht einer Fackel erleuchtet wurde. Die Wände waren aus massiven, dunklen Steinen gemauert und so feucht, dass sich an vielen Stellen der Schein der Fackel spiegelte. Auf der gegenüberliegenden Seite befand sich ein Geflecht aus dicken, schwarzen Metallstäben. Heron setzte sich auf. „Das ist ein Gefängnis", sprach er leise zu sich selbst, „oder eher noch ein Kerker." Verzweifelt versuchte er sich zu erinnern, was zuletzt passiert war, als er eine Stimme vernahm.

„Na, ausgeschlafen, Mooskopf?" höhnte eine gehässige Stimme. Hinter den Gitterstäben stand ein Mann in einer dunklen Rüstung.

Tock! Er schlug noch einmal mit seiner Lanze gegen die Gitterstäbe. „Du hast Besuch, Mooskopf." Dann ging er und Barion trat vor die Gitterstäbe. Er sah sehr traurig aus und ließ den Kopf hängen.

Heron sprang sofort auf und stürzte zum Gitter. „Vater, wo bin ich hier? Wieso bin ich eingesperrt? Was hat das alles zu bedeuten?"

Barion seufzte schwer und antwortete niedergeschlagen: „Du hast einen Mann getötet, Heron. Einen unschuldigen Menschen. Deshalb bist du hier in Karkat eingesperrt."

Heron schüttelte den Kopf. „Nein, das ist nicht wahr, Vater. Ich habe niemanden getötet!", beteuerte er vehement.

Doch Barion schaute ihn streng an: „Hör auf, mich anzulügen. Du hast auf der Suche nach Kira einem Ritter Karkats das Leben genommen." Barion zitterte am ganzen Körper. „Das ist es nicht, was ich dich gelehrt habe. So habe ich dich nicht erzogen. Ich lehrte dich für den Ernstfall. Du solltest dich verteidigen können, wenn Gefahr droht. Stattdessen missbrauchst du deine Stärke, um zu töten."

Heron starrte seinen Vater ungläubig an. Einen Ritter Karkats sollte er getötet haben? Das konnte nicht sein. Das Letzte, woran er sich erinnerte, waren seine Übungen auf der Lichtung. Wie war er danach hierhergekommen? Was war in der Zwischenzeit passiert? Verzweifelt griff er nach den Gitterstäben. „Vater, so glaube mir doch, ich …"

„Schweig!", unterbrach ihn Barion barsch. „Ich bin zutiefst enttäuscht. Du bist nicht mehr mein Sohn!" Barion wandte sich um und eilte durch einen dunklen Gang davon.

Heron sank auf die Knie: „Bitte geh nicht, Vater! Das kann nicht die Wahrheit sein. Bitte geh nicht!"

Eine Träne tropfte von seiner Wange hinunter auf den Steinboden, während er sich krampfhaft an den kalten Gitterstäben festkrallte.

Plötzlich erklang eine sanfte Frauenstimme aus dem Nichts: „Du bist den ganzen weiten Weg hierhergekommen, nur um mich wiederzusehen, Waldmensch?"

Heron wischte sich die Träne aus dem. Das war doch Prinzessin Kiras Stimme, die zu ihm gesprochen hatte. Eine Gestalt löste sich aus dem dunklen Gang und ging mit langsamen, eleganten Schritten auf ihn zu: Prinzessin Kira! Sie war älter geworden und zu einer Frau herangereift, die noch viel schöner war, als er sie in Erinnerung hatte. Wie damals fühlte er sich von ihr angezogen, wie ein Dirkast von seiner Beute. Mit zittriger Stimme beantwortete Heron ihre Frage. „Ja, es ist wahr, ich wollte dich unbedingt wiedersehen. Seit damals vergeht kein Tag, an dem ich nicht an dich denken muss."

Prinzessin Kira kam noch näher an die Gitterstäbe, ihre Gesichter berührten sich fast. „Auch ich habe oft an dich gedacht", flüsterte sie. „Wie sollte ich auch so einen trotteligen und hässlichen Grünling wie dich vergessen?" Sie sagte das mit Abscheu, der Heron zusammenzucken ließ. „Ich muss dir leider sagen, dass deine Suche nach mir Zeitverschwendung gewesen ist. Ich habe kein Interesse an dir. Doch den Mord, den du auf deinem Weg hierher begangen hast, wirst du mit dem Tode bezahlen."

Heron war fassungslos und konnte nicht verstehen, was in Egoleits Namen hier passierte. Versteinert stand er vor dem Gitter, während Prinzessin Kira ihn höhnisch auslachte.

Plötzlich zog sie ihre Dolche aus dem Gürtel und hielt sie Heron an die Kehle. Er bewegte keinen Muskel und war starr vor Überraschung. Kira legte ihren Kopf zwischen die Gitterstäbe und flüsterte ihm ins Ohr: „Ich werde heute dein Henker sein und dein Urteil gleich hier vollstrecken!"

Heron spürte die kalten Klingen ihrer Dolche an seinem Hals. Sollte sein Leben allen Ernstes so enden? Getötet von der einen, die er unbedingt wiedersehen wollte. Der Einen, die seine Neugierde auf die unbekannte Welt erst geweckt hatte.

„Vater, hilf mir! Komm zurück!", rief Heron laut und verzweifelt. Dabei starrte er in den Gang hinter Kira. Es fiel ihm schwer, zu atmen. Gleich würden sich ihre Dolche in seinen Hals bohren und sein Leben beenden. Er schloss seine Augen und bereitete sich auf das Ende vor. Doch zu seiner Überraschung geschah nichts.

Als er das kalte Metall der Dolche nicht mehr spürte, wich er vorsichtig ein paar Schritte zurück. Er öffnete seine Augen und sah, wie sich Kiras Dolche in grünen Nebel verwandelten. Kira selbst stand wie eine Statue bewegungslos da. Kurz darauf fingen erst ihre Arme und dann auch der Rest ihres Körpers an, sich in grünen Dunst aufzulösen. Gefolgt von den Gitterstäben, der Fackel und der Holzliege. Zuletzt schließlich auch die Wände, die Decke und der Boden, auf dem er stand. Alles, was Heron jetzt noch sah, war grüner Rauch. Sein Körper war wie gelähmt. Nur in wenigen kurzen Momenten war es ihm möglich, durch den grünen Schleier hindurchzusehen. Zunächst erkannte er einen riesigen braunen Gibu, der direkt vor ihm stand. Dann einige Bäume und Gräser. Schließlich tauchte vor ihm das besorgte Gesicht seines Vaters auf, ehe es endgültig dunkel um ihn wurde.

Ein unangenehmer Geruch stieg Heron in die Nase und sein Kopf dröhnte, als wäre eine Horde Gibus hindurchgelaufen. Er öffnete die Augen und sah leicht verschwommen, wie sein Vater versuchte, ihm etwas aus einer kleinen Schale einzuflößen.

„Hier, trink, mein Junge, es wird dir helfen." Heron trank ein paar Schlucke der warmen Flüssigkeit. „Das ist aufgekochte Rodarwurzel. Sie hilft dir wieder einen klaren Kopf zu bekommen. Ruh dich aus. Wir reden, wenn du wieder bei Kräften bist." Barion stellte die Schale auf den Nachttisch und lehnte sich in seinem Stuhl zurück, den er neben Herons Bett platziert hatte.

Etliche Mengen abstoßend schmeckender Rodarbrühe und eine längere Zeit im Halbschlaf später, saß Heron aufrecht in seinem Bett. Er versuchte das Erlebte in seinem Kopf zu sortieren, aber es ergab einfach keinen Sinn. „Was ist mit mir passiert, Vater? Erst dieser grüne Nebel und dann dieser absurde Traum?"

Barion seufzte. „Das war kein Nebel. Das waren die Waldzarren." Er stand auf und ging langsam im Zimmer auf und ab.

„Der Stille Wald ist ihr Reich und kommt man ihnen zu nahe, verfällt man in eine Art Schlaf. Man ist dazu verdammt, die schlimmsten Träume zu durchleben, bis man irgendwann den Verstand verliert. Viele tapfere Männer haben versucht, den Norden Pregolets durch den Stillen Wald zu verlassen. Doch bisher ist es keinem gelungen." Barion goss etwas Wasser aus einem Krug in seinen Becher und trank etwas. „Du hast sehr großes Glück gehabt, dass ich deinen Hilferuf gehört habe. Wäre ich etwas später bei dir angekommen, wärst du sicher dem Wahnsinn verfallen."

Auch Heron trank einen Schluck aus seinem Becher und lehnte sich zurück. „Was haben die Waldzarren hier bei uns zu suchen? Du sagtest doch, dass sie im Stillen Wald leben."

„Genau das ist es, was mir große Sorgen bereitet. Ich kann mir nicht erklären, warum die Waldzarren ihr Reich verlassen haben." Er setzte sich zu Heron auf die Bettkante. „Wir werden vorerst von hier fortgehen müssen. Es ist viel zu gefährlich mit den Waldzarren vor der Haustür. Außerdem muss die Garde Edumonds von diesem Vorfall erfahren."

Heron schluckte. Sie sollten ihren Hof verlassen? Es war immer sein Wunsch, die Welt und andere Wesen kennenzulernen, aber jetzt schon? Andererseits wollte er den Waldzarren nicht noch einmal begegnen und einen solchen Traum durchleben.

„Ich weiß, das kommt sehr plötzlich, aber wir haben keine Wahl." Barion erhob sich. „Ich werde die Fenster und Türen mit Decken sichern, sodass die Waldzarren vorerst nicht so leicht hereinkommen können. Morgen brechen wir dann auf nach Erbholt. Ruh dich in der Zwischenzeit weiter aus, Heron. Du wirst deine Kraft brauchen." Er wandte sich zur Tür.

„Vater, warte! Hast du bei meiner Rettung einen riesigen

braunen Gibu gesehen?"

„Einen braunen Gibu? Nein. Ich habe keinen Gibu gesehen. Warum fragst du das?"

„Ach, ist schon gut, Vater. Es gehörte wohl auch zu meinem Traum." Schulterzuckend verließ Barion den Raum. Heron kuschelte sich unter seine Decke und dachte noch eine ganze Weile nach. Seine Gefühle waren zwiegespalten. Zum einen freute er sich endlich mehr von Pregolet zu sehen und das sogar in Begleitung seines Vaters, zum anderen machte ihm genau das auch große Angst. Bis vor kurzem war ein Dirkast die größte Gefahr gewesen, die er sich vorstellen konnte, nun hatten die Waldzarren ihn eines Besseren belehrt. Wehmütig sah er sich in seinem Zimmer um. Dies war, seit er denken konnte, sein Zuhause gewesen. So sehr er auch immer fortgehen wollte, ihren Hof würde er vermissen.

Kapitel 4
Der braune Gibu

Auch wenn sie nur das Nötigste zusammengepackt hatten, war der Karren bis obenhin voll beladen. Langsam und mühevoll zog der treue Titus ihn über den Weg und schleppte außerdem noch zwei große Ledersäcke.

An der Wegbiegung drehten sie sich schweren Herzens noch einmal um. Ihr schöner idyllischer Hof. Ob sie je zurückkehren würden? Voneinander losgelöst gaben Vater und Sohn einen wehmütigen Seufzer von sich, dann gingen sie weiter.

Während sie durch den Wald liefen, erzählte Barion von einem befreundeten Wachmann namens Gregotsch. Er gehörte der Garde Edumonds an und war der Stadt Erbholt als Wache zugeteilt. Sie kannten sich schon seit ihrer gemeinsamen Zeit in Fillon. Doch mehr konnte Heron seinem Vater nicht über diese Freundschaft entlocken und so liefen sie wieder schweigend nebeneinander her.

Am Rande des Boras verlief ein schmaler Steinweg. Laut Barion war das der kürzeste Weg nach Erbholt. Auf der rechten Seite war eine fast senkrechte, hohe Steinwand, an der vereinzelt grüne Pflanzen wuchsen. Auf der linken Seite reichte ein steiler Abhang weit runter ins Tal. Heron erkannte dort unten einen Fluss, der sich zwischen mehreren Bäumen hindurch seinen Weg bahnte. Als er wieder aufsah, fiel sein Blick auf Titus, der seelenruhig den Karren hinter sich herzog, obwohl dieser mit seiner Breite kaum mehr auf den Steinweg passte. Heron ging hinter dem Gespann und beobachtete sorgenvoll, wie das Rad des Karrens immer wieder beängstigend nah an die Kante des Abhangs geriet.

„Mach dir keine Sorgen. Titus und ich sind diese Strecke schon etliche Male gelaufen. Nicht mehr weit, und der Weg wird wieder breiter." Barion führte Titus an einem Tau hinter sich her.

So gingen sie schweigend weiter, bis plötzlich ein lautes Knacken die Stille durchbrach. Barion blieb abrupt stehen, drehte sich um und stellte entsetzt fest, dass ein Stück des Weges unter der Last des Karrens weggebrochen war. Mehrere große Steine hatten sich gelöst und rollten den Abhang hinunter. Der Karren begann sich wie in Zeitlupe Richtung Abhang zu neigen.

„Oh nein, Titus!" Panisch sprang Heron auf das Gespann und versuchte den Gibu von dem Karren zu lösen.

„Heron, komm da runter, sofort!" Doch es war zu spät. Der Karren rutschte über die Kante des Abhangs und Titus wurde mit dem Karren mitgezogen. Laut brüllend versuchte er, Halt zu finden. Kurz bevor er den Rand des Abhangs erreicht hatte, gelang es ihm tatsächlich, das Abstürzen des Gespanns zu verhindern. Barion rannte hastig zum Rand des Abhangs. Ein Teil der Ladung war bereits vom Karren gefallen, doch zu seiner Erleichterung hielt Heron sich noch krampfhaft am Gespann fest. Seine Beine baumelten frei in der Luft und Angstschweiß lag auf seiner Stirn.

„Hilf mir, Vater! Ich kann mich nicht mehr lange halten!" Kaum hatte er diesen Satz ausgesprochen, da begannen die Augen Barions, orange zu leuchten. Er verschwand aus Herons Sichtfeld und kurz darauf erschallte ein ohrenbetäubendes Gebrüll, das über den ganzen Bergpass zu hören war. Heron erschrak und hätte um ein Haar den Halt verloren.

Einen Augenblick später ging ein Ruck durch das Gespann und es begann sich langsam aufwärts zu bewegen. Heron war beeindruckt, dass der alter Titus noch so viel Kraft in sich hatte. Stück für Stück wurde der Karren hinaufgezogen. Bei jedem Ruck krallten sich Herons Finger fester in das Holz.

Wenig später spürte er wieder Boden unter den Füßen, atmete durch und richtete sich auf. Erleichtert wollte er sich bei Titus für seine außerordentliche Rettung bedanken und kletterte über die Ladung nach vorne. Mit einem Satz sprang er vom Karren. Erschrocken wich er ein Stück zurück, denn ein weiterer Gibu stand vor ihm. Es war doppelt so groß wie Titus und deutlich kräftiger. Seine Stoßzähne waren gewaltig und teilten sich auf halber Länge in drei weitere weiße Stoßzähne auf. Um einen von diesen war das Tau gewickelt, mit dem Barion Titus geführt hatte. Irgendwoher kannte Heron ihn. War es nicht das gleiche Tier, das er im Wald gesehen hatte, als die Waldzarren ihn in ihren grünen Nebel eingehüllt hatten? Verwirrt starrte er das mächtige Tier an, da begann es mit tiefer, brummender Stimme zu sprechen:

„Hab keine Angst, Heron! Es ist alles in Ordnung, du bist in Sicherheit."

Fluchtartig kletterte Heron wieder auf den Wagen und versteckte sich hinter einer der Kisten. Ein sprechender Gibu? Verängstigt wagte er einen Blick über die Kante der Kiste hinweg. Der riesige Gibu begann orange aufzuleuchten. Obwohl Heron von dem Licht geblendet wurde, konnte er erkennen, wie sich die Gliedmaßen des Tieres verkleinerten, sein Fell kürzer wurde und die auffälligen Stoßzähne verschwanden. Kurze Zeit später war der Gibu verschwunden und sein Vater stand genau an der Stelle, an der eben noch das große Tier gestanden hatte. Herons

Beine wurden weich. Er lehnte sich gegen die Holzkiste und versuchte zu verstehen, was er gerade gesehen hatte.

Als Heron versuchte aufzustehen, stützte Barion ihn, bis er das Gleichgewicht wieder erlangt hatte. Fassungslos schaute er abwechselnd zu seinem Vater und zu der Stelle, an der der Gibu eben noch gestanden hatte. „Wie hast du …? Was bist du …? Seit wann kannst du …?"

„Ich wünschte, ich hätte es dir schonender beibringen können. Doch es gab keine andere Möglichkeit, dich und Titus zu retten. Ich verspreche dir, ich werde alle Fragen beantworten, aber es wird bald dunkel und wir brauchen ein sicheres Lager für die Nacht. Ein Stück weiter des Weges befindet sich eine Höhle, in der wir geschützt sind. Dort können wir in Ruhe reden."

Wenig später saßen sie in Decken gehüllt neben einem prasselnden Lagerfeuer, während Titus in einer Ecke lag und genüsslich ein Bündel Gras kaute.

„Damit du verstehst, was heute passiert ist, muss ich etwas weiter ausholen", begann Barion sein Versprechen einzulösen. „Die Gelehrten Nord-Pregolets behaupten, dass schon vor sehr langer Zeit Wesen unterschiedlicher Rassen auf Pregolet lebten. Ursprünglich blieb jede Rasse für sich und pflegte keinen Kontakt mit den anderen. Im Laufe der Zeit änderte sich das und so geschah es, dass sich Wesen verschiedener Rassen miteinander paarten. Dadurch entstanden immer mehr Mischformen von Wesen. Da der menschliche Anteil dabei der dominante blieb, unterschieden sie sich irgendwann nur noch durch die Hautfarbe und die ein oder andere Besonderheit voneinander. Denk zum Beispiel an deine rote Bekanntschaft von der Lichtung."

Heron nickte, als er sich an Kiras Schwanz erinnerte.

Barion sprach weiter: „Irgendwann bemerkten einige dieser Menschen, dass sie über eine gewisse Begabung verfügten. Sie konnten Dinge tun, die für normale Menschen unmöglich waren. Menschen mit einer solchen Begabung bezeichnen wir als Pahle. Ihre Fähigkeit nennt man ebenfalls Pahle. Häufig ist sie nicht sehr stark. Ein Beispiel für so eine Pahle war deine Großmutter. Sie konnte mit ihrer Fähigkeit an jeder Stelle, auf die sie ihre Hand legte, Blumen wachsen lassen. Sicher war das eine sehr schöne Gabe, aber besonders nützlich war sie nicht. Hin und wieder gab es auch Menschen wie mich, welche zwei Fähigkeiten hatten. Diese nennt man Dupahle. Neben der Pahle haben wir eine weitere Fähigkeit, welche dementsprechend Dupahle genannt wird. Die Dupahle ist von beiden Fähigkeiten die mächtigere. Häufig haben die beiden Kräfte auch einen gemeinsamen Nutzen oder eine geteilte Besonderheit." Barion machte eine kurze Pause, um weiteres Feuerholz auf die Glut zu werfen.

Wie schon so oft in letzter Zeit, hatte Heron staunend den Erzählungen seines Vaters gelauscht. Jetzt nutzte er die Redepause, um eine Frage zu stellen. „Gibt es auch Menschen mit drei oder noch mehr Fähigkeiten?"

Barion dachte einen Moment lang nach, ehe er antwortete. „Das weiß ich nicht, Heron. Bisher ist mir noch keiner begegnet. Aber sollte es so jemanden geben, wäre er wahrscheinlich sehr mächtig. Wenn die Pahle die schwächere Fähigkeit ist und die Dupahle die stärkere, wie stark wäre dann eine Tripahle?"

Heron sah Barion fragend an. „Was sind denn eigentlich deine Fähigkeiten? Ich habe nur deine Verwandlung gesehen."

„Du weißt, dass ich sehr stark bin. Stimmt. Das ist meine Pahle." Barion deutete mit seinem Finger auf seinen Oberarm.

„Ich habe es schon sehr früh bemerkt. Als ich fünf Jahre alt war, konnte ich bereits mit Leichtigkeit unseren Küchentisch hochheben. Dies ist sicher eine der nützlicheren Pahlen. Doch meine Dupahle ist noch mächtiger. Wie du schon miterlebt hast, kann ich mich in einen großen Gibu verwandeln. In der Gestalt bin ich noch stärker und enorm schnell. Jedoch hat meine Dupahle auch einen Nachteil gegenüber der Pahle. Sie ist kräftezehrend und ich kann sie nur eine gewisse Zeit lang nutzen." Barion nahm Pfeife und Tabak aus seinem Beutel.

„Könnte es sein, dass ich auch ein Pahle oder Dupahle bin?", fragte Heron aufgeregt.

„Das ist gut möglich. Viele vermuten, dass solche Fähigkeiten vererbbar sind. Bisher ist mir an dir nichts aufgefallen, was aber nichts bedeuten muss. Mal zeigt sich die Pahle früh, so wie bei mir, mal spät. Spätestens in der Schmiede wirst du erfahren, ob du ein gewöhnlicher Mensch, ein Pahle oder ein Dupahle bist."

Heron riss verwundert die Augenbrauen hoch. „Die Schmiede? Was ist das?"

„Die Schmiede liegt im Westen Nord-Pregolets. Es ist der Ort, an den alle Menschen Edumonds gehen müssen, wenn sie zwanzig Jahre alt sind. Dort findet die Lesation statt. Das ist eine Art Zeremonie, bei der die Menschen in drei Gruppen eingeteilt werden. Die ohne Fähigkeit, die Pahle und die Dupahle. Nach der Lesation wird ihnen viel Nützliches und Wissenswertes über Nord-Pregolet beigebracht. Außerdem wird Pahlen sowie Dupahlen geholfen, ihre verborgenen Kräfte zu finden, sollten sie noch nicht entdeckt worden sein. Schließlich lernt jeder auch diese Macht zu kontrollieren. Die Menschen ohne Pahle und Dupahle werden zum Jahreswechsel ihrer Berufung zugeteilt. Sie verlassen die Schmiede daraufhin. Pahle und Dupahle bleiben dort und lernen weiter." Barion gähnte.

„Werde ich auch zur Schmiede gehen?"

Diese Frage war Barion spürbar unangenehm. „Jeder muss in die Schmiede gehen. Das ist, wie ich schon sagte, Gesetz in Edumond. Ursprünglich hatte ich geplant, dich von dieser Pflicht zu entbinden." Heron schaute fragend auf und versuchte eine Antwort in Barions Gesicht zu finden. Sein Gesichtsausdruck wirkte gequält, er schien mit sich selbst zu hadern. „Ja, ich wollte gegen das Gesetz verstoßen und dich nicht in die Schmiede schicken." Barion stockte und suchte nach den richtigen Worten. „Seit Elenora gestorben ist, habe ich nur noch dich. Es ist meine Aufgabe, dich vor allem Übel zu bewahren und zu beschützen. Die Welt da draußen birgt viele Gefahren und ich mache mir immer Sorgen, dir könnte etwas zustoßen. Ich will dich nicht auch noch verlieren. Doch nun haben uns die Waldzarren aus unserer Heimat vertrieben. Die Gefahr ist nah und du musst vorbereitet sein."

Heron legte seine Hand auf den Arm seines Vaters. „Ich verstehe deine Beweggründe. Aber warum begleitest du mich nicht in die Schmiede?"

Barion schüttelte den Kopf „Das geht leider nicht. Die Schmiede wirst du allein absolvieren müssen. Es war auch für mich ein großes Ereignis. Ich habe dort nicht nur meine Dupahle gefunden." Barion dachte einen Moment lang nach. „Ich könnte dir jetzt von meinen Erlebnissen erzählen, aber eigentlich möchte ich es nicht. Es ist einige Zeit vergangen, seit ich dort war, Vieles wird sich geändert haben. Eines kann ich dir aber sagen: Die Bewahrer der Schmiede, wie man die Ausbilder dort nennt, haben klare und strukturierte Vorgehensweisen. Sie wirken oft hart und drastisch, jedoch wollen sie nur das Beste aus dir herausholen. Gib dich so wie du bist, lerne, was es zu lernen gibt und vor allem: Sei mutig. Dann wirst du deine Zeit dort nicht bereuen."

Heron schwieg einen Moment. Er hatte gehofft, mehr über die Schmiede zu erfahren, stattdessen gab die Antwort ihm noch mehr Rätsel auf. „Und was ist, wenn ich keine Fähigkeiten habe? Wärst du dann enttäuscht?"

„Nein, Heron. Ein Mensch wird nicht an seinen Pahlen oder Dupahlen gemessen." Barion klopfte seinem Sohn aufmunternd auf die Schulter. „Mach dir nicht so große Sorgen. Ich werde immer stolz auf dich sein. Ob du nun ein Pahle, ein Dupahle oder einfach Heron bist." Herons sorgenvolle Miene verschwand und ein Lächeln huschte über sein Gesicht.

Barion legte sich auf sein Feldbett. „Ich denke, das waren für einen Tag erstmal genug Informationen. Ich bin müde und wir müssen morgen früh aufbrechen, damit wir Erbholt vor Sonnenuntergang erreichen."

Kapitel 5
Die Waldstadt Erbholt

Es dämmerte bereits, als Barion und Heron endlich Erbholt erreichten. Die rotglühende Sonne strahlte durch die Spitzen der Tannen auf die Stadt, die aus zahlreichen unterschiedlich großen Holzhäusern bestand. Zwei breite Straßen kreuzten sich in der Mitte und verbanden viele kleine Wege miteinander. Als sie die Kreuzung überquerten, kamen sie an einem großen Steinplatz mit einem Brunnen vorbei. Einige Händler waren gerade dabei, ihre Waren zu verstauen und die Geschäfte für heute ruhen zu lassen. Heron betrachtete sie verstohlen. Er wollte nicht unhöflich sein, konnte seinen Blick jedoch nicht von all den überwältigenden neuen Eindrücken abwenden. Vor einem besonders großen Haus, das an der Hauptstraße lag, blieben sie stehen. Heron hatte noch nie ein Haus mit zwei Stockwerken gesehen. Eine Reihe großer Fenster wies zur Straße hin. Daneben befand sich ein Unterstand, in dem neben einem Karren genug Platz für zwei weitere war.

„Das muss das Haus von Vaters Freund Gregotsch sein", dachte Heron, als Barion an die Holztür klopfte. Kurz darauf öffnete sich die Haustür und ein älterer Mann mit grauem Haar trat heraus. Er trug einen Vollbart und sein Gesicht wies bereits einige Falten auf. Eine orangefarbene Sonne an der Brust zierte seine blassgelbe Uniform. Seine Hose schien etwas in die Jahre gekommen zu sein und saß an der Hüfte ziemlich eng. Mit einem großen Schritt ging er auf Barion zu und legte ihm freundschaftlich seine Hand auf die Schulter.

„Barion, schön dich wiederzusehen."

Barion erwiderte die Geste. „Die Freude ist ganz meinerseits."

Der Mann wandte sich Heron zu und reichte ihm seine Hand. „Ich bin Gregotsch, Wachmann der Garde von Edumond, Hüter von Erbholt. Du musst Barions Sohn sein. Es ist mir eine Freude, dich endlich kennenzulernen!"

Zaghaft ergriff Heron Gregotschs Hand. „Mein Name ist Heron."

„Ganz wie der Vater. Kein Wort zu viel sagen." Gregotsch schmunzelte. „So, kommt herein, ihr habt bestimmt Hunger." Einladend deutete er auf die weit offene Haustür. „Immer herein in die warme Stube. Fühlt euch ganz wie zu Hause."

„Vielen Dank mein Freund", wusste Barion den herzlichen Empfang zu schätzen. „Aber können wir vorher Titus und den Karren zu deinem Unterstand bringen?"

Gregotsch sah zwischen Barion und Heron hindurch zu dem Gespann. „Ihr habt ja euren halben Hausstand dabei! Das müsst ihr mir gleich erklären."

Nachdem der Karren verstaut und Titus versorgt war, betraten die drei gemeinsam das Haus. In der Mitte der großen Wohnstube stand ein langer Esstisch mit sechs Stühlen und vor einem steinernen Kamin lag das schwarze Fell eines erlegten Tieres. Heron vermutete, dass es einem Dirkast abgezogen worden war. An den Wänden hingen mehrere Waffen, größtenteils Schwerter, die das Licht des kerzenbestückten Kronleuchters widerspiegelten. In der Ecke neben einer der Türen, die von dem Raum abgingen, stand ein großer Käfig mit zahlreichen kleinen blauen Vögeln darin. Heron betrachtete die Tiere neugierig, wie sie fröhlich zwitschernd von Stange zu Stange flogen. Eine junge Frau betrat den Raum. Sie war ungefähr in seinem Alter. Ihr langes, weißblondes Haar fiel über ihr dunkelblaues Samtkleid, über welchem Sie eine weiße Schürze trug. Ihre blasse Haut wirkte weich und ihre Gesichtszüge noch etwas kindlich.

Als sie den unerwarteten Besuch sah, erschrak sie. Um ein Haar hätte sie die Schale voll gegartem Gemüse fallengelassen. Gerade noch konnte Sie die Balance halten und stellte Sie auf dem Tisch ab. „Vater! Ich wusste nicht, dass wir Besuch erwarten. Darauf war ich nicht vorbereitet!"

„Aber Alma, du kennst doch meinen alten Freund Barion. Und der junge Mann hier ist sein Sohn Heron. Außerdem weißt du doch, was ich zu sagen pflege."

Alma seufzte. „Ich weiß, Vater. An deinem Tisch ist für Freunde immer ein Platz frei." Ihr Blick und der von Heron kreuzten sich, woraufhin sie leicht errötete.

Gregotsch rieb sich zufrieden die Hände. „Na also, dann decke bitte noch für unsere Gäste ein." Mit einem verschmitzten Grinsen wandte er sich Barion zu: „Du musst doch bestimmt Hunger haben wie ein Gibu."

Nach dem Essen saßen sie zusammen am lodernden Feuer des Kamins. Alma hatte auf Wunsch ihres Vaters, zwei Flaschen vom guten Erbholter Weißwein aus der Kammer geholt.

Gregotsch schenkte allen. „Jetzt, wo die Bäuche gefüllt sind und der Durst gelöscht ist, wollt ihr mir nicht sagen, was euch beide in unser beschauliches Städtchen führt?" Er blickte Barion und Heron abwechselnd fragend an. „Ihr habt den langen Weg mit eurem halben Hab und Gut sicher nicht wegen unseres

Weines zurückgelegt."

Barion legte seine Stirn in Falten und begann von den Geschehnissen zu berichten. Er erzählte von Herons Begegnung mit der Karkatin, von seiner Kampfausbildung und wie diese von den Waldzarren unterbrochen wurde. Während Barions Ausführungen wurde auch Gregotschs Miene ernster.

Heron bemerkte nicht, wie Alma ihn musterte. Immer wieder blieb ihr Blick an seinen muskulösen Schultern, seinem langen grünen Haar und seinen fast weißen Lippen hängen. Gerade als sie den Mut gefasst hatte, Heron anzusprechen, ergriff ihr Vater das Wort.

„Das sind besorgniserregende Neuigkeiten. Wir müssen die südlichen Wälder im Blick behalten." Er wandte sich Alma zu: „Könntest du einen deiner Rigas schicken, um auf Barions Hof nach dem Rechten zu sehen? Er soll berichten, wenn sich die Waldzarren weiter nördlich bewegen."

Mit einem Nicken stand Alma auf, ging zu dem kleinen Käfig und öffnete ihn vorsichtig. Sie umschloss einen der Vögel mit ihren Händen und flüsterte ihm etwas zu. Gregotsch sprach währenddessen weiter. „Ich mag diese Rigas. Sie sind nicht nur sehr zutraulich, Sie können auch weite Strecken zurücklegen. Außerdem sind sie sehr zuverlässig, wenn Alma ihnen eine Aufgabe gibt." Gregotsch stutzte, als er Herons Verwunderung bemerkte. „Ach, dein Vater hat dir sicher nicht erzählt, dass Alma eine Pahle ist. Sie kann mit Tieren sprechen."

Fasziniert sah Heron zu, wie Alma ihre Anweisungen an den Riga beendete. Sie öffnete ein Fenster und ließ den Vogel hinausfliegen, während ihr Vater weitersprach.

„Da ihr vorerst nicht auf euren Hof zurückkehren könnt, wohnt ihr selbstverständlich bei uns. Seid unsere Gäste, solange ihr möchtet!" Alma wusste ihre Freude kaum zu verbergen, ein glückliches Lächeln umspielte ihren Mund. Gregotsch fuhr fort: „Barion, wir sollten die benachbarten Dörfer über die Vorfälle im Süden informieren. Das wird einige Zeit in Anspruch nehmen."

„Aber was ist mit meiner Ausbildung?", entfuhr es Heron.

„Dafür habe ich einen Vorschlag", erwiderte Gregotsch. „Mein Sohn Taran könnte dich weiter lehren. Er wird morgen von seiner Reise zurück sein. Natürlich nur, wenn Barion damit einverstanden ist?"

„Das bin ich. So erhält Heron die Gelegenheit, auch von jemand anderem zu lernen, bevor er im nächsten Jahr in die Schmiede geht."

„Prima, das passt sehr gut. Auch Alma wird nächstes Jahr zur Sonnenvereinigung in die Schmiede gehen. Da können die beiden zusammen reisen."

Heron mochte den Tag der Sonnenvereinigung. Er lag genau in der Mitte des Jahres. Über das Jahr hinweg näherten sich Egoleit und Egolet Tag für Tag einander an, bis sie zur Sonnenvereinigung eins wurden. Das daraus entstehende Lichtspiel hatte Heron oft mit seinem Vater bewundert.

„Heron?", sprach Gregotsch mit lauter Stimme. Er zog ihn damit aus seinen Gedanken. „Du bist genauso ein Träumer wie meine Alma." Alma warf ihm einen genervten Blick zu und Gregotsch hob entschuldigend die Hände, ehe er seine ursprüngliche Frage wiederholte. „Was hältst du von meinem Vorschlag, zusammen mit Alma zur Schmiede zu reisen? Ich würde mich besser fühlen, wenn du sie begleitest."

„Natürlich gehe ich gerne zusammen mit Alma in die Schmiede." Heron gefiel der Gedanke, nicht allein reisen zu

52

müssen.

„Hervorragend!", freute sich Gregotsch. Alma strahlte über das ganze Gesicht und schien ebenfalls mit dem Plan ihres Vaters sehr einverstanden zu sein.

Die Sonnen waren bereits beide aufgegangen, als Heron am nächsten Tag die Stube betrat. Alma saß am gedeckten Frühstückstisch und sprach mit einem Mann mittleren Alters. Sein halblanges, glattes braunes Haar trug er zur Seite gescheitelt. Er strich sich gerade ein paar Krümel von seinem braunen Waffenrock. Sie landeten auf seiner engen schwarzen Stoffhose, die er passend zu seinem schwarzen Hemd unter dem Waffenrock trug. Die Art und Weise, wie er sich etwas tollpatschig der Krümel entledigte, und das leicht faltige, freundliche Gesicht wirkten sympathisch auf Heron.

Alma unterbrach ihr Gespräch, als sie Heron erblickte. „Guten Morgen! Setz dich zu uns und greif zu!" Der junge Mann musterte Heron neugierig. „Da meine Schwester keine Anstalten macht, mich vorzustellen ..." Er warf Alma scherzhaft einen strafenden Blick zu. "Ich bin Taran."

Heron mochte ihn auf Anhieb. Taran berichtete ihm von seiner Reise nach Fillon. Wie einst auch sein Vater, hatte er sich darum beworben, der Garde von Edumond beizutreten. Leider galt es als sehr schwierig, bei der Garde aufgenommen zu werden. Doch durch die guten Beziehungen seines Vaters konnte er sich in den Ausbildungshallen vorstellen und hatte vier Wochen lang Gelegenheit, seine Eignung zu beweisen.

„Sie versprachen mir, eine Nachricht zu schicken, sobald sie eine Entscheidung gefällt haben. Dann werde ich erfahren, ob ich zum Wachmann der Garde ausgebildet werde. Was ist mit dir, Heron?" wechselte Taran das Thema. „Alma erzählte mir, dass ich dir beibringen darf, wie man sich im Kampf bewährt."

Heron nickte aufgeregt. „Ich wäre dir überaus dankbar, wenn du mich unterrichten würdest."

Taran sprang auf und ergriff sein Schwert, das neben der Eingangstür auf einer Truhe gelegen hatte. „Dann an die Arbeit! Lass uns sehen, was dir ein zukünftiger Wachmann der Garde alles beibringen kann."

Den Rest des Tages verbrachten sie auf einer Wiese hinter dem Haus. Tarans Fähigkeiten mit dem Langschwert waren beeindruckend. Er schwang die schwere Waffe, als wäre sie aus Holz. Währenddessen saß Alma an einen Baum gelehnt im Gras. Ein Buch lag auf ihren Knien, doch schien sie das Umblättern beim Lesen zu vergessen.

Am Abend kamen Barion und Gregotsch zurück. Sie hatten das Haus schon früh verlassen, um die ersten benachbarten Dörfer über das ungewöhnliche Verhalten der Waldzarren zu informieren. Als die jungen Männer ihre Väter erblickten, unterbrachen sie ihre Kampfübungen und während Taran seinen Vater begrüßte, gesellte sich Heron zu Alma.

„Alma?", fragte er vorsichtig. Was liest du da gerade?"

Verlegen starrte Alma auf ihr Buch und drehte es leicht zur Seite, um unbemerkt den Titel zu lesen. Dann erwiderte sie schüchtern: „Das sind Gedichten und Erzählungen über die Geschichte von Nord-Pregolet." Sie fasste all ihren Mut zusammen: „Setz dich doch zu mir. Dann können wir gemeinsam darin lesen."

Heron zögerte und sah beschämt zu Boden. „Ich kann nicht lesen. Ich habe es nie gelernt."

Alma lächelte ihm aufmunternd zu: „Das macht doch nichts. Wenn du möchtest, lese ich dir aus dem Buch vor."

Dankbar nickte Heron und setzte sich neben sie an den Baumstamm. Er rückte nah genug heran, um zumindest die zahlreichen Zeichnungen betrachten zu können.

„Dies ist ein altes Gedicht über die Geschichte der beiden Reiche des Nordens." Errötend begann Alma zu lesen.

Die Könige des Nordens von Pregolet

Einst lebte ein König
er war ehrlich und gut
führte sein Volk löblich
mit Stolz und mit Mut

Er hatte zwei Söhne
von edler Gestalt
einer der Schöne
der andere voll Gewalt

Sie stritten sich ständig
wer mehr sich bewarb
um die Gunst ihres Vaters
bis der einst verstarb

Wer sollte nun führen
das Volk und das Land
wem sollte gebühren
des Königs Gewand

Die Lösung blieb aus
und so kam der Entschluss
dass zum Frieden des Volkes
das Land sich teilen muss

Der Schöne der beiden
er gab nach wie gewohnt
bekam den Sand und die Weiden
und nannte sie Edumond

Der böse Geselle
mit reichlich Verstand
bekam das Land mit der Quelle
es wurde Zarkotien genannt

Dennoch kam es zum Krieg
das Leben wurde blasser
jeder wollte den Sieg
und das wertvolle Wasser

Nachdem Unzählige verschieden
und Jahre vergangen
beschloss man den Frieden
die Verhandlungen begannen

Man erschuf einen Wettstreit
in der Arena zum Tale
und zu jeder Sommerzeit
begann der Kampf der Dupahle

Heron blickte gedankenverloren in die Baumkrone.

„Was hast du, Heron? Hat es dir nicht gefallen?", fragte Alma vorsichtig.

Er löste seinen Blick von den Bäumen. „Doch, es war sehr schön. Aber ich frage mich, ob die Geschichte wahr ist?"

Alma nickte. „Ja, das ist sie. In den alten Kriegen sind so viele Menschen gestorben, dass die damaligen Könige beschlossen, einmal im Jahr den Kampf der Dupahle auszutragen. Es ist ein brutaler Wettstreit, das hat Vater mir zumindest so berichtet. Das Reich, welches den Sieg davonträgt, erhält für das darauffolgende Jahr die Besitzrechte über die Wasserquelle im Norden. Die Einwohner des Verliererreiches müssen sich ihre Wasserration dann erkaufen. Wenn sie es sich denn leisten können." Alma schwieg einen Moment, bevor sie traurig fortfuhr: „Wir hier im Süden bekommen das nicht so mit, denn bei uns gibt es Seen und Bäche. Doch weiter im Norden, wo die Wüste Edu sich ausbreitet, ist es unmöglich für die Menschen, ohne die Quelle an trinkbares Wasser zu kommen. Durch die große Entfernung zwischen Erbholt und Fillon ist es auch undenkbar, Trinkwasser von hier in die Hauptstadt zu bringen. Selbst wenn man solch große Gefäße hätte, würde das meiste Wasser in der Wüste Edu verdunsten. Edumond hat seit vielen Jahren keinen Kampf der Dupahle mehr gewonnen. Die Menschen in Fillon leiden und kaum einer kann sich mehr Wasser aus der Quelle leisten." Sie strich leicht mit einer Hand durch das Gras. „Meine Großmutter lebt in Fillon. Wir haben ihr mehrfach angeboten, sie nach Erbholt zu holen, aber sie möchte ihre Heimat einfach nicht verlassen."

Betroffen sah Heron zu Alma. In ihrem Gesicht spiegelten

sich der Schmerz und die Hoffnungslosigkeit wider. Er hatte sich noch nie Gedanken um Wasser machen müssen und fühlte sich hilflos. Was sollte er sagen? Was konnte er tun? Er entschied sich dazu, Alma auf andere Gedanken zu bringen. „Bringst du es mir bei?"

Alma schaute irritiert auf. „Was beibringen?"

Heron deutete mit der Hand auf das Buch. „Lesen natürlich."

Jetzt verstand sie. „Gerne. Gerne bringe ich es dir bei." Lächelnd schlug sie das Buch wieder auf.

Kapitel 6
Die Abschiedsfeier

In den nächsten Wochen übten Heron und Taran täglich. Alma gesellte sich regelmäßig zu ihnen, wenn sie mit der Arbeit im Haus fertig war. Fasziniert folgte sie den Bewegungen der beiden Kämpfer und fieberte mit, wenn Heron Schwierigkeiten hatte, sich Tarans gekonnten Angriffen zu erwehren. Heron hingegen war viel zu sehr auf den Kampf konzentriert, um dies zu bemerken. Taran jedoch kannte seine Schwester gut und ließ keine Gelegenheit aus, sie deswegen zu necken.

Am Abend, sobald die Dunkelheit sie an weiteren Kämpfen hinderte, brachte Alma Heron das Lesen bei. Er war Alma sehr dankbar für ihre Freundlichkeit und erwiderte ihre strahlenden Blicke mit einem glücklichen Lächeln.

So verging ein halbes Jahr und eine dicke Schneedecke legte sich auf Erbholt. Taran und Heron hatten ihre täglichen Kampfübungen in eine Scheune des Nachbarhauses verlegt. Auch wenn es darin nicht viel wärmer war als draußen, so war es zumindest windgeschützt und man hatte einen festen Stand. Herons Fähigkeiten mit dem Schwert hatten sich sehr verbessert.

Das spürte auch Taran gerade am eigenen Leib. Heron hatte ihn nach einer langen Schlagfolge an die Wand gedrängt. Die Schwerter der beiden kreuzten sich vor seiner Brust. Er versuchte sich krampfhaft aus der misslichen Lage zu befreien. „Du bist stärker geworden, mein Freund", ächzte er unter großer

Anstrengung. „Aber es gibt ein paar Tricks, die du noch nicht kennst." Kaum hatte Taran dies ausgesprochen, brachte er seinen rechten Fuß hinter den linken von Heron und gab ihm einen mächtigen Stoß.

Doch Heron streckte sich flink im Fallen nach hinten über. Mit seiner linken Hand stütze er sich ab, machte einen Überschlag rückwärts und trat Taran das Breitschwert aus der Hand, um es dann in sicherer Entfernung aufzufangen.

„Den Trick kannte ich schon." Mit breitem Grinsen ging Heron auf Taran zu und hielt seinem verdutztem Übungspartner den Griff seines Schwerts entgegen.

„Nicht schlecht, Heron, wirklich nicht schlecht. Ich glaube, ich kann dir nicht mehr viel beibringen." Er klopfte Heron anerkennend auf die Schulter. „Lass uns für heute Schluss machen."

In der Zwischenzeit hatte es angefangen, stark zu schneien. Als sie sich dem Haus näherten, sahen sie, dass jemand in der Tür stand. Es war Gregotsch. Er hielt einen Umschlag in der Hand, der mit einem Wachssiegel verschlossen war.

„Ist er von der Garde?", rief Taran ihm aufgeregt zu.

Gregotsch nickte kaum merklich. „Ja, ist er. Ich habe ihn noch nicht geöffnet. Aber kommt erstmal rein in die warme Stube." Rasch traten sie ins Haus und Gregotsch bat Alma, Wein aus der Kammer zu holen. „Wir haben gleich etwas zu feiern."

Taran stutzte. „Aber Vater, wenn du den Brief noch nicht geöffnet hast, was gibt es denn dann zu feiern?"

Gregotsch legte eine Hand auf seine Schulter und reichte ihm den Umschlag. „Du bist ein ausgezeichneter Schwertkämpfer, loyal, gutherzig und ehrlich. Du hast alles, was ein Wachmann der Garde braucht. Doch selbst, wenn du nicht angenommen wurdest, bin ich stolz darauf, mit welchem Eifer du versucht hast, in meine Fußstapfen zu treten."

Taran lächelte gerührt und nahm den Brief entgegen. „Danke für deine Worte Vater. Ich lernte vom Besten."

Alle warteten gespannt. Taran öffnete das Siegel und entnahm den Brief. Während er las, verzog er keine Miene. Erst als er fertig war, hob er langsam den Kopf und sagte leise:

„Ich bin angenommen worden." Auf seinem Gesicht breitete sich ein Lächeln aus und seine Augen begannen vor Glück zu strahlen. „Ich werde tatsächlich ein Wachmann Edumonds!", schrie er vor Freude.

„Auf Taran, das zukünftige Mitglied der Garde von Edumond!", ergriff Gregotsch stolz das Wort und hob seinen Becher. „Auf Taran!" Die Becher klangen und Barion griff zu seiner Laute.

Es wurde eine lange Nacht und mehr als einmal drehten sich Heron und Alma im Tanz.

Der folgende Tag brachte starke Schneestürme und eisige Temperaturen. Alma sorgte sich um ihre drei Rigas, die sie zuletzt nach Süden geschickt hatte, nachdem der erste mit schlechter Kunde zurück gekehrt war. Die Waldzarren belagerten noch immer Barions Hof und Gregotsch hatte Alma angewiesen, ihre kleinen blauen Vögel in das Gebiet südlich des Boras zu senden, um weitere Nachrichten zu erhalten. Keiner von ihnen war bisher zurückgekehrt.

Die Kälte hielt fast den ganzen Winter an, weshalb Taran und Heron ihre Übungen deutlich einschränken mussten.

Stattdessen kehrten Heron und Taran regelmäßig in das Wirtshaus von Erbholt ein. Dort lernte Heron viele freundliche Dorfbewohner Erbholts kennen. Die meiste Zeit verbrachte Er aber mit Alma. Allmählich verstand auch er, dass sie mehr für ihn empfand als nur Freundschaft. Zu seinem Bedauern jedoch konnte er diese Zuneigung nicht erwidern. Sein Herz gehörte einzig und allein Kira. Natürlich hatte er sie nur kurz gesehen und gerade einmal ein paar Worte mit ihr gewechselt, dennoch fühlte er sich seit ihrer Begegnung zu ihr hingezogen. Ihr Lächeln, kurz bevor sie verschwand. Ihre anmutige Gestalt, als sie den Baum hinunterkletterte. Oft fragte er sich, ob er Kira je wiedersehen würde.

Nach einem langen Winter wurde es endlich Frühling in Erbholt. Der Schnee war geschmolzen und die Tannen zeigten wieder ihr grünes Nadelkleid. Nun waren auch deutlich die Schäden zu sehen, die Stürme und der schwere Schneefall, an den Häusern der Stadt hinterlassen hatten. Überall wurden nun Dächer neu eingedeckt und zerbrochene Fensterscheiben ersetzt. Heron und Taran packten kräftig mit an und halfen, wo sie konnten. Barion und Gregotsch zerschlugen einen Baum, den der Sturm vor dem Haus entwurzelt hatte. Er hatte nur knapp das Dach der Scheune verfehlt.

Während in Erbholt allmählich wieder der Alltag einkehrte, planten Heron und Alma ihre Reise zur Schmiede und Taran bereitete seinen Umzug nach Fillon vor. Seine Ausbildung sollte nur wenige Tage nach der Sonnenvereinigung beginnen. So konnten sie alle gemeinsam aufbrechen. Gregotsch und Barion hatten beschlossen, Taran nach Fillon zu begleiten. Denn auch wenn sie noch immer nicht wussten, wie es um die Lage jenseits des Boras stand, so musste Gregotsch dem König Bericht erstatten. Am Tag nach Herons Geburtstag wollten Sie aufbrechen.

Schließlich war es so weit. Der Tag der Abreise war nah. Die Bürger Erbholts waren stolz, dass einer der ihren in die Garde Edumonds aufgenommen werden sollte und veranstalteten ein Abschiedsfest für Taran. Auf dem Dorfplatz waren Tische und Bänke aufgestellt worden und eine kleine Bühne wurde mitten auf der Kreuzung der beiden Hauptstraßen errichtet. Zahlreiche Lampions und Girlanden hingen oben zwischen den Tannen. Mit Einbruch der Dämmerung begannen die Feierlichkeiten. Alle Tische waren voll besetzt und die Damen des Dorfes servierten köstliche Speisen. Die Dorfkapelle spielte und der Erbholter Wein floss in rauen Mengen.

Irgendwann betrat Taran nach mehrmaliger Aufforderung seines Vaters die Bühne. Gregotsch war der Meinung, das Taran bei einem Fest zu seinen Ehren wenigstens ein paar Worte des Dankes sprechen sollte.

Sichtlich nervös verschaffte sich Taran Gehör. „Seid gegrüßt, Erbholter. Bitte lasst mich ein paar Worte an euch richten." Die Gespräche verstummten. „Erst einmal möchte ich mich bei allen Anwesenden bedanken. Ihr seid immer wie eine große Familie für mich gewesen und dass ihr heute dieses Fest für mich bereitet habt, erfüllt mich mit großer Freude. Mein größter Traum geht nun in Erfüllung, endlich kann ich Gutes für unser Land tun, im Namen aller Erbholter." Ein Großteil der Leute, die an den Tischen saßen, stand auf und begann zu klatschten. Es waren auch Jubelrufe zu hören. Als es wieder ruhiger wurde, fuhr Taran fort. „Ich möchte noch ein paar ganz besonderen

Menschen danken. Zuerst zu dir, Heron." Taran zeigte mit der Hand auf ihn. „Du bist mir im letzten Jahr ein Freund geworden. Ich hoffe, diese Freundschaft verbindet uns weiter, auch wenn unsere Wege sich trennen." Heron nickte ihm verlegen zu. „Natürlich möchte ich auch meiner Schwester danken, die es all die Jahre mit mir ausgehalten hat." Gelächter brach aus und Taran beugte sich zu seiner Schwester hinunter, die vor der Bühne stand. Er gab ihr lächelnd einen Kuss auf die Stirn. Dann richtete er sich wieder auf und fuhr mit seiner Rede fort. „Und zu guter Letzt möchte ich meinem Vater danken. Du warst mir immer ein Vorbild an Tapferkeit und Disziplin. Stets hast du an mich geglaubt und mich ermutigt. Dafür möchte ich dir von ganzem Herzen danken." Gregotsch stand sichtlich gerührt neben Alma, die nun liebevoll den Arm um die Hüften ihres Vaters legte. Taran wandte sich wieder der Menge zu und breitete seine Arme aus. „So, und nun lasst uns feiern und den Abend unvergesslich machen!" Die Kapelle begann wieder zu spielen und Taran verließ, getragen vom Applaus der Menschen, die Bühne.

Jeder wollte sich von ihm verabschieden und auf die Schulter klopfen. Letztlich kam er bei Heron an, der etwas abseits an einem der Tische saß. „Ich werde die Menschen hier vermissen."

Heron legte ihm tröstend seine Hand auf den Rücken. „Ich glaube, sie werden dich auch vermissen, genau wie ich."

Taran nickte. „Ich werde versuchen jedes Jahr mindestens einmal hierher zu kommen. Und dich treffe ich hoffentlich in Fillon, wenn du deine Zeit in der Schmiede hinter dir hast."

„Ich bin mir sicher, wir begegnen uns wieder. Wenn nicht in Fillon, dann an einem anderen Ort."

Plötzlich riss Taran die Augen auf. „Wir haben noch gar nicht auf deinen Geburtstag angestoßen! Das holen wir sofort nach!

Und grinsend verschwand er in Richtung Ausschank."

Irgendwann kam Barion zu ihnen und bat Heron, mit ihm zu kommen. Sie entfernten sich von den Feierlichkeiten und gingen zurück zum Haus. Während Barion hineinging, um etwas zu holen, wartete Heron auf einer Bank neben der Tür. Es war eine Wundschöne, sternenklare Sommernacht und der fast volle Mond tauchte alles in einen leichten Schimmer. Heron mochte die Tage vor der Sonnenvereinigung. Es waren die Tage, an denen sich Egoleit und Egolet schon teilweise überlappten, wodurch auf unerklärliche Weise Getos leicht rötlich schien. Barion kehrte mit einem langen Gegenstand zurück, der in ein Tuch gewickelt war, und setzte sich zu ihm. Um sein Handgelenk hing ein kleiner Lederbeutel.

„Du bist mittlerweile ein sehr guter Kämpfer geworden", begann er. „Aber jeder Kämpfer ist auch nur so stark wie seine Waffe." Mit diesen Worten legte er Heron den Gegenstand auf den Schoß. „Ich will, dass du dich und Alma auf eurer Reise beschützen kannst."

Heron betrachtete den Gegenstand vor sich. Er war schwer und fühlte sich selbst durch das Tuch kalt an. Langsam und vorsichtig wickelte er ihn aus. Zum Vorschein kam ein Prächtiges Schwert. Der Griff war mit schwarzem Leder ummantelt, in das ein Zeichen aus Metall eingenäht war. Es war dasselbe Zeichen, das Barion in Herons Kleidung hatte einprägen lassen: Ein Baum, umgeben von einem verzierten Ornament. Als Heron den Griff umfasste, spannten sich unwillkürlich die Muskeln in seinem Arm. Langsam nahm er die Waffe auf, beschrieb mit der Klinge einen Bogen und ließ die Spitze zum Himmel weisen. Das rote Mondlicht schien auf dem glänzenden Metall zu schwimmen wie pulsierendes Blut.

„Dieses Schwert hat einst deiner Mutter gehört. Es gibt kein zweites seiner Art. Sie besaß es bereits, bevor ich sie kennengelernt habe. Sein Name ist Dolor."

Erneut merkte Heron, wie schwer es seinem Vater fiel, von Elenora zu erzählen. Seine Hände zitterten wieder, wodurch der Beutel an seinem Handgelenk ein klirrendes Geräusch verursachte. Gerade als er beruhigend auf Barion einreden wollte, öffnete dieser den Beutel. Er zog ein Amulett heraus und überreichte es Heron.

„Lange Zeit lagen das Schwert und das Amulett in der Truhe, die ich letztes Jahr im Wald ausgegraben habe. Deine Mutter hätte sicher gewollte, dass du beides bekommst."

Heron sah sich das Amulett genau an. Es war silbern, genau wie die Kette, an der es hing und war geformt wie eine Sonne, die einen großen goldgelben Stein umfasste.

„Dieses Amulett gehörte ebenfalls deiner Mutter. Der Stein des Amuletts birgt ein kleines Geheimnis, das nur sichtbar wird, wenn man ihn gegen ein Licht hält."

Heron befolgte die Worte seines Vaters und hielt das Amulett vor den hell leuchtenden Mond. Tatsächlich konnte er feine weiße Linien erkennen. Er drehte das Amulett langsam hin und her und erkannte, dass die Linien eine Sonne darstellten. Beeindruckt und gerührt hängte er sich das Amulett um den Hals. Er wollte sich gerade bei seinem Vater bedanken, als dieser noch etwas anderes aus dem Beutel zog. Es war ein gefaltetes Stück Papier. Barion seufzte schwer und faltete es auf, bevor er es seinem Sohn gab. Auf der Vorderseite war ein Portrait abgebildet, eine wunderschöne Frau mit langem grünem Haar und schneeweißer Haut.

„Ist das ein Bild von Mutter?", fragte Heron mit unsicherer Stimme.

Barion war aufgestanden und hatte Heron den Rücken zugekehrt. Das Zittern seiner Hände war so stark wie schon seit Jahren nicht mehr und er versuchte krampfhaft seine Fassung zu bewahren. Das Bild seiner Frau nach so langer Zeit wiederzusehen, war zu viel für ihn. Es erinnerte ihn an damals, als …

„Nein, Barion!", sagte er sich innerlich. „Komm zu klarem Verstand. Das ist lange her und was geschehen ist, ist geschehen!" Er atmete mehrmals tief durch und faltete seine Hände, um das Zittern einzudämmen.

Es half ihm zumindest vorrübergehend, die Kontrolle über seine Gefühle zurückzuerlangen. Er drehte sich zu Heron um, der geduldig auf die Antwort seines Vaters wartete. „Ja, Heron, das ist Elenora, deine Mutter und meine geliebte Frau. Auf der Rückseite ist ein Gedicht geschrieben, welches sie dir oft vor dem Schlafen aufgesagt hat." Barion wandte sich erneut von seinem Sohn ab und versuchte seine Tränen zurückzuhalten.

Heron drehte das Bild um und las:

„In der Welt, wo von Gedenken an
man sich für eine Seite entscheiden kann,
ist eine gelb, voll Frohsinn und Licht,
die andere rot, vertraue ihr nicht.
Trotz ewiger Fehde werden sie sich verbinden,
um zusammen dem großen Dunkel zu entschwinden,
denn um den Krieg zu beenden, ist Liebe von Nöten,
zu stoppen die Kämpfe und auch das Töten.
Da ist der eine Held, der die Welt wird retten,
den einen zu bezwingen trotz rasselnder Ketten.

Unscheinbar mit verborgenem Talent
Stück für Stück zum Ziel er rennt,
die verborgene Macht der Alten zu finden
und die Finsternis des Südens daran zu binden,
am Ende den letzten Kampf zu gewinnen
um letztlich Pregolet den Frieden zu bringen. "

Barion hatte sich neben Heron auf die Bank gesetzt und seinen Kopf in die Hände gelegt. Es musste entsetzlich schmerzhaft für ihn sein, durch all diese Dinge wieder an Elenora erinnert zu werden. Heron schaffte Schwert und Bild beiseite, legte seinen Arm um die Schulter seines Vaters und zog ihn zu sich heran. Beide lehnten ihre Köpfe aneinander. Stillschweigend lauschten sie der Musik und dem Gemurmel, welche vom Festplatz herüberschallten.

Nachdem sie eine Weile so verharrt hatten, sprach Heron. „Ich danke dir, Vater. Dafür, dass du mich gelehrt hast. Dafür, dass du mich immer beschützt hast und auch dafür, dass du stets für mich da warst."

„Danke, mein Sohn. All das tat ich aus Liebe zu dir." Barion seufzte schwer. „Du wirst mir sehr fehlen." Dann stand er ruckartig auf. „So, und jetzt lass uns zum Fest zurückkehren. Wir müssen doch noch auf deinen Geburtstag anstoßen."

Taran saß ungeduldig auf einem Karren, vor den zwei junge Gibus gespannt waren. Titus sollte in Erbholt bleiben. Für solch eine lange Reise war er mittlerweile zu schwach. Barion überprüfte gerade die Gurte, mit denen ihr Gepäck festgezurrt war und Gregotsch verschloss die Haustür. Heron und Alma warteten neben dem Gespann, als auf einmal ein seltsames Krächzen zu vernehmen war. Es klang wie das kränkliche Zwitschern eines Vogels und tatsächlich entdeckten sie kurz darauf einen Riga. Der kleine hatte Mühe sich am Himmel zu halten, denn ihm fehlte ein Teil seines Gefieders. Mit letzten Kräften fiel er Alma in die Hände. Sie streichelte ihn sanft und hielt dann ihr Ohr an den kleinen Vogel. Ihre Augen wurden immer größer, bis plötzlich das leise Zwitschern verstummte und der kleine Riga für immer seine Augen schloss. Alma blickte geschockt zu den anderen, die sie sichtlich betroffen ansahen. Mit Tränen in den Augen erzählte sie, was der kleine Vogel ihr mitgeteilt hatte:

„Die Waldzarren sind aus dem Gebiet verschwunden. Wohin sie gezogen sind, konnte er mir nicht sagen. Stattdessen hat sich eine unnatürliche Kälte dort ausgebreitet, die jedes Herz mit tiefer Traurigkeit erfüllt. Alle Lebewesen sind entweder aus dem Gebiet verschwunden oder vor Schwermut gestorben. Auch der kleine Riga musste die anderen beiden notgedrungen zurücklassen." Alma schluchzte bitterlich.

Gregotsch wandte sich an Barion: „Ich weiß zwar noch nicht, was das zu bedeuten hat, aber es ist sehr beunruhigend. Der König muss schnell davon erfahren!" Sie beerdigten auf Almas Wunsch hin den kleinen Riga und machten sich auf die Reise.

Kapitel 7
Die Sonnenvereinigung

Heron und Alma befanden sich auf dem Weg zur Schmiede. Am späten Vormittag hatten sie sich von den anderen getrennt, um über die Hügelebene in das Gebirge zu gelangen, in dessen Mitte sich die Schmiede befand. Es war ein ungewohntes Gefühl für sie beide, von ihren Vätern getrennt zu sein. Am Abend schienen Egoleit und Egolet fast eins zu sein und ihre Strahlen hellten die Stimmung der beiden auf. Sie spekulierten lange darüber, was sie wohl in der Schmiede erwarten würde.

Kurz bevor die letzte Sonne unterging, führte sie ihr Weg aus den Wäldern Erbholts heraus. Vor ihnen tat sich eine grüne Hügelebene auf, die in sanften Zügen verlief. Nur gelegentlich ragten ein paar große Felsbrocken aus dem Erdreich hervor. Die beiden beschlossen, auf einer der Anhöhen ihr Nachtlager zu errichten.

„Wie und wann hast du deine Pahle entdeckt?", fragte Heron neugierig, während er hinauf zu den Sternen sah.

Alma runzelte ihre Stirn. „Ich bin mir nicht mehr sicher, wie es genau war. Irgendwann konnte ich auf einmal mit Tieren sprechen. Ich glaube, ich war zehn oder elf Jahre alt. Wieso fragst du, Heron? Bedrückt dich etwas?"

Heron löste seinen Blick vom Himmel und sah sie besorgt an. „Ich muss an die Lesation denken. Du hast bereits eine Pahle und wirst auf jeden Fall ein Jahr in der Schmiede bleiben. Ich jedoch mache mir Sorgen, dass ich weder ein Pahle noch ein Dupahle bin. Vielleicht werde ich schon zum Jahreswechsel die

Schmiede verlassen müssen." Er ließ den Kopf hängen.

Alma rückte näher an ihn heran und ergriff seine Hand. „Vielleicht hat sich deine Pahle einfach noch nicht gezeigt. Doch um Gewissheit zu erlangen, wirst du dich bis zur Lesation gedulden müssen."

Heron seufzte tief. „Genau davor graut es mir. Ich habe einfach Angst davor, normal zu sein. Zu gerne wäre ich auch etwas Besonderes. So wie du und mein Vater."

Alma legte ihre Hände sanft an seine Wangen und sah ihm in die Augen. „Vater und Taran haben auch keine Fähigkeiten und sind dennoch zwei der bewundernswertesten Menschen, die ich kenne. Und auch du bist genau wie sie etwas Besonderes."

„Taran und Gregotsch sind wirklich einzigartige Menschen." Er lächelte zaghaft. „Lass uns versuchen zu schlafen, Alma. Wir haben noch einen weiten Weg vor uns."

Ihre Väter hatten mehrfach erwähnt, dass sie die Schmiede nur am Tag der Sonnenvereinigung erreichen konnten. Auch wenn die beiden nicht verstanden, was Barion und Gregotsch damit gemeint hatten, wollten sie sich dennoch an diese Anweisung halten.

Am darauffolgenden Tag brachte der Wind dunkle Wolken von Osten. Mit etwas Glück fanden sie gegen Abend einen großen Felsen, der schräg aus dem Boden ragte. Gerade noch rechtzeitig, bevor es anfing zu regnen, kletterten sie darunter und richteten ihr Nachtlager ein.

„Heron, wach auf!", riss ihn eine unbekannte Männerstimme aus dem Schlaf. Obwohl es in Strömen regnete, hatte er die Worte klar und deutlich vernommen.

„Schnell, Heron! Lauf in Richtung des großen Hügels. Beeile dich!"

Heron sah sich verwundert um, konnte jedoch niemanden entdecken. Auch Alma war verschwunden. Er sprang auf und rannte in den Regen hinaus.

„Die Gefahr ist groß, Heron. Lauf!"

Noch immer konnte er niemanden sehen, doch woher auch immer diese Stimme kam, vielleicht wollte sie ihn zu Alma führen. Heron beschloss, auf die Worte des Unbekannten zu hören und ergriff sein Schwert.

Als er den großen Hügel hinaufeilte, hörte er Hilferufe. Dieses Mal war er sich sicher, dass es Almas Stimme war. Er rannte so schnell ihn seine Beine trugen und erreichte endlich die Kuppe. Auf der anderen Seite, am Fuße des Hügels, erspähte er drei Dirkaste. Die Tiere hatten Alma umzingelt und an einen Felsen gedrängt. Heron musste schnell handeln und ihr zur Hilfe eilen, bevor es zu spät war.

Die größte der drei Bestien machte sich gerade zum Sprung bereit. Der Dirkast scharrte mit seinen Krallen über den Boden und spannte seine Muskeln. Brüllend sprang die Kreatur mit aufgerissenem Maul auf die verängstigte Alma zu. Doch kurz bevor der Dirkast sie erreichte, verstummte er plötzlich und fiel dicht vor ihr auf den durchgeweichten Boden.

Alma sah auf den leblosen Körper des Tieres, dessen Kopf abgetrennt worden war. Das Blut strömte aus der Körperöffnung heraus und lief den Hügel hinunter. Ihr Blick folgte dem Blutfluss, bis dieser an Heron vorbeiführte. Er kniete hinter dem toten Dirkast und sah mit entschlossener Miene zu den anderen beiden Kreaturen. Sein Brustkorb pulsierte, während der Regen das Blut von seiner Hand spülte.

Die übrigen beiden Dirkaste brüllten wild, während Heron aufstand, um sich auf ihre Angriffe vorzubereiten. Wütend stürmte auch gleich der erste Dirkast los. Mehrere Male schlug die Kreatur mit ihren scharfen Krallen nach ihm. Geschickt wich Heron jedoch einem Hieb nach dem anderen aus.

Der zweite Dirkast hatte die wehrlose Alma als Ziel auserkoren. Er brachte sich vor ihr in Stellung und fauchte sie bedrohlich an. Panik lag in ihren Augen und sie zitterte am ganzen Körper. Mit langsamen Schritten kam der Dirkast auf sie zu, gewillt seine Beute zu erlegen. Alma ging vor Angst in die Hocke und hielt sich ihre Hände schützend vor das Gesicht. Dann griff der Dirkast an.

Ein lauter, dumpfer Knall ließ Alma zusammenzucken. Langsam öffnete sie ihre Augen. Dicht vor ihr befand sich der Dirkast, der wild hin- und hersprang. Dabei streifte sich die Kreatur mehrfach mit der Tatze über das Gesicht, als hätte es sich an etwas gestoßen. Vor Almas Augen war alles in goldgelbes Licht getaucht und die Silhouette des Dirkasts wirkte verschwommen. Verwirrt schaute sie sich um und begriff langsam, was geschehen war. Neben ihr kniete Heron und hielt mit seinem ausgestreckten Arm einen durchsichtigen, goldgelben Schild vor sich. Scheinbar hatte er mit diesem den Angriff des Dirkasts abgewehrt.

Alma schaute bewundernd zu Heron auf, der sich gerade wieder aufrichtete. Sein Gesicht wirkte entschlossen und sie erkannte keine Anzeichen von Furcht in seinen Augen. Ganz im Gegenteil, er wirkte angriffslustig und gleichzeitig auf den Feind fokussiert. In der einen Hand hielt er den sonderbaren Schild, in der anderen sein Schwert, Dolor. Der Regen hatte nachgelassen und einige Sonnenstrahlen drangen durch die Wolkendecke hindurch. Einer von ihnen traf direkt auf Heron, als wollten Egoleit und Egolet ihm Mut schenken. Er nutzte die kurze Verschnaufpause, um seine Kräfte zu sammeln. Lange blieb ihm nicht, denn einer der Dirkaste machte sich schon wieder zum Angriff bereit.

Die Kreatur stürmte los und schlug wütend mit den Tatzen nach ihm. Doch er blockte Schlag für Schlag mit seinem Schild, was jedes Mal einen dumpfen Knall erzeugte. Wenn die Krallen der Tatze auf den Schild trafen, schlugen einige Funken aus und kleine, goldgelbe Blitze züngelten über die Oberfläche. Das irritierte den Dirkast, sodass Heron den Moment nutzte und seinen Schild im Nichts verschwinden ließ. Er machte einen schnellen Schritt vorwärts und trieb Dolor mit aller Kraft in den Körper der Kreatur. Brüllend ging der Dirkast zu Boden und blieb dort ebenso wie sein bereits verschiedener Artgenosse leblos liegen.

Heron atmete tief durch. Er sah dem letzten Dirkast hinterher, der über die Kuppe des Hügels die Flucht ergriff. Dabei fiel ihm eine dunkle Gestalt auf, die im Schatten eines Felsens stand. Durch die große Entfernung konnte er sie nur schemenhaft erkennen.

Plötzlich verspürte er einen starken, brennenden Schmerz in seinem linken Arm. Er konnte sich nicht mehr auf den Beinen halten und fiel mit schmerzverzerrtem Gesicht zu Boden.

„Heron! Was ist los?", rief Alma und eilte zu ihm. Sie sah die tiefe Fleischwunde an seinem linken Oberarm, die vermutlich von der Kralle eines Dirkasts stammte. Blut lief Herons Arm hinunter und Alma versuchte die Wunde mit ihren Händen abzudecken. Doch ihr gelang es nicht gänzlich, die Blutung zu stoppen.

„Heron, kannst du mich hören?" Er reagierte nicht auf ihre Worte. Mit weit aufgerissenen Augen starrte er ins Leere. „Bleib bei mir, Heron!", schrie sie nun laut und begann zu weinen. Dabei presste sie weiter mit aller Kraft ihre blutverschmierten Hände auf Herons Wunde. Er schrie laut auf und krümmte sich vor Schmerzen. Hilflos musste Alma dabei zusehen, wie langsam das Leben aus seinem Körper wich. Tränen liefen über ihre Wangen und sie schluchzte laut.

Urplötzlich begannen ihre Hände grün zu leuchten und auch ihre Augen erstrahlten im selben Licht. Intuitiv legte sie ihre offenen Handflächen nun sanft auf Herons Wunde und beobachtete, was dann geschah. Auf wundersame Weise erstarrte das Blut, das Herons Arm hinunterlief, als hätte jemand die Zeit angehalten. Das grüne Leuchten um Almas Hände wurde heller und das Blut begann wieder zu fließen. Allerdings lief es nun entgegen der Schwerkraft, zurück in die Wunde. Immer mehr Blutstropfen erhoben sich aus den roten Pfützen, welche sich auf dem Boden gebildet hatten. In etlichen Rinnsalen liefen sie von Herons Fingern aufwärts, über den Handrücken und Unterarm, bis hin zu seiner schweren Verletzung.

Als sich auch der letzte Tropfen Blut wieder in Herons Körper befand, begann die Wunde sich von selbst zu verschließen. Die Wundränder wuchsen wie durch ein Wunder aneinander, bis wenige Augenblicke später die Wunde vollends verschlossen war. Völlig erschöpft nahm Alma ihre Hände von Herons Arm und sackte in sich zusammen. Das grüne Leuchten erlosch und mit letzter Kraft legte sie ihren Kopf auf Herons Brustkorb. Seine gleichmäßige Atmung wog Alma sanft hin und her, was ihr die Gewissheit verschaffte, dass er noch lebte. Sie hatte ihm das Leben gerettet, auch wenn sie nicht wusste, wie sie es vollbracht hatte. Völlig entkräftet schloss sie ihre Augen und schlief ein.

So lagen die beiden bis zum Abend im Gras zwischen den Hügeln und schliefen. In der Zwischenzeit hatten auch die beiden Sonnen ihren Kampf gegen die Regenwolken gewonnen und ein leichter, warmer Wind zog in sanften Böen über die Hügellandschaft hinweg.

Heron öffnete die Augen und schreckte hoch. Dabei warf er Alma unsanft von sich. „Die Dirkaste… Wo sind sie?"

Alma fasste ihn sanft an der Hand. „Ganz ruhig, Heron. Die Gefahr ist gebannt. Dank dir."

Heron betrachtete seinen linken Oberarm und entdeckte eine dünne weiße Narbe darauf. „Ich erinnere mich noch daran, dass alles um mich herum in einen weißen Schleier gehüllt war und deine Worte nur dumpf und leise zu mir drangen. Danach ist alles dunkel."

Alma setzte sich auf. „Du hattest eine stark blutende Wunde. Ich habe sie mit meiner Dupahle wieder verschlossen."

Heron richtete sich mühevoll auf und starrte Alma an. „Mit deiner Dupahle?"

„Ja, mit meiner Dupahle! Ich habe sie entdeckt. Ich kann dir nicht sagen, wie ich sie aktiviert habe, aber in dem Moment, als ich dich sterben sah, fühlte ich mich so hilflos und wollte nicht tatenlos zusehen, wie du von mir gehst. Da hat sich meine Dupahle auf einmal gezeigt."

Heron fasste Alma sanft an der Schulter und zog sie an sich. Er drückte sie fest und flüsterte ihr dabei ins Ohr: „Danke, dass du mir das Leben gerettet hast."

Alma lächelte verlegen. „Ich muss dir ebenso danken. Auch ich würde nicht mehr leben, wenn du mich nicht gegen die Dirkaste verteidigt hättest."

Sie genoss den Augenblick in Herons Arm und ließ den Kampf noch einmal Revue passieren. Die Erinnerung an den Schild und das gelbe Licht, blitzte in ihren Gedanken wieder auf. „Was war das für ein seltsamer Schild, den du bei dir hattest?"

Heron stand auf und streckte zögerlich seine Hand aus, da entstand erneut der leuchtende Schild. „Ich habe eine Pahle!" Ungläubig betrachtete er ihn von allen Seiten und ließ ihn mehrmals verschwinden und wieder auftauchen.

Alma beobachtete Heron mit Begeisterung. „Lass uns ausprobieren, wie stark er ist."

Sie fanden heraus, dass Heron den Schild nicht ablegen konnte. Sobald er seine Hand verließ, verschwand er. Dann versuchten sie die Oberfläche mit verschiedenen Gegenständen zu beschädigen. Sie schlugen mit Dolor auf ihn ein und bewarfen ihn mit Steinen. Doch obwohl der durchsichtige Schild leicht wie eine Feder war, konnte nichts ihn beschädigen. Dabei bemerkten sie, dass jeder Versuch neben einem dumpfen Ton etliche kleine Lichtblitze auslöste, die über die Oberfläche züngelten. Dann widmeten sie sich Almas Dupahle.

„Ich habe hier noch eine kleine Wunde an meinem Unterschenkel. Versuch sie zu heilen."

Alma kniete sich vor ihn und legte ihre Hände auf die Wunde. Sie versuchte diese zu verschließen, jedoch geschah nichts. In der Hoffnung, dass es etwas nützen würde, rieb sie mehrfach die Hände aufeinander und legte sie erneut auf den Unterschenkel. Doch auch das erbrachte nicht den gewünschten Erfolg.

„Versuch dich zu erinnern, was du gedacht und getan hast, als ich im Sterben lag."

Alma schloss ihre Augen und erinnerte sich zurück. Sie dachte an den Moment, in dem nicht nur Heron, sondern auch ihr Herz blutete. Ihr gelang es, die verzweifelten Gefühle zurückzuholen, welche sie gespürt hatte, als sie ihre Dupahle eingesetzt hatte. Ihr Hände wurden warm und sie war sich sicher, dass sie es geschafft hatte, ihre Kräfte zu aktivieren. In Erwartung ihrer grün leuchtenden Hände öffnete sie die Augen, doch zu ihrer Enttäuschung sah sie kein grünes Licht und die Wunde war noch immer da.

Heron half der enttäuschten Alma auf. „Vielleicht bist du noch zu erschöpft. Lass es uns noch einmal versuchen, wenn du ausgeruht bist."

„Vielleicht hast du recht." Alma sah resigniert zum Himmel. Egolet hatte sich schon fast vollends vor Egoleit geschoben. „Verdammt!", entfuhr es ihr. „Es ist bereits Abend und die Sonnenvereinigung ist schon übermorgen."

„Du hast recht." Besorgt sah auch Heron zum Himmel. „Wir haben durch den Angriff der Dirkaste einen ganzen Tag verloren. Ich schlage vor, wir brechen sofort auf und gehen bis in die Nacht hinein. Ich fühle mich ausgeruht genug."

Alma nickte. „Der Himmel ist fast wolkenlos und wenn die Sonnen untergegangen sind, wird Getos uns den Weg leuchten. Dennoch wird es schwierig, die verlorene Zeit aufzuholen."

„Schwierig ja, aber nicht unmöglich." Heron griff nach seinem Beutel. „Lass uns keine Zeit mehr verlieren."

Schnellen Schrittes machten sich die beiden auf den Weg, in der Hoffnung die Schmiede noch rechtzeitig zu erreichen.

Der Tag der Sonnenvereinigung war angebrochen und Egolet hatte sich vollends vor Egoleit geschoben. Beide Sonnen tauchten den Himmel in ein glühendes Rot. Am gestrigen Abend hatten Alma und Heron die Hügelebenen hinter sich gelassen und die grünen Wiesen waren einem steinigen Untergrund gewichen. Die Anzahl an weißen Felsen nahm zu und die Hügel wurden höher. Durch das rote Licht der Sonnen schienen die weißen Steine, wie auch der Pfad, auf dem sie liefen, orange zu leuchten. Nachdem sie den Scheitelpunkt einer Anhöhe erklommen hatten, blieben Heron und Alma abrupt stehen. Vor ihnen erhob sich ein Gebirge aus weißem Gestein, hinter dem die Sonnen bald verschwinden würden. Beide waren von dem Anblick gefesselt, denn auch das Gebirge leuchtete durch die Sonnenstrahlen orange.

„Da haben wir aber noch ein Stück vor uns, wenn wir die Schmiede heute noch erreichen wollen." Heron ließ seinen Blick über den kahlen Landstrich vor ihnen schweifen.

„Wer es schafft, den Angriff dreier Dirkaste zu überleben, wird wohl auch diese Hürde nehmen können, oder?" Sie neigte neckisch den Kopf und schritt voran. Im Vorbeigehen griff sie nach seiner Hand und zog ihn sanft mit sich. „Komm schon. Wir schaffen das."

Die vereinten Sonnen waren bereits hinter den Bergen untergegangen. Trotzdem lag noch immer ein zwielichtiger Schein auf den Felsen, der ihnen den Weg erleuchtete. Vor ihnen befand sich ein riesiger Steinbogen, welcher offensichtlich von Menschenhand geschaffen war. Er war so hoch, dass Heron selbst mit vierfacher Größe hätte hindurchgehen können. Durch diesen gelangten sie auf eine rundliche Fläche, umringt von

Steilwänden aus massivem Gestein, die jedoch an fünf Stellen durchbrochen waren. Von dort führten angelegte Pfade offenbar tiefer in das Gebirge hinein.

„Wir sind auf dem richtigen Weg", stellte Alma fest und sah zu Boden. Unter ihnen war ein Teil der Fläche mit schwarzer Farbe bemalt worden.

Heron ging ein paar Schritte rückwärts, um die Malerei besser betrachten zu können. „Ein Amboss und ein darüberliegendes Auge. Du hast recht, Alma." Sein Blick wanderte zu den fünf Pfaden. „Doch welchen der Wege sollen wir nehmen? Sie sehen alle gleich aus."

Alma zuckte ratlos mit den Schultern. „Ich habe keine Ahnung."

„Ihr müsst den Eleiten folgen", erklang eine ihnen unbekannte Frauenstimme.

Erschrocken drehten sich Alma und Heron zum Torbogen um. Dort standen zwei junge Frauen. Beide sahen nicht nur gleich aus, sie trugen auch die gleiche Kleidung. Ihre korpulenten Körper wurden von einfachen braunen Stoffkleidern bedeckt und an ihren Füßen trugen sie Ledersandalen. Schulterlanges, braunes Haar betonte ihre rundlichen, freundlichen Gesichter.

„Ich bin Mara", stellte sich die erste der beiden vor und ging auf Alma zu.

„Und ich bin ihre Zwillingsschwester Tiara", ergänzte die zweite, während sie auf Heron zuschritt.

Alma reichte ihr freundlich die Hand. „Ich bin Alma. Es freut mich euch beide kennenzulernen."

„Mein Name ist Heron. Seid gegrüßt." Er schüttelte Tiaras Hand und bemerkte ein kleines Muttermal unterhalb des rechten Auges. Mara hatte dieses Mal nicht, wodurch es Heron möglich war, die beiden voneinander zu unterscheiden. „Ich gehe davon aus, dass ihr auch zur Schmiede wollt?"

„Ja, unser Ziel ist auch die Schmiede", stimmte Tiara ihm zu. „Leider haben wir etwas getrödelt. Mir scheint jedoch, dass unsere Verspätung euer Glück ist. Oder hattet ihr nur vergessen, dass man den Eleiten folgen muss?"

Heron sah Alma fragend an, die erneut mit den Schultern zuckte. „Was sind Eleite?", fragte er schließlich.

„Das sind die Blumen der Vereinigung." Mara zeigte auf den mittleren der fünf Gänge.

Jetzt sah auch Heron die gelben Blumen mit den spitzen Blättern, die sich nur am Rand des mittleren Pfades befanden. Sie waren so klein und unscheinbar zwischen dem Unkraut gewachsen, dass sie ihm vorher gar nicht aufgefallen waren.

„Die Eleite blühen einzig am Tag der Sonnenvereinigung und weisen uns den Weg zur Schmiede", erläuterte Tiara.

Heron schüttelte angesäuert den Kopf. „Wir hören das erste Mal davon. Unsere Väter haben vorab um so vieles, was die Schmiede betrifft, ein Geheimnis gemacht."

„Ärgere dich nicht, Heron. Hauptsache, wir wissen jetzt, wie wir zur Schmiede gelangen." Mit diesen Worten betrat Alma als erste den mittleren Gang.

Sie liefen immer weiter in das Gebirge hinein. Nur der Mond Getos leuchtete noch rot, doch die Eleite schimmerten zart in seinem Licht und wiesen ihnen den Weg.

Nur schemenhaft konnten sie erkennen, dass der Weg vor ihnen in einer engen Kurve um einen Felsvorsprung herumlief. Sie folgten dem Pfad weiter und blieben kurz darauf stehen. Sie fanden sich auf einer Klippe in mittlerer Höhe des Gebirges wieder und sahen hinunter in ein von weißen Gipfeln umschlossenes Tal, das auf wundersame Weise zu leuchten schien. In der Mitte des Tals erhob sich ein weiterer, kleinerer Berg, an dessen Hang eine lange Steintreppe in Schlangenlinien hinaufführte. Sie endete bei einem monumentalen Gebäude, das aussah, als hätte man es in den Berg hineingearbeitet. Weiße Säulen stützten den Vorbau, der aus dem Berg hinausragte. Weiter unten im Tal standen zahlreiche große, grüne Laubbäume, aus denen gerade einige gelbe Vögel aufstiegen.

„Ich habe einen Weg gefunden, der uns hinunter ins Tal führt." Mara winkte die anderen zu sich.

Heron ignorierte ihre Worte und auch Alma wollte sich offenbar nicht von der malerischen Aussicht lösen.

„Hey, ihr beiden", rief Tiara. „Wir werden noch mindestens ein halbes Jahr hier verbringen. Also mehr als genug Zeit diesen Ort für seine Schönheit zu würdigen. Natürlich vorausgesetzt, wir kommen rechtzeitig an."

Der Pfad, den Mara gefunden hatte, führte in Serpentinen abwärts und war am Wegesrand ebenfalls mit Eleiten bewachsen. Als sie den Bäumen des Tals näherkamen, wurde die Umgebung um sie herum immer heller. Unzählige kleine, strahlende Punkte flogen schnell und scheinbar unkoordiniert um sie herum.

„Das sind Lucaties!", rief Tiara aufgeregt. „Ich habe in meinen Büchern etwas über diese Leuchtflügler gelesen."

Sie pflückte einen Strauß Eleite und hielt ihn hoch in die Luft. Sofort näherten sich etliche der kleinen Lucaties und ließen sich auf den Blüten nieder. Fasziniert sahen die vier dabei zu, wie der Strauß durch die Leuchtflügler immer heller zu leuchten begann.

„Lucaties haben eine Vorliebe für die Blüten der Eleite", flüsterte Tiara, um die kleinen Tiere nicht zu verscheuchen. „In einem meiner Bücher wird vermutet, dass Egoleits und Egolets Licht über die Eleite auf die Lucaties übergeht. Deshalb nennt man sie auch kleine Sonnen."

Ein lauter, metallischer Klang hallte an den Wänden des Gebirges wieder. Die vier beeilten sich nun und betraten eine grüne Wiese, die ebenfalls zu großen Teilen mit Eleiten bewachsen war. Etwas entfernt standen zahlreiche Menschen, mit dem Rücken zu ihnen.

„Da vorne muss es sein. Kommt schnell!", forderte Alma die anderen auf. Mara und Tiara hatten Schwierigkeiten, mitzuhalten.

„Lauft ruhig vor," rief Mara ächzend.

„Wir kommen gleich nach", ergänzte Tiara schnaufend. Während sie zwischen den Bäumen hindurchrannten, scheuchten sie immer wieder Schwärme von Lucaties auf.

Endlich erreichten sie die große Gruppe von Menschen, die alle auf einen großen Felsen blickten, welcher die Form eines Ambosses hatte. Dort oben stand ein Mann in einer roten Kutte neben einem kunstvoll verzierten Gong. Seine Kapuze lag tief in seinem Gesicht und seine Arme hatte er vor seiner Brust verschränkt.

Ein dunkelhäutiger Mann in weißem Gewand betrat den Felsen. Eine weiße Narbe zog sich quer durch sein Gesicht bis über seinen kahlen Kopf. Um seinen Hals hingen goldene Ketten und seine Hände waren von weißen Handschuhen bedeckt. Er streckte seine Arme hoch in die Luft, um die Aufmerksamkeit der Anwesenden zu erlangen und sprach mit weicher, tiefer Stimme:

„Seid gegrüßt, Kinder Edumonds. Es freut mich euch hier in der Schmiede begrüßen zu dürfen. Mein Name ist Eran und ich bin seit mehr als acht Jahren der oberste Tutor der Schmiede. Meine Aufgabe ist es, euch zu fördern und eurer Bestimmung zuzuführen." Er machte eine Pause, in der er seinen Blick langsam über die Anwesenden schweifen ließ.

„Ich habe in meiner Zeit hier vieles geändert und dabei in Absprache mit König Regonald von Edumond auch einige alte Bräuche abgeschafft. Was das für euch bedeutet, erfahrt ihr in den nächsten Tagen. Morgen früh beim ersten Sonnenlicht E-goleits werdet ihr in der Haupthalle unserer Schmiede eure Lesation erhalten." Eran deutete mit seiner Hand in Richtung des Berges, auf dessen Spitze sich das große Gebäude befand. „Dort werdet ihr auch euren Schlafräumen zugeteilt. Diese Nacht werdet ihr noch hier unten im Tal verbringen. Im hinteren Bereich haben die Bewahrer der Schmiede ein Nachtmahl für euch bereitet." Er deutete mit der Hand auf den Mann im roten Kapuzenumhang neben sich. „Scheut euch nicht, die Bewahrer anzusprechen, wenn ihr ein Anliegen habt." Eran breitete nun seine Arme aus. „Und nun, junge Bürger Edumonds, genießt das Mahl. Ruht euch aus im Schutze unseres Tales. Schlaft und regeneriert eure Kräfte, denn mit der morgigen Lesation beginnt für euch ein neuer Abschnitt eures Lebens."

Der Bewahrer der Schmiede schlug erneut den Gong und Eran verließ den Felsen auf der Rückseite.

Die Gruppe setzte sich daraufhin in Bewegung, um zu essen, denn Sie waren alle sehr hungrig. Heron und seine Begleiterinnen folgten langsamen Schrittes, denn ihre Füße schmerzten von der langen Reise.

Heron musterte neugierig die jungen Männer und Frauen, die

sich hier eingefunden hatten, und bemerkte, dass sich zwischen den anderen Menschen, die überwiegend unauffällig aussahen, auch einige andersartige befanden. Leider hatte die Anzahl an Leuchtflüglern abgenommen, sodass Teile des Tales nur noch geringfügig ausgeleuchtet wurden. Dennoch erkannte Heron, dass einige größere und kräftigere Gestalten aus der Gruppe herausragten.

„Das nenne ich mal ein Nachtmahl!" Mara rannte an Heron und Alma vorbei zu einem großen Tisch.

„Das kann sich wirklich sehen lassen, Schwesterchen." Die Zwillinge schienen ihre Erschöpfung für den Moment vergessen zu haben und machten sich über das Essen her. Kerzen erhellten den üppig gedeckten Tisch, auf dem sich Schalen mit verschiedenen Köstlichkeiten, Körbe mit Früchten und Becher mit erfrischenden Getränken befanden. Mara und Tiara luden sich mehrere Portionen auf die Arme und auch Heron, sowie Alma griffen kräftig zu. Unter einem besonders großen und alten Baum fanden sie Platz. Dort genossen sie zusammen ihr Mahl und schließlich schlugen sie dort ihr Lager auf. Während Mara und Tiara immer noch schlemmten, legten sich Heron und Alma zur Ruhe und ließen das Geschehene Revue passieren.

Herons Pahle und Almas Dupahle hatten sich auf dem Weg hierher gezeigt. Sie hatten es unter großer Anstrengung noch gerade rechtzeitig geschafft, die Schmiede zu erreichen. Und sie hatten bereits neue Freunde gefunden.

Wortlos blickten beide in das dichte Geäst des Baumes über ihren Köpfen. Ein paar Lucaties flogen ruhig zwischen den Ästen und Blättern her, während Heron und Alma in einen traumlosen Schlaf fielen.

Kapitel 8
Die Drei Kammern

„So wach doch endlich auf, Heron." Almas fordernde Stimme weckte Heron. Blinzelnd öffnete er die Augen. Egoleit war gerade über den Spitzen des Gebirges aufgegangen und leuchtete ihm durch die Blätter der Bäume mitten ins Gesicht. Er hob schützend die Hand und sah, dass Alma neben ihm kniete. Sie wippte ungeduldig mit dem Oberkörper hin und her. Hinter ihr standen Mara und Tiara, bereit zum Aufbruch.

Alma erhob sich und griff nach ihrem Beutel. „Die anderen sind bereits auf dem Weg zur Lesation. Komm schon, pack schnell deine Sachen, damit wir ihnen folgen können."

Obwohl Heron noch nicht gänzlich wach war, begriff er, dass er sich sputen musste. Er sprang auf, richtete seine Kleider und verstaute alle Sachen im Beutel.

„Können wir jetzt endlich?", Mara tippte unruhig mit ihrer rechten Fußspitze auf den Boden.

„Ja, ich bin so weit", antwortete Heron hastig. Sie liefen zur Steintreppe, die sie hoch zu den Hallen der Schmiede führte. Die anderen Anwärter waren bereits oben angekommen und verschwanden aus ihrem Sichtfeld.

Schwer atmend erreichten Alma und Heron das Ende der Treppe. Vor ihnen befand sich der gewaltige Eingang zu den Hallen der Schmiede. Riesige Säulen, die verschiedene, andersartige Wesen darstellten, stützten das gewölbte Vordach aus weißem Stein. Sie schienen bedrohlich auf Alma und Heron herabzublicken, während sie nach dem Zugang zu den Hallen suchten.

Sie fanden ihn schließlich im hinteren Bereich des Vordaches, mittig zwischen zwei besonders grimmig blickenden Skulpturen. Zwei Bewahrer der Schmiede flankierten die weit geöffnete dunkle Eichentür.

„Endlich haben wir es geschafft. Ich dachte, die Stufen nehmen kein Ende." Völlig außer Atem kam Mara bei ihnen an, dicht gefolgt von Tiara, die sich keuchend zu ihnen schleppte.

Die vier betraten die Hallen der Schmiede und fanden sich in einem langen, breiten Korridor wieder. Auf beiden Seiten brannten Fackeln in unregelmäßigen Abständen, die es jedoch nicht vermochten, ihre Umgebung vollständig auszuleuchten.

Nach einigen weiteren schnellen Schritten weitete sich der Korridor und mündete in einen großen und hohen Saal. Lange rote Wandteppiche mit goldenen Nähten hingen an den weißen Wänden und schwarze, gusseiserne Kronleuchter erhellten den Raum. Heron konnte hinter den anderen Anwärtern ein steinernes Podest mit vier Holzstühlen erkennen, von denen nur einer besetzt war. Ein alter Mann saß dort vornübergebeugt in dreckigen, alten Kleidern. Sein halblanges, weißes Haar hing verfilzt und zerzaust vor seinem Gesicht.

„Weißt du, wer der alte Mann dort ist?", flüsterte Heron Alma zu. Sie zuckte ratlos mit den Schultern.

„Dieser Mann ist niemand Geringerer als der Sehende der Schmiede. Er wird die Lesation durchführen."

Heron blickte sich fragend um. Er fand niemanden, der zu ihm gesprochen haben könnte.

„Hier unten, neben dir!" Da war sie wieder, diese leicht aufdringliche, quietschende Stimme.

Suchend sah Heron nach unten und entdeckte einen kleinen

blauen Mann, der freundlich zu ihm hochschaute. Er hatte keine Haare, trug einen hellbraunen Ledermantel und lockere weiße Stoffkleidung darunter.

„Ich bin Quing", sagte er höflich und streckte Heron seine Hand entgegen.

Das fremde Erscheinungsbild von Quing verunsicherte Heron und er ergriff nur zögerlich die Hand des kleinen Mannes. „Heron", erwiderte er kurz. Quings Hand fühlte sich unnatürlich glatt an und seine Finger waren untereinander mit einer dünnen Hautschicht verbunden. Reflexartig zog Heron seine Hand zurück.

Quing schmunzelte amüsiert. „Du hast wohl noch nie einen Aquina getroffen?" Heron schüttelte den Kopf.

Alma war auf das Gespräch aufmerksam geworden. Sie wirkte weniger verwundert über sein Aussehen. „Hast du eine Ahnung, was jetzt passiert? Der Sehende scheint zu schlafen."

Quing lachte laut auf. Der Klang seiner quiekenden Stimme ließ einige andere Anwärter verärgert aufschauen. Der kleine Aquina machte eine entschuldigende Geste, ehe er leiser erklärte: „Der Sehende schläft nicht, er bereitet sich auf die Lesation vor. Mein Vater hat mir erzählt, dass er in die Seele eines Menschen blickt und so erkennt, ob jemand Pahle, Dupahle oder fähigkeitslos ist." Quings Ausführungen wurden unterbrochen, als eine große Gestalt ihn zur Seite stieß. Er stolperte und fiel unsanft auf den Boden.

„Zur Seite, du Wicht!" Ein breiter und muskelbepackter Mann baute sich vor Quing auf. Er trug nur einen Lendenschurz und einen breiten Ledergürtel, an dem eine Reihe knöcherne Schädel baumelten. Sein lockiges schwarzes Haar hatte er zu einem Zopf zusammengebunden. Mit grimmigem Blick sah er zu

Quing hinunter.

„Dass sie euch Aquinan überhaupt noch in die Schmiede lassen!" Dann drehte er sich zu Heron um, der einen ganzen Kopf kleiner war. „Schau nicht so dämlich, geh mir lieber aus dem Weg, du Grasbirne!" Er schubste ihn zur Seite und bahnte sich seinen Weg weiter nach vorne. Kopfschüttelnd halfen Alma und Heron dem Aquina wieder auf die Beine.

Der rieb sich das Gesäß. „Darf ich euch Bugat vorstellen? Er ist der Sohn des Häuptlings der Bangolen. Ihre Stadt liegt südlich unserer herrlichen Stadt Aquin. Sie sind nichts als primitive Rohlinge."

Ein Raunen ging durch die Menge, als Eran nun den Raum betrat. Er durchschritt die Rechte der drei großen, verzierten Türen hinter dem Podest. Heron betrachtete die Türen genauer. Die linke bestand fast vollständig aus Holz, nur die Beschläge und eine mittig befestigte Sonne waren aus mattem Eisen. Die mittlere Tür war zur Hälfte aus Holz gefertigt. Die äußere Umrandung und einige Querstreben bestanden aus geschmiedetem Eisen. Auch in ihrer Mitte befand sich ein Symbol, das schwarze Abbild eines Ambosses. Die rechte Tür, die gerade von zwei Bewahrern geschlossen wurde, war komplett aus poliertem Metall und in ihrer Mitte prangte ein goldenes Auge.

Eran hatte sich mittlerweile auf dem Podest niedergelassen, neben dem immer noch regungslos im Stuhl hängenden Sehenden. Er hob seinen rechten Arm und die Gespräche der Anwärter verstummten.

„Anwärter, seid herzlich willkommen in der Haupthalle. Ihr alle seid hier, um zu erfahren, ob in euch ein Pahle oder Dupahle steckt. Ihr seid hier, um mehr über Pregolet und seine Geschichte zu erfahren. Ihr seid hier, um euren Platz und eure

Aufgabe in unserem Königreich zu finden." Unruhe breitete sich unter den Anwesenden aus. Erneut hob Eran seine Hand und fuhr erst fort, nachdem wieder Ruhe eingekehrt war. „Doch bevor ihr eure Lesation erhaltet, möchte ich euch zwei Tutoren der Schmiede vorstellen. Zuallererst Kenot, den Tutor der Kammer Edumonds." Die linke Tür mit dem Sonnenzeichen öffnete sich und ein schlanker, älterer Mann trat hindurch. Sein Gesicht war faltig, wirkte verbittert und nur wenige seitlich wachsende Haare zierten seinen Kopf. Sein schwarzer Umhang raschelte, als er neben Eran Platz nahm. Der Herr der Schmiede begrüßte ihn freundlich und richtete dann wieder sein Wort an die Anwärter.

„Kenot ist Tutor für die Kammer von Edumond. Dieser Kammer werden alle von euch zugeteilt, die weder pahle noch dupahle Fähigkeiten besitzen. Außerdem lehrt Kenot euch alle in der Kunde Pregolets." Der Tutor hob kurz seine Hand, um die Anwärter zu begrüßen. Anschließend öffnete sich die mittlere Tür mit dem Symbol des Ambosses und ein großer Mann mit freundlichem, rundem Gesicht hindurchtrat. Auch er trug einen schwarzen Umhang, der seinen fülligen Körper vollends umschloss. Überschwänglich winkend begrüßte er die Anwärter, während er seinen Platz einnahm.

„Ich freue mich, euch allen Woschrandir, unser neuestes Mitglied der Schmiede, vorzustellen. Er wird zuständiger Tutor für die Kammer der Pahle und ebenso der Lehrbeauftrage für Berufskunde sein." Eran erhob sich und schüttelte Woschrandir anerkennend die Hand, ehe er zum vorderen Rand des Podests schritt. „Der Tutor für die Kammer der Dupahle werde in diesem Jahr ich sein und zusätzlich die Ausbildung in Kampf und Verteidigung übernehmen."

Eran nahm wieder auf seinem Stuhl Platz. „Nun habt ihr die drei Kammern und Tutoren kennengelernt, jetzt ist es an der Zeit, eure Lesation zu erhalten. Ihr werdet einzeln nacheinander vor den Sehenden treten. Sobald ihr eure Bewertung erhalten habt, begebt euch in die Kammer, welche euch geheißen wurde."

Es dauerte etwas, bis sich eine Schlange vor dem Podest gebildet hatte und der erste Anwärter vor den alten Mann trat. Ohne aufzusehen, legte der Sehende seine Hand auf den Kopf des jungen Mannes, der zitternd vor ihm kniete. „Ein einfacher Fall zum Anfang", sprach er mit rauer Stimme. „Du gehörst in die Kammer Edumonds." Sichtlich erleichtert ging der junge Mann durch die Tür mit dem Sonnensymbol. Auch die nächsten Anwärter und Anwärterinnen wurden derselben Kammer zugeteilt.

Dann trat Bugat vor und kniete nieder. Kaum hatte der Sehende seine Stirn berührt, rief er unerwartet euphorisch: „Sehr deutlich! Ein Dupahle mit grober Schale und weichem Kern." Bugat stand auf und ging triumphierend grinsend durch die Tür mit dem Auge.

Als übernächstes waren die Zwillinge an der Reihe. Mara wurde der Kammer Edumonds zugeteilt und war sichtbar enttäuscht darüber. Nach ihr trat Tiara vor den Sehenden, der noch kein einziges Mal aufgesehen hatte. „Das ist interessant", sprach der alte Mann überrascht. „Zwillinge, die sich fast gleichen und dennoch nicht derselben Kammer angehören werden. Anders als deine Schwester bist du eine Pahle."

Tiara stand verärgert auf. „Ich weiß, dass ich eine Pahle bin!", warf sie zornig dem Sehenden entgegen. „Ich hatte nur gehofft, dass meine Schwester auch eine ist." Wütend stapfte sie durch die mittlere Tür.

Mittlerweile war Alma vorgetreten und ließ sich auf die Knie fallen. Die runzelige Hand des Sehenden ruhte sehr lange auf Almas Kopf, ehe er sprach: „Du bist sicher etwas Besonderes, deine pahlen Kräfte sind schon außergewöhnlich, aber deine Dupahle ist einzigartig."

Alma durchlief ein wohliger Schauer. Bevor sie durch die Tür zur Kammer der Dupahle ging, warf sie Heron einen ermutigenden Blick zu und rief. „Viel Glück! Ich bin mir sicher, wir sehen uns gleich wieder." Dann verschwand sie hinter der Tür. Währenddessen war Quing vorgetreten, um seine Bewertung zu empfangen.

„Ein Aquina!...", sprach der Sehende mit übertriebener Begeisterung, „der anders ist als all seine Artgenossen zuvor. Ich hätte nicht gedacht, dass ich das jemals zu einem von euch sagen werde. In die Kammer der Dupahle mit dir!" Mit breitem Lächeln auf den Lippen stand Quing auf und trat durch dieselbe Tür wie Alma kurz vor ihm.

Heron stand nun ganz vorne in der Schlange. Zögerlich trat er vor und kniete sich auf das Podest. Ehrfürchtig ließ er seinen Kopf hängen und sah auf den roten Teppichboden. Der Sehende streckte langsam seine Hand nach Herons Hinterkopf aus.

„WAS?!", entfuhr es ihm so laut, dass Heron erschrocken zusammenzuckte. „Das ist kaum zu glauben!"

Heron hörte, wie die noch übrig gebliebenen Anwärter nervös tuschelten. Neugierig hob er langsam den Kopf, auf dem die Hand des Sehenden noch immer ruhte.

Der alte Mann hatte sich in seinem Stuhl aufgerichtet, sodass Heron nun direkt in sein Gesicht sah. Seine fahle Haut war von tiefen Furchen durchzogen und seine trockenen Lippen waren schmal. Doch was Heron am meisten schockierte, war die Tatsache, dass der Sehende keine Augäpfel besaß. Trotzdem hatte Heron das Gefühl, als könne der Sehende in sein Innerstes blicken.

„Mein ganzes Leben habe ich mächtige Pahle und außergewöhnliche Dupahle gespürt", sprach der Sehende begeistert. „Doch etwas Vergleichbares wie bei dir habe ich noch nie vernommen!" Der Alte nahm seine Hand von Herons Kopf und lehnte sich in seinem Stuhl zurück. „Ich bin sehr gespannt, wie du dich entwickeln wirst." Er zeigte mit seinem knorrigen Finger auf die rechte Tür und kehrte wieder in seine ursprüngliche Position zurück.

Heron stand verwundert auf und ging zur Kammer der Dupahle. Sein Blick traf den Erans, der ihn erwartungsvoll mit seinen weißen Pupillen musterte. Schnell wich Heron dem Blick aus und sah zu den übrigen Anwärtern, die aufgebracht miteinander tuschelten. Sehr verunsichert betrat er schließlich die Kammer der Dupahle.

Der Raum war nur spärlich möbliert. Ein Kronleuchter in der Mitte spendete Licht, an den Wänden hingen alte Waffen und in der Mitte standen mehrere Holzbänke aufgereiht. Dort saßen sieben Anwärter, zu denen neben Quing und Alma auch Bugat gehörte. Alma winkte Heron freudestrahlend zu sich, doch Bugat versperrte ihm den Weg.

„Schon schlimm genug, dass sie diesen blauen Fisch hier reingeschickt haben." Er zeigte mit ausgestrecktem Finger auf Quing, ohne dabei seinen Blick von Heron zu nehmen. Dann trat er ein Stück näher auf Heron zu. „Nein, auch sein Freund, die Grasbirne, musste natürlich in die Kammer der Dupahle kommen." Er sah Heron herausfordernd an. Ihre Köpfe waren nur wenige Handbreit voneinander entfernt.

Heron hielt Bugats Blick stand und versuchte einen kühlen und gelassenen Eindruck zu machen. Innerlich jedoch war er nervös und griff intuitiv nach dem Amulett seiner Mutter.

„Dass das schon mal klar ist", zischte Bugat. „Der Platz beim Kampf der Dupahle gehört mir! Wer mir in die Quere kommt, der wird zerquetscht!"

Auch wenn Heron nicht verstand, von welchem Platz Bugat da sprach, konnte er sich dennoch sehr gut vorstellen, dass der Bangole einiges mit seinem Gewicht zerquetschen konnte. Sein Gegenüber war mindestens so schwer wie Titus. Heron fand diesen Vergleich so lustig, dass ein Grinsen über seine Lippen huschte.

Dies bemerkte auch Bugat, der ihn nun völlig außer sich anbrüllte: „Verschwinde lieber, solange du noch laufen kannst!"

Ohne nachzudenken, antwortete Heron spöttisch: „Hat dich so etwa deine Mutter verabschiedet, als du hierher aufgebrochen bist?"

Quing musste lachen. Gespannt verfolgten auch die anderen den Konflikt. Alma wirkte besorgt und sah Heron eindringlich an.

„Was fällt dir ein, mich und meine Mutter zu beleidigen? Mich, den Sohn von Zugul, Häuptling von Bangol!" Bugat holte aus und schlug zu. Doch Heron hatte Bugats heranfliegende Faust kommen sehen und wich geschickt aus. Der Bangole ließ sich nicht beirren. Immer wieder schlug er tobend mit der rechten und linken Faust abwechselnd auf Heron ein, aber alle Angriffe verfehlten ihr Ziel. Bugat war zwar enorm stark, aber auch sehr langsam. Heron wollte gerade selbst zum Angriff übergehen, da rief eine laute Stimme:

„Halt!" Bugat stoppte abrupt seinen Schlaghagel. Eran hatte den Raum betreten und sah sie verärgert an. „Hört sofort auf mit diesen Spielereien und setzt euch zu den anderen! Ihr bekommt noch früh genug die Möglichkeit, euch miteinander zu messen."

Widerwillig folgte Bugat der Anweisung und ging an Heron vorbei zu den Bänken. Dabei rempelte er ihn abermals mit der Schulter an. „Mit dir bin ich noch nicht fertig", raunte er leise.

Heron reagierte nicht und setzte sich zu seinen Freunden. Grinsend klatschte Quing in die Hände, als Heron neben ihm Platz nahm.

„Wahrhaft mutige Vorstellung! Es war für mich eine Genugtuung zu sehen, wie du dem überheblichen Bugat die Stirn geboten hast."

Eran hatte sich vor die Gruppe gestellt und sprach nun wieder in seiner gewohnt ruhigen Art. „Ihr acht seid die diesjährigen Dupahle und werdet in den Schlafräumen der Dupahle leben. Auch wenn ihr mit den Bewohnern der anderen Kammern speist und lernt, so prägt euch die Anwärter in diesem Raum besonders gut ein. Ihr werdet viel Zeit miteinander verbringen. Außerdem werden sich einige von euch gemeinsam auf die Trofe vorbereiten."

„Die Trofe?" Eine schlanke, freundlich wirkende Frau mit kurzen braunen Haaren war aufgestanden. „Entschuldigt, dass ich Euch unterbrochen habe, Herr Eran. Mein Name ist Daria aus Fillon."

„Schon gut, nennt mich einfach Eran", erwiderte der Herr der Schmiede. „Die Trofe ist eine der von mir erwähnten

Neuerungen in der Schmiede. Die Anwärter unter euch, die wir als Kämpfer einstufen, werden in einem Jahr bei einem neuen finalen Wettkampf gegeneinander antreten. Die beiden Sieger daraus werden noch im selben Jahr für Edumond beim Kampf der Dupahle antreten." Unter den Anwärtern entstand ein aufgeregtes Tuscheln.

Ein Mann mit dunkelbrauner Haut und kräftiger Statur ergriff das Wort. Von seinem Unterarm über die Schulter schlängelte sich eine tätowierte Schlange bis auf seinen kahlen Kopf hinauf. „Kalif mein Name. Ich wohne in der Wüste Edu." Eran nickte knapp und Kalif fuhr fort: „Warum schickt man uns Neulinge in diesen so wichtigen Kampf? Meines Wissens dürfen im Kampf der Dupahle nur Kämpfer antreten, die eine langjährige Erfahrung haben." Gespannt blickten alle zum Oberhaupt der Schmiede.

„Diese Frage ist berechtigt und verständlich, Kalif. Wie ihr alle sicher wisst, hat Edumond schon seit längerem keinen Kampf der Dupahle mehr gewonnen. König Regonald vermutet, dass die Zarkotier im Vorfeld jedes Kampfes unsere Dupahle ausspioniert haben. Somit konnten sie ihrerseits die Dupahle aufstellen, die einen Vorteil gegen unsere hatten. Mit der Maßnahme, zwei Unerfahrene antreten zu lassen, gehen wir zwar ein Risiko ein, haben aber das Überraschungsmoment auf unserer Seite. Gibt es noch weitere Fragen?"

Ein hagerer, unscheinbarer Anwärter in einfacher Kleidung erhob sich zögerlich. „W-warnim, aus F-fillon", stotterte er. „Darf ich fragen, was passiert mit den Dupahlen von uns, die nicht für den Kampf geeignet sind?"

„Ebenfalls eine gute Frage, Warnim. Die von euch, deren Kräfte für den Kampf ungeeignet sind, werden von

Woschrandir betreut. Er wird euch helfen, eure Dupahle zu finden und kontrollieren zu lernen. Das bringt mich zum nächsten Punkt unserer Tagesordnung. Wir werden eure schon bekannten Fähigkeiten genauestens dokumentieren." Mit diesen Worten öffnete sich die Tür. Vier Bewahrer traten ein, breiteten Schriftrollen, Federn und Tintenfässer auf den Bänken aus und begannen mit der Befragung der Anwärter.

Während Heron wartete das er an der Reihe war, musterte er die anderen Dupahle. Eine junge Frau hatte bisher noch gar nichts gesagt. Äußerlich war sie die Auffälligste, denn ihre Haut bestand aus grünen Schuppen. Nur ihr schüchtern blickendes, gelbes Gesicht war nicht davon überzogen. Gerade wollte Heron zu ihr gehen, um sich vorzustellen, als ein Bewahrer ihn zu sich rief.

Im Anschluss an die Befragung begann die Führung durch die Schmiede. Die Gänge und Räume befanden sich fast allesamt im Berg. Die Kammer der Dupahle lag im obersten Teil des Berges. Darunter befand sich die Kammer der Pahle und ganz unten der Bereich für die Anwärter der Kammer Edumonds. Weiterhin gab es gab zahlreiche Übungs- und Waschräume, sowie einen großen Speisesaal. Zum Schluss der Führung wurde jedem ein eigener Schlafraum zugewiesen. Die Unterkünfte waren nur spärlich eingerichtet: Ein Bett mit Wolldecke, ein kleiner Beistelltisch und ein Kleiderschrank waren alles, was sich darin befand.

Mittags trafen sich alle im Speisesaal. Dort sahen Heron und Alma auch die Zwillingsschwestern wieder. Mara und Tiara wirkten noch immer enttäuscht, dass sie in unterschiedlichen

Kammern untergebracht waren. Doch nun waren sie vor allem neugierig und wollten wissen, wie Almas und Herons Lesation verlaufen war. Während Heron von seiner Bewertung berichtete, nahm Quing bei ihnen Platz. Auch er hatte seine Pahle schon entdeckt, was jedoch nicht weiter verwunderlich war. Sie war schließlich kaum zu übersehen. Quing besaß von Geburt an ungewöhnlich große Hautverbindungen zwischen den Fingern, wodurch er sich im Wasser unglaublich schnell fortbewegen konnte.

Sie verbrachten den Rest des Tages gemeinsam und Quing erzählte von seiner Heimat Aquin und von der Fehde mit den Bangolen. Der Ursprung der Anfeindungen lag bereits über eintausend Jahre zurück. Damals gab es regelmäßig Streitigkeiten um die Jagdgründe, die sich zwischen Aquin und Bangol befanden. Auf dem breiten Landstrich zwischen den Städten lebten besonders viele Herden von Faris. Das waren Vierbeinige, pflanzenfressende Tiere mit rundem Kopf und dünnem weißem Fell, deren Fleisch besonders sättigend und nahrhaft war. Lange Zeit gab es in den Jagdgründen genügend Faris-Herden und die Aquinan und Bangolen lebten friedlich nebeneinander. Irgendwann jedoch nahm die Anzahl der Tiere auf unerklärliche Weise ab und jedes Volk machte das andere dafür verantwortlich. Es gab immer häufiger kleinere Auseinandersetzungen, ohne dass jedoch ein wirklicher Krieg ausbrach.

Eines Tages wurden viele Bangolen plötzlich krank und ein Großteil verstarb an den Folgen. Ein Heiler fand letztlich heraus, dass der kleine, nahegelegene See, aus dem die Bangolen ihr Trinkwasser bezogen, die Ursache der Erkrankung war. Auch die Faris hatten aus diesem See getrunken. Die Bangolen warfen den Aquinan vor, den See vergiftet zu haben. Die Aquinan stritten dies ab und behaupteten ihrerseits, dass der vergiftete See nur ein Vorwand der Bangolen war, um ihnen den Krieg zu erklären.

„Doch zu diesem Krieg kam es glücklicherweise nie,", beendete Quing seine Ausführungen. „Bis heute wurde nicht geklärt, was wirklich vorgefallen war. Doch das Misstrauen überdauerte und führte zur Fehde zwischen Bangol und Aquin. Beide Völker gehören zwar zum vereinten Edumond und unterstehen dem Befehl Fillons, meiden sonst aber jedweden Kontakt zueinander. Wir Aquinan gaben die Jagdgründe zwischen den beiden Städten auf und konzentrierten uns auf den Fischfang. Doch noch heute verhöhnen uns die Bangolen wegen unserer körperlichen Unterlegenheit."

Mara und Tiara gaben nur wenig von sich preis. lediglich ein paar Geschichten aus ihrem kleinen Dorf, das nahe Fillon lag. Als die anderen, Tiara nach ihrer Pahle fragten, wurde sie wieder mürrisch und versicherte ihnen, dass ihre Kraft unbedeutend und unnütz sei. Auch nach mehrmaligem Bitten, gab Sie ihre Gabe nicht Preis.

Am Abend forderten die Bewahrer der Schmiede alle auf, ihre Schlafräume aufzusuchen. Sie verabschiedeten sich für heute voneinander und Heron schlenderte allein den kahlen Gang entlang, bis er an eine Kreuzung gelangte. Er stoppte, da er sich unsicher war, welcher Weg zu seinem Schlafraum führte. Für ihn sahen alle Gänge in den Kammern der Schmiede gleich aus.

Er wollte gerade den breitesten der Wege betreten, da sah er weit hinten in einem der anderen Gänge eine Gestalt stehen. Die Silhouette, die Größe und auch die Körperhaltung kamen ihm sofort bekannt vor. Er war sich sicher, dass es die Gestalt war, die er auf den Hügeln gesehen hatte, nachdem der letzte Dirkast verschwunden war.

„Hallo! Wer ist da?", rief Heron, doch der Unbekannte reagierte nicht. Als er daraufhin begann, sich der Gestalt zu nähern, entfernte Sie sich weiter von ihm.

Heron beschleunigte seine Schritte, doch je schneller er rannte, desto schneller schien auch die Gestalt wegzulaufen. Jedes Mal, wenn Heron um eine Ecke bog, konnte er gerade noch sehen, wie der graue Umhang des Unbekannten hinter der nächsten Abbiegung verschwand. Nach einigen weiteren Abzweigungen kam Heron plötzlich in einen Saal mit hoher Gewölbedecke. Von der Gestalt im grauen Umhang fehlte jede Spur, obwohl es nur diesen einen Zugang zu geben schien. Es war so, als hätte der Fremde sich in Luft aufgelöst.

Verwundert sah sich Heron um. Der Boden war komplett mit rotem Teppich bedeckt und es gab im ganzen Saal keine Möbel, hinter denen man sich hätte verstecken können. In der Mitte des Raumes hing ein riesiger goldener Kronleuchter von der Decke herab. Unzählige brennende Kerzen warfen ihren Schein auf die kunstvoll gewölbte Decke und die weißen Steinwände. Letztere waren mit riesigen Bildern behangen. Sie zeigten jeweils zwei Menschen, die triumphierend in Kampfausrüstung nebeneinanderstanden. Über jedem der Bilder war ein Schriftzug angebracht. Heron las einen nach dem anderen. „Dreifache Meister im Kampf der Dupahle." Auf dem Bild waren zwei kräftige Männer in Ritterrüstung abgebildet. Er schaute zum nächsten. „Zweifache Meister im Kampf der Dupahle." Es zeigte einen riesigen Mann, der nur einen Lendenschurz trug, zusammen mit einer sehr kleinen Frau. Heron musste wegen des ungleichen Paares schmunzeln, ehe ihm die Gesichtszüge entgleisten.

Das nächste Gemälde zeigte seinen Vater und seine Mutter. Barion sah zwar noch etwas jünger aus, dennoch konnte Heron ihn zweifellos erkennen. Seine Mutter Elenora hingegen sah aus wie auf dem Bild, das Barion ihm in Erbholt geschenkt hatte. Seine Eltern lagen sich in den Armen und lächelten. Heron las den Schriftzug über ihren Köpfen.

„Achtfache Meister im Kampf der Dupahle." Ungläubig rieb er sich die Augen. Seine Eltern waren beide Dupahle und hatten dazu noch acht Mal diesen Wettstreit gewonnen? Warum hatte sein Vater ihm nie davon erzählt? Was hatte er ihm noch alles verschwiegen? Auch wenn für Heron Vieles noch unklar war, bei einer Sache war er sich sicher: Wenn er Barion wiedersehen würde, müsste dieser ihm einige Fragen beantworten!

Er betrachtete das Abbild seiner Mutter. Sie war noch schöner als auf dem kleinen Bild, das er immer in der Brusttasche bei sich trug. Um ihren Hals hing die Kette mit dem Amulett, welche sie ihm ebenfalls vermacht hatte. Wehmütig griff Heron danach. Er hatte es seit damals nicht mehr abgelegt. Seine andere Hand berührte das Abbild seiner Mutter mit den Fingerspitzen.

Noch eine ganze Weile stand Heron vor dem Gemälde seiner Eltern. Er vermisste seine Mutter, ohne dass er sich an die gemeinsame Zeit mit ihr erinnern konnte. Er versuchte sich vorzustellen, wie alles wohl wäre, wenn sie noch leben würde.

Irgendwann verwarf Heron diese Wunschgedanken und machte sich wieder auf die Suche nach seinem Schlafgemach. Lange irrte er umher und nur mit Hilfe eines Bewahrers konnte er es schließlich finden.

Erschöpft von den vielen Eindrücken fiel er in sein Bett und versuchte das Geschehene zu verarbeiten. Er hatte in Quing, Mara und Tiara Freunde gefunden, jedoch in Bugat scheinbar auch einen Feind. Er wunderte sich über sein mutiges Verhalten, als der Bangole ihn attackiert hatte. Womöglich hatten der Kampf gegen die Dirkaste und das Entdecken seiner Pahle sein Selbstbewusstsein gestärkt.

Vom Sehenden hatte er erfahren, dass er nicht nur ein Pahle, sondern sogar ein Dupahle war. Genau wie seine Eltern. Sein Vater hatte ihm verschwiegen, dass sie beide Meister im Kampf der Dupahle gewesen waren. Und nun erhielt er selbst die Chance, zukünftig für Edumond anzutreten. Vorausgesetzt, er wäre einer der zwei Sieger der Trofe, welche in einem Jahr stattfinden würde.

Zuletzt kam der unbekannte Mann wieder in seine Erinnerung zurück. Während er noch über ihn nachdachte, schlief er völlig erschöpft ein.

In dieser Nacht träumte Heron, wie er als Dupahle für Edumond antreten würde. Wie er als Meister nach Jahren voller Armut die Bürger Fillons von der Wassernot erlöste. Und von seinem Vater, der stolz darauf war, dass sein Sohn in die Fußstapfen seiner Eltern getreten war.

Am nächsten Morgen erwachte Heron, zwar nicht gänzlich erholt, aber voller Tatendrang. Der erste Tag seiner Ausbildung, er konnte beginnen.

Kapitel 9
Verborgene Kräfte

Alle Anwärter der Schmiede hatten sich in einem großen, halbrunden Raum eingefunden und auf den unzähligen Holzbänken Platz genommen. Ihre Sitzplätze waren auf ein Stehpult ausgerichtet, das sich an der langen Seite des Raumes befand.

Eine kleine Seitentür sprang auf und Tutor Kenot stürmte hindurch. In den Händen hielt er eine übergroße Schriftrolle, die er hinter dem Pult an der Wand befestigte. Er rollte sie aus und eine Karte Nord-Pregolets wurde sichtbar.

„Mein Name ist Kenot, ich bin euer Tutor in der Kunde Nord-Pregolets", begann er. „Ich werde euch alles Wissenswerte über unser Land und dessen Geschichte lehren. Vorab jedoch ein Hinweis: Ich hasse nichts mehr als Störungen in meinem Unterricht. So verhaltet euch ruhig und unterlasst jedwede Gespräche." Er holte aus dem Stehpult einen langen Zeigestock und hielt dessen Spitze auf die Mitte der Karte.

„Dies ist Nord-Pregolet. Wie die meisten von euch wissen sollten, teilt sich das Land seit den Kriegen der alten Könige in zwei Reiche auf. Getrennt werden sie durch die tiefe und breite Todesfurt. Westlich davon liegt unser Edumond mit den Städten Erbholt, Bangol, Fillon und Aquin." Er musterte ausgiebig die Anwärter.

„Wie ich sehe, sind dieses Jahr nur wenige Aquinan und Bangolen unter euch." Er richtete seinen Stab zuerst auf Quing und einen weiteren Aquina. Dann auf eine Gruppe aus sechs

Bangolen, zu der auch Bugat gehörte. „Darum gehe ich davon aus, dass der Rest von euch aus Fillon oder Erbholt stammt. Aber Moment…" Kenot trat ein paar Schritte auf die Anwärter zu und wies mit dem Stab in Herons Richtung. „…du dahinten bist anders. Steh auf und stell dich vor." Alle sahen zu Heron, der sich überrascht erhob.

„Mein Name ist Heron und meine Heimat liegt südlich von Erbholt. Mit „anders" meint Ihr sicher meine grünen Haare." Er strich sich mit einer Hand über seinen Schopf. „Warum ich der einzige mit grünem Haar bin, weiß ich leider selbst nicht. Aber ich habe es von meiner Mutter geerbt." Einige Anwärter begannen miteinander zu tuscheln.

„Die Herkunft deiner Haarfarbe ist sicher auch interessant, Heron", erwidert Kenot. „Doch meinte ich nicht dich, sondern die junge Frau hinter dir."

Verwirrt drehte Heron sich um. Direkt hinter ihm stand die junge Frau mit der grün geschuppten Haut aus der Kammer der Dupahle. „Tut mir leid." Peinlich berührt setzte er sich wieder.

„Mein Name ist Sardin. Ich bin eine Zirlag und wohne mit meiner Familie nahe der Hügellandschaft im Süden." Sardins Stimme klang leise und warm.

Kenot sah sie verwundert an. „Eine Zirlag? Das ist interessant. Bitte berichte uns mehr über deine Herkunft."

„Viel kann ich leider nicht dazu sagen", antwortete Sardin zögerlich. „Von meinem Vater weiß ich, dass meine Vorfahren vor langer Zeit aus West-Pregolet Eingewandert sind. Wir leben hier sehr zurückgezogen und versteckt. Deshalb ist Euch noch niemand von meiner Familie begegnet."

„Und warum bist du dann als erste deiner Art dem Gesetz gefolgt und hast dich hier zur Schmiede begeben?", fragte

Kenot neugierig weiter.

„Weil ich anders bin als meine Familie", erläuterte Sardin nun etwas selbstsicherer. „Ich habe früh meine Pahle entdeckt und war neugierig zu erfahren, ob ich noch weitere Fähigkeiten habe. Wie sich gestern herausgestellt hat, ist es so. Ich bin eine Dupahle."

Kenot nickte zufrieden. „Danke, Sardin. Es freut mich, jemand Besonderes wie dich in unserer Schmiede begrüßen zu dürfen. Nimm wieder Platz."

Kenot wandte sich wieder der Karte zu. „Kommen wir nun zum östlichen Reich mit seinen Städten: Batero Ilis, Sutra und Karkat. Sie alle gehören zum Königreich Zarkotien." Er richtete seinen Stab auf ein Wappen, welches das schwarze Abbild eines stämmigen Tieres mit breiten Flügeln zeigte, dessen Maul weit aufgerissen war.

„Das Wappentier ist ein Besalt", erklärte Tiara, die zwischen Heron und Alma saß. „Sie leben in den heißen, Roten Quellen rund um Karkat."

„Ruhe dahinten!", rief Kenot und sah sie verärgert an.

Tiara hob entschuldigend die Hand und wartete, bis der Tutor sich wieder der Karte widmete, ehe sie flüsternd weitersprach. „Ich bin leider noch nie einem begegnet. Nur gelegentlich kann man ihre schwarzen Schatten hoch oben am Himmel über Fillon sehen."

„Habe ich mich unklar ausgedrückt, junge Frau?" Kenot sah erneut verärgert zu ihr.

„Nein, haben Sie nicht", antwortete Tiara verwundert. „Aber wie konnten sie mich hören? Ich habe doch geflüstert."

Kenot deutete mit der Hand auf sein Ohr. „Meine Pahle ist ein außerordentliches Gehör. Und dies ist meine letzte

Ermahnung. Bei der nächsten Störung verweise ich dich des Raumes und du bekommst Strafaufgaben, verstanden?" Tiara nickte widerwillig und wartete, bis sich Kenot erneut der Karte widmete.

„So, jetzt können wir sprechen, ohne dass der alte Griesgram uns stört." Tiara hatte je eine ihrer Hände auf Herons und Almas Knie gelegt. Die beiden sahen sie überrascht an. Sie hatten Tiaras Stimme vernommen, doch ihre Lippen hatten sich dabei nicht bewegt. „Schaut mich nicht so verwirrt an, das ist meine Pahle. Solange ich euch berühre, können wir untereinander unsere Gedanken hören."

Heron probierte es sofort aus. „Das ist doch eine großartige Fähigkeit. Warum hast du sie uns gestern nicht gezeigt, als wir danach gefragt haben?"

Tiara zuckte verlegen mit den Schultern. „Ich habe mich geschämt, weil meine Pahle nicht so nützlich ist wie eure. Mal abgesehen von solchen Momenten wie jetzt gerade."

Alma versuchte nun ebenfalls ihre Worte zu denken. „Du musst dich wirklich nicht vor uns schämen, Tiara. Du wirst hier sicher lernen, wie du deine Pahle sinnvoll nutzen kannst. Genauso wie ich lernen werde meine Pahle einzusetzen. Wer weiß, vielleicht kann ich bald sogar mit einem Besalt reden."

Tiara lächelte. „Sie gelten zwar als sehr scheu, aber ich habe schon mit einigen Menschen gesprochen, die einem Besalt begegnet sind. Irgendwann werde ich nach Zarkotien gehen, um mehr über sie zu lernen. So, und nun lasst uns weiter zuhören, was der alte Zausel zu erzählen hat." Sie nahm ihre Hände wieder von Almas und Herons Knien und die drei folgten den langweiligen Ausführungen über Nord-Pregolet.

Nach dem Mittagessen wurden für alle Anwärter der Schmiede Lehrpläne ausgegeben. Die Tutoren hatten jegliche Informationen ausgewertet und einen Unterrichtsplan für jeden einzelnen entworfen. Alma und die Zwillinge hatten zunächst Unterricht in Berufslehre bei Tutor Woschrandir. Heron und Quing machten sich auf den Weg ins Tal, wo der Unterricht für werdende Kämpfer stattfinden sollte.

„Viele sind wir ja nicht", stellte Quing fest. Auf dem Gras zwischen den Bäumen des Tals standen insgesamt nur dreizehn Anwärter. Darunter Bugat, Daria, Kalif und Sardin.

„Heute beginnen wir mit eurer Kampfausbildung." Ohne dass Quing und Heron es bemerkt hatten, war Eran zu der Gruppe gestoßen. Er wurde begleitet von zwei Bewahrern, die ihre Kapuzenmäntel abgelegt hatten. „Dies sind Meron, Meister der Klingen und Lenos, Meister der Pfeile. Gemeinsam werden wir euch lehren, um aus jedem von euch einen Krieger zu machen. Zuerst wollen wir sehen, was ihr bereits könnt." Er deutete mit seiner Hand, die wie immer von einem weißen Handschuh bedeckt war, auf einen Haufen Kampfstäbe. „Findet euch in Zweiergruppen zusammen und kämpft gegeneinander."

Die Anwärter folgten Erans Anweisungen und begannen sich im Tal zu verteilen. Auch Quing und Heron standen sich bewaffnet gegenüber.

„Dann zeig mal, was du draufhast." Quing ging sofort zum Angriff über. Er war sehr schnell in seinen Bewegungen, schwang den Stab mit einer grazilen Leichtigkeit und wich geschickt den schnellen Stößen und wuchtigen Schlägen seines Gegenübers aus.

Während seine Schützlinge kämpften, ging Eran von Gruppe zu Gruppe und beobachtete ihre Bewegungen genau. Er besprach sich mit seinen Meistern und wies ihnen einzelne Gruppen oder Kämpfer zu.

Quing und Heron trainierten noch immer intensiv miteinander. Der Schwertmeister hatte sich zu ihnen gesellt und gab ihnen abwechselnd Tipps, wie sie ihren Stand verbessern oder schneller ausweichen konnten.

Es dämmerte bereits als gelegentliches, lautes Gebrüll die Kämpfenden veranlasste, ihre Übungen zu unterbrechen und sich auf einer kleinen Lichtung zu versammeln. Dort stand Eran mit einem Stab in beiden Händen vor Bugat. Der Bangole schwitzte am ganzen Körper und lag schwer atmend im Gras.

„War das schon alles, was du kannst, Bugat?" fragte Eran herausfordernd.

Wütend sprang der Bangole auf und rannte auf Eran zu. Dieser machte eine schnelle, kurze Drehung zur Seite und ließ Bugat wie einen wildgewordenen Gibu ins Leere laufen.

„Ich dachte, ihr Bangolen seid besonders gute Kämpfer, doch scheinbar muss ich es dir etwas einfacher machen." Eran warf seinen Stab ins Gras und zog einen seiner Handschuhe aus. Erstaunt sahen die Anwärter auf Erans Hand, die eine weiße leuchtende Aura umgab. Seine andere, noch vom Handschuh bedeckte Hand, hielt er sich auf den Rücken. „Ich werde mit nur einer Hand gegen dich kämpfen. Du hingegen darfst deine beiden steinharten Fäuste einsetzen."

Zornig warf auch Bugat seinen Stab weg und begann auf den Tutor einzuschlagen. Doch so sehr er sich auch mühte, Eran wich jedem Schlag aus. Bei einem der Angriffe traf Bugat einen Baum, dessen Stamm komplett zerbarst. Mit einem dumpfen Knall fiel er zu Boden.

„Nun bin ich an der Reihe!" Eran wich Bugats Angriffen nun

nicht mehr aus, sondern blockte jeden Schlag des Bangolen mit seiner leuchtenden Hand ab. Die weiße Aura schien dabei undurchdringbar zu sein. Immer wenn Bugats Fäuste auf sie trafen, prallten sie auf unerklärliche Weise von ihr ab. Dennoch ließ Bugat sich nicht entmutigen und versuchte weiter sein Gegenüber zu treffen.

Als der Bangole vor Erschöpfung nur noch halbherzig angriff, ballte Eran plötzlich seine Faust und schlug Bugat auf den Brustkorb. Dieser wurde nach hinten geschleudert und prallte gegen einen Baum.

„Enttäuschend." Eran nahm seinen Handschuh wieder aus der Tasche und streifte ihn sich über die leuchtende Hand. „Vom Sohn des Häuptlings habe ich mehr erwartet."

Plötzlich flammte ein rotes Licht in Bugats Augen auf. „Es reicht!" Er hatte sich aufgerichtet und breitete seine Arme aus.

Der Boden vibrierte und ein spitzer Felsbrocken durchbrach die Erde unter Eran. Schnell sprang dieser zur Seite, bevor ihn das Gestein treffen konnte. Alle Blicke lagen nun auf Bugat, dessen rotleuchtende Augen langsam wieder erloschen. Ungläubig starrte der Bangole auf den Steinbrocken, den er entstehen lassen hatte.

Zufrieden lächelnd reichte Eran Bugat die Hand. „Herzlichen Glückwunsch! Du hast soeben deine Dupahle gefunden." Bugat ergriff die Hand und starrte ihn verwundert an. Alle begriffen langsam, dass Eran den Bangolen mit Absicht aufs Äußerste provoziert hatte.

„Gerade habt ihr mit ansehen können, wie ich Bugat seine Dupahle entlockt habe. Häufig ist es jedoch nicht so leicht, wie in diesem Fall." Eran ging ruhigen Schrittes durch die Reihen der Anwärter. „Meine nächsten Worte gelten denen von euch, deren dupahle Fähigkeiten noch unentdeckt sind." Er hatte Quing und Heron erreicht und schaute ihnen beim Vorbeigehen in die Augen. „Unentdeckte Dupahle zeigen sich meist erst unter extremen Bedingungen. Wir werden für jeden von euch einen Plan entwickeln, um diese Bedingungen nachzustellen. Seid euch jedoch bewusst, dass unsere Methoden mit Angst und Schmerzen verbunden sein können." Eran hatte wieder seinen Ausgangspunkt bei Bugat erreicht. „Doch mehr dazu, wenn der nächste von euch an der Reihe ist. Damit ist der Unterricht für heute beendet."

Während die Anwärter über die weiße Steintreppe hinauf zur Schmiede gingen, unterhielten sie sich aufgeregt. Quing ließ sich nicht beunruhigen: „Bestimmt alles nur Angstmacherei. Als ob die uns echten Gefahren aussetzen würden."

Heron sah ihn zweifelnd an. „Ich bin mir da nicht so sicher. Mein Vater hat mich gewarnt, dass die Methoden der Schmiede zu seiner Zeit sehr drastisch waren."

„Zur Zeit deines Vaters vielleicht. Eran selbst hat doch gesagt, dass er einiges verändert hat. Ich für meinen Teil glaube nicht, dass es so schlimm wird, wie Eran behauptet."

Heron nickte „Uns wird nichts anderes übrigbleiben, als abzuwarten."

Die folgenden Tage flogen nur so dahin. Jeden Vormittag hatten alle zusammen Unterricht bei Kenot und am Nachmittag waren sie in ihre Gruppen aufgeteilt. Woschrandir betreute als Tutor alle Berufsfelder, die in der Schmiede unterrichtet wurden. Unter seiner Leitung standen die Meister der verschiedenen Handwerke, der Küche und des Gartens. Da Mara großes Interesse an Pflanzen hatte, wurde sie den Heilkundigen zugewiesen.

Gleiches galt auch für Alma. Den Unterricht der Heilkundigen leitete Woschrandir persönlich. Seine Methode, ihre Dupahle zu wecken, unterschied sich jedoch gänzlich von der Erans. Er führte Gespräche mit ihr, um herauszufinden, was damals ihre Dupahle aktiviert hatte. Wenn sie diese Emotion finden würden, könnte Alma versuchen dieses Gefühl entstehen zu lassen, um schließlich die Kontrolle über ihre Dupahle zu erlangen.

Bei Tiara war Woschrandir unsicher gewesen, zu welcher Gruppe sie passen könnte. Letztlich entschied er, dass sie den Haushältern zugeteilt wurde, da es keinen Beruf gab, der mit ihrer Tierliebe einherging. Ihm war schlicht nichts Passenderes eingefallen und Tiara fluchte häufig über ihn und ihre langweiligen Aufgaben.

Während des Kampfunterrichts nutzte Bugat jede Gelegenheit, um mit seiner Dupahle zu prahlen. Er ließ es sich auch weiterhin nicht nehmen, andere Anwärter zu schikanieren. So auch Heron und Quing, die sich jedoch mittlerweile an seine Anfeindungen gewöhnt hatten. Wohlwissend, dass Heron dem Bangolen schon einmal die Stirn geboten hatte, fanden sie dessen Gehabe fast schon belustigend. Dies verwirrte Bugat zunehmend, weshalb er ihnen immer häufiger aus dem Weg ging.

Eines Tages begab sich die Kampfgruppe auf Erans Geheiß zu einem Bergplateau. Über eine lange, steinerne Wendeltreppe stiegen sie hinauf und traten durch einen großen Torbogen auf die steinerne Fläche, die sich oberhalb der Schmiede befand. Auf einer Seite des Geländes, wo der Berg weiter nach oben reichte, war eine Art Tribüne in den Stein geschlagen worden. Auf den anderen Seiten fiel das Plateau steil nach unten ab. Ein warmer Wind zog über sie hinweg und trieb ein paar Wolken vor sich her.

Auf Anweisung Erans nahmen alle auf den Stufen Platz. Heron hatte sich gerade hingesetzt, als er bemerkte, wie ein Anwärter nach dem anderen verstummte und auf die äußere Seite des Plateaus starrte. Er folgte ihren Blicken. Fast am Ende der Steinfläche war ein großer Holzhaufen errichtet worden. Aus dessen Spitze ragte ein dicker, langer Holzpfahl heraus. An diesen war jemand mit Tauen festgebunden worden.

„Das ist Quing!", rief Heron ungläubig.

Eran trat vor die Gruppe. „Ja, dort hinten befindet sich tatsächlich Quing. Wir werden heute versuchen, seine dupahle Fähigkeit zu erwecken. Quings Pahle ist seine unglaubliche Schnelligkeit im Wasser. Durch seine großen Schwimmhäute suchen seine Schwimmkünste ihresgleichen. Da seine Pahle eindeutig mit dem Wasser in Verbindung steht, liegt die Vermutung nahe, dass auch seine Dupahle etwas damit zu tun hat. Lasst uns sehen, ob wir damit richtig liegen." Eran gab einem der Bewahrer, die sich um den Holzstapel herum aufgestellt hatten, ein Handzeichen. Dieser hielt eine brennende Fackel in seiner Hand, mit der er nun das Holz unter Quings Füßen entzündete.

Heron konnte nicht glauben, was er da sah. Am liebsten wäre er losgerannt, um seinen Freund zu befreien, doch ihm blieb nichts anderes übrig, als Eran zu vertrauen und abzuwarten. Angespannt sah er dabei zu, wie die Flammen immer höher stiegen. Nicht mehr lange und sie würden Quing erreichen. Auch die anderen Anwärter wurden immer nervöser und sprachen aufgebracht miteinander. Einige drehten den Kopf weg, um nicht mit ansehen zu müssen, was vor ihnen geschah. Selbst der sonst so abgebrühte Bugat beobachtete geschockt und fassungslos das Geschehen.

Die Flammen waren dicht unter den Füßen des panisch hin und her zappelnden Quing angekommen. Heron schüttelte ungläubig seinen Kopf. Verzweifelt suchte er auf dem Plateau einen Eimer Wasser oder ähnliches, um das Feuer zu löschen. Doch er konnte nichts dergleichen finden. Auch die Bewahrer rührten sich nicht. Genau wie Eran standen sie seelenruhig da und beobachteten, wie das Feuer Quings Fußsohlen erreichte. Ein schmerzvoller Schrei hallte über das Plateau.

Heron konnte nicht mehr mit ansehen, wie seinem Freund auf so barbarische Weise das Leben genommen wurde. Er sprang von seinem Platz auf und rannte über das Plateau in Richtung der Flammen. Doch schon nach wenigen Schritten traf ihn ein Schlag an den Beinen. Er konnte den Sturz gerade noch mit den Händen abfedern. Wütend sah er auf. Neben ihm stand Eran, der ihn ernst ansah.

„Hab Vertrauen, Heron!" Mit dem Zeigefinger deutete er auf das lodernde Feuer. Die Flammen hatten Quings Unterschenkel erreicht und seine Schreie verstummten.

Quings Augen begannen plötzlich blau aufzuleuchten und ein immer lauter werdendes Zischen war zu hören. Wasserdampf bildete sich rund um den Holzhaufen und die Flammen gingen allmählich zurück. Eine Dampfwolke entstand und verschleierte die Sicht auf Quing.

Heron stand auf, ohne seinen Blick vom Geschehen abzuwenden. Allmählich verflüchtigte sich der Dampf und Quing war wieder zu sehen. Wasser trat aus den Händen des Aquinas und lief über die verkohlten Äste hinunter zum Boden. Das Leuchten aus seinen Augen verschwand und die Wasserflut aus seinen Händen verebbte.

Heron rannte zu ihm, kletterte den noch leicht kokelnden

Holzhaufen hinauf, zog sein kleines Messer aus der Tasche und durchtrennte die Taue an Quings Handgelenken. Als er das letzte Tau durchtrennt hatte, fiel ihm sein bewusstloser Freund in die Arme. Sein Atem war flach und an den Beinen konnte Heron einige starke Verbrennungen erkennen. Zwei Bewahrer hatten bereits eine Trage geholt und halfen Heron, den Aquina von dem Holzhaufen herunter zu holen. Sie legten ihn auf die Trage und brachten ihn in den Krankenbereich.

„Wie ihr seht, haben wir Recht behalten." Eran blickte in die geschockten Augen seiner Schüler. „Quing hat durch uns seine Dupahle gefunden. Sobald seine Wunden verheilt und seine Kräfte zurückgekehrt sind, wird er lernen, sie zu kontrollieren." Damit begab er sich zur Treppe, um das Plateau zu verlassen. Kurz bevor er durch den Torbogen verschwand, machte er noch einmal kehrt.

„Ich bin zuversichtlich, dass wir alle eure Dupahle entdecken werden. In ein paar Tagen ist der nächste von euch an der Reihe." Mit diesen Worten verließ Eran das Plateau.

Heron sah in die Gesichter der Anderen. Er konnte ihnen ansehen, dass sie genau dasselbe dachten wie er: Bitte lass mich nicht der Nächste sein.

Kapitel 10
Erbholter Weißwein

Nach einer langen und kräfteraubenden Reise durch die heiße Wüste Edus erreichten Barion, Gregotsch und Taran endlich Fillon, die Hauptstadt Edumonds. Taran führte die Gibus mit dem Karren zum Haus seiner Großmutter. Barion und Gregotsch beschlossen, direkt zum Königspalast zu gehen, um König Regonald Bericht zu erstatten.

Der Königspalast befand sich im Zentrum der Stadt und bot einen atemberaubenden Anblick. Unzählige goldgelbe, spitze Türme, die von der Palastmauer umgeben waren, bildeten einen Ring um das riesige, runde Haupthaus. Es besaß etliche Balkone, die, wie auch die Fenster, in weichen geschwungenen Linien verliefen. Von den Turmspitzen und dem flachen Dach des Hauptgebäudes blickten Skulpturen ehemaliger Könige und verdienter Persönlichkeiten Fillons auf die Stadt herab.

Barion und Gregotsch teilten der Wache am Haupttor ihr Anliegen mit und wurden kurz darauf von zwei Gardisten hineingeleitet. Als sie den Innenhof durchquerten, fielen ihnen sofort die vertrockneten Bäume und Sträucher auf. Auch der braune Rasen war ein klares Anzeichen dafür, dass der Wassernotstand in Edumond groß war.

Sie betraten das Haupthaus und gelangten in die große Eingangshalle. Begleitet von den Gardisten, liefen sie über den glänzenden grauen Steinboden durch mehrere Gänge. Diese waren opulent eingerichtet und wirkten trotz der Wüstenluft sauber und frei von Sand. Vor der großen, goldverzierten Holztür des Thronsaals mussten sie warten, während einer der Gardisten Sie ankündigte.

Barion blickte zu Gregotsch. „Wenn es dir recht ist, versuche ich mich im Hintergrund zu halten."

Gregotsch sah Barion verwundert an. „Das verstehe ich nicht. Du warst doch König Regonalds Leibwache."

Barion begann zu stammeln. „Ja schon, aber … Du kannst nicht wissen, dass …"

„Der König ist bereit, euch zu empfangen." Die zweite Wache stand in der Tür zum Thronsaal und forderte die beiden auf, einzutreten. Sie folgten der Aufforderung und betraten den prachtvollen Saal.

Alles war aus grau glänzendem Stein erbaut und mit verschnörkelten, goldenen Verzierungen versehen. Die Deckengewölbe, Teile der mächtigen Stützpfeiler, große Kerzenständer und sogar die vielen Portraits von König Regonald glänzten golden. Alles in diesem Raum stand im Gegensatz zu der Armut, die draußen in den Gassen der Stadt herrschte. Barion und Gregotsch liefen geradewegs auf den großen goldenen Thron zu, auf dem König Regonald saß.

König Regonald war ein kleiner Mann, was den sowieso schon übertrieben großen Thron noch riesiger wirken ließ. Er trug einen edlen weißen Anzug mit goldenen Nähten und darüber ein weißes Gewand mit Stehkragen. Wie jeder in Fillon wusste, führte König Regonald sein Volk stets gut und fair. Gleichermaßen war er auch bekannt für seine harte Hand und seine Launen. Er war einer dieser Menschen, die es lieben zu zeigen, was sie haben und die sich nehmen, was sie wollen.

Barion und Gregotsch erreichten den Thron und verbeugten

sich standesgemäß. König Regonald hatte die Stirn in Falten gelegt und seine Hände ruhten auf seinem runden Bauch.

„Gregotsch, Wachmann von Erbholt", begann er freundlich, ehe sich seine Miene verfinsterte. „Und Barion, meine ehemalige Leibwache und damaliger enger Vertrauter." Letzteres sagte er mit sarkastischem Unterton. „Erhebt Euch und berichtet mir, warum Ihr mir so spät eure Aufwartung macht."

Gregotsch richtete sich auf und trat vor. „Wir bitten um Vergebung für die späte Störung, mein König, aber die Gründe für unser Erscheinen werden unser Handeln rechtfertigen."

König Regonald wedelte ungeduldig mit der Hand, weshalb Gregotsch eilig fortfuhr. „Wir haben Grund zu der Annahme, dass sich eine Bedrohung von Süden her nähert. Die Waldzarren wurden aus dem stillen Wald vertrieben und eine ungewöhnliche Kälte breitet sich aus. Die Bäche sind von einer Eisschicht bedeckt, die Tiere erfrieren und alle Pflanzen gehen ein. Der Frost zieht vom Süden her, über den Boras, in Richtung Norden und wird wahrscheinlich bald Erbholt erreichen."

Regonald legte die Stirn in Falten. „Und was denkt Ihr, sollte ich jetzt unternehmen?" Er sah Gregotsch mit hochgezogenen Augenbrauen an. „Ich verstehe Eure Sorgen, Wachmann Gregotsch. Es ist mehr als ungewöhnlich, dass die Waldzarren ihre Heimat verlassen. Auch die Tatsache, dass es im Sommer friert, ist unnatürlich. Doch sehe ich momentan keine Bedrohung, die ein Handeln Fillons rechtfertigen würde."

„Bei allem Respekt, König Regonald, das ist keine Laune des Wetters. Etwas Böses scheint sich von Süden her zu nähern. Etwas so Gefährliches, dass selbst die Waldzarren davor flüchten."

Kopfschüttelnd strich König Regonald über den Knauf seines goldenen Königsschwerts, das neben dem Thron in einem

Waffenständer stand. Erschien leicht verärgert: „Was erwartet Ihr hier von mir, Wachmann? Weil Ihr ein mulmiges Gefühl habt, soll ich meine Gardisten alarmieren? Sollte ich etwa ein Bataillon meiner Männer in den Krieg gegen das Wetter schicken?" Vom König eingeschüchtert, schüttelte Gregotsch den Kopf.

„Nun gut, Wachmann, anscheinend habt Ihr selbst bemerkt, wie lächerlich Eure Sorge ist. Ich bedaure, dass Ihr den weiten Weg umsonst gereist seid, aber Fillon wird in diesem Fall nichts unternehmen." Der König wies auf die Tür des Thronsaals. „Nun geht! Sollte es Beweise für eine ernsthafte Bedrohung geben, kommt wieder!" Enttäuscht verneigte sich Gregotsch, als Barion plötzlich vor den König trat.

„Mein König, ich weiß, unsere Beweise für eine Bedrohung im Süden sind dürftig, doch möglicherweise ist Edumond ernsthaft in Gefahr. Bitte erwägt zumindest einen Erkundungstrupp in die südlichen Wälder zu schicken. Zur Sicherheit Eures Volkes."

„Mein Volk?" König Regonald sprang aufgebracht auf und griff nach seinem Schwert. Wütend stürmte er auf Barion zu. Zitternd hielt er ihm die Klinge an den Hals. „Mein Volk leidet! Es leidet, seitdem du uns in die Armut getrieben hast!" Schweißperlen standen auf seiner Stirn und er atmete schwer. „Du, Barion, hast nicht das Recht, an meine Fürsorgepflicht zu appellieren. Vor allem nicht, nachdem du mir meinen größten Schatz genommen hast." Allmählich schien dem König bewusst zu werden, dass seine Gefühle ihn übermannt hatten. Zögerlich entfernte er das Schwert von Barions Hals.

„Ich verstehe Euren Hass, König Regonald. Niemand hat mehr Verachtung verdient als ich."

Schweigend und mit steinerner Miene kehrte König Regonald zurück zu seinem Thron. Er steckte das Königsschwert wieder in die Halterung und setzte sich, als hinter einer Säule eine grau gewandete Gestalt hervortrat. Das Gesicht des Unbekannten wurde durch seine weite Kapuze vollständig verdeckt. Leicht gebeugt stützte er sich auf einen Holzstab und flüsterte dem König etwas zu.

Dieser tippte erneut nachdenklich mit dem Finger auf den Knauf seines Schwertes. Dann wandte er sich an Gregotsch: „Ich bin bereit, Eurer Bitte nachzukommen und werde Euch einen Hauptmann mit seinem Trupp zur Seite stellen. Gemeinsam werdet Ihr nach Süden gehen und herausfinden, was dort vor sich geht. Sobald Ihr Antworten habt, kommt zurück und erstattet mir Bericht. Und jetzt geht!"

Barion und Gregotsch verbeugten sich vor dem König und begaben sich schnellen Schrittes zur Tür.

Kurz darauf saßen sie bei einer Flasche Wein im Wirtshaus.

„Würdest du mir jetzt bitte erzählen, was das eben zu bedeuten hatte?" Gregotsch konnte seine Neugierde nicht mehr zügeln. „Warum bist du für die Armut Fillons und irgendein Leid König Regonalds verantwortlich?"

Barions Hände begannen wieder zu zittern. „Um dir das zu erklären, muss ich etwas weiter ausholen." Barion goss sich vom Wein ein und leerte seinen Becher in einem Zug. Das Zittern seiner Hände ließ nach. „Zu der Zeit, als ich noch kein Meister im Kampf der Dupahle war und weit bevor wir uns kennenlernten, gehörte ich der Leibwache Regonalds an. Eines Tages kam eine junge Frau in die Stadt: Elenora. Sie war anders als alle anderen Frauen, die ich kannte. Durch ihre Schönheit, ihre

Eleganz, ihr bissiges Temperament und ihr langes grünes Haar stach sie aus der Masse heraus. Noch nie hatte ich eine so wunderschöne Frau wie sie gesehen. Anmutig wie ein Dirkast, aber auch stur wie ein Gibu." Versonnen starrte er in seinen Becher und Gregotsch schenkte nach.

„Es gab eine Streitigkeit auf dem Markt. Ein paar Gardisten wollten zwei bettelnde Kinder gefangen nehmen, die Brot gestohlen hatten. Gütig wie Elenora war, wollte sie es bezahlen und den Kindern die Freiheit schenken. Die Gardisten waren damit nicht einverstanden und so kam es zu einem Handgemenge. Elenora war eine grandiose Kämpferin. Es brauchte ein Dutzend Gardisten, um sie zu überwältigen. Sie wurde König Regonald vorgeführt. Auch er war sofort von ihrer Schönheit gefesselt. Er bot Elenora Straferlass an, wenn sie seiner Leibwache beitreten und im Königspalast einziehen würde. So lernten wir schließlich einander kennen.

Sie und ich bemerkten schnell, dass uns etwas Einzigartiges verband und wir begannen uns heimlich zu treffen. König Regonald ahnte davon nichts. Ihm fiel lediglich auf, wie gut Elenora und ich im Kampf miteinander harmonierten. Wir trainierten täglich zusammen den Schwertkampf, welcher Elenoras Leidenschaft war.

Irgendwann beschloss der König, dass wir beim nächsten Kampf der Dupahle zusammen antreten sollten. Edumond hatte die letzten Kämpfe allesamt verloren, und die Trinkwasservorräte wurden knapp."

Gregotsch erhob seinen Becher. "Ihr habt achtmal in Folge gewonnen!"

„Ja." Barion lächelte. „Durch Elenoras Athletik und meine Kraft waren wir schier unschlagbar. Doch der Erfolg hatte auch seine schlechten Seiten: König Regonald bemerkte schließlich, dass wir mehr waren als nur Gefährten. Elenora wurde schwanger und Regonalds Eifersucht wuchs von Tag zu Tag. Er hatte sie jahrelang umworben, um sie zu seiner Königin zu machen, doch sie hatte ihn stets abgewiesen. Am Tag nach Herons Geburt schließlich stellte er uns zur Rede. Am liebsten hätte er mich wohl aus dem Weg geschafft. Doch er brauchte uns beide für den Kampf der Dupahle. Dennoch fühlten wir uns nicht mehr sicher in Fillon und beschlossen, die Hauptstadt nach unserem nächsten Kampf heimlich zu verlassen. Jedoch kam alles anders als geplant."

Barion zitterte am ganzen Körper und war so angespannt, dass er nicht mehr weitersprechen konnte. Nervös griff er nach seinem Weinbecher, der zu seiner Enttäuschung leer war. Bei dem Versuch, sich aus der Flasche nachzuschenken, stieß er sie versehentlich vom Tisch, woraufhin sie laut klirrend auf dem Boden zersprang.

„Ist schon gut, mein Freund. Ich hole uns erstmal eine neue Flasche." Als Gregotsch zurückkam, hatte Barion die Hände über den Kopf gelegt und starrte auf die Tischplatte.

„Sieh nur!" Vergnügt hielt er Barion die Flasche vors Gesicht. „Die haben hier sogar Erbholter Weißwein!" Barion jedoch schien durch ihn hindurchzusehen. Gregotsch öffnete die Flasche und füllte beide Becher bis zum Rand. Erneut leerte Barion seinen in einem Zug und Gregotsch schenkte ihm kopfschüttelnd wieder nach.

„Danke, Gregotsch. Das hat geholfen. Verzeih mir mein Betragen. Immer wenn ich von Elenora spreche oder nur an sie denke, verliere ich die Kontrolle über meinen Körper."

„Du musst dich nicht entschuldigen", erwiderte Gregotsch.

„Ich verstehe dich nur zu gut. Auch ich habe meine geliebte Frau verloren. Karina starb bei Almas Geburt, aber ich musste hilflos mitansehen, wie meine Liebste von mir ging."

Barion sah Gregotsch mitfühlend an. „Das tut mir wirklich leid, mein Freund. Das hast du mir nie erzählt."

„Es ist bereits Vergangenheit. Ich habe mich damit abgefunden und lasse die Erinnerungen an den Abend ihres Todes ruhen. Stattdessen denke ich an die schöne Zeit mir ihr zurück." Er nahm seinen Becher und streckte ihn Barion entgegen. „Lass uns anstoßen. Auf unsere Frauen! Mögen sie in Frieden ruhen."

„Auf unsere Frauen", wiederholte Barion und schloss die Augen. Dann sprach er leise zu sich selbst: „Auf dich, Elenora."

Am folgenden Morgen gingen sie zum Hauptquartier der Garde und trafen dort Hauptmann Darwin, der die Erkundungsmission in den Süden leiten sollte. Darwin war überaus freundlich und zeigte sich außerordentlich kooperativ. Er schien erleichtert zu sein, diese Mission mit zwei kampferprobten und ortskundigen Gefährten bestreiten zu können. Sein Trupp bestand aus zwanzig Gardisten: ausnahmslos junge und unerfahrene Männer ohne nennenswerte Kampferfahrung.

Darwin, Gregotsch und Barion planten gemeinsam die Einzelheiten der bevorstehenden Reise. Sie beschlossen auf Barions Anraten hin, nicht den direkten Weg nach Süden zu nehmen. Stattdessen wollten sie entlang der Todesfurt bis Erbholt reisen. Die Gefahr, einer eventuellen Bedrohung direkt in die Arme zu laufen, war so deutlich geringer.

Und während Taran seine Ausbildung bei der Garde Edumonds begann, verließen Barion und Gregotsch nach wenigen Tagen der Vorbereitung, gefolgt von zwanzig Gardisten, die

Stadt.

Kapitel 11
Bedrohliche Wälder

„Für diese Jahreszeit sind die Nächte ungewöhnlich kalt." Gregotsch nahm eine Decke aus seinem Rucksack, legte sie über die Schultern und setzte sich zu den anderen ans Feuer. Sie hatten ihr Lager im Schutz einer spärlich bewachsenen Sanddüne nahe der Todesfurt aufgeschlagen, die sich wie ein Riss mitten durch die Wüste zog. „Vielleicht liegt es auch an der Furt. In ihrer Nähe läuft mir immer ein Schauer den Rücken hinunter."

Barion legte noch etwas Holz nach. „Die Kälte kommt aus dem Süden, mein Freund. Doch auch ich spüre den Hauch des Todes."

Einer der Gardisten sah bibbernd unter seiner Decke hervor. „Herr Barion, wollen Sie damit sagen, dass sich in der Furt wirklich Tote befinden?"

Gregotsch musste schmunzeln. „Dein Name ist Sodgar, richtig?" Der junge Mann nickte. "Du scheinst nicht zu wissen, welchem Umstand die Todesfurt ihren Namen verdankt."

Sodgar schüttelte beschämt den Kopf. „Ich dachte, dass sie diesen Namen trägt, weil sie so tief ist und man den Tod findet, sollte man hineinstürzen." Barion seufzte tief. Dann räusperte er sich und begann zu erzählen:

„In früheren Zeitaltern gab es immer wieder Kämpfe um die Frischwasserquellen im Norden. Der größte war die sagenumwobene Schlacht zwischen Zarkotien und Edumond vor über zweitausend Jahren. Die Schlacht wurde an der Nordbrücke geführt, die beide Königreiche miteinander verbindet. Hunderte

Ritter Zarkotiens und Gardisten Edumonds ließen ihr Leben. Am Ende jedes Kriegstages warf man ihre leblosen Körper in die Schlucht."

Barion machte eine kurze Pause, um weitere Holzscheite in das sehr klein gewordene Lagerfeuer zu werfen. In Sekunden hatten die Flammen ihren neuen Brennstoff erfasst und schossen schlagartig in die Höhe. Das flackernde Licht erhellte die Gesichter der Gardisten, die zusammengerückt waren, um Barions Erzählung zu lauschen.

„In jeder dieser Nächte sollen die Sterne am Himmel blutrot geleuchtet haben. Die weisen Alten behaupten, dass Egoleit und Egolet so ihre Trauer über das unehrenhafte Begräbnis der Toten zum Ausdruck gebracht haben. Denn ohne richtige Beisetzung konnten die Seelen all dieser Gefallenen nicht zu den Sonnen aufsteigen. Stattdessen blieben ihre Geister in der Furt gefangen und ziehen seitdem als eisiger Wind durch sie hindurch."

Sodgar war kreidebleich geworden und zuckte erschrocken zusammen, als Gregotsch ihm ermunternd einen Klaps auf die Schulter gab. „Du wärst nicht der erste, den diese Geschichte um den Schlaf bringt", fügte er grinsend hinzu.

„Es wird Zeit, schlafen zu gehen", befahl Darwin seinen Gardisten. „Der morgige Weg wird lang und anstrengend. Ruht euch aus."

Sodgar und die Gardisten schliefen unruhig in dieser Nacht und so mancher meinte, im Nachtwind ein geisterhaftes Flüstern zu hören.

Drei Tage vergingen, an denen der Erkundungstrupp weiter entlang der Todesfurt in Richtung Süden zog, als eines Morgens ein dunkler Wald vor ihnen auftauchte.

„Das ist der Ödwald", informierte Darwin seine Truppe. „Obwohl er in unserem Reich liegt, ist dieser Wald neutrales Gebiet und gehört weder Zarkotien noch Edumond. An diesem Ort wächst nichts Fruchtbares und lebt kaum ein Lebewesen. In seinem Schutz können wir ungesehen weiter nach Süden gelangen. Wir durchqueren den Ödwald und folgen dann den Ausläufern des Boras bis nach Erbholt."

„Erbholt…", seufzte Gregotsch schwermütig. „Ich hoffe, es geht allen dort gut."

„Ja, das hoffe ich auch." Darwin wandte sich wieder seinen Gardisten zu: „Bleibt eng zusammen und folgt uns. Es soll mir dort niemand verloren gehen." Die Gardisten bildeten eine Zweierreihe und gingen eng hintereinander. Barion und Darwin liefen vorweg, dicht gefolgt von Gregotsch und Sodgar.

Als der Trupp aus dem hellen Licht in den dunklen Wald trat, kam es ihnen vor, als hätte jemand gleichzeitig Egoleit und Egolet ausgelöscht. Die warmen Sonnenstrahlen waren schlagartig verschwunden und stattdessen war es jetzt dunkel, kalt und windstill. Es dauerte einen Moment, bis sich ihre Augen an die Dunkelheit gewöhnt hatten und die Vegetation erkennbar wurde.

Schnell verstanden sie, warum man diesen Wald Ödwald nannte. Wobei „kranker Wald" mindestens genauso gut gepasst hätte. Hier gab es nicht eine grüne Pflanze und der Boden bestand größtenteils aus Wurzeln. Alles, was hier versucht hatte zu wachsen, war entweder vertrocknet oder hing faulig zu Boden. Die Rinden der Bäume hatten sich unter einem starken Pilzbefall fast vollständig gelöst, und deren Äste trugen kein einziges Blatt mehr. Das Geäst hoch oben in den Baumkronen war so dicht und von allerlei Moos und Efeu überzogen, dass es einen kaum lichtdurchlässigen, braunschwarzen Schleier bildete, der wie ein Totentuch über dem Wald lag.

„Jeder achtet auf seinen Nebenmann", mahnte Barion, während er mit seinem Schwert verfaulte Pflanzen durchschlug, die ihnen den Weg versperrten. So drangen sie immer tiefer in den Ödwald hinein. Als es schließlich so dunkel war, dass sie ihre Vordermänner nicht mehr sehen konnten, richteten sie das Nachtlager her.

Es war mitten in der Nacht, als Gregotsch und Sodgar zwei übermüdete Gardisten von ihrer Wache ablösten. Eng in ihre Decken gehüllt, saßen sie dicht am Lagerfeuer, das jedoch kaum Wärme spendete. Das wenige Feuerholz, das sie gefunden hatten, verbreitete einen modrigen Geruch. Die feuchte Luft drang durch ihre Decken und ließ ihre Körper erstarren.

Plötzlich nahm Sodgar ein Geräusch war. „Hast du das auch gehört?", fragte er leise. „Hat da nicht gerade jemand geflüstert?"

Gregotsch schüttelte langsam den Kopf und gab Sodgar per Handzeichen zu verstehen, dass er nicht mehr sprechen sollte. Beide blickten zu ihren Kameraden, doch die schliefen tief und fest.

Da hörten sie hinter sich ein leises Rascheln in den Büschen und griffen instinktiv nach ihren Schwertern. Allerdings beließen sie diese noch in den Schwertscheiden und verharrten in dieser Haltung.

Dann wieder ein Rascheln, diesmal aus dem Dickicht vor ihnen. Sodgar und Gregotsch zogen langsam ihre Schwerter.

Ein erneutes Rascheln. Dieses Mal von der rechten Seite des

Lagers. Sodgar konnte die Anspannung kaum noch ertragen. Panisch wanderte sein Blick von einem Ort zum anderen.

Das nächste Geräusch. Nun wieder aus den Büschen hinter ihnen. Gregotsch und Sodgar hatten ihre Schwerter nun ganz aus den Schwertscheiden gezogen und hielten ihre Waffen schützend vor sich.

Auf einmal sprangen mehrere dunkle Gestalten aus dem Dickicht. Sie kamen aus allen Himmelsrichtungen, überwältigten mühelos die beiden und hielten ihnen je eine gebogene Klinge an den Hals. Die anderen Gardisten waren durch den Lärm wach geworden, wurden aber von weiteren Angreifern in Schach gehalten.

Von Angst erfüllt sah Sodgar in das Gesicht des schwarz gekleideten Angreifers, der Gregotsch bedrohte. Um seinen Kopf trug er ein rotes Tuch, welches Haare, Hals und Mund bedeckte. Auf Höhe der Stirn war ein rotes Wappen aufgenäht. Auf diesem prangte das schwarze Abbild eines großen Wesens mit spitzen Zähnen.

„Karkaten! Typisch für euch, so feige und hinterlistig über uns herzufallen." Gregotsch spuckte dem Angreifer neben ihm vor die Füße. Der Karkate holte erbost aus und schlug Gregotsch mit einem Faustschlag zu Boden.

In diesem Moment sprang Barion brüllend aus dem Gebüsch und fiel über die Angreifer her. Wütend schlug er einen heranstürmenden Karkaten nach dem anderen nieder, als plötzlich der Schrei einer Frau ertönte:

„Stopp! Haltet ein!" Eine junge Frau mit rötlicher Haut und schwarzen Haaren stand hinter einem der Gardisten. Sie hielt zwei Dolche gekreuzt vor die Kehle des zitternden und schwitzenden Mannes. Aus ihrem Kampfanzug ragte ein Schwanz heraus, der elegant hin und her schwang.

Barion schlug noch einen letzten Angreifer nieder. Sein gewaltiger Brustkorb bebte und er atmete schwer.

„Wer seid Ihr, Krieger?", sprach die Frau argwöhnisch zu Barion. „Und was habt Ihr ehrlosen Bürger Edumonds hier zu suchen?"

„Ganz ruhig, junge Karkatin.", versuchte Barion die Situation zu beruhigen.

„Junge Karkatin?", entgegnete sie wütend. „Ihr scheint nicht zu wissen, wen Ihr vor Euch habt!" Sie nahm einen ihrer Dolche vom Hals des Gardisten und zeigte damit auf Barion. „Mein Name ist Kira, Prinzessin von Karkat. Mein Vater König Theofoldis ist Herrscher über ganz Zarkotien."

Barion hob entschuldigend die Hände. „Ich bitte um Verzeihung, Prinzessin Kira. Ich lebte lange im Exil und kenne Euch nur aus Erzählungen."

Sie nickte kurz wohlwollend. „Es sei Euch verziehen, doch nun nennt mir Euren Namen und den Grund Eures Aufenthalts. Selbst Ihr Gardisten seid nicht so dumm, grundlos im Ödwald zu nächtigen."

Barion ging langsam ein paar Schritte auf die Prinzessin zu. „Mein Name ist Barion, ich begleite die Gardisten auf einer Erkundungsmission. Wir wurden geschickt, um die rätselhaften Geschehnisse im Süden aufzuklären."

Prinzessin Kira kreuzte ihre Klingen erneut vor dem Hals des Gardisten. „Seid Ihr etwa der Barion, welcher uns acht Mal im Kampf der Dupahle geschlagen hat?"

Barion nickte vorsichtig. „Ja, der bin ich, aber das ist lange her." Erneut hob er besänftigend die Hände. „Prinzessin, wir sind nicht hier, um uns mit Euren Rittern zu messen. Wir wollen nur der unerklärlichen Kälte im Süden auf den Grund gehen."

Prinzessin Kira überlegte einen Moment lang, bevor sie ihre Dolche senkte. „So sehr ich auch alle Bürger Edumonds verachte, so schätze ich Eure Kraft und Ehrlichkeit, Meister Barion." Sie gab dem Gardisten mit ihrem Stiefel einen Tritt, sodass der Mann in den Dreck fiel, steckte ihre Dolche in die Halfter ihres Gürtels zurück und sprach zu ihren Gefolgsleuten: „Lasst diesen nutzlosen Haufen frei!"

Die Ritter Karkats folgten ihrem Befehl und Prinzessin Kira wandte sich wieder Barion zu. „Wir haben den gleichen Auftrag wie Ihr. Auch uns ist aufgefallen, dass im Süden merkwürdige Dinge vor sich gehen. Alle Tiere sind aus den Schwarzen Sümpfen nach Norden geflüchtet." Mit diesen Worten ging sie zu ihren Gefolgsleuten. „Wir ziehen weiter, Männer!"

„Wir haben das gleiche Ziel, Prinzessin!", rief Barion ihr nach. „Mein Gefühl sagt mir, dass es sicherer für uns alle wäre, wenn Karkat und Edumond sich ausnahmsweise zusammentun."

Prinzessin Kira lachte spöttisch. „Tut mir leid, Barion, ich habe keine Lust auch noch Eure wehrlosen Kinder zu beschützen." Sie gab ihren Rittern das Zeichen aufzubrechen. Kurz darauf hatte die Dunkelheit des Ödwalds sie mitsamt ihren Gefolgsleuten verschlungen.

In den folgenden Tagen setzte die Dunkelheit des Ödwalds allen immer weiter zu. Es war ihnen kaum möglich Tag und Nacht voneinander zu unterscheiden, da die Tristesse der trostlosen Umgebung sie voll und ganz vereinnahmt hatte. Kraftlos, demotiviert und niedergeschlagen liefen die Gardisten Barion hinterher. Dieser schien der Einzige zu sein, der klaren Gedankens war. Allmählich wurden die Gardisten misstrauisch, was auch Darwin bemerkte.

„Die Männer werden unruhig", flüsterte der Hauptmann Barion zu, eben so laut, dass seine Männer ihn nicht hören konnten. „Bist du sicher, dass wir auf dem richtigen Weg sind?"

„Ja das bin ich. Sieh nur." Barion deutete mit seiner Hand auf den Pfad vor sich. Darwins Blick folgte dem modrigen Weg, der an beiden Seiten eng mit kahlen Büschen bewachsen war. Dann sah er es am Ende des Pfades…

„Sonnenlicht!", rief er erleichtert und wandte sich an seine Gardisten. „Lasst uns schnell diesen grausamen Wald verlassen."

Eilig traten sie nacheinander aus dem Schatten des Waldes ins Sonnenlicht. Egoleit und Egolet blendeten die Gardisten so sehr, dass sie kaum etwas erkennen konnten, doch genossen sie die warmen Strahlen auf ihrer Haut. Ihre Augen gewöhnten sich langsam an das helle Licht und sie sahen die weiten grünen Wiesen vor sich, auf denen etliche weiße Blumen wuchsen. Zu ihrer Linken erhob sich ein Ausläufer des Boras, der sich durch die Wiesen hindurch zog. Die jungen Gardisten vergaßen vor Erleichterung ihre Pflicht, lösten sich aus ihrer Formation, ließen sich erschöpft zu Boden fallen oder strichen mit den Händen durch das saftige Gras. Darwin gönnte ihnen diesen Moment der Erleichterung und Freude.

Dann folgten sie dem Bergausläufer, bis der immer flacher wurde und an einer Stelle bereits die Wiesen über ihn hinweg wuchsen. Dort grasten einige Gibus, die sich durch die vorbeiziehenden Gardisten nicht stören ließen. Als die ersten Gardisten die Kuppe erreichten, blieben sie verwundert stehen und sahen fasziniert in die Ferne. Nach und nach schlossen die anderen auf, rieben sich ungläubig die Augen oder staunten mit offenem Mund.

Vor ihnen lag eine weitere große, saftig grüne Wiese. Egoleit und Egolet schienen hell auf die dort grasende Gibuherde. Am Ende der Wiese begann der Nadelwald von Erbholt. Und dort schneite es.

Tatsächlich schneite es im Wald von Erbholt. Dicke Flocken wehten hin und her. Auf den Ästen der Tannen und Kiefern hatten sich große Haufen Schnee gebildet und auch der Waldboden war schneeweiß. Sprachlos verharrten die Männer auf dem Hügel und betrachteten die winterliche Pracht.

Irgendwann forderte Darwin seine Gardisten auf, sich wieder in Bewegung zu setzen. Sie gingen über die sonnige Wiese zwischen den grasenden Gibus hindurch auf den Wald zu. Als sie näher kamen, wurde ihnen Schritt für Schritt kälter. Eben wärmten noch Egoleit und Egolet ihre Haut, nun kam es ihnen vor, als hätten die Sonnen ihre Kraft verloren.

Am Wald angekommen, legten sich Schneeflocken auf ihre Helme, obwohl keine Wolke am Himmel über ihnen war. Gregotsch betrachtete seine Stiefel, die bereits vom weißen Pulverschnee bedeckt waren. „Was meint Ihr, Darwin? Wie sollen wir vorgehen?"

Der Hauptmann dachte einen Moment lang nach. „Ich habe kein gutes Gefühl dabei, meine Männer allesamt in die Wälder zu schicken." Seine Stimme wurde von den dichten Flocken fast verschluckt.

„Ich sehe es auch so wie Ihr und schlage vor, dass wir einen Spähtrupp vorschicken."

Darwin nickte zustimmend. „Einverstanden. Ihr beide kennt die Wälder von Erbholt. Ich werde Euch drei Gardisten unterstellen, die Euch begleiten."

Wenig später betrat der kleine Spähtrupp den Wald.

Kapitel 12
Eisgreise

Vorsichtig schlich sich Barion durch den eng bewachsenen Kiefernwald, gefolgt von Gregotsch, Sodgar und zwei weiteren Gardisten. Fast lautlos pirschten sie sich Stück für Stück näher an Erbholt heran. Einzig das knarrende Geräusch ihrer Stiefel im hohen Schnee war zu hören. Die Luft wurde immer kälter, sodass selbst Barions Bart weiß überfroren war.

Gregotsch und Barion blieben stehen und signalisierten den anderen, es ihnen gleichzutun. Es waren Geräusche in der Ferne zu hören. Ein lautes Knarren gefolgt von einem dumpfen Knall schallte durch den Wald. Irgendwo wurde gerade ein Baum gefällt. Barion gab den Gardisten das Zeichen, ihm zu folgen. Geduckt schlichen sie weiter und nahmen leise Geräusche wahr, die stetig lauter wurden.

Sie erreichten das Holzlager von Erbholt. Hoch aufgetürmt lagen hier Stapel aus dicken, langen Baumstämmen. Hinter einem besonders hohen Stapel fand die Gruppe Schutz. Barion befahl den drei Gardisten abermals per Handzeichen, zu warten, während er und Gregotsch zum Rande des Holzstapels schlichen. Sie mussten jetzt ganz nah bei den Verursachern der Geräusche sein, die nun klarer und deutlicher zu hören waren. Es waren seltsame Laute, die wie weich klingende Worte einer unbekannten Sprache durch die Luft flogen. Es wirkte fast so, als würde der Wind zu sprechen versuchen.

Barion und Gregotsch waren am Ende des Holzstapels angelangt. Sie lehnten sich beide gleichzeitig zur Seite, um vorsichtig auf den Hof des Holzlagers zu sehen.

Auf der großen Fläche vor ihnen herrschte reges Treiben. Es wurden Bäume herangeschafft, von Ästen befreit und zersägt. Nur waren es nicht die Holzfäller Erbholts, die diese Arbeiten verrichteten. Auf die Entfernung wirkten die Arbeiter wie normale Menschen, die lediglich sehr dünn und abgemagert waren. Ihre Kleidung war in verschiedenen Grautönen eingefärbt. Einige trugen zerrissene Hosen und löchrige Westen und andere wiederum Mäntel mit Kapuzen. Damit die Kleidung an den hageren Gestalten hielt, war sie mit Kordeln und Bändern befestigt.

Drei dieser dünnen Wesen kamen näher. Anscheinend wollten sie ein paar Äxte holen, die nicht weit entfernt auf einem Baumstamm lagen. Ihre schneeweiße Haut wirkte faltig und ausgezehrt. Ihre Hände waren knöchrig und ihr Gang wirkte auffallend behäbig. Doch das Absonderlichste war der weiße Dampf, der die Wesen wie eine Aura umgab. Er schimmerte am Kopf und an den Händen blau. Das ganze Äußere der Wesen machte den Eindruck, als wären sie krank, alt und zerbrechlich. Jedoch waren sie, entgegen dieser Erscheinung, ungemein eifrig.

Die drei Wesen nahmen jedes eine Axt und hielten auf einen Bereich des Waldes zu, aus dem ein helles blaues Leuchten zwischen den Bäumen hindurchdrang. In der Richtung lag die Stadt Erbholt.

„Egoleit beschütze uns! Was sind das für Eisgreise?", erklang plötzlich eine Stimme neben Gregotsch und Barion.

Erschrocken gingen die beiden wieder in Deckung und erkannten Sodgar, der sich unbemerkt zu ihnen geschlichen hatte.

Verärgert zog Barion den neugierigen Gardisten mit festem Griff zu sich hinter den Holzstapel.

„Bist du von allen guten Geistern verlassen?" zischte Barion wütend. „Wie kannst du nur so leichtsinnig sein! Mit deinem Verhalten bringst du uns alle in Gefahr!"

„Schon geschehen!", unterbrach Gregotsch ihn angespannt. Zwei der Eisgreise standen vor ihm und richteten ihre Speere auf ihn. Der Großteil ihrer Köpfe war durch einen Helm bedeckt und auf ihren Rücken trugen sie große Schilde aus Holz.

Barion wollte aufspringen, um seinem Freund zu Hilfe zu eilen, doch vier weitere Wesen richteten ihre Speere auf ihn und Sodgar. Die Spitzen ihrer Waffen umgab derselbe mysteriöse blaue Dampf wie ihre Körper. Wind trieb den kalten Dunst in Barions und Sodgars angespannte Gesichter und ein Schauer lief ihnen über den Rücken.

„Gischascht gaschascht." Eines der Wesen war einen Schritt auf Gregotsch zugegangen und starrte ihn erwartungsvoll an.

„Barion, was soll ich machen?", fragte Gregotsch unsicher.

„Ich weiß es nicht, Gregotsch." Barion sah zu Sodgar, dessen Lippen vor Kälte zitterten.

„Gischascht gaschascht!", sprach der Eisgreis erneut, dieses Mal jedoch wütender. Seine Speerspitze zielte dabei auf Gregotschs Gesicht.

„Aktiviere deine Dupahle, Barion", flehte Gregotsch seinen Freund an.

Barion wägte seine Möglichkeiten ab. „Ich kann sie nicht alle gleichzeitig überwältigen. Wenn ich die Wesen angreife, wird mindestens einer von uns sterben."

„GISCHASCHT GASCHASCHT!" Die gezischten Laute des Eisgreises schmerzte den drei Männern in den Ohren.

„Wir verstehen eure Sprache nicht!", erwiderte Gregotsch laut und verzweifelt. Scheinbar wertete das Wesen Gregotschs Worte als einen verbalen Angriff und verpasste ihm einen Schlag mit seinem Eisenhandschuh. Gregotsch schrie auf vor Schmerzen und fiel bewusstlos auf den verschneiten Boden.

Als Barion sah, dass sich der Schnee unter Gregotschs Kopf rot färbte, kochte die Wut ihn ihm hoch. Seine Muskeln spannten sich und das braune Leuchten in seinen Augen begann aufzuflammen. Er schloss schnell seine Augenlider, um die Aktivierung seiner Dupahle vor den Eisgreisen zu verbergen.

Doch plötzlich verspürte er eine Eiseskälte in seinem Gesicht, die ihm durch Mund und Nase in den Kopf kroch und verhinderte, dass sich seine Dupahle aktivieren ließ. Überrascht öffnete er seine Augen und sah die knochige, blau schimmernde Hand eines Eisgreises direkt vor seinem Gesicht. Dann verlor auch Barion das Bewusstsein.

„Herr Barion? Geht es Ihnen gut?" Eine Stimme aus dem Nichts holte Barion aus seinem Schlaf. Sein Kopf schmerzte, als hätte er vier Flaschen Erbholter Wein geleert. Er versuchte, seine Augen zu öffnen, doch das Licht blendete ihn zu stark. Ihm war sehr kalt und seine Hände zitterten, obwohl er sonst nicht so empfindlich auf Kälte reagierte.

„Herr Barion, ist alles in Ordnung?" Es war Sodgars Stimme.

Abermals versuchte Barion seine Augen zu öffnen und tatsächlich gewöhnten sie sich allmählich an das Licht. Er sah den jungen Gardisten, der mit erleichtertem Gesichtsausdruck vor ihm kniete. Seine Haare waren an den Spitzen überfroren und seine Lippen schimmerten blau vor Kälte.

„Gott sei Dank, Sie sind wohl auf, Herr Barion. Ich dachte

schon, Sie würden gar nicht mehr aufwachen."

Barion richtete sich mühsam auf, was ihm sein Kopf mit einem stechenden Schmerz quittierte. „Was ist mit Gregotsch und den anderen beiden Gardisten?"

„Denen geht es gut. Gregotsch hat nur eine Platzwunde und die anderen beiden sind ebenfalls gefangengenommen worden." Er zeigte mit der Hand hinter sich. Dort saß Gregotsch an eine Wand aus Holzpfählen gelehnt. Er zitterte am ganzen Körper und war sehr blass. Neben ihm hockten die anderen zwei Gardisten, die unversehrt schienen, aber vor Kälte bibberten.

Barion stand auf und versuchte, sich einen Überblick über die Situation zu verschaffen. Sie befanden sich in einem großen Käfig aus Holzpfählen, die mit dicken Tauen aneinandergebunden waren. Beutel und Waffen hatte man ihnen abgenommen. Außerhalb des Käfigs befanden sich etliche Eisgreise, die auf der großen Fläche geschäftig umherliefen.

Da erkannte Barion den Ort, an dem sie sich befanden. Es war der Dorfplatz Erbholts, auf dem sie damals Tarans Einberufung in die Garde gefeiert hatten. Nur war von der Stadt nicht mehr viel übriggeblieben. Die meisten Häuser waren abgerissen worden, um Platz für den Bau von Kriegsmaschinen zu schaffen. An der Stelle, an der Gregotschs Haus einst stand, wurde gerade ein riesiges Katapult fertiggestellt.

Barions Blick fiel auf die Kreuzung, welche die beiden Hauptstraßen Erbholts miteinander verband. Mehrere bewaffnete Eisgreise standen dort im Kreis um einen goldglänzenden Stab herum. Am unteren Ende steckte er im Boden und an der Spitze befand sich ein Trichter, aus dem helles blaues Licht austrat. Weiße Rauchfäden zogen wabernd heraus und bahnten sich ihren Weg bis in die Baumspitzen.

Barion war sich sicher, dass dieser ungewöhnliche Stab für die Temperaturveränderung verantwortlich war. Wahrscheinlich brauchten diese Wesen die kalten Temperaturen, um zu überleben und sicher waren die Waldzarren damals vor genau dieser Kälte geflohen.

Auf der anderen Seite des Platzes, zwischen einigen fertiggestellten Katapulten, entdeckte er einen weiteren Käfig. In diesem befand sich nur eine einzige Person: Kira, die Prinzessin! Sie stand teilnahmslos hinter den Holzpfählen ihres Käfigs und starrte ins Leere. Sie sah furchtbar erschöpft aus und ihr Körper war von Kampfwunden gezeichnet.

„Ihre Ritter Karkats sind alle gefallen", erklärte Sodgar. „Man hat vorhin ihre Leichen auf einen Karren geladen und davongeschafft. Die Prinzessin selbst haben sie wohl als Anführerin ausgemacht und daher am Leben gelassen."

„Was sollen wir jetzt machen, Barion?" Gregotsch hatte sich wieder aufgerappelt. „Wenn wir noch lange hier in dieser Kälte bleiben, werden wir erfrieren."

Barion seufzte. „Du hast recht, wir müssen so schnell wie möglich diesen Ort verlassen. Wer weiß, was diese Eisgreise mit uns vorhaben."

Während Barion überlegte, wie sie ohne große Schäden fliehen könnten, fiel ihm ein besonders auffälliges Exemplar dieser Wesen auf. Der Eisgreis saß auf einem großen Baumstumpf in der Nähe des Käfigs von Prinzessin Kira und starrte Barion unentwegt an. Er war mindestens drei Köpfe größer als seine Artgenossen und wirkte weder alt noch gebrechlich. Über seinem breiten Kreuz lag eine Rüstung aus massiven Eisenplatten und sein Kopf war von einem furchteinflößenden Helm bedeckt. Die kräftigen Arme hatte er auf seinen Beinen abgelegt und mit seinen Händen hielt er den Griff eines großen Schmiedehammers.

„Mir scheint als ahnt er etwas." Gregotsch hatte ihn ebenfalls entdeckt.

„Und wenn schon. Er wird uns nicht daran hindern können, zu fliehen", entgegnete Barion zuversichtlich.

Gregotsch schöpfte Hoffnung. „Du hast also einen Plan?

„Ja, den habe ich. Zuerst werde ich mich verwandeln und den Käfig zerstören. Danach muss ich die Eisgreise von euch ablenken, sodass ihr vier unbeschadet fliehen könnt. Sobald ihr den Dorfplatz verlassen habt, werde ich nachkommen."

„Werden wir die Prinzessin auch befreien?" Sodgar stand dicht hinter Barion und sah besorgt zu Kira.

„Du maßt dir ziemlich viel an", tadelte Gregotsch den jungen Gardisten, der geknickt ein paar Schritte zurückwich. „Wir bringen uns in Sicherheit, das wird schwer genug."

„Gregotsch hat Recht. Die Flucht wird herausfordernd. Dieses Mal machst du keine Dummheiten. Halt dich an den Plan. Und jetzt lasst uns keine Zeit verlieren."

Dann begannen Barions Augen braun zu leuchten. Er senkte seinen Kopf und beugte sich vor, sodass ihm sein langes Haar ins Gesicht fiel. Fell begann aus seiner Haut zu wachsen und zwei Stoßzähne bahnten sich ihren Weg durch das Barthaar. Seine Finger begannen zu verschmelzen und verformten sich zu Hufen, mit denen sich Barion auf dem Boden abstützte. Seine Körpermasse nahm weiter zu, während das braune Leuchten ihn einhüllte.

Einen kurzen Augenblick später verschwand das Licht und die Verwandlung war vollzogen.

Der Eiskoloss bemerkte es als erster. „FASCHAKT

FISCHUAT GISCH GISCH!", brüllte er aufgebracht. Sofort begannen die anderen Eisgreise, wie wild umherzulaufen.

Mühelos durchbrach Barion die Pfähle des Käfigs und lief auf zwei Eisgreise zu, die mit Speeren bewaffnet in geduckter Haltung vor ihm Stellung bezogen hatten. Er schwenkte seinen mächtigen Gibukopf und schleuderte die Wesen mit den Stoßzähnen aus dem Weg. Sie flogen ein ganzes Stück weit und prallten dann gegen einen Holzstapel.

„GISCH GISCH!", erklangen wieder die Laute des großen Eiskolosses, während Barion schnell in Richtung der Kreuzung stürmte, auf welcher der mysteriöse Stab stand. Die Erde bebte unter Barions mächtigen Hufen. Die Eisgreise, die das Artefakt bewachten, wichen nicht von der Stelle und hielten schützend ihre Speere und Schilde vor sich.

Barion galoppierte einfach durch sie hindurch. Sie wurden in alle Richtungen weggeschleudert und fauchten vor Schmerz. Einer der Eisgreise prallte gegen den Stab, der klirrend zu Boden fiel. Das Leuchten des Artefakts erlosch und auch die wabernden Dämpfe traten nicht mehr aus ihm heraus. Aufgeregt rannten sogleich ein paar der Eisgreise herbei und versuchten ihn hektisch wieder aufzurichten.

Barion nutzte das Durcheinander, um einen Blick zurück zum Käfig zu werfen. Gregotsch, Sodgar und die Gardisten hatten es geschafft, unbemerkt zu entkommen. Erleichtert suchte Barion nach einem geeigneten Weg, um selbst die Flucht zu ergreifen. Dabei fiel sein Blick auf Prinzessin Kira, die wild gestikulierend an den Pfählen ihres Käfigs stand. Sie schien jemanden zu sich zu winken, der etwas entfernt von ihr hinter einem Katapult stand.

Schließlich kam die Person aus ihrer Deckung hervor und

rannte zum Käfig. Es war Sodgar, der sich abermals Barions Befehl widersetzte und nun mit einem Messer die Taue von Kiras Käfig durchtrennte.

Doch nicht nur Barion hatte Sodgar bemerkt. Auch dem Eiskoloss war der Befreiungsversuch nicht entgangen. Er lief mit großen Schritten auf den Käfig zu und schwang dabei seinen riesigen Hammer hin und her.

Barion war klar, dass Sodgar und Prinzessin Kira einem solchen Gegner nicht gewachsen waren. Er musste den beiden helfen und nahm sogleich Fahrt auf. Nachdem er bereits ein Drittel der Strecke zurückgelegt hatte, versperrten ihm plötzlich bewaffnete Eisgreise den Weg. Sie stellten sich in drei Reihen zwischen zwei gespannte Katapulte auf. Ihre Speere verkeilten sie im Boden und erzeugten so ein Hindernis aus leuchtenden, blauen Speerspitzen.

Abrupt blieb Barion stehen. Er wollte nicht noch einmal von den blauen Lanzen der Eisgreise getroffen werden. Kraftvoll stieß er sich mit den Vorderläufen ab und stand für kurze Zeit nur auf seinen Hinterbeinen, um einen Blick auf das Geschehen dahinter zu werfen. Mit geschickten Sprüngen wich die Prinzessin dem großen Hammer des Eiskolosses aus, während Sodgar sich mit seinem Schwert verteidigte.

Suchend blickte Barion sich um. Dann galoppierte er auf die leuchtende Barrikade der Eisgreise zu. Kurz bevor er sie erreichte, bog er leicht zur Seite ab und rannte mit voller Wucht in das Katapult. Es gab einen lauten Knall, das Holz zersplitterte und das Kriegsgerät kippte leicht. Dann zischte der gewaltige Arm des gespannten Katapults los und schlug mit voller Wucht auf die Eisgreise. Eine große Wolke aus Pulverschnee stieg auf und verschleierte vorerst das Ergebnis von Barions Tat.

Während er versuchte, sich aus den Trümmern des Katapults zu befreien, merkte er, dass seine Kräfte langsam schwanden. Nicht mehr lange und er würde sich notgedrungen zurückverwandeln.

Ein lauter Frauenschrei, der einem das Blut in den Adern gefrieren ließ, schallte durch ganz Erbholt.

Während Sodgar noch unbeholfen den schweren Schlägen des Kolosses auszuweichen versuchte, hatte ein weiterer Eisgreis seinen Speer gegen die Prinzessin gerichtet. Die Spitze seiner Waffe steckte blau leuchtend in ihrer Brust und sie begann zu taumeln. Barion rannte los und sah, wie Sodgar wütend mit seinem Schwert auf den Eisgreis vor Prinzessin Kira einschlug.

Mit einem schnellen seitlichen Hieb trennte er dem Wesen schließlich den Kopf von den Schultern. Völlig entkräftet fiel der junge Gardist auf die Knie und blickte auf die reglos neben ihm liegenden Prinzessin. Er nahm ein paar tiefe Atemzüge und schloss seine Augen. Sein Schwert fiel in den Schnee, während der Koloss seinen Hammer hob und zum finalen Schlag ansetzte.

Da rauschte Barion heran und rammte das Wesen von der Seite. Mit einem dumpfen Knall, bei dem man deutlich das Brechen von Knochen hören konnte, flog der Eiskoloss gegen einen dicken Baumstamm.

Barion legte sich flach auf den Boden, sodass der völlig entkräftete Sodgar auf seinen Rücken steigen konnte. „Nach deiner Befehlsverweigerung hätte ich dich sterben lassen sollen."

„GISCHT GISCHT!" Weitere Eisgreise rannten über die Kreuzung und kamen immer näher.

Barion sah zu Prinzessin Kira hinüber und versuchte zu erkennen, ob noch Leben in ihr steckte. Ein Augenzucken. Eine leichte Bewegung ihrer Hand. Allem Anschein nach lebte sie noch. Vorsichtig lud er sie auf seine breiten Stoßzähne und galoppierte los.

Die Eisgreise verfolgten die drei und schossen mit Pfeilen auf sie. Einer davon zischte knapp an Barion vorbei und blieb vor ihm in einem Baum stecken. Die Rinde um die blaue Pfeilspitze herum gefror augenblicklich.

Barion rannte so schnell wie es ihm, mit der Prinzessin auf den Stoßzähnen und Sodgar auf dem Rücken, möglich war. Er hatte große Mühe, die beiden beim Überspringen eines Baumstammes nicht zu verlieren. Dann endlich war die Pforte zu sehen, durch die sie in den Wald gelangt waren.

Kurz bevor sie ins Sonnenlicht ritten, schwanden seine Kräfte. Seine Rückverwandlung begann und sein Fell erstrahlte hell. Er verschwand in einer braun leuchtenden Kugel. Sodgar und Kira wurden dabei abgeworfen und landeten unsanft im matschigen Gras.

Da tauchten vor ihnen am Waldrand auch schon die ersten Eisgreise auf. Abrupt blieben sie stehen, genau dort, wo der Schneefall endete. Mit gespannten Bögen zielten einige der Wesen auf Sodgar, Kira und Barion, als plötzlich mehrere Pfeile in ihre Körper eindrangen. Zuckend und laut kreischend sank einer nach dem anderen zu Boden.

Erleichtert sahen Barion und Sodgar hinter sich. Dort standen Gregotsch, Darwin und die anderen Gardisten. In den Händen hielten sie Armbrüste, mit denen sie noch eine letzte Salve auf die fliehenden Eisgreise schossen.

Als keines der Wesen mehr zu sehen war, rannten sie zu den dreien und trugen sie aus dem Schatten des Waldes auf die grüne Wiese, wo die Sonnen ihnen Wärme spenden konnten.

Sofort inspizierte ein Gardist Prinzessin Kiras Wunde. „Sie ist in einer Art Delirium, atmet jedoch ganz normal. Aber es sind mir einige seltsame Dinge bei ihr aufgefallen. Der Kopf der Prinzessin ist heiß, als hätte sie Fieber. Dem entgegen ist ihr Körper kalt wie Eis. Außerdem blutet ihre Wunde nicht, da die Wundränder auf seltsame Weise vereist sind. Selbst die Wärme der Sonnen lässt dieses Eis nicht schmelzen." Der Gardist war ratlos. „Es tut mir leid, Hauptmann Darwin, ich weiß nicht, wie wir ihr helfen sollen."

„Dann lasst sie uns zu unserer Heilerin Sivalis bringen." Neben Darwin standen zwei bäuerlich gekleidete Männer. „Einverstanden" nickte der Hauptmann und wandte sich zu Barion. „Das sind Linus und Ferton aus Erbholt. Nachdem ihr in den Wald eingedrungen seid, haben sich die beiden uns zu erkennen geben. Sie berichteten, dass vor ein paar Tagen alle Bürger Erbholts, noch vor dem Eintreffen der Wesen, geflohen sind. Sie befinden sich nun einen Tagesmarsch nördlich von hier. Linus und Ferton wurden hierhergeschickt, um die Feinde im Wald zu beobachten und gegebenenfalls die Erbholter zu warnen."

Barion begrüßte die beiden freundlich. Dann gab Darwin seinen Gardisten den Befehl zum Aufbruch und sie machten sich auf den Weg zum Lager der Erbholter.

Am Nachmittag des Folgetages überquerten sie einen großen Hügel und hatten endlich das Lager erreicht. Die grünen Wiesen waren auf ihrem Weg hierher allmählich der beginnenden Steppe gewichen, was bedeutete, dass sie der Wüste Edu näherkamen. Auf dem teilweise sandigen Boden standen provisorische Zelte, welche die Erbholter aus Bettdecken und anderen Stoffen errichtet hatten.

Als der Erkundungstrupp die ersten Zelte erreichte, fiel ihnen der schlechte Zustand der Bürger auf. Sie alle waren blass und ausgezehrt. Das bisschen Trinkwasser, das sie bei ihrer überstürzten Flucht hatten mitnehmen können, war bereits knapp geworden.

Sodgar beobachtete ein kleines Mädchen, das vor einem Zelt mit einer kleinen verschmutzten Puppe spielte. Das Gesicht der Kleinen war eingefallen und ihre Lippen trocken. Während die Gruppe sich weiter zum Zelt der Heilerin begab, ging Sodgar zu dem kleinen Mädchen. Er hockte sich vor sie und das Mädchen sah ihn verängstigt an.

„Ich bin Sodgar. Wie heißt du?", fragte er mit freundlicher und ruhiger Stimme.

Das Mädchen zögerte erst, antwortete dann aber leise: „Ich heiße Ina." Sie hob ihre Puppe hoch vor Sodgars Gesicht. „Und das ist Tula."

Sodgar lächelte das Mädchen an. „Es freut mich euch beide kennenzulernen." Er nahm seinen noch halb gefüllten Wasserbeutel aus seiner Tasche. „Ihr beide seid bestimmt durstig. Hier, nehmt." Er reichte Ina seinen Beutel.

Schnell griff Ina danach und trank gierig daraus. „Du bist ein netter Mann, Sodgar. Ich danke dir."

Darwin wartete mit Gregotsch und Barion vor dem Zelt der Heilerin Sivalis. „Wir werden diese Menschen schnell nach Fillon bringen, bevor sie alle verdursten", beschloss er. „Gleich morgen früh brechen wir auf.

„Diese Reise wird die Prinzessin nicht überleben." Eine ältere Frau mit faltigem Gesicht und unsicherem Gang trat aus dem Zelt zu ihnen. Sie trug ein einfaches beiges Kleid über ihrem fülligen Körper und hatte ihre Haare mit einem Kopftuch befestigt. „Die Prinzessin hat hohes Fieber am Kopf. Ich versuche es mit nassen Wickeln zu senken. Ihren Körper haben wir in Decken eingehüllt, um der Kälte entgegenzuwirken. Ihre Wunde habe ich gereinigt und mit einem Heilkräuterverband versorgt."

„Sehr gut Madam Sivalis", sprach Darwin anerkennend. „Seid ihr euch wirklich sicher, dass die Prinzessin die Reise durch die Wüste Edu nicht überstehen würde?"

Die Heilerin nickte bedauernd. „Nicht in ihrem jetzigen Zustand. Vielleicht wenn sie sich etwas erholt hat."

„Ich könnte mit der Prinzessin hierbleiben", schlug Barion vor. „Dann könntet Ihr zusammen mit Euren Gardisten die Bürger Erbholts nach Fillon führen."

Der Hauptmann dachte kurz nach, ehe er Barions Vorschlag zustimmte. Er entschied, dass fünf weitere Gardisten bei Barion bleiben sollten. Sie bekamen die Aufgabe, die Wälder Erbholts auszukundschaften und zu berichten, sollten sich die Eisgreise weiter Richtung Norden bewegen.

Tags darauf machten sich die Bürger Erbholts zusammen mit Darwin und seinem Gefolge auf nach Fillon. Barion, Gregotsch und die Heilerin Sivalis blieben mit fünf Gardisten zurück. Einer von ihnen war Sodgar, der sich freiwillig gemeldet hatte.

So vergingen einige Tage. Mittlerweile hatte sich Prinzessin Kiras Zustand etwas verbessert. Ihr Fieber war zurückgegangen und ihre Wunde begann zu heilen. Ab und zu hatte sie kurze wache Momente, in denen sie wortlos ins Nichts starrte.

Eines Abends saß Sodgar bei der Prinzessin, die tief und fest schlief. Barion betrat das Zelt und setzte sich zu dem jungen

Gardisten. „Morgen brechen wir nach Fillon auf. Sivalis hat bestätigt, dass die Prinzessin nun bereit für die Reise ist."

„Das ist eine gute Nachricht", erwiderte Sodgar, ohne seinen Blick von Kira zu nehmen. Er seufzte tief. „Ich habe mich noch gar nicht bei Euch bedankt, Herr Barion. Obwohl ich mich mehrfach Euren Befehlen widersetzt habe, habt Ihr Hauptmann Darwin nichts davon erzählt. Außerdem seid Ihr mir und Kira zur Hilfe geeilt. Ich weiß, Ihr haltet mich für töricht, doch ich konnte die Prinzessin einfach nicht dort lassen."

„Ich habe dein Verhalten nur aus einem Grund nicht dem Hauptmann gemeldet." Sodgar sah Barion fragend an. „Du erinnerst mich an meinen Sohn, Heron. Ihr beide seid leichtsinnig, übermütig und naiv, aber ihr tragt eure Herzen am rechten Fleck."

Sodgar lächelte etwas beschämt und fragte schließlich: „Wo ist Euer Sohn jetzt?"

„Er ist in der Schmiede. Ich hoffe, dass ich ihn bald in Fillon wiedersehen werden." Barion stand auf. „Du solltest schlafen gehen. Der Weg bis Fillon wird beschwerlich werden."

Am nächsten Morgen machten sich alle auf. Prinzessin Kira hatten sie auf einen Karren gelegt, vor dem Sivalis Gibu gespannt war.

„Ich freue mich darauf, endlich wieder in Fillon zu sein", sprach Gregotsch sehnsüchtig.

„Ja, ich auch Gregotsch", stimmte Barion zu.

148

Kapitel 13
Die Gibu-Reiter

Die Lichter, die am Ende des Horizonts auftauchten, gehörten zur Stadtmauer Fillons. Es dämmerte bereits und die Gardisten waren froh, dass sie die Stadt noch vor Sonnenuntergang erreicht hatten. Heilerin Sivalis saß auf dem Karren, der von ihrem Gibu gezogen wurde. Neben ihr lag Prinzessin Kira, deren Zustand sich zunehmend besserte. Die meiste Zeit schlief sie noch, aber in regelmäßigen Abständen war sie bei Bewusstsein. Sogar einige Worte hatte sie gesprochen, wenn auch nur leise und kraftlos. Sodgar hatte viel Zeit an ihrer Seite verbracht. Aber wenn sie erwachte, entfernte er sich schnell von ihr. Die anderen Gardisten zogen ihn regelmäßig damit auf. So lief er als letzter durch das große Haupttor Fillons und folgte widerwillig seinen Kameraden zur Garnison, während Prinzessin Kira zum Haus der Heiler Fillons gebracht wurde.

Barion und Sivalis erreichten die Heilstätte, die sich nahe des Königspalastes befand. Sie hatten den Karren vor dem weißen, zweistöckigen Haus zum Stehen gebracht, als ihnen auch schon eine korpulente Frau durch die Tür entgegeneilte.

„Mein Name ist Heilerin Estella", stellte sie sich vor. „Wie kann ich Euch helfen?"

Barion ging zur Ladefläche des Karrens und lud die Prinzessin vorsichtig auf seine Arme. „Mein Name ist Barion und die Frau in meinen Armen ist Prinzessin Kira aus Karkat. Sie bedarf Eurer Arznei und Pflege." Er deutete mit dem Kopf auf seine

Begleiterin. „Das ist Heilerin Sivalis aus Erbholt. Sie kann Euch mehr zu den Verletzungen der Prinzessin sagen."

„In Ordnung", antwortete Estella. „Bringt sie ins Haus, die erste Tür auf der rechten Seite."

Während Sivalis ihre Kollegin über den Gesundheitszustand ihrer Patientin unterrichtete, brachte Barion die Prinzessin hinein. Die besagte Tür führte in einen Raum, in dem überall Wandregale mit den verschiedensten Pflanzen und Flüssigkeiten standen. In der Mitte des Raumes stand ein einzelnes Bett. Er hatte sie gerade darauf abgelegt, da öffnete Kira die Augen und sah ihn fragend an: „Warum habt Ihr mich gerettet? Warum habt Ihr die Bürde auf euch genommen, anstatt mich meinem Schicksal zu überlassen?"

„Nicht ich war es, der beschlossen hat, Euch aus dem Lager der Eisgreise zu befreien. Es war der Gardist Sodgar, der sich meinem Befehl widersetzte, um Euch zu retten. Auch unser längerer Verbleib in der Nähe Erbholts galt nicht nur Eurer Genesung. Wir konnten so ausspähen, was die Eisgreise taten. Bei mir müsst Ihr Euch also nicht bedanken."

„Bedanken?" Ein leichtes Lächeln huschte über Prinzessin Kiras Lippen. „Ich wollte mich nicht bedanken. Ich wollte nur verstehen, warum Ihr einer Karkatin geholfen habt, obwohl unsere Königreiche verfeindet sind."

Barion nahm auf einem Stuhl neben dem Bett Platz. „Natürlich sind Zarkotien und Edumond verfeindet und ich mache auch keinen Hehl daraus, dass ich Karkaten nicht leiden kann. Ich habe im Kampf der Dupahle etliche von Euch getötet, doch ich tat dies nicht aus Hass. Mir war es lieber, ein paar Menschen im Kampf der Dupahle sterbe zu sehen, als tausende Männer im Krieg zwischen den Königreichen." Barion lehnte sich vor, um der Prinzessin in die Augen zu sehen. „Doch es gab noch einen Grund, warum ich Eure Rettung unterstützt habe. Ich habe überlegt, wie Ihr Karkaten wohl gehandelt hättet, wenn mein Sohn dort im Käfig gefangen gewesen wäre." Er machte eine kurze Pause und sah die Prinzessin ernst an. „Ich hoffe, Ihr hättet ihn ebenfalls gerettet." Kira dachte über seine Worte nach, während Barion aufstand und den Raum verließ.

Wenig später sprachen Barion, Gregotsch und Darwin beim König vor, der auf seinem Thron saß und sein Abendessen zu sich nahm. Eine Schüssel Suppe stand vor ihm auf einem Tablett, welche er sich genüsslich schlürfend einverleibte. Als Barion, Gregotsch und Darwin über den roten Teppich auf den König zugingen und formell vor ihm niederknieten, sah er nur beiläufig von seiner Suppenschüssel auf und gestikulierte wortlos mit dem Löffel. Die drei Männer deuteten dies als Zeichen, wieder aufstehen zu dürfen.

Darwin räusperte sich kurz, bevor er das Wort ergriff. „Mein König. Wie von Euch aufgetragen, habe ich Gregotsch nach seiner Rückkehr sofort zu Euch gebracht."

König Regonald hatte sein Mahl beendet und tupfte sich mit einer Serviette den Mund ab. „Sehr gut, Darwin, auch wenn ich nicht erwähnt habe, dass ich die Anwesenheit Barions wünschte." Er rief einen Diener herbei, der das Tablett samt Löffel, Schüssel und Serviette entfernte. Dann stand er von seinem Thron auf und wandte sich an Gregotsch. „So berichtet mir, was Ihr in Erbholt beobachten konntet und wie es um die Prinzessin steht."

Gregotsch trat einen Schritt vor. „Die Eisgreise sind noch nicht weiter vorgerückt und bauen weiter zahlreiche

Kriegsmaschinen. Mittlerweile geschätzt dreißig Stück. Die Anzahl der Wesen nimmt täglich weiter zu. Immer mehr rücken durch den Stillen Wald nach." Während Gregotsch berichtete, schritt Regonald nachdenklich vor seinem Thron auf und ab. „Gelegentlich verließ ein kleiner Trupp dieser Wesen den Wald. Wir vermuten, dass sie jagen gingen. Wir konnten dabei beobachten, dass sie immer eine ihrer magischen Eislanzen mit sich führten, wodurch in ihrer Umgebung permanent Schnee fiel. Es ist anzunehmen, dass sie ohne die Kälte nicht existieren können und die Artefakte für den Schneefall verantwortlich sind." Gregotsch machte eine kurze Pause. „Prinzessin Kira befindet sich auf dem Weg der Besserung und ist momentan bei den Heilern Fillons." Er trat einen Schritt zurück und wartete neben Barion und Darwin.

Wortlos ging Regonald noch einige Male auf und ab, ehe er sein Schweigen brach. „Schickt einen Boten nach Karkat!", rief er schmunzelnd einem Diener zu. „Richtet König Theofoldis aus, dass die Gardisten Edumonds sich nicht zu schade sind, Prinzessinnen aus Karkat zu retten." Eilig verließ der Diener den Thronsaal. König Regonald wandte sich Gregotsch zu. Barion würdigte er keines Blickes. „Danke für deine Ausführungen, Wachmann Gregotsch. Wie Darwin mir zutrug, waren deine Kenntnis der Region und dein Einsatz von großem Vorteil für die Mission."

Gregotsch sah verlegen zu Barion hinüber, der sie alle gerettet und geführt hatte. Doch noch ehe er etwas sagen konnte, erschien der geheimnisvolle Berater des Königs wie aus dem Nichts neben Regonalds Thron. „Diese Wesen nennen sich Valdrieten," erklärte er.

„Ihr kommt im richtigen Moment", begrüßte ihn der König.

„So sagt mir, was Ihr über diese Valdrieten wisst."

Der Berater verneigte sich vor dem König. Dabei blieb sein Gesicht in der Kapuze seines Mantels verborgen. „Ich habe lange Zeit zusammen mit dem Gelehrten Nidal die umfangreichen Archive der Stadt Aquin durchsucht. Wir haben herausgefunden, dass die Valdrieten hoch oben auf dem Gletschergebirge im Osten von Pregolet leben. Das Gebirge nimmt den Großteil der Fläche im Osten ein und neben den Valdrieten lebt dort nur noch das Volk der Ritianan. Die einfach lebenden Ritianan haben dort eine Stadt aus Strohhäusern erbaut, namens Ritia. Die meiste Zeit halten sie sich jedoch auf großen Schiffen auf, mit denen sie über die Meere segeln. Sie sind auch schon im Hafen von Batero Ilis gesichtet worden." König Regonald nickte zustimmend. „So viele Dokumente wir auch über die Ritianan gefunden haben, umso weniger Erwähnung fanden die Valdrieten. Aus den Aufzeichnungen geht nur hervor, dass sie eigentlich ein friedliebendes Volk sind, das zurückgezogen auf seinem Berg lebt."

„So friedlich scheinen sie nicht zu sein, wenn sie den Krieg in unser Königreich bringen!", entfuhr es dem König. „Sonst konntet Ihr nichts in Erfahrung bringen?"

Der Berater schüttelte den Kopf. „Nichts, was uns weiterhelfen würde. Nur einige Schriften darüber, dass die Valdrieten angeblich die Kälte in sich tragen und behauptet wird, dass sie für den Winter verantwortlich sind."

„Und was in Egoleits Namen wollen diese Valdrieten hier in Edumond?" Der König sah ratlos in die Runde, doch keiner hatte eine Antwort auf seine Frage.

Er ließ sich in seinen Thron fallen und tippte abwechselnd mit Zeige- und Mittelfinger auf die goldene Armlehne, während er nachdachte. „Wir werden bei unserem ursprünglichen Plan bleiben und unsere Gibu-Reiter aussenden." Regonald richtete sich entschlossen auf seinem Thron auf. „Nach allem, was wir wissen, bewegen sich die Valdrieten nur zu Fuß fort. Unsere Gibu-Reiter sollten so einen großen Vorteil haben und sie werden einen Angriff kaum erwarten." Der König sah abwechselnd zu Gregotsch und Darwin. „Ich frage Euch, Hauptmann Darwin und Wachmann Gregotsch, seid Ihr fähig einen Gibu zu reiten?"

Während Gregotsch zögerlich nickte, antwortete Darwin kurz und gehorsam: „Ja, mein König."

„Gut." Regonald war fest entschlossen. „Ihr seid den Valdrieten bereits begegnet und kennt Euch in der Gegend um Erbholt aus. Deshalb werdet Ihr beide gemeinsam die Gibu-Reiter anführen. In fünf Tagen brecht Ihr auf."

„Ich, fühle mich geehrt, diese Aufgabe übernehmen zu dürfen", sprach Darwin laut und voller Stolz.

Gregotsch hingegen wirkte nicht so glücklich über die Entscheidung des Königs. Die Strapazen der vielen Tagesmärsche und die Auseinandersetzung mit den Valdrieten hatten ihm zugesetzt und er war unendlich müde. Doch wagte er nicht, sich einem Befehl seines Königs zu widersetzen. „Ich werde alles, was in meiner Macht steht, tun, um Edumond von den Eindringlingen zu befreien."

Zufrieden erhob sich König Regonald. „So mögen Egoleit und Egolet euch beschützen." Barion, Darwin und Gregotsch verbeugten sich und wollten den Thronsaal verlassen.

„Ich befehle, dass alles, was hier besprochen wurde, unter dem Mantel der Verschwiegenheit bleibt. Bis jetzt ist es uns gelungen, die Nachricht über das Eindringen der Valdrieten vom

Volk fernzuhalten. Ich will, dass das lange so bleibt. Der Kampf der Dupahle steht kurz bevor und ich möchte die hoffnungsvolle Stimmung in Fillon nicht durch schlechte Nachrichten zerstören." Alle nickten gehorsam und verließen den Thronsaal.

Die nächsten Tage vergingen wie im Flug. Gregotsch nutzte sie, um sich zu erholen und sich auf den Gegenschlag, den er zusammen mit Darwin anführen sollte, vorzubereiten.

Taran war sehr traurig, als er erfuhr, dass sein Vater ihn schon wieder verlassen würde. Er machte sich erneut Sorgen wegen der großen Gefahr, in die sein Vater sich begeben würde. Andererseits freute ihn, dass zumindest Barion bei ihm in Fillon bleiben würde und sie zusammen auf die Ankunft von Alma und Heron warten konnten.

Es war früh am Morgen und die erste Sonne war noch nicht aufgegangen. Lediglich der orangefarbene Himmel kündigte das baldige Erscheinen von Egoleit an. Darwin und Gregotsch hatten beschlossen, früh morgens aufzubrechen, um kein Aufsehen bei den Bürgern Fillons zu erregen.

„Hab ein Auge auf Taran und Alma," bat Gregotsch seinen Freund.

„Auch zwei!", nickte Barion. Beide legten ihre rechte Hand auf die Schulter des anderen. „Aber auch ich möchte dich um einen Gefallen bitten: Vertrau auf dein Bauchgefühl. Tote Helden gewinnen keine Kriege."

Gregotsch nickte seufzend. „Das werde ich. Ich werde keinesfalls wagemutig ins Verderben reiten." Dann wandte er sich seinem Sohn zu. „Selbst wenn ich nicht zurückkehren sollte, was ich nicht hoffe, möchte ich, dass du stark bist. Für Alma, Grama und alle anderen Bürger Fillons. Du bist jetzt eine Wache Edumonds und das macht mich sehr stolz."

Wehmütig fiel Taran seinem Vater in die Arme. „Pass auf dich auf und bitte, komm heil wieder zurück." Gregotsch drückte seinen Sohn fest an sich, bevor er sich auf sein Gibu schwang. Die achthundert Gardisten hatten sich bereits auf ihre Reittiere begeben und folgten nun Darwin aus der Stadt.

Als Gregotsch sich eingereiht hatte, rief Barion ihm belustigt zu: „Wenigstens musst du diesmal nicht selbst laufen."

Gregotsch schmunzelte: „Du schaffst es immer wieder, mir diesen Weg schön zu reden."

Kapitel 14
Das Jahreswechselfest

Mittlerweile war es Spätherbst geworden. Die Bäume im Tal der Schmiede hatten ihr Blätterwerk abgeworfen und das braune Laub bedeckte das Gras unter sich. Quings Brandverletzungen waren vollends verheilt und er hatte mit Unterstützung Erans begonnen, die Nutzung seiner Dupahle zu verbessern. Alma war es noch immer nicht gelungen mit der Hilfe Woschrandirs den Schlüssel zur Aktivierung ihrer Dupahle zu finden und Bugat schikanierte weiterhin jeden Anwärter, der ihm in die Quere kam. Die Stimmung der Zwillinge Mara und Tiara hatte sich in letzter Zeit zunehmend verschlechtert. Der Jahreswechsel rückte immer näher und somit auch der Tag, an dem beide das erste Mal voneinander getrennt werden würden.

Heron lief wieder mal suchenden Blickes durch die verwinkelten Gänge der Schmiede. Obwohl sie bereits seit einem halben Jahr hier wohnten, gab es immer noch einige Bereiche, in denen er noch nicht gewesen war. Heute hatte Eran den Unterricht in einen für Heron unbekannten Waffenraum in der Kammer der Pahle verlegt. Da Quing sich wie gewohnt nach dem Mittagessen in seinen Schlafraum zurückgezogen hatte, irrte Heron jetzt allein umher.

Als er um eine Ecke bog, stand plötzlich Eran vor ihm. Heron wusste sofort, was dies zu bedeuten hatte. Er hatte sich schon die ganze Zeit gefragt, wann er wohl an der Reihe wäre, seine dupahle Fähigkeit zu finden. Nun war offenbar der Tag gekommen.

Eran begrüßte Heron in seiner gewohnt ruhigen und freundlichen Art: „Hallo, Heron. Komm bitte mit mir."

Heron folgte Eran den Gang entlang, an dessen Ende sich der Waffenraum befand. Dort zeigte sich ihm ein unerwartetes Bild. An den holzgetäfelten Wänden des Raumes standen Quing und die anderen Anwärter. Sie hatten sich zwischen dort montierten Waffenständern verteilt und sahen Heron erwartungsvoll an. Etwas weiter im Inneren des Raumes bildeten acht Bewahrer der Schmiede einen Kreis. Jeder von ihnen hatte einen Bogen in der Hand sowie einen Köcher mit Pfeilen auf dem Rücken. In ihrer Mitte war jemand in brauner Kutte an einen stabilen Pfahl gebunden worden. Das Gesicht der Person war nicht zu erkennen, da man ihr einen schwarzen Leinenbeutel über den Kopf gezogen hatte.

Eran führte Heron zwischen den Bewahrern hindurch zum Pfahl. Er griff nach dem Leinenbeutel und enthüllte das Geheimnis.

Erschrocken wich Heron zurück. Es war Alma, die mit einem Knebel im Mund an den Pfahl gefesselt war. Ihre Augen waren weit aufgerissen und Schweiß lief über ihre Stirn. Laute Verwunderung breitete sich unter den Anwärtern aus. Heron sah sich um und versuchte zu verstehen, was dieser Aufbau zu bedeuten hatte.

„Bleib hier bei Alma stehen!", befahl Eran. Er selbst trat wieder aus dem Kreis der Bewahrer hinaus. Bei einem großen Waffenständer angekommen, machte er kehrt und hob seinen rechten Arm. Abrupt senkte er ihn wieder und rief: „Los!", woraufhin die Bewahrer jeder einen Pfeil aus den Köchern zogen.

Der erste Pfeil zischte los. Sofort ließ Heron seinen Schild entstehen und parierte ihn problemlos. Dann folgten, in kurzen Abständen, die Pfeile der anderen Schützen. Heron sprang elegant um Alma herum und wehrte auch diese mit Leichtigkeit ab.

Dies ging eine ganze Weile so, bis Eran rief: „Das ist viel zu langsam. Schießt schneller!" Die Bogenschützen schossen ihre Salven nun so schnell sie nur konnten. Heron hatte jetzt alle Mühe, sie abzuwehren. Er merkte, wie seine Arme kraftloser und seine Beine schwerer wurden. Doch ließen ihn seine Athletik und Kondition nicht im Stich.

Eine unzählige Menge an abgewehrten Pfeilen später bemerkte Heron, dass die Intervalle, in denen sie geflogen kamen, wieder länger wurden. Den Schützen gingen die Pfeile aus. Nachdem er auch den letzten Pfeil pariert hatte, atmete Heron mehrmals tief durch und sah zu Alma. Die Angst war aus ihren Augen gewichen und ihre verkrampfte Körperhaltung hatte sich gelöst. Auch Herons Anspannung begann sich zu legen. Lange hätte er nicht mehr durchgehalten. Er blickte zum Herrn der Schmiede, der ihn nachdenklich betrachtete.

„Nein!", rief Eran plötzlich. „Das war zu einfach!" Dann streifte er die weißen Handschuhe von seinen Händen und streckte seine Arme nach vorne aus. Seine Augen begannen weiß zu leuchten und ein metallisches Klappern erfüllte den Raum. Die anderen Anwärter entfernten sich schnell von den Waffenständern, die plötzlich zu wackeln begannen, und drängten sich an die Wände. Nach und nach lösten sich die Waffen aus ihren Halterungen und schwebten abwartend in der Luft.

Eran drehte seine Handflächen nach vorne und schon schossen Schwerter, Äxte, Hämmer und Dolche auf die beiden los.

Augenblicklich ließ Heron wieder seinen Schild entstehen und versuchte, die fliegenden Waffen abzuwehren. Doch war es für ihn unmöglich, jedes Geschoss zu parieren. Zu viele waren es, die viel zu schnell geflogen kamen.

Er wehrte gerade ein Großschwert ab, da flog zischend ein Dolch an ihm vorbei. Glücklicherweise traf dieser nicht Alma, sondern nur den Holzpfahl, an den sie gefesselt war. Erleichtert sah Heron zu Alma hinüber, als ein Schmerz durch seine Schulter zog. Ein großer Kriegshammer hatte ihn getroffen und lag nun vor ihm auf dem Boden. Doch Heron hatte jetzt keine Zeit, den Schmerzen Beachtung zu schenken. Für ihn gab es nur eines. Er musste Alma beschützen, das war jetzt das Wichtigste. Mit neuer Kraft wehrte er nun jedes von Erans Geschossen ab. Er tanzte um Alma herum und schien ein unüberwindbarer Schutzschild zu sein.

Eine Axt prallte an seinem Schild ab und blieb vibrierend vor Eran im Boden stecken, bevor es still wurde. Heron beugte sich vor und rang nach Luft. Er schaute zu Eran auf und stellte erleichtert fest, dass alle Waffenständer leer waren.

Eran senkte seine Arme und das Leuchten in seinen Augen erlosch, während er sich seine Handschuhe wieder überzog. Er sah Heron nachdenklich und erschöpft an. „Nach dem Einsatz meiner Dupahle muss ich mich ausruhen. Den Rest des Tages habt ihr keinen Unterricht mehr." Eilig verließ Eran den Raum.

Heron fiel entkräftet auf seine Knie. Die Anwärter standen wie gelähmt da, bis sich Quing aus der Menge löste und Almas Fesseln durchtrennte. Gemeinsam halfen sie Heron auf und brachten ihn in den Krankenbereich.

Heron erwachte durch einen stechenden Schmerz in seiner

Schulter. Es war Abend und das Krankenzimmer wurde nur durch zwei Kerzen erleuchtet. Prüfend betrachtete er seinen Arm, der mit einem Leinenwickel an seinen Körper gebunden war. Seine Schulter bereitete ihm dennoch starke Schmerzen. Er wollte nach jemandem rufen, da erklang eine ruhige Stimme:

„Du bist wach, Heron." Eine Gestalt löste sich aus dem Schatten und trat ins Licht der Kerzen. Es war Eran, der sich neben Herons Bett auf einen Holzstuhl setzte.

„Eran?" Heron richtete sich überrascht auf.

„Du wunderst dich sicher, warum ich dich aufsuche." Heron nickte und ließ seinen Kopf zurück in sein Kissen fallen. Seine Schulter quittierte ihm diese Unachtsamkeit mit dem nächsten stechenden Schmerz.

„Spar dir deine Kräfte und versuch ruhig zu liegen." Eran wartete ab, bis sich Herons Schmerz gelegt hatte. „Ich bin hier, um mit dir über das Geschehene zu sprechen. Wir wussten, dass sich deine Pahle gezeigt hat, als du Alma beschützen wolltest. Darum kam uns die Idee, dass dies bestimmt auch bei deiner Dupahle der richtige Ansatz sein könnte. Doch damit lagen wir falsch. Gerade bei Dupahlen mit so großer Macht, wie sie dir der Sehende prophezeit hat, ist es sehr schwer, die Kräfte hervorzuholen. Ich vermute, deswegen hat sich auch deine Pahle erst so spät offenbart." Eran machte eine kurze Pause und gab Heron die Gelegenheit, eine Frage zu stellen.

„Warum muss das Finden der verborgenen Fähigkeiten immer mit Pein und Schmerzen verbunden sein? Warum kann man nicht warten, bis sich die Fähigkeiten von allein zeigen?"

Ein melancholisches Lächeln huschte über Erans Gesicht. „Einst haben wir versucht, nur scheinbar bedrohliche Szenarien nachzustellen. Das war leider nicht effektiv. Es fiel auf, dass keine wirkliche Gefahr drohte, und die Anwärter beruhigten sich gegenseitig. So war klar, dass die Prüfungen bedrohlich und nicht gestellt sein mussten. Auch wenn wir dafür in Kauf nehmen, dass jemand zu Schaden kommen kann." Eran blickte auf Herons Schulter. „Zu deiner zweiten Frage: Erstmal will es das Gesetz, dass wir versuchen versteckte Fähigkeiten unter den Anwärtern zu finden. Doch für mich sind die Fähigkeiten an sich der größte Anreiz. Denk an deine Freundin Alma. Wie viele Menschenleben kann sie retten, wenn sie ihre Dupahle endlich kontrollieren kann!" Eran sprach nun voller Überzeugung und Begeisterung. „Oder stell dir vor, Quing könnte endlos viel Wasser produzieren und damit den Durst von Nord-Pregolet stillen! Und das sind nur zwei Beispiele. Es gibt noch zahlreiche versteckte Kräfte, die das Leben aller Bürger Edumonds verbessern könnten. Und nun stell dir vor, der Schlüssel zu einem besseren Leben aller Bürger bliebe für immer unentdeckt."

Heron sah Eran nachdenklich an. „Glaubst du, ich könnte ein solcher Schlüssel sein?"

Eran nickte zuversichtlich. „Nach der außergewöhnlichen Bewertung des Sehenden halte ich es für möglich. Und auch wenn es mir noch nicht gelungen ist, dir deine Dupahle zu entlocken, bin ich zuversichtlich. Ich werde etwas Zeit brauchen, um einen zweiten Plan zu entwickeln, aber noch vor der Trofe werden wir es erneut versuchen."

Erans Worte wirkten auf Heron wie eine Drohung. Allerdings hatte er verstanden, wie wichtig das Finden seiner Dupahle war. Doch er hatte auch Zweifel und machte sich Sorgen. „Wie kann sich der Sehende so sicher sein, dass eine große Kraft in mir verborgen ist? Kann er sich nicht geirrt haben?"

Eran lehnte sich in seinem Stuhl zurück. „Nein, Heron, das

ist unmöglich, denn der Sehende irrt sich nie. Doch bitte versteh, dass er nicht möchte, dass über ihn gesprochen wird. Seit dem Tag der Lesation ist er euch nicht mehr begegnet, weil er die Abgeschiedenheit bevorzug." Eran erhob sich. „Du solltest dich jetzt ausruhen. Ich werde veranlassen, dass man dir etwas gegen die Schmerzen bringt." Er drehte sich um und verschwand schnellen Schrittes durch die Tür.

Kurz darauf wurde Heron ein schmerzstillender Trank gebracht, dessen Wirkung so schnell einsetzte, dass er wenig später einschlief.

Eine Woche musste Heron im Krankenbereich bleiben, bis er endlich wieder seinen Schlafraum beziehen konnte. Seine Schulter war immer noch ruhiggestellt, weshalb er bis auf weiteres nicht am nachmittäglichen Kampfunterricht teilnehmen durfte. Stattdessen nutzte er die Zeit, um einige Bücher aus der Bibliothek zu lesen.

So saß er eines Nachmittags wieder in seinem Schlafraum und war in ein Buch vertieft, als Quing an seine Tür klopfte. „Kommst du? Die Feierlichkeiten im Speisesaal fangen gleich an."

Heron klappte hastig sein Buch zu. Das Jahreswechselfest hatte er ganz vergessen! Eilig sprang er vom Bett. „Ich komme sofort."

Mittlerweile war tiefer Winter und heute war der letzte Tag des Jahres. Ebenso war es auch der letzte Tag für die Anwärter der Kammer Edumonds, welche mit dem Fest zum Jahreswechsel verabschiedet wurden. Die Bewahrer der Schmiede hatten den sonst sehr kahlen Speisesaal aufwendig mit verschieden großen Fahnen Edumonds geschmückt. Die sonst wild durcheinander stehenden Sechsertische waren in Reih und Glied ausgerichtet und mit goldgelben Tischdecken geschmückt. Man hatte sic mit silbernem Geschirr eingedeckt und ein großer Krug Wein stand mittig darauf.

Wie gewohnt setzten sich Alma, Quing, Heron, Mara und Tiara in die hinterste Ecke des Raumes. Weit weg von einem großen Podest, auf dem ebenfalls ein langer Tisch stand. An diesem saßen Kenot, Woschrandir und Eran.

„Guck nur, wie selbstgefällig die drei da oben sitzen." Tiaras Laune war schon Tage zuvor schier unerträglich gewesen. Heute hatte sie nochmal neue Ausmaße angenommen. „Bilden sich ein, uns sagen zu müssen, welchen Beruf wir ein Leben lang ausführen sollen. Wenn Eran doch so Vieles in der Schmiede ändern wollte, warum gibt man den Anwärtern nicht die Möglichkeit frei zu wählen?"

„Beruhig dich, Schwester." Mara hatte ihre Hand auf Tiaras gelegt und versuchte besänftigend auf sie einzuwirken. „Es hilft nichts, sich aufzuregen. Ich habe mich bereits damit abgefunden, dass wir morgen früh bei der Verabschiedungszeremonie getrennt werden. Bitte versuch es zu akzeptieren. Es ist nur für ein halbes Jahr, dann treffen wir uns in Fillon wieder." Maras Worte schienen Tiara nur bedingt zu beruhigen. Immer noch stand ihr der Zorn rot im Gesicht.

„Anwärter der drei Kammern, hört mich an!" Eran war vor den Tisch getreten und sprach mit freudiger Stimme. „Heute ist ein besonderer Tag. Heute ist ein großer Tag. Nicht nur der Jahreswechsel steht bevor, sondern auch die Verabschiedungszeremonie für die Absolventen der Kammer Edumonds." Alle Anwärter applaudierten kurz, ehe Eran fortfuhr. „Um jedem Absolventen den gebührenden Respekt zu zollen, wird Kenot, zuständiger Tutor der Kammer Edumonds, nun ihre Namen aufrufen. Wenn euer Name genannt wird, steht bitte auf und tretet vor." Eran umrundete den Tisch und nahm wieder Platz. Er gab Kenot ein kurzes Handzeichen, woraufhin dieser ein Pergament vor sich ausrollte.

Folgend rief er einen Absolventen nach dem anderen auf und nannte die zukünftigen Berufe. Unter dem Beifall aller Anwesenden standen immer mehr Anwärter auf dem Podest und lächelten in die Menge. Einzig Mara schien diese Prozedur nur widerwillig zu dulden. Ihr Gesicht wirkte kalt und gleichgültig. Als Kenot am Ende seiner Liste angekommen war, rollte er das Pergament wieder auf und Eran erhob sich von seinem Stuhl.

„Hier vorne stehen nun alle unsere neuen Bürger Edumonds. Jeder von euch wird zukünftig seinen Teil zum Wohle unseres Königreichs beisteuern." Unter erneutem Applaus schüttelte Eran jedem Absolventen die Hand.

Als er beim letzten angekommen war, hob er die Hand, um sich Gehör zu verschaffen. „Lasst mich noch ein letztes Wort an euch richten, bevor die Feierlichkeiten beginnen können. Viele von euch sind vor einem halben Jahr mit Hoffnung zur Schmiede gereist. Hoffnung, vielleicht ein Pahle oder Dupahle zu sein und damit etwas Außergewöhnliches. Doch in meinen Augen sind auch Menschen ohne solche Fähigkeiten etwas Besonderes. Ein Schmied, der eine Rüstung fertigt, welche einem Gardisten das Leben rettet, ist etwas Besonderes. Ein Bauer, der Gemüse anbaut, welches den Hunger des Volkes stillt, ist etwas Besonderes. Jeder von euch, der seinen Beruf mit Freude und Überzeugung ausführt, ist etwas Besonderes. Wirklich jeder von euch ist ein Teil vom großen Ganzen und somit Teil von etwas Besonderem." Geschmeichelt von den Worten Erans sahen alle zum obersten Tutor der Schmiede, der bedächtig noch einen Moment verstreichen ließ, ehe er weitersprach. „Doch nun genug der Worte. Trinkt vom Wein, esst die köstlichen Speisen und genießt das Fest."

Eran nahm Platz und die Türen des Speisesaals öffneten sich. Herein traten zahlreiche Bewahrer, die mehrere mit Köstlichkeiten bestückte Teller balancierten und in Windeseile auf den Tischen verteilten. Es wurde geschmaust und getrunken, musiziert und getanzt. Selbst Mara und Tiara ließen sich von der ausgelassenen Stimmung anstecken und vergaßen vorübergehend, dass dieses Fest für sie eine traurige Bedeutung hatte.

Die Verabschiedung der Absolventen fand noch vor dem Sonnenaufgang statt. Als Quing, Alma und Heron etwas verschlafen durch die große Pforte der Schmiede ins Freie traten, zeichnete sich ein zartes Orange über den Gipfeln des Gebirges ab. Sie warfen sich dicke Mäntel über und stiegen vorsichtig die lange Treppe ins Tal hinunter. Die Fackel in Quings Hand war ihre einzige Lichtquelle, um die Stufen auszuleuchten.

Unten angekommen leuchteten unzählige weitere Fackeln. Sie bildeten einen Pfad, der in leichten Schlangenlinien durch das ganze Tal zu führen schien. Entlang dieses Weges standen in unregelmäßigen Abständen bereits einige Anwärter aus den Kammern der Pahle und Dupahle.

Die drei gingen den Pfad weiter und suchten sich einen freien Platz. Es begann zu schneien, während sie auf den Beginn der Verabschiedung warteten. Große weiße Flocken segelten langsam durch die windstille Luft. Nach kurzer Zeit war der gefrorene Boden mit einer weißen Schicht bedeckt.

„Hat einer von euch Tiara gesehen?", durchbrach Quing die

andächtige Stille. „Sie wird doch nicht der Verabschiedung ihrer eigenen Schwester fernbleiben."

„Womöglich hat sie verschlafen", vermutete Heron. „Es wäre ja nicht das erste Mal. So oft, wie sie bei Kenots Unterricht zu spät erschienen ist."

„Ab und zu seid ihr wirklich unmöglich", entgegnete Alma den beiden. „Habt ihr mal darüber nachgedacht, dass Tiara es nicht übers Herz bringt, ihrer Zwillingsschwester Lebewohl zu sagen?" Heron und Quing sahen sie verlegen an. „Bestimmt liegt sie gerade in ihrem Bett und weint bitterlich."

Der Klang des Gongs schallte durch das Tal der Schmiede. Am Fuß der Treppe waren die ersten Absolventen aus der Kammer Edumonds zwischen die Fackeln in den Schnee getreten. Der Schall des Gongs wurde leiser und ging in ein tiefes Brummen über. Immer lauter wurde der seltsame Klang und Heron erkannte, dass es Männergesang war, der das Tal mit bedächtiger Stimmung erfüllte.

Die Absolventen gingen langsamen Schrittes an Heron, Quing und Alma vorbei. Sie alle trugen lange graue Kapuzenmäntel, um sich vor der Kälte und dem Schnee zu schützen. Eine kleinere Person entfernte sich aus der Reihe und blieb bei Heron, Quing und Alma stehen.

„Es war wirklich schön, mit euch zusammen dieses halbe Jahr erleben zu dürfen." Es war Mara, die sich ihre Kapuze abstreifte und nun mit traurigem Blick vor ihnen stand. „Ich hoffe, unsere Wege kreuzen sich irgendwann einmal wieder."

Heron nahm Mara fest in den Arm. „Das hoffe ich auch von ganzem Herzen."

Mara lächelte dankbar und verabschiedete sich auch von Quing und Alma, die sie ebenfalls fest an sich drückten. „Mit dir habe ich, mal abgesehen von meiner Schwester, am meisten Zeit verbracht. Ich bin froh dich als Freundin gewonnen zu haben."

Alma schluckte schwer und bekam feuchte Augen. „Es tut mir leid, dass du gehen musst. Ganz besonders, weil du von deiner Schwester getrennt wirst." Sie sah sich suchend um.

„Falls du Tiara suchst: Sie wird mich nicht verabschieden." Mara löste sich aus Almas Umarmung und streifte ihre Kapuze über den Kopf. „Ich sage euch nicht Lebewohl. Stattdessen sage ich lieber: Bis bald, meine Freunde!"

Sie sahen Mara nach, wie sie den Fackelpfad entlangging, als plötzlich ein weiterer Absolvent vor ihnen stehenblieb. Sein Gesicht war mit einem Tuch bedeckt, das nur die Augen freiließ. Behutsam ergriff er je eine Hand Almas und Herons und legte sie aufeinander. Nahm zuletzt auch noch Quings Hand hinzu und umschloss sie alle mit seinen eigenen Händen.

„Versucht bitte nicht aufzufallen." Es war Tiaras Stimme, die in den Köpfen der drei erklang. „Bitte redet nicht. Wir können zusammen meine Pahle nutzen. Denkt, was ihr sagen wollt, damit ihr mich nicht verratet."

„Tiara, Was machst du hier bei den Absolventen?", formulierte Heron die Frage in seinen Gedanken. „Du bist eine Pahle und musst doch deine Ausbildung abschließen."

„Ich muss gar nichts!", erwiderte Tiara verärgert. „Ich lasse nicht zu, dass sie mich und Mara trennen. Wir werden zusammen von hier fortgehen."

Alma versuchte, sich äußerlich nichts anmerken zu lassen und schaltete sich in den Gedankenaustausch ein. „Aber Tiara, sie werden euch sicher finden und für diesen Gesetzesbruch bestrafen."

„Das Risiko sind wir bereit einzugehen", erwiderte Tiara

gleichgültig. „Jedoch glaube ich nicht, dass sie uns lange suchen, geschweige denn finden werden. Wir haben beschlossen in das nördliche Gebirge Zarkotiens zu ziehen. Es gibt dort so viele Pflanzen, die Mara gerne auf ihre Heilkraft untersuchen möchte und ich kann endlich mehr über das Leben der Besalte erfahren." Die drei nickten ihr traurig zu.

„Ich bin nicht gut im Abschied nehmen und will auch nicht zu lange hier bei euch verweilen", fuhr Tiara fort. „Nicht, dass ich noch auffliege und wir doch getrennt werden. Deshalb mach ich es kurz. Danke, dass ihr mich trotz meiner oft schlechten Laune aufgenommen habt. Es war sehr schön, euch kennengelernt zu haben. Ich wünsche euch viel Glück, bis wir uns eines Tages vielleicht wiedersehen." Dann nahm Tiara ihre Hände fort, steckte sie unter ihren Mantel und ging, wie ihre Schwester zuvor, zurück auf den Pfad.

Heron, Quing und Alma blieben wehmütig zurück.

Kapitel 15
Ein letzter Versuch

Tage waren vergangen seit Mara und Tiara die Schmiede verlassen hatten. Den Bewahrern war bald aufgefallen, dass Tiara verschwunden war. Sie wurde im Umfeld der Schmiede gesucht und auch ihre Freunde wurden befragt. Heron und die anderen stellten sich unwissend und so hatte Eran schließlich beschlossen, nicht weiter nach ihr suchen zu lassen.

Der Frühling ließ das Tal in einem frischen Grün erstrahlen und in den Bäumen tummelten sich die verschiedensten Arten von Vögeln. Ganz zur Freude von Alma, die viel Zeit draußen verbrachte, um mit den Tieren zu sprechen. Zwar hatte sie vormittags noch Unterricht bei den Heilern der Schmiede, der Nachmittag blieb ihr jedoch zur freien Verfügung. Alle anderen Pahle und Dupahle übten nach dem Mittagstisch, ihre Fähigkeiten zu kontrollieren. Da Alma ihre Dupahle noch immer nicht befähigen konnte und die Tutoren keinen Rat mehr wussten, durfte sie dem Unterricht fernbleiben. So saß sie heute schon einige Zeit lang unter ihrem Lieblingsbaum und genoss die warme Frühlingsluft.

„Alma, kommst du bitte mit mir?" Ein Bewahrer stand plötzlich vor ihr.

Sie hatte ihn nicht kommen hören und antwortete etwas überrascht: „Wohin?"

„Wir werden heute ein zweites Mal versuchen, Herons

Dupahle zu finden." Der Bewahrer reichte Alma seine Hand.

Ihre eben noch gelassene Stimmung verschwand auf der Stelle. Nervös reichte sie dem Bewahrer ihre schwitzige Hand und stand unsicher auf. „Wohin müssen wir gehen?"

„In die untersten Gewölbe der Schmiede", antwortete ihr Begleiter kühl und machte sich mit Alma auf den Weg zur Steintreppe.

Wenig später hatten sie die Schmiede betreten und liefen eine lange Treppe hinab. Diese führte sie immer tiefer in den Berg hinein, bis sie eine unscheinbare alte Holztür erreichten. Der Bewahrer öffnete knarrend die Tür und ließ Alma den Vortritt. Sie betrat den dunklen und nasskalten Raum. Alle anderen Anwärter, wie auch Eran und einige Bewahrer, befanden sich bereits vor Ort. Sie standen allesamt an einem rostigen Metallgeländer, das ein rechteckiges, in den Boden eingelassenes Becken, umgab.

Nervös ging Alma zu Quing und hielt sich mit zitternden Händen am Geländer fest, bevor sie einen Blick nach unten wagte. Das Becken war wider Erwarten nicht mit Wasser gefüllt, sondern leer. Eine rostige Leiter führte hinunter bis zum Grund, wo sich Heron befand. Er stand in einem seltsam anmutenden Metallgestell und wurde von zwei Bewahrern mit dicken Lederriemen daran festgezurrt. Vor ihm befand sich eine ähnlich anmutende Apparatur, in der jedoch eine große Metallfeder verbaut worden war. Auf der gegenüberliegenden Seite, oberhalb des Beckens, entsprang ein Rohr aus der Wand. Wasser lief in einem breiten Strahl auf den Boden und bahnte sich seinen Weg bis zur Mitte des Beckens. Dort floss es durch ein Loch wieder ab. Diesen Ablauf konnte man verschließen, denn eine

Metallplatte war mit Scharnieren daran befestigt.

„Pahle und Dupahle, hört mich an!" verschaffte sich Eran Gehör. „Heute werden wir einen zweiten und letzten Versuch unternehmen, um Herons dupahle Fähigkeit zu finden."

Zwei Bewahrer hatten nun den verängstigten Heron in der seltsamen Apparatur befestigt. Seine linke Hand war vor seinem Brustkorb fixiert. Weitere Lederriemen befanden sich an seinen Knöcheln, an Bauch, Brustkorb und der rechten Hand. Sie waren so festgezurrt, dass er keine Möglichkeit hatte, sich zu rühren.

„Nun Heron …", fuhr Eran fort „… setze deine Pahle ein."

Heron folgte der Aufforderung und ließ seinen Schild entstehen, der sich nun direkt vor seinem Brustkorb befand. Dann gab Eran den Bewahrern ein Handzeichen, woraufhin diese das zweite Metallgestell anhoben und direkt vor Heron stellten. Einer der Bewahrer zog an einem Hebel und die große Metallfeder in dem Gestell spannte sich. Der andere griff nach einer vorne spitz zulaufenden Metallstange und legte sie vor die große Feder in das Gestell ein. Die Spitze der Metallstange lag nun direkt auf Herons Schild auf.

„Die Vorbereitungen sind beendet." Eran lief an dem Geländer entlang zur anderen Seite des Raumes und die beiden Bewahrer verließen das Becken.

Auf der anderen Seite angekommen ergriff Eran einen großen Metallhebel, der sich an der Wand hinter ihm befand, und drückte ihn nach unten. Die Metallplatte des Abflusses schloss sich quietschend. „Die Sicherung am Federmechanismus ist entfernt worden und nur der Schild verhindert, dass der Metallpflock Herons Körper durchbohrt. Sollte er seine Pahle deaktivieren, wäre das sein sicherer Tod. Warten wir ab, was nun passieren wird."

Der Wasserspiegel im Becken stieg rasant an und erreichte bald Herons Knöchel. Er wurde unruhiger und sah sich hilfesuchend um. Immer wieder versuchte er durch ruckartige Bewegungen die Lederriemen zu lockern, was jedoch nicht von Erfolg gekrönt war.

Das Wasser hatte seine Hüfte erreicht und er sah nervös hinauf zu den anderen, die ihn gespannt ansahen. Quing und Alma hingegen wirkten sehr besorgt.

„Hab Vertrauen in dich", sprach Eran ruhig. „Deine Dupahle wird dich retten." Dabei sah er Heron erwartungsvoll mit seinen weißen Augen an, während der Wasserspiegel allmählich Herons Hals erreichte.

„Und was ist, wenn ich doch kein Dupahle bin? Vielleicht hat sich der Sehende doch geirrt!"

„Du bist ein Dupahle! Der Sehende irrt sich nie. Deine Dupahle wird sich zeigen."

Das Wasser hatte Herons Kinn erreicht. Panisch zappelte er hin und her und seine Augen waren weit aufgerissen. Im letzten Moment, bevor das Wasser seine Lippen erreichte, öffnete er den Mund und holte tief Luft.

Alle Anwesenden starrten gespannt auf das gelbe Licht von Herons Schild, das verschwommen unter der Wasseroberfläche zu erkennen war. Bis auf das Plätschern war es still geworden und alle warteten, dass etwas passieren würde. Doch bisher geschah nichts.

Der Wasserspiegel hatte fast den Rand des Beckens erreicht. Die Bewahrer stoppten den Wasserzufluss und das Plätschern verstummte. In der entstandenen Stille nestelte Daria nervös an ihrer Weste und Kalif krallte sich angespannt an das Geländer.

Selbst Bugat schien das Geschehen nicht kalt zu lassen. Seine Hände waren zu Fäusten geballt, so fest, dass seine Knöchel sich weiß färbten.

Ungeduldig sah Alma abwechselnd zu Eran und dann wieder hinunter, wo das Leuchten des Schilds plötzlich abnahm. „Seine Dupahle zeigt sich nicht! Holt ihn da raus, bevor er ertrinkt!", schrie Alma aufgebracht und lehnte sich weit über das Geländer.

„Noch nicht", entgegnete Eran voller Zuversicht. „Gleich wird sich seine Dupahle offenbaren."

Herons Schild leuchtete kaum noch und auch die kleinen Bläschen, die sich eben noch über ihm an der Wasseroberfläche zeigten, wurden weniger.

„Eran, ich bitte euch. Brecht das ab!", rief jetzt auch Quing angsterfüllt.

Enttäuscht griff Eran nach dem Hebel, um den Abfluss wieder zu öffnen, doch der rührte sich nicht „Die Klappe klemmt!", rief er hektisch und sofort eilten die Bewahrer zu ihm, um gemeinsam den Hebel umzulegen. Doch selbst zu dritt gelang es ihnen nicht.

„Wir müssen Heron da rausholen!", schrie Quing und sprang, zeitgleich mit Alma, in einem Satz über das Geländer. „Hier Alma, nimm einen meiner Dolche. Wir müssen die Lederriemen durchtrennen."

Beide holten tief Luft und tauchten hinunter. Zu ihrem Glück spendete ihnen der Schild in der Nähe von Herons Händen noch genügend Licht, um die Riemen sofort zu finden. Herons Augen waren geschlossen und sein Kopf wogte kraftlos im Wasser hin und her.

Alma hatte keine Luft mehr und musste auftauchen. An der Wasseroberfläche atmete sie mehrmals tief ein und aus. Quing erschien neben ihr. „Die Dolche schneiden unter Wasser nicht. Da könnten wir genauso gut einen Löffel nehmen."

„Wir müssen es weiter versuchen. Sein Gestell ist am Boden befestigt. Ich sehe keine andere Möglichkeit ihn zu befreien. Vielleicht sollten wir zusammen an ein und derselben Stelle schneiden?" Alma holte erneut tief Luft.

„Uns bleibt nichts anderes übrig." Quing tauchte ab.

Alma sah noch einmal hoch zum Rand des Beckens. Die meisten Anwärter waren hinüber zu Eran geeilt, um ihm beim Lösen des Hebels zu helfen. Nur Bugat stand noch immer an seinem angestammten Platz und sah sie emotionslos an. Dann tauchte sie wieder hinunter.

Schnell stellten beide fest, dass auch dieser Plan nicht zum Erfolg führte. Die Lederriemen ließen sich einfach nicht durchtrennen und ihr aufwendiger Verschluss war unter Wasser unmöglich zu öffnen. Verzweifelt mussten beide wieder auftauchen.

Plötzlich sprang Bugat über das Geländer ins Wasser. Er holte tief Luft und tauchte ab. „Was hat er vor?", fragte Quing verwundert. Alma zuckte hoffnungslos mit den Schultern. Ein lautes Knarren und Quietschen drang an die Wasseroberfläche.

„Der Hebel lässt sich wieder bewegen!", rief Kalif erleichtert und tatsächlich begann sich der Wasserspiegel rasant zu senken.

Herons Kopf, der leblos auf seinen Schultern hing, kam wieder zum Vorschein. Eran sprang über das Geländer zu den anderen ins Becken. „Schnell! Noch scheint Leben in ihm zu sein, sonst wäre sein Schild bereits verschwunden." Tatsächlich war Herons Pahle immer noch aktiv und schützte seinen Körper vor dem Metallpflock, doch war der Schild kaum noch zu erkennen. Während Alma und Quing Herons Fesseln lösten, sicherte Eran die Apparatur mit dem Federmechanismus. Gerade noch rechtzeitig, bevor Herons Schild verschwand.

Alma und Quing hatten Heron legten Heron auf den nassen Boden. „Er muss viel Wasser geschluckt haben." Eran begann mit beiden Fäusten gleichzeitig auf Herons Brustkorb zu schlagen. Unter den schockstarren Blicken der Anwärter versuchte er es immer und immer wieder. Doch zum Entsetzen aller geschah nichts. Noch immer lag Heron regungslos am Boden und rührte keinen Muskel.

„NEIN!", schrie Alma plötzlich verzweifelt. „Du darfst nicht sterben!" Das grüne Leuchten ihrer Dupahle flammte in ihren Augen auf. Eran unterbrach sogleich seine Versuche. Doch noch bevor Alma ihre leuchtenden Hände auf Heron legen konnte, gab dieser unerwartet ein Lebenszeichen von sich. Er hustete mehrmals schwer und spuckte Wasser. Mit rot unterlaufenen Augen japste er nach Luft.

„Helft ihm auf, damit er besser atmen kann", befahl Eran erleichtert. Das Leuchten in Almas Augen verschwand so schnell, wie es erschienen war.

Eran bat die anderen Anwärter, den Raum zu verlassen und sich in ihre Kammern zu begeben. „Bugat, du nicht!", rief Eran dem Bangolen hinterher, woraufhin dieser verwundert stehen blieb.

Als alle Anwärter den Raum verlassen hatten, kümmerte Eran sich um Heron, der immer noch ziemlich mitgenommen aussah und stark hustete. „Es tut mir leid. Ich hätte vorher prüfen lassen müssen, ob die Ablaufklappe funktioniert. Die Versuche in der Schmiede sind sehr gefährlich, aber sie sollten niemals eine Hinrichtung werden." Heron war immer noch zu geschwächt, um dem Herrn der Schmiede zu antworten und nickte nur kurz.

„Hauptsache, es ist nochmal gut ausgegangen", meldete sich Quing zu Wort. „Doch leider hat er seine Dupahle immer noch nicht gefunden. Darf er ohne sie überhaupt bei der Trofe antreten?"

„Ja, Quing", antwortet Eran sogleich. „Heron ist ein Dupahle. Er wird antreten, auch wenn er sicher im Nachteil gegenüber dir und den anderen Anwärtern sein wird."

Dann wandte er sich an Alma. „Ich denke, ich habe auch deine Dupahle letztlich verstanden. Anscheinend zeigt sie sich nur, wenn du emotional so ergriffen bist, dass du keinen klaren Gedanken mehr fassen kannst. Noch dazu bedarf es deiner Angst davor, eine nahestehende Person zu verlieren. Diese Mischung ruft womöglich deine Kräfte hervor. Hier sollten wir ansetzen."

Eran wandte sich Bugat zu, der verloren neben der rostigen Leiter stand. Er legte seine Hand auf die Schulter des Bangolen und sprach anerkennend: „Dir gilt mein besonderer Dank. Geistesgegenwärtig hast du entschieden die Ablaufklappe mit deinen Händen zu öffnen. Du hast meinen Fehler wiedergutgemacht und Herons Leben gerettet."

Stolz erwiderte Bugat die Geste des Tutors, der daraufhin die Leiter hinaufstieg und den Raum verließ.

Heron löste sich aus dem Halt seiner Freunde und ging auf wackeligen Beinen zu Bugat. „Danke, dass du mich gerettet hast." Er streckte dem Bangolen seine Hand entgegen. „Das werde ich dir nicht vergessen."

Das eben noch stolze Lächeln auf Bugats Lippen verschwand und für einen Moment wirkte er überrascht von Herons Geste. Dann jedoch kehrte er zu seiner kühlen und arroganten Art zurück. „Glaub nicht, ich habe das aus Nächstenliebe getan", sprach er verächtlich. „Seit wir in der Schmiede angekommen sind, wünsche ich mir nichts mehr, als dich und deinen kleinen blauen Freund in der Trofe zu besiegen. Ich wollte mich nicht dieser Freude berauben." Ohne Heron noch eines Blickes zu würdigen, drehte er sich um und verließ das Becken über die Leiter.

Eines Sommertages war es so weit. Der Tag der Trofe war gekommen und die sechs kämpfenden Dupahle versammelten sich in der Haupthalle. Hier hatte vor einem Jahr ihre Ausbildung begonnen. Hier fand die Lesation statt, die das Leben aller Anwärter veränderte. Hier standen sie nun erneut, um das letzte Kapitel der Schmiede zu bestreiten.

Heron blickte zu Quing, der direkt neben ihm stand. Wie alle Teilnehmer der Trofe, trug der Aquina eine leichte Rüstung. Sie war größtenteils aus Leder gefertigt, das jedoch mit aufgenähten Metallplatten verstärkt worden war. Dazu gehörten ein Brustteil, Armschienen und eine Hose. Zusätzlich hatte man ihnen allen noch eine dünne Lederkette umgehängt, an der ein kleines goldenes Emblem hing. Auf diesem war das Wappen Edumonds abgebildet.

Quing erwiderte Herons Blick. „Auf geht's, mein Freund." Ein kurzes Lächeln huschte über seine blauen Lippen. Heron hatte nicht bemerkt, dass die anderen vier Dupahle bereits, von Eran angeführt, die Schmiede verließen. Schnell schlossen sie zu ihnen auf.

Während sie die große Treppe hinunter ins Tal gingen, erinnerte sich Heron an das, was Eran ihnen am Vortag mitgeteilt hatte. Die Trofe sollte in einer alten, wieder hergerichteten Kampfstätte stattfinden, die sich im äußeren Gebirgsring befand. Laut dem Herrn der Schmiede wurde sie in der Vorzeit von einem brutalen Menschenstamm errichtet. Zur Belustigung der Anführer waren dort barbarische Kämpfe auf Leben und Tod abgehalten worden.

Die Gruppe durchquerte das Tal und gelangte schließlich zum Fuß des äußeren Gebirges. Vor ihnen lag ein großer Höhleneingang, über dem mehrere Abbilder angsteinflößender Köpfe in den Berghang geschlagen worden waren. Die bedrohlichen Fratzen blickten hinunter auf die Anwärter und Heron bekam ein mulmiges Gefühl in der Magengegend.

Hinter Eran betraten sie die Höhle, die wie ein Tunnel geradewegs in das Gebirge hineinführte. Rechts und links hingen Fackeln an den Wänden, die flackernd unheilvolle Schatten warfen. Umso weiter sie gingen, desto größer wurde Herons Anspannung. Nicht zu wissen, was ihn bei der Trofe erwarten würde, verstärkte seine Unsicherheit noch. Er war mittlerweile sehr geschickt im Umgang mit seinem Schwert Dolor und durch seine Pahle hatte er den Schild, aber ihn verunsicherte die Tatsache, dass er der Einzige war, der seine Dupahle noch nicht gefunden hatte. Dieser Nachteil würde schwer auszugleichen sein.

Er wurde aus seinen Gedanken gerissen, als Eran plötzlich vor einer riesigen Wand aus Holzbalken stehenblieb. „Ihr wartet hier, bis ihr in die Kampfstätte eintreten könnt. Im Inneren stellt ihr euch in einem Kreis auf und wartet dann auf weitere Anweisungen." Eran verschwand durch einen kleinen Seitenarm des Tunnels.

Heron betrachtete die anderen. Sardin stand schweigend da

179

und versuchte ihre Nervosität zu unterdrücken. Heron fiel auf, dass er sich nie wirklich mit ihr unterhalten hatte. Vermutlich, weil sie sehr schüchtern war und sich meist im Hintergrund hielt. Dennoch wusste er, dass sich Sardin mit ihrer Pahle so tarnen konnte, dass sie unsichtbar war. Ihre dupahle Fähigkeit war ihm unbekannt. Als Sardin ihre Prüfung absolvierte, lag er mit seiner Schulterverletzung im Krankenzimmer.

Hinter Sardin lehnte Bugat in gewohnt selbstgefälliger Manier an der Wand. Herons Blick wanderte weiter auf die gegenüberliegende Seite, wo Daria und Kalif miteinander sprachen.

Daria konnte mit ihrer Pahle schlagartig stabile Dornen aus ihrer Haut wachsen und wieder verschwinden lassen. Auch ihre Dupahle hatte eine ähnliche Charakteristik. Nach Aktivierung wuchsen tief verwurzelte, mit Dornen gespickte Rankpflanzen aus dem Boden, die alles was mit ihnen in Berührung kam, festhielten. Im Unterricht war Quing versehentlich in solch eine Pflanze getreten und hatte sich aus eigener Kraft nicht mehr lösen können. Kalif musste schließlich den Aquina, mit ein paar Schnitten seines Säbels befreit.

Kalif konnte durch seine Pahle im Sand schwimmen und tauchen, als wäre er Wasser. Das hätte ihm bei der Trofe wahrscheinlich nicht viel genützt, in Verbindung mit seiner Dupahle jedoch war es ausgesprochen mächtig. Durch sie konnte er einen Sandsturm entstehen lassen, der in kürzester Zeit den Boden mit einer dicken Sandschicht bedeckte.

Als Heron sah, wie gelassen Daria und Kalif miteinander sprachen, beschlich ihn das Gefühl, dass er der Einzige war, der große Anspannung verspürte. Um sich abzulenken, ging er näher an die hölzerne Wand, die ihnen den Weg versperrte. Ihm unbekannte Zeichen waren darin eingeritzt und er versuchte sie zu deuten. Doch auch nach längerem Betrachten wurde er nicht schlau daraus.

„Da steht eine Warnung in lednischer Schrift", gesellte sich Quing zu ihm.

Überrascht sah Heron zu ihm. „Ich weiß noch aus Kenots Unterricht, dass Nord-Pregolet vor der Aufteilung in Zarkotien und Edumond den Namen Lednien trug, aber dass es eine eigene Schrift gab, wusste ich nicht."

Quing strich mit seiner Handfläche über die Zeichen. „Es wurde nicht nur Lednisch geschrieben, sondern auch gesprochen."

„Und du kannst das lesen?", fragte Heron ungläubig und voller Bewunderung.

„Leider ja." Quing verdrehte genervt die Augen. „Mein Vater ist Gelehrter und war der Meinung, dass es wichtig sei, Lednisch sprechen und lesen zu können. Er zwang mich jeden Tag meiner Jugend, unterschiedlichste Schriften zu lesen und zu lernen, während die anderen jungen Aquinan draußen spielen durften."

Heron nickte ihm mitleidig zu, ehe er neugierig nachhakte: „Und was für eine Warnung steht dort?

Quing begann vorzulesen.

Wer darf eintreten? - Die Mutigsten.
Wer wird leiden? - Jeder von euch.
Wer wird siegen? - Die Stärksten.
Wer muss von uns gehen? – Alle Unwürdigen!

Heron erschrak. „Glaubst du, dass die Trofe ein Wettkampf bis zum Tod ist?"

Quing machte eine abfällige Handbewegung: „Unfug, Heron.

Bedenke, wie alt die Inschrift ist und was Eran uns über den ursprünglichen Nutzen dieses Ortes gesagt hat. Sie werden uns keiner ernsten Gefahr aussetzen."

Plötzlich ertönte ein ohrenbetäubendes Knarren und die große Holzwand begann zu vibrieren. Staub und kleine Gesteinsbröckchen lösten sich von den Balken und rieselten auf Quing und Heron nieder. Beide traten ein paar Schritte zurück, während sich die Holzwand langsam von ihnen wegbewegte.

„Das ist eine Zugbrücke!", bemerkte Quing. Fasziniert sahen sie dabei zu, wie das Ungetüm aus Holz sich weiter Richtung Boden neigte, ehe es kurz darauf mit einem lauten Knall aufschlug.

Daria und Kalif betraten zuerst die Brücke, wurden jedoch von Bugat rüde beiseite gedrängt. Danach folgte Sardin, die zögerlich über die Holzfläche schritt. Quing und Heron gingen zuletzt.

Unter tosendem Lärm eines schreienden und jubelnden Publikums aus Bewahrern und den übrigen Anwärtern betraten die sechs die Kampfstätte. Es war eine gigantisch große Höhle, an deren Wände riesige Stalaktiten wuchsen. Die ebene Fläche im Innersten war rund und einige Felsbrocken in verschiedenen Formen lagen darauf. Am äußeren Rand umgab die Wettkampffläche ein breiter Graben, der nur durch die Zugbrücke überquerbar war. Alles wurde durch große Feuertröge erleuchtet, die von der gewölbten Decke herabhingen.

Heron sah über den Rand der Zugbrücke in den Graben. Unten am Grund ragten in kurzen Abständen mannshohe Speere aus dem Boden. Über einigen hingen alte Stofffetzen und Heron glaubte auch einige Knochen im Halbdunkel zu erkennen. Er wechselte einen ängstlichen Blick mit Quing: „Sie werden uns keiner ernsten Gefahr aussetzen. Waren das nicht deine Worte?"

„Ja, schon." Quing lächelte gezwungen und seufzte dann tief. „Zumindest hoffe ich, dass es so ist."

Als sie die Mitte der Arena erreicht hatten, entdeckten sie oberhalb des Grabens an zwei Seiten große Einbuchtungen in den Felsen. Von dort jubelten ihnen die Anwärter und Bewahrer zu. Die Wände der Höhle verstärkten jeden Laut um ein Vielfaches und Heron kam es vor, als stünden Hunderte Menschen dort oben. Nach kurzem Suchen fand er Alma, die am vorderen Rand stand. Sie hielt ihre Hände gefaltet vor der Brust und lächelte ihm aufmunternd zu.

Die Kämpfer stellten sich in einem großen Kreis inmitten der Arena auf. Daria und Kalif nestelten an den Griffen ihrer Waffen und an ihrer Kleidung herum. Quing hingegen schaute vor sich auf den Boden und strich dabei mit der Fußspitze durch den Staub. Bugat schien als einziger von ihnen nicht nervös zu sein. Er stand entspannt und breitbeinig im Kreis und hatte seinen rechten Arm lässig auf seiner riesigen Axt abgelegt. Mit dem linken Arm winkte er triumphierend den Anwärtern auf den Rängen zu.

Sardin kratzte unruhig am Holz ihrer Armbrust und sah Heron mit ihren großen, grünen Augen an. Ihre Unterlippe zitterte. Als Heron sie so sah, wurden seine Handflächen feucht und seine Knie weich. Um sich abzulenken, legte er eine Hand fest um Dolors Griff und die andere auf das Amulett seiner Mutter. Was gäbe er alles dafür, wenn seine Eltern jetzt bei ihm wären. Er spürte wie Ehrgeiz und Mut in ihm erwachten. Seine Angst legte sich.

Kapitel 16
Die Trofe

Die Höhlenwände warfen den Schall eines Gongs mehrfach hin und her, während sich die große Zugbrücke knarrend wieder verschloss. Oberhalb der Brücke in einer Einbuchtung der Höhlenwand stand ein Bewahrer der Schmiede mit einem Schlägel in der Hand neben dem großen Gong, der immer noch leicht vibrierend brummte. Auf der linken Seite saßen Eran und der Sehende nebeneinander auf zwei großen Holzstühlen.

Der Herr der Schmiede erhob sich. „Ich begrüße euch Anwärter. Wir alle sind heute hier zusammengekommen, um die beiden Dupahle zu ermitteln, welche für Edumond im nächsten Kampf der Dupahle antreten werden." Er machte eine kurze Pause, da die Zuschauer auf den Rängen klatschten.

Nachdem es wieder ruhiger geworden war, fuhr er fort: „Ich erkläre nun die Regeln für die erste Austragung der Trofe." Er rollte ein Pergament aus, das ihm ein Bewahrer reichte und begann vorzulesen:

„Regel Nummer eins: Das Innere der Kampfstätte ist der Austragungsort der Trofe. Wer den Boden des Grabens berührt oder auf irgendeine andere Weise die Arena über den Graben hinweg verlässt, scheidet aus.

Regel Nummer zwei: Wer aufgeben möchte, lässt seine Waffen fallen, nimmt das Lederband mit dem Emblem Edumonds von seinem Hals und wirft es auf den Boden.

Regel Nummer drei, die letzte und wichtigste Regel: Euer Ziel ist es, den anderen Wettkämpfern das Emblem abzunehmen.

Wer sein Emblem verliert, ist ausgeschieden. Die letzten beiden Kämpfer, die übrig bleiben, gewinnen denn Wettkampf."

Wieder schallte der Lärm der Zuschauer durch die Arena, diesmal so laut, dass Heron ein Schauer über den Rücken lief. Eran machte eine beruhigende Handbewegung und der Applaus und die Anfeuerungsrufe verstummten.

„Die Trofe beginnt, nachdem der Gong dreimal geschlagen wurde." Eran setzte sich wieder neben den Sehenden und verschränkte abwartend seine Arme vor der Brust.

In der Arena wurde es still. Quing zog seine Dolche aus den Halftern und Kalif hielt seinen Säbel in den Händen. Sardin spannte einen Pfeil in ihre Armbrust und Daria nahm ihren Speer aus der Halterung an ihrem Rücken. Bugat hob seine Axt und Heron, der Dolor bereits in der Hand hielt, ließ in seiner Linken den Schild entstehen.

Der erste Gong schallte durch die Arena. Herons Blick fiel auf Bugat, der mit ausgestrecktem Zeigefinger auf ihn zeigte. Danach deutete der Bangole mit dem gleichen Finger auf seine Brust. Heron verstand sofort, was Bugat mit dieser Geste meinte: Der Bangole hatte ihn als erstes Ziel auserkoren.

Der Gong wurde zum zweiten Mal geschlagen. Heron hielt seinen Schild vor sich und atmete zweimal tief ein und aus. Er machte sich bereit, den gleich heranstürmenden Bugat zu empfangen. Dieser hatte den Oberkörper vorgeneigt und seine Arme angewinkelt, als wollte er zu einem Sprint ansetzen.

Der dritte Gong erklang und Bugat rannte augenblicklich los. Die Rufe der Zuschauer schallten wieder laut durch die Halle, während in der Mitte die Wettkämpfer begannen, sich gegenseitig zu attackieren. Kalif ging mit seinem Säbel auf Quing los und Daria bekam es mit Sardin zu tun, deren erster Pfeil sie nur knapp verfehlte.

Heron blieb als einziger stehen und wartete auf Bugat, der mit großen Schritten auf ihn zu rannte. Der Bangole sah dabei fast wie ein Raubtier aus, das Beute gewittert hatte. Nur hatte er sich dafür das falsche Ziel ausgesucht. Heron beschloss, ihm gleich einen Denkzettel zu verpassen.

Als Bugat fast bei ihm angekommen war, sprintete auch Heron los. Bugat holte im vollen Lauf mit seiner Axt aus und schlug dann zu. Zeitgleich sprang Heron hoch und wich der unter ihm durchzischenden Axt aus. Er war so hoch gesprungen, dass sogar Bugat unter ihm hindurchlief.

Noch bevor Heron selbst wieder landete, gab er Bugat einen Tritt in den Rücken. Der Bangole stolperte und verlor das Gleichgewicht. Als er unsanft zu Boden fiel, ließ er seine Axt fallen.

Zufrieden mit seiner Reaktion auf Bugats stürmischen Angriff ging Heron selbstbewusst auf Bugat zu. „Du hast dir ein zu großes Ziel ausgesucht, Bugat. Du magst kräftiger und stärker sein als ich, aber unterschätze meine Wendigkeit nicht!" Heron wusste, dass dies sein großer Vorteil war, und hatte ihn sofort ausgespielt.

Wütend sprang Bugat auf und schnaufte wie ein tollwütiges Tier. Er griff nach seiner Axt und lief erneut brüllend auf Heron zu. Wie ein Berserker schlug er immer wieder mit seiner Waffe um sich, doch Heron wich elegant aus oder parierte mit seinem Schild.

Abermals verpuffte Bugats Angriff im Nichts, als seine Axt im Boden steckenblieb. Zornig versuchte er, sie herauszuziehen und bemerkte nicht, dass Heron diesen Moment nutzte, um seinerseits anzugreifen. Mit beiden Füßen voran sprang er auf den

Bangolen zu und traf ihn am Brustkorb. Bugat stürzte zu Boden und prallte mit dem Hinterkopf gegen einen Felsen. Mit schmerzverzerrtem Gesicht tastete er nach der gestoßenen Stelle. Warmes Blut lief ihm über die Hand.

„Keiner bringt mich ungestraft zum Bluten. So flink du auch bist, wenn ich dich nur einmal erwische, bedeutet das dein Ende!" Zornig starrte er Heron an, erhob sich schwerfällig und zog seine Axt aus dem Boden. Dann stampfte er in großen Schritten auf Heron zu.

„Du hast mich am Tag der Lesation vor allen anderen bloßgestellt. Das habe ich nicht vergessen." Er holte mit seiner Axt aus und zielte damit auf Herons Kopf. Dieser duckte sich und wich dem Schlag aus. Doch Bugat gab ihm direkt nach seinem Axtangriff einen satten Tritt. Nun war es Heron, der zu Boden fiel und mit dem Gesicht im Staub landete. Eine breite Schürfwunde zog sich über seine Wange und er hatte seinen Schild aus der Hand verloren, der augenblicklich verschwand.

Überrascht rappelte Heron sich wieder auf. „Das muss man dir lassen, Bugat. Du lernst schnell dazu. Der Tag der Lesation also… Du warst es doch, der uns provoziert hat."

Bugat schritt drohend auf Heron zu. „Genug geredet! Es wird Zeit, dass wir es zu Ende bringen." Der Bangole holte mit der Axt über dem Kopf aus und vollführte einen mächtigen Hieb.

In letzter Sekunde hielt Heron Dolor schützend vor sich. Bugats Axt traf mit solcher Wucht auf das Schwert, dass die Schneide beim Aufprall goldgelbe Funken schlug. Heron ging durch die Wucht des Angriffs hinunter auf die Knie. Mit gekreuzten Waffen und angestrengten Gesichtern verharrten beide so und lieferten sich ein ungleiches Kräftemessen.

Doch plötzlich wuchsen Dornenbüsche überall aus dem

Boden. Daria hatte ihre Dupahle aktiviert. Eines ihrer Gewächse erschien zu Herons Glück genau unter Bugat und umschlang die Beine des Bangolen.

Heron nutzte den unachtsamen Moment seines Rivalen und machte eine schnelle Rolle seitwärts. Durch den nun fehlenden Widerstand von Herons Waffe fiel Bugat mit dem Oberkörper vornüber und verlor seine Axt. Er stützte sich noch rechtzeitig mit den Händen und verhinderte einen erneuten Sturz. Doch legten sich die Ranken des Dornenbusches sofort um seine Hände und Unterarme. Wild zappelnd versuchte er, sich mit aller Kraft aus der Fixierung der Ranken zu lösen, doch das Gewächs gab nicht nach und hielt den Bangolen fest umschlungen.

„Es sieht ganz so aus, als ob dies das Ende unserer Auseinandersetzung ist", sprach Heron ruhig.

„Es tut mir leid, Vater!", brüllte Bugat und sah beschämt zu Boden. „Ich habe dich enttäuscht."

Heron war verwirrt. „Ist das der Grund, warum du so verbissen kämpfst? Erwartet dein Vater, dass du die Trofe gewinnst?"

Bugat sah resigniert zu ihm auf. „Ich bin der Sohn des Häuptlings von Bangol." Aus seinem Gesicht war jeder Zorn gewichen. „Wenn ich nicht bei der Trofe gewinne, ist das eine Schande in den Augen meines Vaters."

Seit Heron bei der Lesation auf Bugat getroffen war, wirkte der Bangole stets arrogant und überheblich. Nun sah er ihn das erste Mal mit anderen Augen.

„Es tut mir leid für dich." Heron griff nach dem Emblem Edumonds, welches an Bugats Hals baumelte. „Du bist ein großer Kämpfer, auch wenn du nun aus der Trofe ausscheidest."

Der Bangole seufzte schwer. „Du warst ein ebenbürtiger Gegner. Nimm mein Emblem und gewinn die Trofe." Er senkte seinen Kopf und wartete darauf, dass sein Gegenüber ihm das Zeichen abnahm.

Heron wollte es an sich nehmen, doch seine Hand zögerte.

„Worauf wartest du?", sprach Bugat verwirrt. „Nimm es endlich."

Da zischte plötzlich die Klinge von Dolor an Bugats Kopf vorbei und durchschnitt die Dornenranken an seinen Armen. Ein weiterer Hieb und auch der Großteil seiner Beine war befreit. Bugat richtete sich wieder auf und entledigte sich der restlichen Dornenranken. „Warum in Egoleits Namen hast du das getan?"

Heron reichte ihm seine Axt. „Beim zweiten Versuch meine Dupahle zu erwecken wäre ich ohne deine Hilfe ertrunken. Ich habe damals gesagt, dass ich dir etwas schulde, nun sind wir quitt. Ich rette dir nicht dein Leben, aber ich gebe dir eine zweite Chance, deinen Vater stolz zu machen."

Der große Gong erklang und einer der Bewahrer verkündete: „Daria ist aus der Trofe ausgeschieden. Sardin hat ihr das Emblem abgenommen."

Dankbar nahm Bugat seine Axt entgegen. „So edel deine Geste auch ist, glaub nicht, dass ich deshalb mit weniger Einsatz kämpfen werde."

Heron ließ seinen Schild entstehen. „Das habe ich auch nicht erwartet." Er richtete Dolor auf Bugat. „Komm schon, auf zur Runde zwei."

„Diese Runde wird an mich gehen." Bugat grinste schelmisch, bevor er mit seiner Axt auf Heron losging.

Der Kampf zwischen den beiden verlief nun etwas anders als zuvor. Bugat hatte sich auf die flinken Bewegungen von Heron eingestellt und versuchte sie vorherzusehen. Obendrein mussten beide auch die Dornenbüsche beachten, die den Boden der Kampfstätte übersäten.

Fast wäre Heron nach einem Angriff in einen hineingetreten und konnte sich gerade noch mit einem Sprung darüber hinweg retten. Er landete mit dem Gesicht direkt vor einem großen Felsen. Als er sich umdrehte, konnte er sich so eben noch ducken, bevor Bugats granitharte Faust ihn erreichte. Mit einem dumpfen Knall prallte sie auf das Gestein, wodurch der obere Teil in mehrere kleine Steine zerschmettert wurde.

Aus dem Nichts tauchte urplötzlich ein Sandsturm auf. Kalif hatte seine dupahle Fähigkeit eingesetzt, weshalb Bugat und Heron nun schützend ihre Unterarme vor ihre Augen hielten. Nur wenige Augenblicke später war der Sandsturm verschwunden und der Boden der Kampfstätte war von einer dicken Sandschicht bedeckt. Bugat und Heron strichen sich den Sand von Kopf und Schultern und befreiten ihre Beine.

Während Heron sich bereit machte den Kampf gegen Bugat wieder aufzunehmen, bemerkte er, dass die Bodenveränderung zu seinem Vorteil war. Die Dornenbüsche wurden durch die Sandschicht bedeckt und stellten keine Gefahr mehr dar. Auch Bugats Gewicht spielte ihm nun in die Karten. Der Bangole war so schwer, dass er immer wieder mit den Füßen einsank. Heron war deutlich leichter und hatte keine Probleme, sich auf dem Sand fortzubewegen.

Nun war er es, der zum Angriff überging und mit Dolor auf Bugat einschlug. Der Bangole hatte alle Mühe die Angriffe abzuwehren. Mit seiner Axt und den steinharten Fäusten gelang es ihm jedoch, Herons Angriffsversuche zu vereiteln. Mittlerweile waren beide sehr erschöpft. Herons Kampfstil war bei weitem nicht mehr von Eleganz geprägt und auch Bugats Bewegungen waren weniger kräftig als noch am Anfang.

Ein weiteres Mal war der Gong zu hören, gefolgt von der Stimme des Bewahrers. „Kalif ist aus der Trofe ausgeschieden. Quing hat ihm das Emblem abgenommen."

„Es ist an der Zeit, dass auch du mir dein Emblem gibst!", rief Bugat mit keuchender Stimme, bevor seine Augen anfingen, rot zu leuchten.

Der erste Felsbrocken schoss aus der Sandschicht unter Heron empor. Schnell sprang er zur Seite. Dann der nächste Felsbrocken direkt hinter ihm. Zwei weitere, links und rechts von ihm. Sie tauchten so schnell auf, dass er nicht mehr darauf reagieren konnte. Er war von Felsen umringt und konnte sich kaum noch bewegen. Seine Hände und Füße waren eingeklemmt, nur sein Kopf war frei beweglich. Dolor musste er durch den Druck der Steine auf seine Handgelenke fallen lassen und auch sein Schild glitt ihm aus der Hand. Sofort verschwand er und Heron musste sich eingestehen, dass er jetzt kampfunfähig war.

Triumphierend trat Bugat vor ihn. Das rote Leuchten in seinen Augen erlosch und ein breites Lächeln lag auf seinen Lippen. „Wie ich schon sagte: Die zweite Runde geht an mich." Dann griff er mit seinem Arm durch einen Spalt zwischen zwei Felsen hindurch und versuchte Herons Emblem zu greifen.

Heron sah nicht hin, wie Bugat krampfhaft versuchte, das Emblem zu erreichen. Er schaute nach oben zu den Zuschauern. Mit einer Mischung aus Stolz und Trauer blickte Alma auf ihn herab. Die Trofe schien auch für sie bisher nervenaufreibend gewesen zu sein, denn Schweiß lag auf ihrer Stirn und sie zitterte am ganzen Körper.

„Verdammt, ich komme einfach nicht dran!", fluchte Bugat ungehalten.

Heron schöpfte wieder Hoffnung. Bugats muskulöser Arm war zu breit für den Felsspalt. Immer wieder versuchte der Bangole das Emblem zu erreichen, erwischte es aber nur mit den Fingerspitzen. Irgendwann gab er auf und zog verdrossen seinen Arm zurück.

Da sprang Quing mit einem großen Satz auf seine Schultern und klammerte sich an seinen Kopf. „Darf ich auch mitmachen?"

Immer wieder griff der Bangole mit seinen großen Händen nach dem schlanken Aquina, doch Quing wich aus und versuchte seinerseits das Emblem um Bugats Hals zu ergreifen. Schließlich gelang es Bugat doch, Quing am Nacken zu packen. Im hohen Bogen flog er durch die Luft und landete ein ganzes Stück entfernt im Sand.

Zum Zuschauen verdammt, sah Heron, wie sein blauer Freund sich sofort wieder aufrappelte und seine Dolche aus den Halftern zog. Mit schnellen, kurzen Schritten rannte er wieder auf Bugat zu.

„Du blauer Wicht stehst auch noch auf meiner Liste!", rief ihm Bugat entgegen. Nah am äußeren Graben trafen sie aufeinander.

„So leicht mache ich es dir nicht, Großer." Quing schlüpfte wiederholt zwischen den Beinen des Bangolen hindurch, um Bugats Angriff zu entgehen. Dieses Mal hatte der jedoch zu viel Kraft in seinen Angriff gelegt, was Quing ausnutzte. Er sprang hinter dem Bangolen hoch und gab ihm mit beiden Füßen einen Tritt in den Rücken.

Bugat taumelte. Sein Fuß trat ins Leere und er verlor das Gleichgewicht. Seitwärts fiel er in den Graben und hielt sich in letzter Sekunde mit der rechten Hand am Rand fest.

Erschrocken blickte er hinunter in die Tiefe. Unter ihm am Grund waren die Speere besonders dicht aufgestellt. Wenn er dort hinunterfallen würde, wäre das sein sicheres Ende. Er bündelte seine letzten Kräfte, um seine zweite Hand an den Rand zu bekommen. Ihm blieb nur dieser eine Versuch.

Er spannte seine Muskeln an und griff nach dem Rand. Doch seine Fingerspitzen rutschten ab. Kraftlos hing er am Abgrund und in wenigen Augenblicken würde er hinunterfallen.

Quing schwang sich über den Rand neben Bugat und grinste ihn an. „Kann es sein, dass du meine Hilfe benötigst?"

Erstaunt sah Bugat ihn an. „Du willst mir helfen? Das hätte ich nicht erwartet."

„Ich auch nicht", antwortete Quing, während er in die Tiefe schaute. „Bangolen und Aquinan haben zwar nicht das beste Verhältnis zueinander. Dennoch möchte ich nicht, dass du stirbst. Das ist nicht der Sinn dieses Wettkampfs."

Bugat stöhnte vor Anstrengung. „Aber wie willst du mir helfen? Ich bin zu schwer für dich und meine Kräfte sind aufgebraucht. Ich kann mich nicht mehr lange halten."

Quing nickte ihm zu. „Ich weiß." Erneut sah er zum Grund des Grabens. „Ich habe eine Idee. Wenn ich dir ein Zeichen gebe, lass den Rand los und halte dich an mir fest." Bugat sah ihn zweifelnd an.

„So schwer es dir auch fällt. Vertrau mir!" In Quings Augen erschien ein blaues Leuchten. Er streckte seinen rechten Arm nach unten und sogleich trat ein breiter Wasserstrahl aus seiner Handfläche heraus.

„Jetzt!", brüllte er Bugat zu. Dieser ließ sofort die Kante los und hielt sich an Quings Schulter fest. Zeitgleich traf der Wasserstrahl auf den Grund der Schlucht auf. Durch den

Gegendruck des Wassers wurden beide nach oben in die Kampfstätte geschleudert und schlugen unsanft nebeneinander auf dem Boden auf. Quing schrie auf, als ein Schmerz seinen Arm bis in die Schulter durchzog.

Schwach und entkräftet erhob sich Bugat langsam und ging auf den am Boden sitzenden Quing zu. Mit ausdruckslosem Gesicht beugte er sich hinunter.

Quing ließ die Schultern hängen und starrte frustriert zu Boden. „Nimm mein Emblem. Mit meiner Verletzung kann ich eh nicht weiterkämpfen." Sein rechter Arm wirkte steif. Bugat streckte seine Hand aus. Doch zu Quings Überraschung nahm er ihm nicht das Emblem ab, sondern ergriff die blaue Hand des Aquinas und half ihm auf. Sprachlos stand Quing Bugat gegenüber. Einige Zuschauer klatschten und immer mehr stimmten mit ein.

Die beiden schauten sich verlegen um, als aus dem Nichts zwei gelbe Punkte vor ihnen auftauchten. Sie schwebten in der Luft und leuchteten immer stärker. Fasziniert und verwundert zugleich beobachteten beide die tanzenden Lichter. Auch die Zuschauer bemerkten die leuchtenden Punkte und der Applaus verebbte.

Durch die entstandene Stille war eine leise, sanfte Stimme zu hören. Sie hauchte wunderschöne Töne in die Luft. Die gelben Punkte strahlten immer heller und auch die Stimme wurde stetig klarer. Bis deutlich zu hören war, dass jemand sang.

Des Tages End, es tritt nun ein,
ein Traum zieht in den Geist.
Es wird ein wunderschöner sein,
wenn die Seele in Wolken reist.

Dem Hier und Jetzt den Rücken kehren,
alles wird schwer wie Gestein.
Ihr könnt euch nicht dagegen wehren,
schlaft ein, schlaft ein, schlaft ein.

Wie hypnotisiert hatten Bugat und Quing dem lieblichen Gesang gelauscht. Als die letzten Worte gesungen waren, schliefen sie ein und sackten zu Boden.

Die Leuchtkraft der zwei gelben Punkte ließ nach und um sie herum zeichneten sich die Konturen Sardins ab. Sie beugte sich zu den Schlafenden hinunter, griff nach ihren Emblemen und nahm sie an sich.

Der Gong wurde zwei Mal geschlagen und abermals erklang die Stimme des Bewahrers. „Quing und Bugat sind aus der Trofe ausgeschieden. Sardin hat ihnen die Embleme Edumonds abgenommen. Damit ist der Wettkampf zu Ende. Sardin und Heron sind die Sieger der Trofe."

Die Menge auf den Rängen applaudierte ausgelassen und die große Zugbrücke öffnete sich. Vier Bewahrer liefen herein und begannen Heron aus seinem Steingefängnis zu befreien. Eran schritt über die Zugbrücke und nachdem Heron endlich befreit war, gratulierte er den beiden, drehte sich zu den Rängen um und bat gestikulierend um Gehör. Der Jubel unter den Zuschauern verstummte.

„Heron und Sardin. Ihr beide seid die Gewinner der Trofe und habt euch die Chance verdient, etwas Großes für Edumond zu leisten. Euch beiden wird das Privileg zuteil, unser Volk beim diesjährigen Kampf der Dupahle zu vertreten!" Eran hatte kaum ausgesprochen, da stimmten die Zuschauer erneut in begeisterten Jubel ein.

Heron stand reglos da und begriff langsam, dass ein weiterer Kampf ihm bevorstehen würde. Er sah zu Sardin. Zögerlich hob sie ihre Hand und begann den Zuschauern auf den Rängen zuzuwinken. Heron sah hinauf zu Alma. Sie wirkte erschöpft, lächelte ihm jedoch fröhlich zu und rief laut seinen Namen. Er erwiderte kurz ihr Lächeln, bevor er nach seinem Freund sah. Mit rüttelnden Bewegungen versuchte er Quing aufzuwecken.

„Das wird nichts nützen, Heron." Sardin hatte sich zu ihm gesellt. „Wenn jemand durch den Gesang meiner Dupahle einschläft, kann man ihn nicht mehr aufwecken. Sie müssen von ganz allein aufwachen."

Heron lächelte verschmitzt. „Damit werde ich die beiden aufziehen."

Am Abend nach der Trofe wurde ein großes Fest veranstaltet. Wie auch die Begrüßung der Anwärter vor fast einem Jahr, fand es im Tal der Schmiede statt. Die warme Luft des Sommers und die zahlreichen Blumen hatten bereits wieder die Lucaties angelockt, die wild flatternd mit ihren Flügeln das Tal erleuchteten. Auf einer großen Lichtung hatten die Bewahrer Tische aufgestellt und ringsherum standen zahlreiche Feuertröge. Darüber wurden verschiedene Speisen zubereitet. Gemüse, alle möglichen Sorten Fisch und Fleisch von Tieren, von denen Heron noch nie etwas gehört hatte. Alle ließen es sich gut gehen und der Wein floss in rauen Mengen. Heron, Alma und Quing saßen zusammen an einem Tisch. Sie wussten, dass heute vorerst der letzte Abend sein würde, den sie zusammen verbrachten. Die drei waren in ein Gespräch vertieft, als Bugat unerwartet auftauchte.

„Glückwunsch zum Sieg, Heron", gratulierte Bugat aufrichtig. Dann wandte er sich an Quing: „Und dir danke für deine Hilfe."

Misstrauisch erwiderte er Bugats Händedruck: „Ich hätte nie erwartet, dass sich jemals ein Bangole bei einem Aquina bedankt."

„Ich hätte das auch nicht erwartet." Ein verschmitztes Lächeln umspielte Bugats Lippen. „Doch sollte mich jemand in Bangol darauf ansprechen, werde ich es abstreiten." Er kehrte um und verließ den Tisch.

Heron sah Bugat nach, wie er sich langsamen Schrittes entfernte. Vielleicht hatten sie sich doch in ihm geirrt, vielleicht war sein arrogantes Gehabe nur eine Fassade, die er zum Schutz aufgebaut hatte.

„Warte, Bugat!", rief Heron plötzlich. „Möchtest du dich vielleicht zu uns setzen und uns Gesellschaft leisten?"

Der Bangole drehte sich erleichtert um. „Das hat aber gedauert." Er grinste und nahm zwischen Heron und Quing Platz. „Und wie schmeckt der Wein?", fragte er Quing und klopfte dem Aquina freundschaftlich auf die Schulter. Dieser verschluckte sich so heftig, dass ihm der Wein aus der Nase schoss und alle anderen herzhaft loslachten.

Kapitel 17
Wiedersehen bei Grama

Nach einer anstrengenden Reise durch die Wüste Edu hatten
Heron, Alma und Sardin es endlich geschafft: Sie hatten ihr Ziel
erreicht und passierten das Haupttor Fillons.

Heron war überwältigt vom Anblick der Stadt. Noch nie hatte
er so viele Häuser und Menschen auf einmal gesehen. Alles war
so riesig und anders, als er es sich vorgestellt hatte. Die hohen
Sandsteingebäude mit ihren verschnörkelten Dächern und die
Vielfalt der verschieden gekleideten Menschen raubten ihm den
Atem.

„Überwältigend, oder?", hörte er Alma neben sich. „Ich habe
damals genauso dagestanden, als ich das erste Mal mit Vater hier
war."

Es war Mittag und auf dem Markt herrschte reges Treiben.
Menschen liefen durcheinander und trugen Waren von einem
Ort zum anderen. Überall feilschten sie lautstark an ihren Stän-
den um Preise.

„Man kommt sich selbst plötzlich ganz klein und unwichtig
vor." Sardin war ebenfalls stehengeblieben und beobachtete fasziniert den Trubel auf dem Markt. „Dort hinten scheint ein
Gasthaus zu sein." Sie zeigte auf ein großes Haus auf der anderen Seite des Marktplatzes. „Ich denke, dort werde ich versuchen ein Zimmer zu bekommen. Wir sehen uns ja bald wieder."
Nach einer kurzen Verabschiedung tauchte sie in die Masse von
Menschen ein und verschwand.

„Durch meine Befugnisse als Wache Fillons befehle ich euch, die Hände langsam hinter den Kopf zu nehmen!", befahl harsch eine Stimme hinter Alma und Heron.

Erschrocken zuckte Heron zusammen. Er spürte etwas Hartes und sehr Dünnes, das sich in seinen Rücken bohrte, und tat, wie die Stimme ihm befohlen hatte.

„So leicht lässt du dich hinters Licht führen?", lachte der Unbekannte amüsiert. „Ich dachte, du wärst mittlerweile erfahrener geworden und würdest dich nicht mehr aufs Kreuz legen lassen."

Die Stimme war Heron sehr wohl bekannt, stellte er erleichtert fest und drehte sich um. Vor ihm stand Taran und fiel ihm sogleich lachend in die Arme.

„Ich freue mich so sehr, euch wiederzusehen! Und ganz besonders dich, liebste Schwester." Er drückte sie herzlich an sich.

„Wie konntest du wissen, dass wir gerade heute hier eintreffen?", fragte Alma verwundert. „Oder hast du etwa jeden Tag hier gestanden und auf uns gewartet?"

Taran grinste. „Ich habe die Kundschafter der Garde gebeten, mir Bescheid zu geben, sollte sich eine blonde Frau zusammen mit einem Grünschopf nähern. Hat mich zwar ein paar Münzen gekostet, aber ich wollte euch unbedingt in Empfang nehmen." Taran steckte sein Schwert wieder in die Scheide. „Kommt, ich geleite euch zu Gramas Haus."

Der Weg führte sie durch immer enger werdende Gassen, in denen nun keine prunkvollen Häuser mehr standen. Alles wirkte hier ärmlich und dreckig, als wären der Markt und die Hauptstraße Fillons nur eine Maske, welche das wahre Gesicht Fillon verdeckte.

Taran blieb vor der schmalen Holztür eines kleinen

Seitenganges stehen. Er öffnete sie und bat die anderen einzutreten. Heron folgte Alma in den ersten Raum. Dort bemerkte er, dass es auch der einzige war. Ein hölzerner Tisch mit sechs unterschiedlichen Stühlen füllte durch seine Größe mehr als die Hälfte der Stellfläche aus. Zwei Kerzenständer standen auf der Tischplatte und sorgten für eine spärliche Beleuchtung im fensterlosen Raum. An der hinteren Wand standen zwei einfach zusammengenagelte Betten. Über der Armlehne eines grünen, abgenutzten Sofas lag das Nachtgewand seines Vaters Barion. Auf dem Herd an der gegenüberliegenden Wand köchelte etwas in einem großen schwarzen Kochtopf.

„Wo sind denn die anderen?", fragte Alma verwundert. „Grama verlässt ihr Haus doch so gut wie nie."

„Wer ist Grama?", fragte Heron, während er sich weiter in der kleinen Behausung umsah.

Taran war an den Herd getreten, sah in den Topf und sog den köstlichen Duft der Speise tief ein. „Grama ist unsere Großmutter. Ihr Name ist Amalia, aber wir nennen sie alle nur, Grama." Taran zog seine Stiefel aus und warf sie in die Ecke.

In diesem Moment sprang die Tür auf und eine alte Frau mit grauem, zerzaustem, lockigem Haar stand im Eingang. Mit einer Hand stützte sie ihren buckligen Körper auf einem Gehstock ab. Ihr runzliges Gesicht zierte eine Hakennase und zwei kleine Augen, die sie verwirrt anschauten. Mit der freien Hand hielt sie einen Beutel, aus dem oben ein Laib Brot herausschaute. Hinter ihr stand Barion, der sie um ein Etliches überragte. In beiden Händen hielt er je eine Flasche Wein.

„Vater!", entfuhr es Heron freudig und er sprang von seinem Stuhl auf. Die alte Frau zog verwirrt ihre Augenbrauen zusammen. „Vater? Siehst du nicht, dass ich eine Dame bin, junger

Mann? Mein Name ist Amalia." Sie ging zum Herd und schimpfte vor sich hin. „Die jungen Leute von heute. Haben keinen Anstand mehr. Können nicht mal Mann und Frau voneinander unterscheiden." Alle mussten lachen, da Grama den Zusammenhang nicht richtig verstanden hatte.

Während Alma zu ihrer Großmutter ging und sie liebevoll begrüßte, stellte Barion die Weinflaschen auf den Tisch und breitete dann seine Arme aus. „Komm zu mir, mein Sohn, lass dich von deinem Vater drücken."

Das ließ Heron sich nicht zwei Mal sagen. Er eilte zu Barion und fiel ihm in die Arme. „Ich bin so froh, dich endlich wiederzusehen." Erleichtert drückte er seinen Vater fest an sich.

Eine gefühlte Ewigkeit später löste Heron sich aus der Umarmung und wurde Grama vorgestellt. Sie war etwas schwerhörig und es brauchte drei Versuche, bis sie Herons Namen richtig verstanden hatte.

„Wo ist eigentlich Vater?", fragte Alma. Taran sah traurig zu Boden. Nervös wandte sie sich an Barion: „Wo ist er?"

Grama nahm den großen Topf vom Herd und stellte ihn mitten auf den Tisch. „Da keiner der beiden den Mut hat, dir deine Frage zu beantworten, werde ich es tun." Verärgert schaute sie Taran und Barion an. „Er ist in Erbholt und kämpft zusammen mit den Gibu-Reitern gegen die Valdrieten. Die haben Erbholt bereits eingenommen und bedrohen unser Königreich. Vielleicht klärt ihr die Kinder mal über die Ereignisse auf", schlug sie vor, während sie Schüsseln und Löffel verteilte. „Aber esst nebenbei die Suppe. Sie wird sonst kalt."

Barion und Taran brachen ihr Schweigen und berichteten von den Ereignissen, die sich im letzten Jahr zugetragen hatten. Grama ermahnte Heron und Alma dabei regelmäßig, das Essen nicht zu vergessen, da sie durch die grausamen Nachrichten laufend den Löffel beiseitelegten. Irgendwann waren Taran und Barion mit ihren Ausführungen am Ende angelangt und Barion bat sie, diese Nachrichten vorerst geheim zu halten.

„Als ob das ein Geheimnis ist!", entfuhr es Grama entrüstet. „Überall in Fillon wird bereits über das Eindringen der Valdrieten gesprochen."

„Das verstehe ich nicht, Grama", hakte Alma nach. „Wenn doch die Bürger Fillons davon wissen, warum gibt es keine Unruhen in der Stadt? Ich hätte erwartet, dass Angst und Panik ausbrechen."

Grama seufzte schwer und sah wehmütig auf die Tischplatte. „Mein Kind, in Fillon hat sich im Verlauf der letzten Jahre Vieles verändert. Die Zeiten des Wohlstands sind lange vorbei. Viele Bürger können sich trotz ihrer Arbeit kein Wasser aus der Quelle mehr leisten. König Theofoldis hat die Preise mit jedem Sieg drastisch erhöht. Unser König Regonald gab viele Münzen des königlichen Reichtums aus, um den armen Menschen zu helfen. Bisher stellt er ihnen Notunterkünfte sowie Wasser und Nahrung zu Verfügung, doch alle wissen, dass auch des Königs Reserven endlich sind."

Grama lehnte sich über den Tisch und sah Alma in die Augen. „Wenn du jeden Morgen aufwachst und nicht weißt, ob du noch zu essen und zu trinken bekommst; wenn du jeden Abend einschläfst und dich fragst, wofür es sich noch lohnt, morgen früh wieder aufzustehen, dann versetzen dich Nachrichten über unbekannte Wesen und Krieg in Erbholt nicht mehr in Angst und Schrecken." Sie stand auf und widmete sich dem Abwasch.

„Die Bürger Fillons sehnen sich nach der guten alten Zeit", fügte Taran an. „Deswegen ist der Kampf der Dupahle das vorherrschende Gesprächsthema in der Stadt. Er gibt allen Menschen Hoffnung."

Heron merkte, wie sich seine Kehle zuschnürte, und schaute apathisch auf die Tischplatte vor sich.

„Alles in Ordnung mit dir?", hörte er Barions besorgte Stimme.

„Es geht schon", erwiderte er leise, ohne vom Tisch aufzusehen. „Die Reise hierher war anstrengend. Ich könnte einen Becher Wasser vertragen."

„Du siehst eher aus, als bräuchtest du einen Becher Wein", lachte Barion. Er schenkte jedem ein und reichte Heron seinen Becher. „Hier, trink einen kräftigen Schluck, das wird helfen."

Heron leerte ihn in einem Zug und atmete tief durch. „Danke, das hat tatsächlich geholfen. Die letzten Tage in der Schmiede und die Reise nach Fillon waren wohl etwas zu viel für meine Nerven."

„Da sagst du was!", entfuhr es Taran. „Da überschütten wir euch mit unseren schlechten Nachrichten und vergessen zu fragen, wie euer letztes Jahr verlaufen ist."

„Natürlich", pflichtete Barion ihm bei. „Welche Pahle hast du, mein Sohn?" Erwartungsvoll sahen Barion und Taran zu Heron, der seinen Weinbecher auf dem Tisch abstellte.

„Wir sind beide in der Kammer der Dupahle aufgenommen worden", erwiderte Heron wortkarg.

„Ja und was sind eure Fähigkeiten?" Taran wippte ungeduldig auf seinem Stuhl herum. „Lasst euch doch nicht alles aus der Nase ziehen."

Alma verdrehte gespielt entnervt die Augen und begann selbst zu erzählen. Sie berichtete von ihrer Dupahle, die sie trotz vieler Versuche Erans nicht kontrollieren konnte und ließ dabei auch den Kampf gegen die drei Dirkaste nicht aus. Gespannt hingen Barion und Taran an ihren Lippen und nur gelegentlich sahen beide erstaunt zu Heron hinüber. Als Alma schließlich Herons Schild erwähnte, unterbrach Barion sie.

„Zeig es mir, bitte", forderte er seinen Sohn auf. Lässig streckte Heron seine Hand über den Kopf und aktivierte seine Pahle.

Laute der Bewunderung entfuhren Barion und Taran. Beide wollten den Schild berühren und Barion schlug mehrmals kräftig mit der Faust darauf.

„Das ist wirklich beeindruckend." Fasziniert inspizierte Barion den Schild. „Und was ist deine dupahle Fähigkeit?"

„Meine Dupahle wurde leider noch nicht entdeckt. Die Bewahrer haben zwei Versuche unternommen, meine Kräfte zu erwecken, aber sie waren erfolglos."

Barion dachte kurz nach, lächelte dann aber und klopfte Heron ermutigend auf die Schulter. „Das ist nicht weiter schlimm. Früher oder später wird sie sich zeigen."

Alma nickte bekräftigend. „Selbst ohne dupahle Fähigkeit hat er die Trofe gewonnen. Das ist schon eine besondere Leistung."

Sowohl Barion als auch Taran waren verwirrt. „Was ist die Trofe?"

Alma lächelte und begann den neuen Wettkampf in der Schmiede zu erklären und berichtete dabei auch von Bugat, Quing und Sardin. „Heron hat zusammen mit Sardin gewonnen. Beide werden beim diesjährigen Kampf der Dupahle für Edumond antreten."

Taran sprang jubelnd auf und gratulierte Heron. Sogar Grama klopfte dem nun rot angelaufenen Heron auf den Oberschenkel. Nur Barion saß ruhig auf seinem Stuhl und starrte nachdenklich ins Leere.

Heron beugte sich zu ihm. „Was ist los, Vater? Freust du dich nicht für mich?"

„Natürlich, ich bin ungeheuer stolz auf dich, Heron, aber ich muss gestehen, dass ich auch Angst habe. Der Kampf der Dupahle ist nicht vergleichbar mit eurer Trofe. Es ist eine Auseinandersetzung auf Leben und Tod, ohne Rücksicht auf Verluste. Ich mache mir wirklich Sorgen, dass dir etwas zustoßen könnte."

Stille kehrte in den Raum ein, bis Grama schließlich versuchte die angespannte Stimmung aufzulockern. „Du bist selbst einige Male beim Kampf der Dupahle angetreten und sitzt dennoch in Fleisch und Blut mit uns an diesem Tisch. Hab doch etwas Vertrauen in den Jungen."

Erschrocken sah Barion seinen Sohn an und erwartete eine Reaktion. Die Tatsache, dass er und Elenora beim Kampf der Dupahle teilgenommen hatten, hatte er ihm bisher verschwiegen. Doch Heron wirkte keineswegs überrascht.

„Lasst mich einen Toast aussprechen." Barion hob seinen Becher. „Auf Heron, Edumonds Hoffnung beim Kampf der Dupahle!" Die anderen erhoben ebenfalls ihre Becher, doch Heron war in seinen Gedanken verloren.

In seinem Kopf entfalteten sich langsam die Worte seines Vaters. Er war die Hoffnung Edumonds? Übelkeit machte sich in ihm breit. Das Gefühl begann in seinem Bauch und wanderte in seinen Hals hinauf. Unter den irritierten Blicken der anderen sprang er von seinem Stuhl auf und stürmte zur Tür hinaus.

Panisch rannte er ein paar Schritte die dunkle Gasse entlang und blieb schließlich bei einem maroden Holzfass vor einer Mauer stehen. Er beugte sich vorne über und übergab sich.

Nachdem er sich der Suppe entledigt hatte, wich die Übelkeit langsam aus seinem Körper. Er nahm sein Taschentuch aus der Brusttasche und säuberte seinen Mund. Erschöpft lehnte er sich an die Mauer.

„Heron, ist alles in Ordnung mit dir?" Barion kam mit sorgenvollem Gesicht auf ihn zu.

„Ja, es ist alles in Ordnung. Ich brauchte nur etwas frische Luft."

„Darf ich dir Gesellschaft leisten?" Heron nickte ihm teilnahmslos zu und Barion schwang sich auf die Mauer. Eine Weile schwiegen sie, bis Heron sich einen Ruck gab.

„Wie bist du mit dem Druck und den Erwartungen umgegangen, als du für das Schicksal Edumonds verantwortlich warst?"

„Ach, Heron. Ich war ja nicht allein verantwortlich für den Ausgang des Wettkampfes. Die Bürde mit deiner Mutter zu teilen, hat sie erträglicher gemacht. Ich habe mir immer klar gemacht, dass ich nur mein Bestes geben kann. Wenn ich am Ende alles gegeben habe, werde ich erhobenen Hauptes aus der Arena gehen können. Ob nun als Sieger oder als Verlierer, war mir egal."

Barion schwieg einen Moment, ehe er anfügte. „Woher wusstest du, dass ich beim Kampf der Dupahle angetreten bin?"

„Das weiß ich aus der Schmiede. Ich fand zufällig einen Raum, in dem die Portraits vergangener Sieger hingen." Heron sah das Abbild seiner Mutter vor seinem geistigen Auge. „Auf diesem Bild saht ihr beide so glücklich aus. War es ein schönes Gefühl, den Menschen Edumonds so oft Freude zu bereiten?"

Barion räusperte sich. „Ja und nein. Natürlich haben wir den Ruhm und die Ehre genossen, doch zahlreiche Menschenleben waren der Preis dafür. Unzählige Kämpfer Edumonds und Zarkotiens starben und nicht wenige durch meine Hände." Barion sah traurig aus und erhob nachdenklich seinen Blick in den Himmel. „Deine Mutter und ich waren nie große Freunde dieses Wettkampfes. Wir hatten immer die Hoffnung, dass sich ein anderer Weg finden lässt, mit der Wassernot umzugehen. Einen Weg, der allen Menschen Nord-Pregolets genügend Trinkwasser beschert. Aber die Quelle gab dafür nie genug Wasser her und für eine vernünftige Lösung waren beide Königreiche zu zerstritten. Keiner der beiden wollte einen offenen Krieg, deshalb musste das anders entschieden werden. Das soll keine Rechtfertigung für unser Handeln sein, aber mir ist wichtig, dass du meine Einstellung zu dem Wettkampf kennst. Im tiefsten Herzen waren wir nie stolz über unsere Siege, zu viel Blut klebte daran. Deswegen habe ich dir auch nie von unserer Teilnahme erzählt. Ich wollte nicht, dass du in meine Fußstapfen trittst.“ Ein wehmütiges Lächeln machte sich in seinem Gesicht breit. „Jetzt ist es aber doch so gekommen und ich bin sehr stolz auf dich. Du wirst dich sicher großartig beim Kampf der Dupahle schlagen.“

Erneut überkam Heron ein mulmiges Gefühl. „Aber ich habe mir dieses Privileg nicht mal wirklich verdient! Bei der Trofe habe ich keinem anderen ein Emblem abgenommen. Die meiste Zeit habe ich nur zugesehen und hatte einfach das Glück, dass alle so miteinander beschäftigt waren, dass keiner mein Emblem an sich nahm. Wie soll ich ohne dupahle Fähigkeit diesen Wettkampf überstehen?“ Niedergeschlagen seufzte er. „Ein Kämpfer ohne Dupahle beim Kampf der Dupahle. Das ist lächerlich.“

Barion legte tröstend seinen Arm um die Schultern seines Sohnes. „Lass nicht den Kopf hängen. Alles unter unseren Sonnen folgt einem klaren Plan, jeder hat seine Bestimmung und nichts passiert ohne Grund. Du hast die Aufrichtigkeit deiner

Mutter und den Sturkopf deines Vaters. Wenn du etwas wirklich schaffen willst, dann kannst du es auch schaffen. Du musst nur an dich glauben, genau wie ich es tue."

Die Worte seines Vaters beruhigten Heron und das mulmige Gefühl verschwand. „Danke, dass du mir stets den Rücken stärkst." Wortlos verbrachten sie eine ganze Zeit lang nebeneinander, bis Barion die Stille wieder durchbrach: „Lass uns wieder zu den anderen gehen. Sie machen sich bestimmt schon Sorgen." Heron stieß sich von der Mauer ab und wartete, bis Barion sich hinuntergeschwungen hatte. Gemeinsam schlenderten sie zurück und tranken noch einen Becher Wein in gemütlicher Runde.

Kapitel 18
Die Allianz

Quing und Bugat hatten die Strecke von der Schmiede bis nach Bangol ohne besondere Vorfälle zurückgelegt. Sie trennten sich vor den Toren der Stadt Bangol und beschlossen, sich in zwanzig Tagen wiederzutreffen. Sie wollten gemeinsam nach Fillon gehen, um Heron beim Kampf der Dupahle beizustehen.

Es war bereits später Abend und die letzte Sonne ging am Horizont unter. Quing stand allein auf der Kuppe eines großen, mit Rasen bewachsenen Hügels und blickte über eine große grüne Ebene, die in einen breiten Sandstrand überging. Dahinter lag das blaue Meer und ein leichter Wind wehte, der kleine Wellen auf der Wasseroberfläche erzeugte. Quing lauschte dem beruhigenden Rauschen des Meeres, das er so sehr vermisst hatte. Die letzten Sonnenstrahlen ließen die breite, mit Ornamenten verzierte Kupferbrücke leuchten, die über das Wasser in seine Heimatstadt führte. Auch die kupfernen Dächer Aquins funkelten wunderschön. Voller Vorfreude, die Stadt zu betreten und seinen Vater wiederzusehen, ging Quing schnellen Schrittes über die Ebene und über die Brücke.

In der Stadt angekommen, trat ein zufriedenes Lächeln in sein Gesicht. Endlich war er wieder zuhause. Beschwingt durch dieses wohlige Gefühl ging er durch die schmalen Gassen Aquins. Hohe sandgelbe Gebäude, die mit braunen Ornamenten bemalt waren, schmiegten sich eng aneinander.

„Wissen ist Macht, die Sonnen sind heilig." Ein paar vor

ihrem Haus sitzende Aquinan grüßten Quing freundlich.

„Wissen ist Macht, die Sonnen sind heilig", erwiderte Quing und trat auf eine große Kreuzung. Vor einem besonders aufwendig bemalten Gebäude blieb er stehen. Es war das Haus, in dem er und sein Vater wohnten. Sie gehörten zum wohlhabenderen Teil der Bevölkerung, was nicht zuletzt am Beruf von Quings Vater lag. Gelehrte waren in Aquin sehr angesehen und trafen die meisten wichtigen Entscheidungen demokratisch. Selbstverständlich standen sie unter dem Befehl von König Regonald, hatten aber keinen eigenen Herrscher wie die Bangolen.

Nidal, der einer der weisesten unter den Gelehrten war, hatte den Vorsitz der Gelehrtengilde Aquins und leitete die Zusammenkünfte. Zusätzlich war er Beauftragter für alte Schriften und verwaltete die große Bibliothek der Stadt.

Quing betrat das Haus durch die kupferbeschlagene Eingangstür und gelangte direkt in den ausladenden Wohnraum. Ein großes, verziertes Bücherregal dominierte die hintere Wand. Alle weiteren Wände waren mit zahlreichen Landschaftsbildern behängt, die in ihren verzierten Kupferrahmen einen idyllischen Eindruck hinterließen. In der Mitte des Raumes befanden sich zwei, mit blauem Samt bezogene Récamieren, zwischen denen ein Glastischchen stand.

Quings Vater, gekleidet in ein weißes Gewand, trat durch eine Tür neben dem Bücherregal. „Quing! Endlich bist du zurück!"

Quing ließ seinen Beutel fallen und rannte zu seinem Vater. „Ich bin so froh, wieder zuhause zu sein." Er schmiegte sich an ihn und spürte seine Wärme. Seit seine Mutter vor zwei Jahren unerwartet verstorben war, hatten die beiden nur noch einander.

Nidal, der etwas größer als sein Sohn war, legte seine kahle

Stirn auf die seines Sohnes. Genau wie er hatte er auf großen Teilen seines Kopfes keine Haare. Lediglich am Hinterkopf wuchsen ihm lange blaue Strähnen, die er zu einem Zopf zusammengebunden trug.

Er löste sich aus Quings Umarmung und legte seine Hände auf die Schultern seines Sohnes. In seinem leicht faltigen und gütigen Gesicht war seine Freude deutlich zu erkennen.

„Wissen ist Macht, die Sonnen sind heilig", sprach er mit einem Lächeln auf den hellblauen Lippen.

„Wissen ist Macht, die Sonnen sind heilig", erwiderte Quing, der ebenfalls nicht verbergen konnte, wie sehr er seinen Vater vermisst hatte.

„Was hältst du davon, wenn wir uns hinsetzen und du in aller Ruhe erzählst, wie es dir in der Schmiede ergangen ist?" Nidal deutete mit seiner Hand auf eine der Récamieren.

„Ja, gern." Während Quing sich setzte, holte Nidal zwei Kupferbecher aus dem Nebenraum. Quing begann von seinen Erlebnissen zu erzählen. Stolz nahm Nidal dabei zur Kenntnis, dass Quing ein Dupahle war, der erste der Familie. Etwas skeptisch reagierte er auf die Freundschaft seines Sohnes mit Bugat, vermied es jedoch, das zu kommentieren.

„Du hast dich prächtig entwickelt und viele neue Freunde gefunden", stellte Nidal fest, als Quing zum Ende kam. „Auch wenn ich nichts anderes erwartet habe, stimmt es mich froh, dass du deine offene und positive Art beibehalten hast. In der heutigen Zeit ist das eine Eigenschaft, die wir mehr denn je benötigen." Nidal legte die Stirn in Falten.

„Wie meinst du das?", fragte Quing verwundert. „Ist im Verlauf des letzten Jahres etwas Schlimmes vorgefallen?"

Nidal stand auf und ging zu einem der Bilder an der Wand,

auf dem ein dichter Wald zu sehen war. „Ja, mein Sohn." Seine Augenbrauen senkten sich bedächtig. „Vor kurzem war ein Berater des Königs bei mir. Er berichtete, dass eine ihm unbekannte Rasse gewaltsam in Nord-Pregolet eingedrungen ist und dabei Erbholt eingenommen hat. Nach langwieriger Suche in der Bibliothek fanden wir heraus, dass es sich um Valdrieten handelt. Diese Rasse lebt ursprünglich zurückgezogen und friedsam auf einem Berg im Osten Pregolets."

„Das sind keine guten Nachrichten." Quing dachte an Heron, von dem er wusste, dass er aus Erbholt kam. „Konntet ihr herausfinden, warum sie das getan haben? Was wollt ihr jetzt tun?"

„Deine erste Frage muss ich mit Nein beantworten. Es gibt bisher keine Erklärung dafür. Wir fanden in den Unterlagen unserer Bibliothek keine Anzeichen dafür, dass die Valdrieten je feindselig waren. Der Berater des Königs vermutet daher, dass das Volk der Ritianan die Valdrieten aus ihrer Heimat vertrieben haben könnte. Ritianan sind das zweite Volk, das Ost-Pregolet bevölkert. Sie leben nahe des Berges der Valdrieten. Ritianan halten sich eigentlich nur selten dort auf. Die meiste Zeit verbringen sie auf dem Meer, wo sie mit ihren großen Schiffen Fischfang betreiben. Diese Rasse ist für ihre Feindseligkeit und ihr Temperament bekannt. Doch gab es bei ihnen ebenfalls keine Hinweise darauf, dass sie je die Valdrieten angegriffen hätten. Deshalb glaube ich nicht, dass die Valdrieten von den Ritianan hierher vertrieben wurden. Und selbst wenn, warum sollten die Valdrieten uns angreifen?" Nidal durchquerte den Raum und nahm wieder neben seinem Sohn auf der Récamiere Platz.

„Um deine zweite Frage zu beantworten: Der König hat die Gibu-Reiter Edumonds zusammengerufen, um Erbholt zu befreien. Ich hoffe, sie werden erfolgreich sein." Nidal blickte in

Quings nachdenkliches Gesicht. „Du siehst erschöpft aus. Ich denke, du solltest dich nach deiner anstrengenden Reise etwas ausruhen."

„Du hast recht. Die letzten Tage waren sehr ereignisreich für mich."

„Dann würde ich dich jetzt allein lassen. Mir kam gerade noch ein Gedanke, dem ich gerne nachgehen möchte. Wenn du mich suchst, ich bin in der Bibliothek."

Quing nickte nur, streckte sich auf der Récamiere aus und schloss erschöpft seine Augen.

Es vergingen einige Tage, in denen sich Quing langsam wieder an das Leben in Aquin gewöhnte. Er verbrachte viel Zeit mit seinem Vater in der Bibliothek, wo sie versuchten, mehr über die Valdrieten in Erfahrung zu bringen. Jedoch fanden sie nichts Wissenswertes, das ihnen irgendwie weiterhelfen konnte.

Eines Nachts schlief Quing tief und fest in seinem Bett, als er unsanft aus dem Schlaf gerissen wurde. Laute Geräusche drangen in sein Bewusstsein. Es waren Schreie und Hilferufe, die Quing hochschrecken ließen.

Gelbe und rote Lichter flackerten wild an seiner Wand und tauchten sein Zimmer in ungewohntes Licht. Schnell stand er auf und rannte hinüber zum Fenster. Beim Blick hinaus auf die Straßen Aquins stockte ihm der Atem.

Überall tobten Flammen und die Dächer Aquins brannten lichterloh. Aquinan rannten panisch umher und suchten nach Schutz. Einige trugen ihre Kinder auf den Armen, andere versuchten ihre wertvollsten Gegenstände in Sicherheit zu bringen.

Quing kleidete sich in Windeseile an, packte seinen Beutel und rannte die Treppe hinunter. In der Wohnstube begegnete ihm Nidal, der wild gestikulierend an der Haustür stand.

„Schnell, wir müssen raus aus der Stadt!", rief er seinem Sohn aufgebracht entgegen. „Ganz Aquin steht in Flammen!"

Sie liefen hinaus auf die große Kreuzung. Der Nachthimmel über ihnen war unnatürlich hell. Eine riesige Feuerkugel schwebte über ihnen. Unzählige Feuerbälle schossen aus ihr heraus und regneten auf die Stadt herunter.

„Rennt! Rennt alle zur Kupferbrücke! Bringt euch in Sicherheit! Rennt zur Brücke!", brüllten Nidal und Quing immer wieder, während sie durch die engen Gassen Aquins liefen. Auf ihrem Weg taten sie ihr Bestes, um anderen Aquinan bei der Flucht zu helfen.

Für viele kam dennoch jede Hilfe zu spät. Zu dicht war der Feuerregen, der die Stadt in Atem hielt. Immer wieder geriet die Kleidung eines Aquinas in Brand und die Opfer rannten wie menschliche Fackeln umher. Viele unglückliche Seelen waren dem Feuer schon zum Opfer gefallen und ihre verbrannten Körper übersäten die Straßen Aquins.

Quing versuchte einem brennenden Aquina zu helfen, der ihm vor Schmerzen schreiend vor die Füße fiel. Doch Nidal packte seinen Sohn am Arm und zog ihn weiter. „Für ihn kommt jede Hilfe zu spät. Wir können ihm nicht mehr helfen."

Endlich hatten sie unbeschadet die Kupferbrücke erreicht und rannten hinüber. Erst auf dem Festland blieben sie keuchend stehen. Sie waren dem Feuerregen entkommen.

Während Quing noch nach Luft rang, sah er sich um. Überall lagen Aquinan mit teilweise starken Brandverletzungen im Gras. Eine Mutter umklammerte mit Tränen in den Augen ihr kleines Mädchen. Ein Mann mit starken Verbrennungen trug weinend seinen verstorbenen Sohn auf den Armen. Auch über Quings

Gesicht liefen Tränen der Verzweiflung. So viel Leid hatte er noch nie gesehen, so viel Schmerz noch nie verspürt. Die Wut kochte in ihm hoch, bis sie sich schließlich in einem Schrei der Verzweiflung entlud.

„Wir müssen einen ruhigen Kopf bewahren." Eindringlich versuchte Nidal seinen Sohn zu beruhigen. „So schwer es auch fällt." Die Worte seines Vaters schienen Quing tatsächlich etwas zu besänftigen und gemeinsam sahen sie fassungslos über das wild schäumende Wasser. Die Stadt stand vollständig in Flammen und glich einer riesigen Feuerschale, die über das Wasser trieb. Darüber schwebte noch immer die brennende Kugel. Am äußeren Rand des brennenden Todesboten verlief ein orangefarbener Strahl in gerader Linie hinunter. Nidal und Quing liefen am Ufer entlang, um eine bessere Sicht auf das untere Ende des Strahls zu bekommen. Sie waren sich sicher, dass dort der Verursacher dieses flammenden Infernos zu finden war.

Endlich hatten sie freie Sicht auf das Meer hinter Aquin. Im flackernden Licht der Flammen waren eine Menge Schiffe mit weißen Segeln zu erkennen. Auf einem von ihnen hatte der orangefarbene Strahl seinen Ursprung. Nidal nahm hastig sein Fernglas zur Hand. „Es sind Ritianan!", rief er hastig, ohne seinen Blick abzuwenden. „Ihre Hauptsegel sind mit schwarzen Augen bemalt. Es scheint, als hätte uns Ost-Pregolet den Krieg erklärt, aber schau selbst." Nidal reichte das Fernglas seinem Sohn.

Quing sah das bedrohlich blickende Auge, das mit schwarzer Farbe auf jedes der weißen Hauptsegel gemalt war. Die Ritianan standen jubelnd an der Reling ihrer Schiffe und feierten die Zerstörung Aquins. Bekleidet mit nur wenigen Stofffetzen, hielten sie Speere und Äxte in ihren Händen. Sie sahen sehr ungepflegt aus und ihr braunes Haar hing wie eine Mähne an ihrem Rücken hinunter.

Schließlich fand Quing die Quelle des orangefarbenen Strahls. Am Bug eines der Schiffe stand ein Ritiana, dessen Augen orange leuchteten. Er hatte die Arme gen Himmel gestreckt und aus seinen Händen entsprang der orangefarbene Strahl.

Quing reichte seinem Vater das Fernglas, als Ginob, der Befehlshaber der Streitkräfte Aquins, zu ihnen trat. Auch wenn die Aquinan ein friedliebendes Volk waren, so hatten sie auf Befehl von König Regonald eine kleine Verteidigungsarmee aufgestellt.

„Endlich habe ich euch gefunden, Gelehrter Nidal", sprach Ginob, leicht außer Atem. „Unfassbar, was gerade geschehen ist. So viele Aquinan sind gestorben und etliche verletzt. Was sollen wir nun tun?"

„Ginob! Ihr seid wohlauf, das ist erfreulich." Nidal sah am Befehlshaber vorbei zu den Überlebenden. „Ich werde mich mit den anderen drei hohen Gelehrten beraten müssen, wie wir weiter vorgehen."

„Das wird schwierig", erwiderte Ginob. „Ich konnte keinen der anderen finden. Es scheint, als wären alle dem Feuer zum Opfer gefallen. Ihr seid der Einzige, der noch am Leben ist."

„Das sind grausame Nachrichten, die du überbringst", antwortete Nidal betrübt. "Doch für Trauer ist nun keine Zeit. Wir müssen handeln und die Überlebenden in Sicherheit bringen."

Ginob stimmte zu. „Die Feinde sind bereits am östlichen Strand bei den Klippen an Land gegangen. Der kürzeste Weg nach Fillon ist damit blockiert. Ich denke, wir müssen wohl oder übel den längeren Weg durch die Treibsandebene nehmen."

„Durch die Treibsandebene?", entfuhr es Quing empört. „Ein Großteil der Aquinan ist verletzt und wir haben keinen

Proviant bei uns. Diesen Weg zu nehmen wäre glatter Selbstmord! Warum gehen wir nicht nach Bangol und bitten die Bangolen um Unterstützung?"

„Die Bangolen?", Ginob verzog verächtlich das Gesicht. „Lieber gehe ich auf Händen durch die Treibsandebene, als einen Bangolen um Hilfe zu bitten."

Verärgert schüttelte Quing den Kopf. „Wie könnt ihr in solch einer Situation nur so starrköpfig sein. Die Bangolen gehören genau wie wir zu Edumond. Auch sie werden erzürnt über den Angriff sein. Was sagst du, Vater?"

Nidal sah nachdenklich über die Ebene. Überall saßen Aquinan verzweifelt und niedergeschlagen auf dem Boden und sahen mit Tränen in den Augen auf ihre brennende Heimat.

„Quing hat recht. Viele würden den Weg durch die Treibsandebene nicht schaffen. Zu viele mussten bereits ihr Leben lassen. Ich möchte heute keinen weiteren toten Aquina verantworten. Also brechen wir auf nach Bangol."

Die geschätzt zweitausend überlebenden Aquinan erreichten die Tore der Stadt Bangol. Das große hölzerne Tor öffnete sich und fünf bewaffnete Bangolen traten hindurch. Überlasst mir das Reden", sprach Nidal zu Quing und Ginob, kurz bevor die Bangolen sie erreichten.

„Was wollt ihr Blauhäute hier in Bangol?" Einer der Bangolen betrachtete misstrauisch die Ankömmlinge.

„Ich bin der Gelehrte Nidal aus Aquin. Wir sind hier, um Hilfe zu erbitten. Ich würde gerne den großen Häuptling Zugul sprechen."

Der Bangole sah an Nidal vorbei auf die Aquinan, welche erschöpft und entkräftet rasteten. „Folgt mir", sprach er knapp und machte dann kehrt.

Die fünf Bangolen führten Nidal, Quing und Ginob in die Stadt hinein. Sie liefen an zahlreichen, steinernen Rundbauten vorbei, deren Dächer mit zusammengeknüpften Schilfbündeln gedeckt waren. Die Bündel waren dabei so verteilt, dass jeweils eine Kuppe entstand. Unter den misstrauischen und argwöhnischen Blicken der Bewohner Bangols gelangten sie tiefer in die Stadt hinein. Sie erreichten ein Gebäude, das sich durch seine Größe von den anderen abhob. Es war auf eine erhöhte, hölzerne Plattform gebaut worden und überragte den Rest der Stadt.

„Wartet hier." Einer der Bangolen verschwand in dem Haus. Wenig später kam er wieder heraus. „Häuptling Zugul und sein Sohn Bugat erwarten euch." Mit der Hand forderte er Nidal, Quing und Ginob auf, einzutreten.

Sie gelangten in einen großen, runden Raum, in dessen Mitte ein offenes Feuer brannte. An den holzvertäfelten Wänden hingen neben einigen Waffen und Schilden auch ein paar grüne Wandteppiche. Sie zierte das Wappen der Bangolen, welches eine Axt und einen Hammer zeigte, die sich mittig kreuzten. Der aus Holzdielen gefertigte Fußboden war mit verschiedenen Tierfellen bedeckt. Im ganzen Raum gab es kein einziges Möbelstück, stattdessen saßen Häuptling Zugul und sein Sohn Bugat auf einem großen Fell nahe der Feuerstelle.

Der Häuptling griff nach einem schweren Holzscheit und warf es lässig in die Flammen. Die Muskeln seiner Oberarme zeichneten sich deutlich unter der dunkelbraunen Haut ab. Zugul war ein ganzes Stück größer als sein Sohn und hatte ein Kreuz so breit wie zwei Gibus. Seine riesigen Hände wirkten wie Schaufeln und sein Kopf wie ein Rammbock. Wie auch Bugat, trug er einen ledernen Lendenschurz, der mit mehreren goldenen Ketten behängt war und seine langen gelockten Haare hingen wild und offen über seine Schultern. „Setzt euch ans Feuer", forderte Zugul die drei Besucher mit tiefer Stimme auf und wies auf drei Tierfelle, die um das Feuer herum lagen.

Als Quing, Ginob und Nidal Platz genommen hatten, ergriff letzterer das Wort. „Ich danke Euch von ganzem Herzen, dass Ihr die Güte besitzt, uns zu empfangen, Häuptling Zugul. Mein Name ist Nidal, hoher Gelehrter Aquins. An meiner Seite sind mein Sohn Quing und Ginob, Befehlshaber unserer Streitmacht." Quing und Ginob senkten kurz ihr Haupt zur Begrüßung, bevor Nidal weitersprach. „Wir kommen zu Euch in größter Verzweiflung und Not." Zugul hob plötzlich seine Hand, weshalb Nidal innehielt.

„Meine Späher haben mir bereits mitgeteilt, was gestern Nacht geschehen ist. Ich versichere Euch, ich bin ebenso schockiert von den Ereignissen und mein Mitgefühl gehört Euch. Doch warum kommt Ihr ausgerechnet zu uns nach Bangol?"

Nidal war überrascht zu hören, dass Bangol immer noch Späher in der Nähe von Aquin positionierte und suchte nach den richtigen Worten. „Unser Erscheinen wirft Fragen auf, das verstehe ich. Die Fronten zwischen Aquinan und Bangolen sind seit langem verhärtet, doch die Wahrheit ist, dass wir nirgendwo sonst hingehen konnten. Die Route entlang des Wassers Richtung Fillon ist durch den Feind versperrt und der Weg durch die Treibsandebene zu beschwerlich für die verletzten Überlebenden. Wir haben weder Nahrung noch Wasser bei uns. Viele Aquinan sind verwundet und benötigen dringend Arznei." Erwartungsvoll schwieg Nidal.

Zugul strich sich nachdenklich durch das Gesicht. „Über

Jahrzehnte hinweg haben uns die Aquinan belogen. Bis heute kam keiner zu uns und hat sich zu der damaligen Vergiftung unseres Gewässers bekannt. Und nach Jahren des Schweigens kommt Ihr nach Bangol und verlangt, dass wir Euch helfen?" Herausfordernd sah er Nidal an.

„Aber Vater …", meldete sich plötzlich Bugat zu Wort, „… wir können doch nicht …"

„Schweig, Bugat", unterbrach Zugul seinen Sohn. „Du hast jetzt nicht zu sprechen."

Nidal schien nicht zu gefallen, wie sich das Gespräch entwickelte und versuchte die angespannte Stimmung wieder zu besänftigen. „Wir selbst wissen nicht, was damals wirklich vorgefallen ist. Ich kann Euch nur versichern, dass ich nie irgendwelche Hinweise gefunden habe, die darauf schließen lassen, dass ein Aquina für das vergiftete Wasser verantwortlich war. Was auch immer damals wirklich geschehen ist, es ist lange Vergangenheit. Doch in der Gegenwart betritt ein Heer von Ritianan den Boden Edumonds. Sie haben bereits Aquin zerstört und werden Bangol sicher nicht verschonen. Ich biete Euch Folgendes an: Helft uns mit Arznei, Brot und Wasser. Im Gegenzug unterstützen wir Euch bei der Verteidigung Bangols."

Zugul hatte seine Stirn in Falten gelegt. „Auch wenn ich Euren Worten Glauben schenken möchte, so muss ich Euer Angebot ablehnen. Wir werden einen Boten nach Fillon schicken und König Regonald um Unterstützung bitten. Bis die Gardisten hier sind, können wir unsere Stadt allein verteidigen." Zugul stand auf und verschränkte beide Arme vor seiner breiten Brust. „Und nun geht."

Enttäuscht standen Nidal, Ginob und Quing auf. Der Sohn des Häuptlings jedoch schien unzufrieden über die

Entscheidung seines Vaters zu sein. Plötzlich sprang er auf und sprach aufgebracht zu ihm. „Ich kann dazu einfach nicht schweigen, Vater! Ich muss dir widersprechen, auch wenn es dir nicht gefällt. Wir können die Aquinan nicht einfach ihrem Schicksal überlassen!"

Zugul war verärgert. „Ich halte mich an den Eid der Bangolen, den auch du geschworen hast, mein Sohn: Ein Bangole vertritt die Interessen seines Volkes. Ein Bangole schützt die Interessen seines Volkes. Ein Bangole sorgt für sein Volk."

„Da hast du recht. Doch in dem Eid heißt es auch: Ein Bangole nutzt seine Kraft, um seine Heimat zu schützen, bis der letzte Tropfen Blut seinen Körper verlässt. Unsere Heimat beginnt aber nicht an den Grenzen von Bangol. Unsere Heimat ist Nord-Pregolet mit jedem einzelnen Lebewesen, das darauf lebt. Mein ganzes Leben lang hast du mir beigebracht, dass ich meine körperliche Überlegenheit für das Gute einsetzen soll und jetzt, wo die Zeit gekommen ist, dies zu tun, schlägst du einen anderen Weg ein."

Zugul ging nachdenklich um die Feuerstelle herum. Bis er nach einer gefühlten Ewigkeit vor Bugat stehenblieb und ihn musterte. „Das letzte Jahr in der Schmiede hat dich verändert. Du bist reifer geworden und bereit, für deine Meinung einzustehen. Ich bin sehr stolz auf dich."

Der Häuptling wandte sich nun an Nidal. „Wir werden Euch geben, worum Ihr uns gebeten habt. Kommt mit Euren Aquinan in die Stadt. Es soll Euch an Arznei, Nahrung und Wasser nicht mangeln."

Nidal seufzte erleichtert. „Häuptling Zugul, im Namen aller Aquinan danke ich Euch und Eurem Volk für die Unterstützung in dieser schweren Zeit."

Zugul lächelte zufrieden über die Anerkennung für seine große Geste, bevor sich seine Miene verfinsterte. „Die Bedrohung ist allgegenwärtig. Ich vermute, dass die Ritianan ein paar Tage benötigen werden, um ihre Truppen in Kampfbereitschaft zu versetzen. Diese Zeit sollten wir nutzen, um uns vorzubereiten."

Nidal nickte zustimmend. „Unschuldige Menschen ließen vorletzte Nacht ihr Leben. Wenn Ihr, Häuptling Zugul, es gestattet, werden wir mit Euch in den Krieg ziehen und jeden gefallenen Aquina rächen. Lasst uns die Fehde vergangener Tage begraben und gemeinsam dem Feind die Stirn bieten." Es war still im Raum, lediglich das Knacken und Knistern des Feuers war zu hören.

Zugul nickte mehrmals nachdenklich: „Von Gedenken an sind Aquinan und Bangolen verfeindet. Hass und Vorurteile schwebten stets in der Luft zwischen unseren beiden Völkern." Der Häuptling schritt durch den Raum und nahm eine mächtige Axt von der Wand. Vor Nidal stellte er sie auf dem Boden ab und hielt sie locker mit einer Hand aufrecht. „Die Zeit des Hasses und der Vorurteile ist nun vorbei. Wir werden Seite an Seite kämpfen." Mit einem Lächeln auf den Lippen sah Zugul zu Bugat. „Für unsere Heimat. Für Nord-Pregolet!"

Schon bald herrschte in ganz Bangol reges Treiben. Die Bangolen hatten sich nach Verkündung des neuen Bündnisses als außergewöhnlich gastfreundlich erwiesen. Einige der älteren waren noch sehr misstrauisch, als die Aquinan die Stadt betraten, aber sie folgten treu den Anweisungen ihres Häuptlings. Die Späher der Bangolen erstatteten regelmäßig Bericht über die Handlungen der Ritianan. Bereits am ersten Tag hatten die

Feinde jeden Weg nach Fillon belagert, sodass es unmöglich war, Boten in die Hauptstadt zu schicken. Aquinan und Bangolen waren auf sich allein gestellt. Jeder kampffähige Mann wurde mit Waffen und Rüstung ausgestattet. Die Stadtmauern wurden befestigt und die Positionierung der Truppen festgelegt.

Eines Tages tauchte überraschend ein Abgesandter Ritiana vor den Toren Bangols auf. Zwei Bangolen führten den am ganzen Körper mit seltsamen Zeichen bemalten Ritiana durch die Stadt bis hin zum Haus des Häuptlings. Darin warteten bereits Nidal und Zugul zusammen mit ihren Söhnen.

„Sprecht, Ritiana. Was wollt Ihr uns mitteilen?", forderte Zugul den Abgesandten auf.

„Ich spreche im Namen unseres Meisters. Dem Gebieter über die Toten und zukünftigen Herrscher von Pregolet." Die Stimme des Ritianas klang düster und während er sprach, spuckte er bei jedem Wort. „Unser Meister ist gütig und gibt euch die Möglichkeit, zu kapitulieren. Legt eure Waffen nieder als Zeichen der Ehrfurcht vor seiner Macht. Wenn ihr das tut, könnt ihr weiter euer armseliges Leben behalten und werdet euch uns anschließen. Der größten Streitmacht, die es je gegeben hat."

Der Ritiana machte eine kurze Pause. Im Redeschwall war ihm Spucke über die Lippe gelaufen und tropfte jetzt von seinem Kinn. Mit einem Schlürfen zog er einen Teil davon wieder hoch. „Solltet ihr auf die törichte Idee kommen, gegen unser Heer zu kämpfen, so seid euch gewiss, dass nur der Tod auf euch warten wird. Unser Meister ist der Herrscher über den Tod, das bedeutet für euch eine Ewigkeit voller Qualen in seinem Totenreich." Der Gesandte beendete seine Rede und fixierte abwechselnd Zugul und Nidal.

Mit großen Schritten trat der Häuptling vor den Abgesandten und verpasste ihm ansatzlos einen Schlag mit seiner Faust auf die Schädeldecke. Das Brechen einiger Knochen war zu hören, ehe der Ritiana tot zu Boden fiel.

„Zugul? Warum habt Ihr das getan?", sprach Nidal fassungslos. „Ein Abgesandter wird geschickt, um zu verhandeln."

„Verhandeln?", schnaubte Zugul gleichgültig. „Keiner von ihnen hat verhandelt, bevor Aquin angegriffen wurde. Er hat nicht mit uns verhandelt. Er wagte es, den Boden Bangols zu betreten und versuchte uns mit Drohungen einzuschüchtern. Die Wahl zwischen Sklaverei und Tod. Das ist keine Grundlage für eine Verhandlung."

Am folgenden Tag stand das Heer der Ritianan vor Bangol und die Belagerung der Stadt begann.

Kapitel 19
Die Quelle von Nisha

Überall in der Stadt dekorierten die Menschen ihre Häuser. Girlanden in den goldgelben Farben Fillons wurden quer über die Straßen gespannt und an den Hauswänden hingen große Fahnen, auf denen das Wappen Edumonds prangte.

Für Heron und Sardin war heute ein ganz besonderer Tag, der Tag der Dupahle. An diesem Feiertag gedachten alle Bürger der ehemaligen und aktuellen Wettstreiter. Für Heron und Sardin bedeutete das einen vollgepackten und ereignisreichen Tag. Noch weit vor Sonnenaufgang mussten sie mit einer Kutsche in den Norden reisen, um dort den traditionellen Gang zur Quelle anzutreten. Es war seit jeher Brauch, dass beide dupahle Kämpfer vor dem Wettkampf die Quelle aufsuchten. Dort mussten sie einen symbolischen Schluck aus ihr trinken, um sich auf den Wettkampf einzustimmen. Nach der Rückkehr in die Stadt folgte sogleich der nächste Termin. Auf dem Marktplatz würden sie dem ganzen Volk offiziell vorgestellt werden. Zuletzt stand ein großer Empfang bei König Regonald auf dem Plan, bei dem auch viele Adlige Edumonds anwesend sein würden.

Heron war schon mit einem mulmigen Gefühl im Bauch aufgestanden. Bisher hatte er die Gedanken an den Wettkampf größtenteils verdrängt, doch das gelang ihm immer schlechter und er war furchtbar nervös. Mit zittrigen Knien saß er bei Barion an einem Tisch des Gasthauses und wartete darauf, dass Sardin ihn abholte.

„Was bedrückt dich?", Barion stellte seinen Becher auf den

Tisch.

„Ach, Vater", seufzte Heron tief. „Ich mache mir Sorgen, ob ich wirklich bereit bin für den Kampf der Dupahle. Die letzten Tage habe ich die Gedanken daran fortgeschoben, doch nun, wo die ganze Stadt auf den Wettkampf hin fiebert, ist mir wieder klar geworden, welche Hoffnungen auf mir liegen."

Barion sah ihn mitfühlend an. „Ich hatte mich schon darüber gewundert, wie leicht es dir fällt diese Bürde zu tragen. Wenn ich da an meinen ersten Wettkampf denke … Ich war schon Wochen davor das reinste Nervenbündel. Mir fiel es auch schwer die Erwartung, die auf meinen Schultern lastete, zu tragen. Am meisten quälte mich aber die Ungewissheit. Nicht zu wissen, was mich genau erwarten würde, war unerträglich."

Barion lächelte mitfühlend. Vielleicht beruhigt es dich, wenn wir die Regeln und den Ablauf des Wettkampfs nochmal durchgehen." Barion beschrieb zunächst die Arena, in der der Kampf der Dupahle stattfinden würde. Sie befand sich in der Nähe der Quelle und war laut Barion riesig groß. Sie bot genug Platz für viele tausend Zuschauer. Zum Aufbau des Schlachtfeldes konnte Barion nicht viel sagen, da sich dieser jedes Jahr änderte. Die Gewinner des Vorjahres, und somit die Zarkotier, hatten das Recht, die Fläche zu gestalten.

Für jedes Königreich traten zwei Dupahle und vier weitere auserwählte Kämpfer an. Diese Kämpfer durften keinesfalls Pahle oder Dupahle sein und stammten meist aus dem königlichen Heer. Jedem Wettkämpfer war gestattet, eine Waffe seiner Wahl mit in die Arena zu nehmen.

Laut Barion gab es im Nachbarkönigreich kein Gesetz zur Auswahl der Dupahle, so wie Edumond es neuerdings hatte. Stattdessen bestimmte König Theofoldis von Zarkotien, wer für das Reich antrat. Dabei achtete er stets darauf, seine Wettkämpfer geheim zu halten.

„Wenn es einem Reich gelingt, die Dupahle des anderen kampfunfähig zu machen, hat es gewonnen." Damit beendete Barion seine Zusammenfassung des Wettkampfes.

„Dann hoffen wir mal, dass wir es sind, die am Ende noch auf den Beinen stehen." Sardin war unbemerkt am Tisch aufgetaucht. Sie wirkte frisch und ausgeschlafen und voller Tatendrang. „Sollen wir aufbrechen?" Heron nickte geistesabwesend, stand nachdenklich auf und wollte sich verabschieden, als sein Vater ihn am Arm festhielt. Barion zog ihn sanft zu sich und flüsterte ihm ins Ohr: "Ich weiß, du machst dir große Sorgen. Ich weiß aber auch, dass du dem gewachsen bist." Heron zwang sich zu einem Lächeln und verließ mit Sardin das Gasthaus. Sie machten sich auf den Weg zur Quelle in den nördlichen Gebirgen.

Der Weg zur Quelle war sehr beschwerlich, aber nach einigen schwierigen Passagen hatten sie ihr Ziel erreicht. Sie standen vor einer großen Steinwand, in die eine Höhle hineinführte. Auf einem alten Holzschild standen die Worte:

„SEID WILLKOMMEN BEI DER MAGISCHEN QUELLE VON NISHA."

„Warum trägt die Quelle einen Namen?", Sardin betrachtete verwundert das Schild.

Heron zuckte mit den Schultern. „Wahrscheinlich benannt nach einem ehemaligen Herrscher Ledniens."

„Gut möglich", stimmte Sardin zu, legte ihren Beutel ab und

ging ein paar Schritte auf den Höhleneingang zu. „Ist es in Ordnung für dich, wenn ich zuerst eintrete?"

„Natürlich. Ich lasse dir gerne den Vortritt." Sardin betrat die Höhle und ließ Heron allein zurück.

Er musste nicht lange warten, bis Sardin wieder ans Tageslicht trat. „Und, wie war es?"

„Auf jeden Fall nicht magisch." Sie griff nach ihrem Beutel. „Sicherlich ein schöner Ort. Aber auch nicht magischer als das Gasthaus, in dem ich derzeit nächtige." Amüsiert schmunzelte sie vor sich hin: „Da gibt es wenigstens Wein und nicht nur Wasser."

„Ich gebe mich auch mit Wasser zufrieden." Heron lachte und ging in die Höhle.

Das wenige Sonnenlicht, das in den Eingang schien, reichte aus, um den schmalen Gang auszuleuchten. Die Wände links und rechts von ihm waren durchgehend bemalt. Blaue Linien, die Wasser symbolisieren sollten, schlängelten sich daran entlang. Er folgte ihnen, bis sie plötzlich endeten. Stattdessen war an einer der Wände eine blaue Kreatur gezeichnet worden.

Das schmächtige Wesen war in geduckter Haltung verewigt worden. Hände und Füße wirkten im Verhältnis zum Rest des Körpers sehr groß. Das lag an den Krallen, die sich an den Zehen und Fingerspitzen befanden. Der Kopf der Kreatur war weniger markant als der Körperbau. Lediglich die besonders spitze Nase und die wuschigen dunkelblauen Haare fielen Heron auf.

Fasziniert stellte Heron seine eigene Vermutung in Frage. Vielleicht hatte er sich geirrt und die Quelle trug ihren Namen nicht wegen ihres Entdeckers. Möglicherweise war diese Kreatur auch der Namensgeber?

Gespannt ging er weiter und erreichte schließlich die Quelle. Es war eine kleine Höhle, deren Boden größtenteils mit Wasser bedeckt war. Es schimmerte bläulich, was an dem blauen Gestein der Höhle lag. Aus vielen kleinen Spalten an der Decke trat Wasser aus und tropfte kontinuierlich entweder direkt in den kleinen See oder bahnte sich seinen Weg über die Wände hinunter zu ihm.

Heron trat bis an den Rand. Langsam kniete er sich hin und beugte seinen Oberkörper über den See. Im Wasser sah er sein Gesicht, das sich auf der Oberfläche spiegelte. Er formte mit seinen Händen eine Schale und füllte sie mit dem Wasser der Quelle. Fasziniert beobachtete er, wie die Wellen, die er erzeugt hatte, sein Spiegelbild verformten. Die Konturen veränderten sich dabei so unnatürlich, dass er glaubte, einer optischen Täuschung zu unterliegen und er schloss kurz die Augen.

Als er sie wieder öffnete, stellte er fest, dass sein Spiegelbild nun vollends verschwunden war. Stattdessen blickte ihn ein blaues Wesen an, welches dem der Zeichnung am Eingang ähnelte. Genauso verblüfft, wie er wohl gerade schaute, sah ihn auch das Wesen an. Er bewegte langsam den Kopf hin und her und tatsächlich tat es ihm sein blaues Gegenüber gleich. Heron zog verschiedene Grimassen, was ihm sein absonderliches Spiegelbild abermals gleichtat. Fasziniert von dieser Erscheinung streckte Heron seine Hand aus. Er wollte erneut Wellen erzeugen, um zu sehen, ob sich das Spiegelbild wieder zurückverwandeln würde.

Als er die Oberfläche des Wassers durchdrang, spürte er etwas nach seinen Fingern greifen. Erschrocken fuhr er zusammen und landete unsanft auf seinem Gesäß. Auf einmal schoss eine Fontäne aus dem Wasser, an deren Spitze sich das blaue

Wesen befand. Mit einem gewaltigen Satz gelangte es auf die andere Seite der Höhle und krallte sich dort am Gestein fest.

Überrascht beobachtete Heron das Wesen. Es ähnelte der Wandzeichnung am Eingang, doch es war sehr viel kleiner. Mit unsicherem, abschätzendem Blick fixierte es ihn und sprach dann mit kindlicher Stimme:

„Sagt mir,
wer seid Ihr?"

Heron saß regungslos am Boden und starrte weiter das kleine Wesen an. „Mein Name ist Heron, und wer seid Ihr?"

„Wenn ihr nach draußen geht
und auf das Schild dort seht,
mein Name Nisha darauf steht."

Das Wesen kletterte ein Stück weiter die Höhlenwand hinauf und hockte sich auf einen Felsvorsprung.

„Nun lasst mich bitte wagen,
Euch zu stellen Fragen.
Was wollt Ihr hier
in meiner Höhle bei mir?"

Heron stand langsam vom Boden auf und klopfte sich den Staub von der Kleidung. „Ich trete für Edumond beim Kampf der Dupahle an und wie es der Brauch will, muss ich vorher aus der Quelle trinken."

Nisha sprang fauchend von dem Steinvorsprung auf einen

anderen.

„Wieso immer kämpfen
müssen diese Menschen?
Meine schöne Quelle leidet
für jede Seele, die dahinscheidet.
Nisha muss die Quelle schützen,
nur wird das leider nichts mehr nützen.
Bei weiterem Leid, so wie bisher,
gibt's bald keine Quelle mehr."

Heron ging einen Schritt auf Nisha zu und stand jetzt erneut
am Rand des Wassers. „Also wenn ich dich richtig verstanden
habe, beschützt du diese Quelle, und wenn wir uns bekriegen,
fördert sie weniger Wasser?"

Nisha nickte, machte einen großen Sprung und landete direkt
neben Heron. Beunruhigt wich er einen Schritt zurück, während
Nisha ihn mit prüfendem Blick beobachtete. „Was bist du für
ein Wesen und warum sprichst du nur in Reimen?"

Nisha ging auf Heron zu und sah ihn mit scharfem Blick an.

„Ein Beschützer bin ich seit jeher,
und das Reimen gefällt mir sehr."

Nisha kam noch näher und musterte ihn forschend.

„Da mich Heron sehen kann,
interessiert mich nun voran,
wen oder was wohl er beschützt
und wozu es dienlich nützt?"

Der kleine Nisha sprang plötzlich auf Herons Schultern und zog, mit seinen dünnen Fingern das Amulett aus Herons Kragen. Die kalten Hände, welche überraschend seine Haut berührten, ließen Heron zusammenzucken. „Was soll das, Nisha? Lass mein Amulett los und geh von mir runter!", entfuhr es Heron verärgert. Er versuchte, ihn abzuschütteln, doch Nisha blieb unbeeindruckt sitzen und begutachtete in aller Ruhe das Amulett.

„Ein interessantes Stück,
du hast wirklich Glück.
Das, was Heron da bewacht,
ist wunderschön und voller Macht."

Jetzt konnte Heron dem kleinen blauen Beschützer nicht mehr folgen. Es steckte Macht in seinem Amulett? Langsam beschlich ihn das Gefühl, dass Nisha einfach nur eine verrückte kleine Kreatur war, die sich aus Langeweile einen Spaß erlaubte. Er wollte das Gespräch schnellstmöglich beenden und die Höhle verlassen. „Nisha, ich bitte dich nochmal mein Amulett loszulassen und von mir runterzusteigen. Meine Begleiterin wartet draußen vor der Höhle auf mich. Bestimmt macht sie sich Sorgen, ich muss jetzt gehen."

Verärgert ließ Nisha das Amulett los und sprang hinunter auf den Boden.

„Heron mir nicht glaubt,
denkt, dass Nisha ihm die Zeit raubt.
Er meint, dass alles sei Spinnerei,
nur ein Zeitvertreib für zwei."

Nisha sprach immer schneller und lauter.

„Doch es ist wahr,
die Bedrohung ist da.
Die Kämpfe, du musst sie beenden.
Es liegt allein in deinen Händen."

Er hatte sich nun richtig in Rage geredet.

„So befolge meinen Rat,
lass dich nicht abbringen vom Pfad.
Bevor ich gehe und lass dich hier,
ein letzter Hinweis noch von mir.
Solltest du erleiden seelische Schmerzen,
so folge am Ende stets deinem Herzen."

Mit diesen Worten sprang Nisha ins Wasser der Quelle und
war verschwunden.

Heron starrte noch eine Weile auf den kleinen See, in der Erwartung Nisha noch einmal zu erblicken. Doch der kleine Beschützer tauchte nicht mehr auf.

„Hat dir das Wasser so gut geschmeckt?", begrüßte ihn Sardin, die gelangweilt auf einem Stein saß. „Oder warum hat es bei
dir so lange gedauert?"

„Tut mir leid, dass du warten musstest. Ich hab wohl etwas
getrödelt."

„Halb so wild, lass uns aufbrechen." Sardin warf ihm lächelnd
seinen Beutel zu.

„Sag mal, warst du eigentlich allein in der Höhle?" Heron versuchte beiläufig zu klingen.

Irritiert blickte Sardin ihn an. „Ja, natürlich. Du etwa nicht?"

Heron machte eine abwehrende Handbewegung. „Doch, doch. Es war nur so eine Frage, vergiss sie wieder."

Es war Nachmittag, als Sardin und Heron das Tor Fillons erreichten. Einige Gardisten warteten dort bereits auf sie und führten die beiden durch die Seitengassen der Stadt, bis sie sich hinter dem Marktplatz befanden. Aus der Ferne war Lärm zu hören, der auf eine große Menschenansammlung schließen ließ.

„Es klingt, als wäre die ganze Stadt auf dem Marktplatz, um uns zu sehen", sprach Sardin ehrfürchtig.

Heron fiel auf, dass sie seit dem Betreten der Stadt nicht einem einzigen Bürger Fillons begegnet waren. Jedes Haus, in das er sehen konnte, jede Gasse, die sie passierten, alles wirkte wie ausgestorben. „Du hast recht, Sardin. Es ist schon sehr unheimlich, die Stadt so leer zu sehen."

An der Hintertür eines Hauses blieben sie stehen. Ein Redner des Königs in festlichem Gewand öffnete die Tür. Nach einer kurzen Begrüßung führte er die beiden in das Gebäude, wo sie über eine Treppe die obere Etage erreichten. Der Raum, in den sie gelangten, war unmöbliert. Nur ein roter Vorhang, der die komplette Fläche einer Wand abdeckte, spendete dem kahl wirkenden Ort Farbe.

„Bitte wartet hier, Wettkämpfer. Sobald ich eure Namen nenne, tretet hinaus zu mir." Der königliche Redner huschte durch einen Spalt im Vorhang. Augenblicklich wurde der Menschenlärm lauter, um kurz darauf wieder abzuflachen.

„Bist du auch so nervös wie ich?" Heron blickte angespannt

auf den Vorhang.

„Meine Knie zittern, meine Hände sind feucht und mir ist übel. Ich denke die Antwort ist Ja." Sardin knetete unruhig ihre Hände.

„Werte Bürger Fillons, hört mich an!" Die Stimme des königlichen Redners zog auch die Aufmerksamkeit von Sardin und Heron auf sich. „Heute ist ein besonderer Tag für alle Bewohner Edumonds und ganz besonders für mich. Heute ist der Tag, an dem ich die Ehre habe, die diesjährigen Dupahle Edumonds vorzustellen." Lauter Applaus war zu hören.

„Ich möchte eure Geduld nicht lange auf die Folter spannen: Begrüßt mit mir die beiden Wettkämpfer, welche uns endlich den lang ersehnten Sieg bringen werden. Sardin, Meisterin mit der Armbrust und die Königin der Tarnung. Und Heron, Sohn des achtmaligen Siegerpaares Barion und Elenora." Jubel brach unter den Bürgern aus. Zögerlich traten Heron und Sardin auf den Vorhang zu. Kurz bevor sie ihn erreicht hatten, sah der Redner durch den Spalt. „Kommt endlich." Er griff die beiden an den Händen und zog sie heraus ans Tageslicht.

Sie fanden sich auf einem großen Balkon wieder, der sich am Rand des Marktplatzes befand. Unter dem ohrenbetäubenden Lärm der Bürger führte der Redner die beiden bis an das Geländer des Balkons.

„Ich hätte nicht gedacht, dass es so viele sind." Heron sah erstaunt auf die vielen Menschen, die sich eng aneinander gedrängt auf dem Markt eingefunden hatten. Aus Platzmangel standen sie bis in die kleinen Straßen hinein. Sogar auf die Dächer der angrenzenden Gebäude waren Menschen geklettert.

Heron hob seine Hand und winkte ihnen zu. „Unglaublich, dass sie alle nur wegen uns gekommen sind, oder Sardin?"

Heron sah zu ihr hinüber, als sie nicht antwortete. Zu seiner Verwunderung schien sie nicht so beeindruckt von den Menschenmassen zu sein, sondern fixierte eine Person, die wild gestikulierend unterhalb des Balkons stand. Allem Anschein nach wollte der Unbekannte Sardin etwas mitteilen.

„Wer ist das?", Heron musterte den Unbekannten. Er trug ein weißes Kopftuch, braune Hosen und ein weißes Oberteil. Mehr konnte er aus der Entfernung nicht erkennen.

„Das ist mein Bruder Tusdin." Sardin starrte geistesabwesend in die Menge. „Es tut mir leid, aber ich muss zu ihm. Irgendetwas ist geschehen." Sie hatte die Worte kaum ausgesprochen, da verließ sie schnellen Schrittes den Balkon.

Unter den verwirrten Blicken des königlichen Redners und der aufkeimenden Unruhe des Volkes lief Heron ihr nach, durch den Raum des Obergeschosses, die Treppe hinunter und durch die Hintertür auf die Straße. Dort war Sardin von den Gardisten aufgehalten worden. Die Männer hatten alle Mühe sie festzuhalten.

„Lasst mich los!", fauchte sie wütend. „Ich will doch nur mit meinem Bruder sprechen." Tatsächlich stand Tusdin in sicherer Entfernung an einer Häuserecke.

„Lasst sie los." Der Redner des Königs war ebenfalls herbeigeeilt.

„Jawohl, mein Herr", sprach einer der Gardisten kleinlaut und ließ Sardin frei. „Wir dachten, sie wollte fliehen."

„Fliehen?" entfuhr es Sardin empört. „Ich bin doch keine Gefangene." Sie rannte zu ihrem Bruder und Heron folgte ihr.

„Tusdin! Was machst du hier?"

Ihr Bruder hatte sein Kopftuch abgelegt, wodurch sein gelbes Gesicht zum Vorschein kam. „Endlich habe ich dich gefunden, Sardin. Vater ist schwer krank und Mutter befürchtet, dass er nicht mehr viele Tage zu leben hat. Vaters letzter Wunsch ist es, dich noch einmal zu sehen. Deswegen bin ich so schnell wie ich konnte hierhergekommen." Sardin schossen die Tränen in die Augen.

„Das sind grauenvolle Nachrichten." Sie wandte sich zu Heron um. „Ich werde König Regonald bitten, mich beim Wettkampf durch jemand anderen zu ersetzen. Ich hoffe, du verstehst das?"

Heron legte seine Hand mitfühlend auf ihre Schultern. „Natürlich, Sardin. Ich würde genauso handeln."

„Du willst den König erst bitten, gehen zu dürfen?" Tusdin sah seine Schwester verständnislos an. „Mir wäre lieber, wenn wir sofort aufbrechen. Ich möchte Vater seinen letzten Willen erfüllen. Jede Sekunde zählt!"

„Ich weiß, ich möchte seinen Willen auch erfüllen, aber ich bin auch Wettkämpferin für Edumond beim Kampf der Dupahle. Da kann ich nicht einfach verschwinden. Ich muss König Regonald um die Entbindung von dieser Bürde bitten." Sie sah Tusdin mit ihren großen grünen, von Tränen befeuchteten Augen an. „Wir sind gleich zum Festmahl beim König geladen. Ich werde meine Bitte vortragen und bei Sonnenuntergang treffen wir uns vor der Stadt. Einverstanden?"

Tusdin ballte ärgerlich die Faust, gab dann aber nach. „Einverstanden. Aber beeil dich." Widerwillig verabschiedete er sich und verschwand hinter einer Häuserecke.

Wenig später wurden Sardin und Heron durch den Königspalast in den Festsaal geführt. Der Saal war prunkvoll in den Farben Fillons geschmückt und zahlreiche Fahnen mit dem

Sonnenwappen hingen an den Wänden. An zwei langen Tischen zu beiden Seiten des Saals saßen edel gekleidete Menschen. Ein langer roter Teppich reichte bis an das andere Ende des Saals. Dort saß an einem kleineren Tisch König Regonald. Links und rechts von ihm befanden sich zwei freie Stühle, die für Heron und Sardin vorgesehen waren.

Unter dem Applaus der Anwesenden wurden beide über den roten Teppich geführt und blieben vor König Regonald stehen. Standesgemäß führten sie die Begrüßung aus und verharrten in ihrer knienden Haltung.

„Seid gegrüßt, Hoffnungsträger Edumonds." König Regonald sprach mit lauter Stimme, um sicherzustellen, dass alle Anwesenden ihn hören konnte. „Es ist mir eine Freude, das Festmahl mit Euch zu teilen." Er deutete auf die freien Plätze an seiner Seite. „Setzt Euch, Sardin und Heron, Sohn des Barion." Letzteres erwähnte er mit einem merkwürdigen Unterton, den Heron nicht deuten konnte. „Ihr habt die Ehre, an der Seite des Königs zu speisen."

Ungeduldig trat Sardin einen Schritt vor: „Mein König, gestattet mir bitte, in einer dringenden Angelegenheit zu Euch zu sprechen."

Verwundert sah der König auf und musterte Sardin. Per Handzeichen forderte er sie auf, näher zu treten.

Sardin schritt bis zur Kante des Tisches und flüsterte: „Mein König, heute erreichte mich die Nachricht, dass mein Vater im Sterben liegt, und sein letzter Wille ist es, mich noch einmal zu sehen. Ich möchte seinem Willen unbedingt nachkommen. Ich hoffe auf Eure Großherzigkeit und bitte Euch, mich vom Kampf der Dupahle zu entbinden."

Die eben noch fröhliche Miene des Königs verfinsterte sich.

„Mein Mitgefühl sei Euch sicher, doch so traurig dieser Umstand auch ist, werde ich Euch den Wunsch nicht gewähren. Der Kampf der Dupahle ist nicht mehr fern. Tretet an und gewinnt für Edumond. Danach steht es Euch frei zu gehen, wohin Ihr wollt."

Sardin sah enttäuscht zu Boden. „Wenn ich bis nach dem Wettkampf warte, ist mein Vater vielleicht schon tot. Ich muss jetzt gehen, wenn ich noch eine Chance haben will, ihn lebend anzutreffen. Gibt es keinen anderen, der an meiner Stelle antreten kann?"

„Ich werde nicht wenige Tage vor dem Wettkampf einen meiner Dupahle austauschen!" Wütend ballte der König die Faust. „Der Wille deines Vaters ist zweitrangig, du dienst einer viel größeren Sache. Mit einem Sieg beim Kampf kannst du unzählige Leben retten."

„Ich verstehe, dass Ihr so denkt, König Regonald." Sardins Hände zitterten vor Wut. „Aber ich sehe das anders, ich werde gehen und den Wunsch meines Vaters erfüllen. Ihr werdet jemanden finden, der an meiner Stelle antritt."

Sardin wandte sich vom König ab und sah Heron eindringlich an. „Ich wünsche dir alles Glück der Welt für den Wettkampf." Hastig lief sie über den Teppich in Richtung Tür.

„Nein!" König Regonald brüllte vor Zorn. „Du wirst nicht einfach gehen. Du hast eine Aufgabe und diese wirst du auch erfüllen. Wachen, nehmt sie fest!" Sofort stürmten zahlreiche Wachen in den Festsaal und rannten auf Sardin zu. Doch noch bevor der erste Gardist sie erreichte, verschwand sie im Nichts. Die Wachen sahen sich verwirrt um und ein Raunen ging durch den Saal.

„Sie hat ihre Pahle eingesetzt und ist jetzt unsichtbar, ihr unfähigen Laien." König Regonald sprang verärgert von seinem Stuhl auf. Die Wachen liefen wild durcheinander und versuchten Sardin zu finden. „Das könnt ihr euch sparen. Wir werden sie nicht aufhalten können."

Während sich die Gardisten wieder auf ihre Posten begaben, machte sich Unruhe unter den geladenen Gästen breit. Heron beobachtete König Regonald, der sich niedergeschlagen auf den Stuhl zurückfallen ließ. Angestrengt legte er die Stirn in Falten, als eine graue Gestalt hinter ihm auftauchte. Heron zuckte erschrocken zusammen, denn er kannte diesen Mann, der ihm nun schon zum dritten Mal begegnete.

Die Miene König Regonalds wurde immer nachdenklicher, je länger er den Worten seines Ratgebers lauschte. Der Unbekannte verstummte und entfernte sich ein paar Schritte vom König. Regonald verzog mehrfach das Gesicht. Die Entscheidung, die er treffen musste, fiel ihm merklich schwer. Gequält befahl er einen Bediensteten zu sich, flüsterte ihm etwas ins Ohr und der Diener eilte aus dem Saal.

Die Unruhe unter den Adligen im Saal wurde größer, da räusperte sich der König: „Leider hat uns die Dupahle Sardin auf unrühmliche Art und Weise verlassen. Doch sorgt Euch nicht, denn ich habe bereits für einen mehr als gleichwertigen Ersatz gesorgt. Dieser Dupahle wird bald zu uns stoßen. In der Zwischenzeit lasst uns das Festmahl genießen."

Zwei Seitentüren öffneten sich und die Diener des Königs trugen üppig gefüllte Tabletts herein. Heron umrundete den Tisch und nahm auf einem der Stühle neben dem König Platz. Suchend sah er sich nach dem Unbekannten im grauen Mantel um, doch der war verschwunden.

König Regonald beugte sich zu Heron vor. „Ich bin

gespannt, wie du auf den zweiten Kämpfer reagieren wirst. Ich denke, er wird für alle eine große Überraschung." Regonald lächelte freudig und begann sein Mahl. Heron hingegen starrte verwirrt auf seinen gefüllten Teller. Hunger hatte er keinen mehr.

Heron stocherte immer noch gedankenverloren in seinem Essen herum, als ein lautes metallisches Klopfen die Aufmerksamkeit aller Anwesenden auf sich zog. Heron folgte ihren Blicken zur offenen Tür des Thronsaals. Dort stand, flankiert von zwei Gardisten: Barion.

„Unser zweiter Wettkämpfer ist eingetroffen", sprach König Regonald amüsiert. „Ich freue mich Euch allen Barion, den achtfachen Meister im Kampf der Dupahle, vorzustellen."

Unter dem Applaus der Anwesenden ging Barion mit unbewegter Miene durch den Saal und verbeugte sich kurz vor dem König.

„Barion ist nicht nur achtfacher Meister im Kampf der Dupahle, sondern auch der Vater unseres zweiten dupahlen Wettstreiters." Regonald wies mit einer Hand auf Heron, woraufhin erstaunte Ausrufe der Adligen zu vernehmen waren. „Barion tritt abermals mit einem Mitglied seiner Familie beim Kampf an." Erneut applaudierten die geladenen Gäste. Der König winkte Barion zu sich heran. „Jetzt wo die Unannehmlichkeiten durch mich behoben wurden, lasst uns zu Ende speisen."

Barion folgte kühl der Anweisung des Königs und ging um den Tisch herum. Als er hinter Heron herging, strich er seinem Sohn liebevoll mit der Hand über die Schulter und lächelte ihm zu. Überrascht und insgeheim überglücklich erwiderte Heron das Lächeln seines Vaters.

Nach dem Empfang verließen Barion und Heron umgehend den Palast und beschlossen zu Grama zu gehen, um ihren Freunden von den neuen Ereignissen zu berichten.

„Das ist ja ein Zufall." Taran hatte die Tür geöffnet und hätte sie fast umgerannt. „Ich wollte euch gerade suchen gehen, um euch auf ein Glas Wein einzuladen. Den Weg habt ihr mir jetzt erspart. Setzt euch zu uns."

„Wie kann es sein, dass ihr bereits wisst, dass Vater mit mir beim Kampf der Dupahle antreten wird?" Alle starrten Heron verblüfft an.

„Das wussten wir nicht", stellte Alma schließlich stellvertretend für die anderen fest.

„Aber…", stammelte Heron etwas verwirrt. „… warum habt ihr uns sonst zu einem Glas Wein einladen wollen?"

„Nicht aus diesem Grund", antwortete Taran. „Doch das kann jetzt erstmal warten". Er holte Becher und eine Flasche Erbholter Wein und goss jedem davon ein. „Was ist passiert? Warum tritt Sardin nicht an?"

Heron berichtete, was geschehen war, vom Auftauchen Tusdins bis zu Barions Erscheinen beim Empfang. Als er seine Erzählung beendet hatte, ergriff Taran das Wort.

„Die Neuigkeiten kommen wirklich überraschend, passen aber zu dem, was ich euch mitteilen möchte. Zuallererst ist meine geliebte Schwester jetzt ebenfalls ein stolzes Mitglied der Garde Edumonds."

Alma errötete und verdrehte genervt die Augen. „Das hättest du mich auch selbst erzählen lassen können. Aber ja, es ist wahr: Man hat mir heute gesagt, dass ich bei den Heilern im Lazarett der Garde Edumonds aufgenommen wurde."

Heron gratulierte ihr mit einer kräftigen Umarmung. „Du wolltest doch immer schon eine Aufgabe haben, bei der du anderen Menschen helfen kannst. Ich freu mich, dass du nun die Möglichkeit dazu hast." Alma strahlte vor Glück.

Barion war an der Reihe ihr zu gratulieren. „Ich weiß, dass Gregotsch unendlich stolz auf dich sein wird, sobald er davon erfährt."

„Ich danke euch beiden. Ich hoffe nur, Vater kommt bald zurück." Sie seufzte sehnsüchtig und wandte sich an Taran.

„Da diese Neuigkeit jetzt geteilt ist, bist du dran, Bruder. Du brennst doch schon die ganze Zeit darauf, es Heron zu erzählen."

„Da hast du recht, Schwesterherz. Ich kann es kaum erwarten, sein Gesicht zu sehen." Stolz nahm er Haltung an und wandte er sich Heron und Barion zu. „Ich möchte euch beiden freudig mitteilen, dass ihr nicht die Einzigen seid, die am Kampf der Dupahle teilnehmen werden. Auch ich werde als einer der vier auserwählten Gardisten mein Bestes geben, um Edumond den Sieg zu bringen."

Heron sprang auf und gratulierte Taran. „Dieser Tag steckt voller Überraschungen. Es ist so schön zu wissen, dass ich an der Seite meines Vaters und meines Freundes kämpfen darf."

„Wir werden die Zarkotier vernichten." Taran lachte euphorisch und streckte seine Faust in die Luft. „Zusammen kann uns keiner aufhalten."

„Zusammen sind wir unschlagbar", ließ sich Heron von Tarans Worten mitreißen und streckte ebenfalls seine Faust über den Kopf. „Die Zarkotier werden gar nicht wissen, wie ihnen geschieht."

Während Alma den beiden lachend zusah, schauten Grama

und Barion besorgt in die Runde. Als Taran einen Besenstiel aus der Ecke nahm und vorführte, wie er einen Zarkotier nach dem anderen überwältigen würde, hatte Barion genug. Er schlug mit der Faust auf den Tisch. „Seid ihr von allen guten Geistern verlassen?" Taran und Heron erstarrten. „Ich kann nicht mit ansehen, wie ihr den Kampf der Dupahle ins Lächerliche zieht", fuhr Barion verärgert fort. „Dieser Wettkampf ist kein Spaß. Mehr als die Hälfte aller Teilnehmer kommen dabei ums Leben. Und viele der Überlebenden sind meist schwer verwundet." Verschämt setzten sich Taran und Heron wieder. Den beiden war anzusehen, wie unangenehm ihnen die Worte Barions waren.

Kapitel 20
Der Kampf der Dupahle

Es war später Vormittag. Egoleit und Egolet standen hoch am blauen Himmel und schienen mit voller Kraft in Herons Gesicht. Gedankenverloren sah er in die Ferne. Im Norden türmten sich allmählich dunkle Gewitterwolken auf, die sich bedrohlich näherten. Er war nervös, denn genau wie das Unwetter, näherte sich auch der Kampf der Dupahle.

Im Verlauf des Morgens hatte Herons Anspannung stetig zugenommen. In der ganzen Stadt war die Vorfreude auf den Wettkampf zu spüren, alle Bürger Fillons waren auf den Beinen und an jeder Ecke sprach man über das bevorstehende Ereignis. In dem Gasthaus, in welchem Heron mit seinem Vater nächtigte, hatte er es schließlich nicht mehr ausgehalten. Jeder Besucher sprach ihn auf den Wettkampf an und wollte wissen, ob er bereit war. Er beantworte ihre Fragen jedes Mal optimistisch mit Ja. Doch er fühlte sich keineswegs bereit. Auch Barion wollte den Menschen aus dem Weg gehen und entschied, dass sie vor dem Gasthaus auf ihre Abholung warten würden.

„Da kommt die Kutsche", stellte Barion schließlich fest. "Es geht los, Heron."

Tatsächlich kam eine prunkvolle, goldene Kutsche, die von vier weißen Gibus gezogen wurde, auf die beiden zu. Vor dem Gasthaus stoppte sie und der Kutscher öffnete die Tür. Die Sitzflächen im Inneren waren mit blassgelbem Samt bezogen. Heron und Barion nahmen Platz und der Kutscher war im Begriff die Tür zu schließen, als plötzlich ein Mann zu ihnen in die

Kutsche sprang. Er trug einen schwarzen Umhang mit Kapuze, unter dem jedoch deutlich die Kleidung eines Gardisten zu erkennen war.

„Entschuldigen Sie mein überhastetes Erscheinen", sprach der Mann außer Atem. „Doch ich muss unbedingt mit Ihnen beiden sprechen."

Erwartungsvoll betrachtete Barion den Gardisten. „Wer seid Ihr und was ist Euer Anliegen?"

Der Mann atmete mehrmals tief ein und aus, ehe er sich vorstellte. „Mein Name ist Arino. Ich hatte die Aufgabe, Informationen über die Wettkämpfer Zarkotiens zu sammeln. Leider stellte sich diese Aufgabe als sehr schwierig heraus. Doch heute Morgen gelang es mir endlich, noch etwas über einen der Dupahle herauszufinden. König Regonald befahl mir, Euch sofort davon zu berichten."

„Zwar etwas spät, so kurz vor dem Wettkampf, aber wir nehmen, was wir kriegen können", merkte Barion an. „Ihr könnt uns auf dem Weg zur Arena in Kenntnis setzen." Der Kutscher schloss die Tür und das Gespann setzte sich in Bewegung.

Als sie die Stadt durch das Tor verließen, begann Arino sogleich zu berichten. „Einer der beiden Dupahle Karkats heißt Dogus. Er ist ein Gaflon. Das sind Vogelmenschen, die sehr schnell fliegen können. Laut meiner Informationen lebten sie einst in den Gebirgen West-Pregolets, galten inzwischen aber als ausgestorben. Nur Egoleit weiß, wo Theofoldis einen von ihnen aufgetrieben hat. Über seine Pahle oder Dupahle konnte ich leider nichts in Erfahrung bringen."

„Und über den anderen Wettkämpfer wisst Ihr gar nichts?", hakte Barion nach.

Arino schüttelt entschuldigend den Kopf. „Mehr konnte ich

leider nicht herausfinden. Der zweite Wettkämpfer ist auf jeden Fall jemand Neues. So viel wissen wir."

Barion strich mit den Fingerspitzen durch seinen Bart. Schließlich sprach er optimistisch: „Auch wenn es nicht viel ist, so geben uns diese Informationen immerhin ein paar Hinweise auf das, was uns erwarten wird. König Theofoldis wird eine Arena gestaltet haben, die dem Vogelmenschen einen Vorteil verschafft. Womöglich wird es viele schwer zu überwindende Hindernisse geben. Vielleicht ist auch der Untergrund der Arena sehr unwegsam. Dies alles sind Dinge, die wir im Hinterkopf behalten sollten."

Am späten Mittag hatten sie die Arena am Rand des nördlichen Gebirges erreicht. Sie verließen die Kutsche und Heron sah die Berge, in dem sich die Quelle Nishas befand. Doch konnte er nur die Spitzen sehen, denn vor ihm ragte ein großer, halbrunder Berghang aus dem Boden. In dessen Mitte führte ein steiler Weg hinauf zu einem Plateau. Der Weg war links und rechts mit Fahnenmasten gesäumt. Die gelben Fahnen mit dem gestickten Wappen Edumonds flatterten wild im zunehmenden Wind des sich nähernden Unwetters.

Nachdem sich Arino von Barion und Heron verabschiedet hatte, stiegen die beiden den Weg hinauf. Auf halber Höhe des Hangs gelangten sie auf das kleine Plateau. Dort erwartete sie ein Mann, der in den Farben Edumonds gekleidet war. Er bewachte einen Durchgang, der in den Hang hineinzuführen schien. Freundlich forderte er Heron und Barion auf, an Ort und Stelle zu warten.

Heron beobachtete seinen Vater, der in Gedanken versunken schien. Er trug eine leichte silberne Rüstung, die große Teile seines Oberkörpers frei ließ. Sein breiter, muskulöser Oberkörper und die kräftigen Arme mussten für jeden Feind ein sehr angsteinflößender Anblick sein. Auf dem Rücken trug er einen großen Rundschild und sein Breitschwert. Beides war mit einem Lederriemen befestigt, der vor seinem Brustkorb verknotet war.

Barion löste sich aus seinen Gedanken. „Der Boden in der Arena wird schnell durchnässt oder auch rutschig sein, wenn es erst einmal zu regnen begonnen hat. Achte also stets darauf, dass du einen festen Stand hast. Dies kann den Unterschied zwischen Leben und Tod ausmachen." Ermutigend lächelnd legte er seine Hand auf die Schulter seines Sohnes. „Versuch, die Ruhe zu bewahren, mein Junge und vertraue auf deine Stärken. Du hast mittlerweile viel gelernt und ich bin sicher, dass du diese Aufgabe meistern wirst."

Barions Worte verfehlten ihre Wirkung nicht. Tatsächlich verflüchtigte sich Herons Anspannung etwas. „Danke, Vater. Allein die Tatsache, dass du an meiner Seite kämpfst, ist mir eine große Hilfe."

„Hallo, meine Freunde!", Taran hatte, gefolgt von drei weiteren Gardisten, das Plateau betreten. Über der Uniform Edumonds trug er sein Langschwert am Hüfthalter und einen Schild auf dem Rücken.

„Ich möchte euch Hanul und seinen jüngeren Bruder Bretgo vorstellen." Er deutete auf einen kräftigen großen Mann mit Glatze. „Hanul ist ein guter Schwertkämpfer, aber besonders geübt im Umgang mit seinem Schild. Sein Bruder Bretgo hat seine Stärken am Bogen. Er ist einer der besten Schützen, die ich je gesehen habe." Bretgo trug kurzes braunes Haar und war fast einen Kopf kleiner als sein Bruder.

„Und der vierte im Bunde …", Taran sah an Hanul vorbei,

hinter dessen breiten Schultern versteckt ein weiterer Gardist hervorkam, „… ist Sodgar. Er ist …"

„Nicht nötig, Taran", unterbrach Sodgar ihn lächelnd. „Barion und ich kennen uns bereits." Barion verschlug es die Sprache.

„Nicht mehr lange, dann ist es so weit, Dupahle", meldete der Mann vor dem Durchgang.

„Dich hätte ich hier nicht erwartet", brach Barion sein Schweigen und gab Sodgar einen Klaps auf die Schulter. „Das wirst du mir irgendwann erklären müssen."

„Das werde ich gerne tun", stimmte Sodgar freundlich zu.

Erst jetzt bemerkte Heron, dass die halbrunde Öffnung im Hang kunstvoll verziert war. Bildnisse verschiedener Waffen waren in den Stein geschlagen worden und mittig darüber befand sich ein Schriftzug.

„Tretet ein mit Mut,
kämpft mit Herz,
gehet als Meister
oder sterbt in Ehren"

Da kam er plötzlich wieder: dieser mittlerweile vertraute Kloß in Herons Hals. Dieses mulmige Gefühl, dass er noch nicht bereit für den Kampf der Dupahle war. Er hatte ja noch nicht mal seine dupahle Fähigkeit gefunden. Angespannt versuchte er diesen Kloß hinunterzuschlucken und seine Sorgen zu unterdrücken. Es gab jetzt kein Zurück mehr. Außerdem war er nicht mehr der Junge, der auf dem Hof lebte. Er war jetzt ein Mann, der schon einige schwierige Situationen überstanden und zahlreiche Herausforderungen bewältigt hatte.

Instinktiv nahm Heron das Amulett seiner Mutter in die Hand und spürte, wie abermals Mut und Selbstsicherheit in ihm wuchsen. Seine andere Hand legte er auf die Tasche an seiner Weste, in der er stets das Bild seiner Mutter aufbewahrte. Vor Jahren war sie es, die an der Seite Barions für Edumond gekämpft hatte. Sie war es, die ihr Leben aufs Spiel gesetzt hatte, um dem Volk ein besseres Leben zu bescheren. Nun war er es, dem dieses Privileg zuteilwurde.

„Es ist so weit. Kämpfer, betretet die Arena. Die Wache trat einen Schritt zur Seite und ließ sie hindurch.

„Auf geht es, mein Sohn." Barion gab Heron einen leichten Schubs. Dann betraten sie den breiten Gang.

Während sie auf das helle Ende des Durchgangs zuliefen, vernahm Heron ein Geräusch, das lauter wurde, umso näher sie dem Ende des Ganges kamen. Heron erkannte, dass es Jubelrufe und Gesänge waren, die jetzt jedoch abrupt verstummten. Sie waren dumpfen Trommellauten gewichen, die in regelmäßigen Abständen zu hören waren. Barion und Heron traten aus dem Gang ins Licht.

Der Anblick, der sich Heron draußen bot, war schlichtweg atemberaubend: Sie befanden sich auf einem Felsvorsprung, der sich auf mittlerer Höhe im äußeren Ring eines riesigen Kraters befand. Unter ihnen am runden Grund war das Schlachtfeld der Arena. Sie war in drei, nach innen kleiner werdende Kreise aufgeteilt. Der äußere Kreis war trockenes Ödland, das bis auf ein paar große Felsen und Sträucher kahl und unspektakulär anmutete.

Der zweite Kreis war ein Labyrinth. Es war aus massivem Naturstein gemauert und nahm die mit Abstand größte Fläche ein.

Im Mittelpunkt dieses Labyrinths befand sich der letzte Kreis, welcher aus einem Berg bestand, der ein ganzes Stück über Herons Position hinauf ragte. Obwohl er auf den ersten Blick natürlich wirkte, da er an den steilen Hängen mit Moos und anderem Grün bewachsen war, erkannte Heron, dass er künstlich geschaffen worden war. Die Seiten waren einfach zu symmetrisch, als dass die Natur dafür verantwortlich gewesen sein konnte. Auch ein Blick zur Bergspitze bestätigte Herons Verdacht. Denn oben endete der Berg in einer nahezu geraden Fläche, auf der eine seltsame hölzerne Apparatur stand. Auf die Entfernung betrachtet, hatte diese Ähnlichkeit mit einer übergroßen Armbrust, welche drei Pfeile hintereinander abfeuern konnte.

Die Trommeln verstummten und eine schrille Stimme schallte durch das Rund: „Willkommen, Bürger Edumonds und Zarkotiens!"

Heron erspähte einen Mann, der seitlich auf einer kleinen An- höhe stand und in einen großen, kunstvoll verzierten Trichter sprach, der seine Worte verstärkte. Der Mann selbst wirkte schon etwas älter. Sein schwarzes, mittellanges Haar, trat schlaff unter seiner silbernen Krone heraus und endete auf seinem lan- gen, schwarzen Mantel mit Stehkragen, der ihm ein düsteres Äu- ßeres verlieh.

„Ich bin König Theofoldis", stellte sich der Mann schließlich vor. „Der Herrscher von Zarkotien und der König von Karkat." Laute Jubelrufe schallten durch die Arena. Heron gegenüber, am oberen Hang des Kraters, waren unzählige Menschen versam- melt. Sie waren ausnahmslos gekleidet in Schwarz und Rot, den Farben Zarkotiens. Doch nun mischten sich zunehmend Pfiffe unter die Jubelrufe der Zarkotier und Heron erblickte auch auf dem Hang über ihm. Zahlreiche Menschen, die allesamt in den gelben und grauen Farben Edumonds gekleidet waren, standen dort..

Während er überwältigt seinen Blick schweifen ließ, entdeckte er Alma in vorderster Reihe. Quing und Bugat konnte er zu seiner Enttäuschung jedoch nicht finden. Er versuchte einen Blick auf die Wettkämpfer Zarkotiens zu werfen, doch der Berg inmitten der Arena versperrte ihm die Sicht.

Es wurde wieder stiller auf den Zuschauerrängen, als Theofoldis erneut in den großen Trichter sprach. „Kämpfer, betretet die Arena!" Der König Zarkotiens hatte gerade ausgesprochen, als erneut die lauten Trommeln ertönten.

Heron, Barion und die anderen gingen einen schmalen Weg hinunter, der sie zum äußeren Ring des Schlachtfeldes führte. Unten angekommen, versammelten sie sich in einem Kreis.

„Wir haben nicht mehr viel Zeit", sprach Barion zu den anderen. „Wenn ich mit meiner Einschätzung richtig liege, werden die Zarkotier wie folgt agieren: Dogus wird auf die Spitze des Berges fliegen und dort die neue Waffe bedienen. Diese Tatsache können wir nicht verhindern. Er wird von dort oben Pfeile auf uns herabschießen. Die anderen Zarkotier werden gewiss versuchen, uns davon abzuhalten, den Berg zu erreichen. Genau das sollte aber unser größtes Ziel sein. Umso schneller wir Dogus ausschalten, umso sicherer können wir uns am Boden fortbewegen."

„Aber wie sollen wir Dogus ausschalten, ohne vorher das ganze Labyrinth zu durchqueren?", fragte Bretgo. Abermals blickten alle erwartungsvoll zu Barion.

Dieser grinste verschmitzt: „Ich habe da eine Idee!"

Es war ruhig geworden in der Arena. König Theofoldis stand mit wehendem Mantel auf der Klippe. Es begann in Strömen zu regnen und das Wasser verwandelte die öde Fläche in kürzester Zeit in eine Sumpflandschaft. Immer mehr Pfützen bildeten sich, während der Himmel das Nass in Massen ausspuckte.

„Macht euch keine Sorgen, Gefährten", sprach Barion zuversichtlich. „Auch wenn der Regen unseren Plan erschwert, so werden wir daran festhalten."

„Lasset den Wettkampf beginnen!", rief Theofoldis euphorisch in den Trichter. Augenblicklich spurtete Barion los. Die anderen folgten ihm in einer Reihe. Auf kürzestem Weg liefen sie auf das Labyrinth zu.

Sie hatten bereits über die Hälfte der nun sumpfigen Fläche überquert, als Barion hinauf zur Bergspitze sah. Durch den starken Regen konnte er kaum etwas erkennen. „Wir müssen unbedingt das Labyrinth erreichen, bevor Dogus diese Waffe bedienen kann. Ansonsten sind wir ungeschützte Zielscheiben für ihn." Doch da flogen bereits die ersten Pfeile an ihnen vorbei.

„Dogus ist schon oben angekommen. Aber auch seine Sicht wird durch den Regen beeinträchtigt sein", rief Barion den anderen zu. „Haltet euch nah an der Mauer, sobald ihr sie erreicht habt." Eine weitere Salve Pfeile ging auf sie nieder.

„Verflucht! Dieses Ding schießt unglaublich schnell!", rief Bretgo.

Sie gelangten an ihr Ziel. Barion gab allen die Anweisung in Deckung zu bleiben, während er versuchte, einen Blick auf die Bergspitze zu erhaschen. Der Regen hatte etwas nachgelassen. So konnte er erkennen, dass Dogus scheinbar Probleme mit der Waffe hatte. Der Drehmechanismus, mit dem man sie ausrichten konnte, klemmte. Verärgert zerrte Dogus wie wild an dem

Hebel.

„Er kann momentan nicht feuern. Das ist unsere Chance", rief Barion den anderen zu und lehnte sich sofort mit dem Rücken an die Wand des Labyrinths. Er gab Hanul ein Zeichen, der daraufhin Anlauf nahm und auf Barion zu rannte. Kurz bevor er ihn erreicht hatte, sprang der Gardist ab und landete auf Barions Schild. Der hielt es waagerecht vor sich und drückte mit all seiner Kraft von unten dagegen. Dadurch schleuderte er Hanul nach oben auf die Labyrinthmauer. Sie erwies sich jedoch als sehr rutschig und Hanul hatte alle Mühe, sein Gleichgewicht zu halten.

„Dogus scheint das Problem behoben zu haben", rief Hanul von oben herab zu den anderen. „Er legt gerade drei neue Pfeile nach."

„Schütz dich mit deinem Schild!", befahl Barion. „Ich schicke dir jetzt deinen Bruder hoch."

Wie Hanul zuvor, so flog nun Bretgo auf die Mauer hinauf. Als er sicher oben gelandet war, rauschten zischend drei Pfeile von der Spitze des Berges heran. Gerade noch rechtzeig riss Hanul seinen Schild nach oben, um sich und seinen Bruder zu schützen. Mit dumpfen Geräuschen prallten die Geschosse ab.

Sofort nahm Bretgo seinen Bogen vom Rücken und begann, auf Dogus zu feuern. Gleich der erste Pfeil verfehlte sein Ziel nur knapp und blieb in einem Holzbalken der Maschine stecken. Dogus sprang erschrocken auf, legte dann aber schnell drei neue Pfeile nach.

Die nächste Salve schoss auf Bretgo und Hanul herunter. Abermals blockte Hanul diese ab, sodass die Pfeile von den runden Erhebungen des Schilds zur Seite gelenkt wurden.

Barion war erleichtert, da der erste Teil seines Planes

funktionierte. Als nächstes wandte er sich an Sodgar und Taran. „Ihr beide lauft die Labyrinthmauer auf der linken Seite entlang. Sucht nach einem Eingang und tretet ein. Solltet ihr auf den zweiten Dupahlen Zarkotiens treffen, ruft so laut ihr könnt nach mir.“

Taran und Sodgar signalisierten Barion, dass sie seine Anweisungen verstanden hatten und rannten los.

„Nun bist du an der Reihe, mein Sohn.“ Barion und Heron liefen ein Stück rechts der Labyrinthmauer entlang, bis Barion stehen blieb.

„Die Stelle scheint mir geeignet. Wenn Hanul und Bretgo ihre Aufgabe erfüllen, sollte Dogus dich hier nicht enddecken.“ Er lehnte sich abermals an die Mauer. Heron nahm Anlauf und wurde, wie die beiden Gardisten zuvor, von Barion auf die Mauer katapultiert.

„Lauf so schnell du kannst, mein Sohn“, gab Barion ihm mit auf den Weg. „Ich bin mir sicher, dass du es schaffst.“

„Danke, Vater“, erwiderte Heron. Dann rannte er auf den Mauern des Labyrinths Richtung Berg.

Taran und Sodgar hatten ungefähr ein Viertel des Labyrinths umrundet, als sie endlich einen Eingang fanden. Beide zogen ihre Schwerter und traten ein. Die Gänge im Inneren wirkten trist und strahlten eine unangenehme Kälte aus. Das Gemäuer sowie der Steinboden waren vom mittlerweile nur noch leichten Nieselregen nass und rutschig geworden.

Langsam und behutsam schritten sie durch die verwinkelten Gänge. Immer wieder blieben sie kurz stehen, wenn ihnen mehrere Wege zur Auswahl standen. Dabei entschieden sie abwechselnd, welchen Weg sie nehmen sollten.

„An dieser Stelle waren wir doch vorhin erst", stellte Taran verzweifelt fest, als sie eine Abzweigung mit drei möglichen Gängen erreichten.

„Du hast recht", stimmte Sodgar zu. „Hier sieht aber auch jeder Gang gleich aus. Unmöglich sich zu orientieren."

Taran strich sich nachdenklich durch sein langes Haar. „Was hältst du davon, wenn wir uns von nun an immer links halten?"

„Das ist eine gute Idee", stimmte Sodgar zu. Sie betraten einen neuen Gang, welcher sie um eine Ecke herumführte und dann in einer auffällig langen Geraden verlief.

Sie hatten den Weg etwa zur Hälfte zurückgelegt, als Sodgar erschrocken zusammenfuhr. „Hast du das Knacken auch gehört?"

Da tauchte plötzlich ein Ritter Zarkotiens vor ihnen auf. In seiner schwarzen Rüstung mit dem Wappen Karkats auf der Brust stand er am Ende des Ganges und machte seine Armbrust schussbereit. Taran und Sodgar hatten keine Fernkampfwaffen bei sich, um dem Ritter etwas entgegenzubringen und entschlossen sich umzudrehen, doch auch dieser Weg war nun versperrt. Ein weiterer Ritter Zarkotiens stand am anderen Ende der Geraden und begann ebenfalls seine Armbrust schussbereit zu machen.

„Schnell, wir müssen uns schützen!", rief Taran. Sofort nahmen beide ihre goldgelben Schilde vom Rücken und hielten sie vor sich. Gerade noch rechtzeitig, denn die Ritter hatten fast zeitgleich ihre Pfeile abgefeuert. Mit einem hellen Ton prallten die Geschosse am Metall ab und fielen zu Boden.

„Da ist schon wieder dieses merkwürdige Knacken, das ich

eben bereits gehört hab", rief Sodgar zu Taran. Im gleichen Moment brach zwischen ihnen beiden ein Stück des Steinbodens weg. Die Brocken fielen hinunter in ein schwarzes Nichts.

„Lauf! Das ist eine Falle!", brüllte Taran. Beide rannten in entgegengesetzten Richtungen davon, weg von dem Loch im Boden, auf die Ritter Zarkotiens zu.

Kurz darauf brachen weitere Stücke des Weges weg. Die erste weggebrochene Platte in der Mitte des Ganges hatte eine Kettenreaktion ausgelöst, die sich nun in beide Richtungen ausbreitete. Die Ritter legten hastig einen neuen Pfeil in ihre Armbrüste, um die beiden auf sie zu rennenden Gardisten hinzurichten.

Der Schütze, auf den Taran zurannte, schien sehr nervös zu sein. Er zitterte so sehr, dass ihm der Pfeil aus der Hand fiel. Kurz bevor der wegbrechende Boden Taran eingeholt hatte, sprang er auf den panisch blickenden Ritter zu. Der versuchte noch sein Schwert zu ziehen, was ihm jedoch nicht mehr gelang. Taran sprang in ihn hinein, wobei er sein Schwert vor sich hielt und den Ritter mit der Klinge durchbohrte.

Er richtete sich auf. Ein Blick genügte Taran, um zu erkennen, dass der Ritter Zarkotiens tot war. Dann sah er hinter sich. Erleichtert stellte er fest, dass die Enden des Ganges einen festen Untergrund hatten. Wenige Schritte von ihm entfernt war der Boden jedoch verschwunden und ein tiefer Graben zwischen den Mauern entstanden.

„Taran, Hilfe!" schallte plötzlich Sodgars Stimme durch den Gang.

Taran sah über den Graben hinweg auf die andere Seite. Sodgar war scheinbar nicht schnell genug gewesen. Mit beiden Händen hing er wild zappelnd am Rand vor den Füßen des Ritters.

Verzweifelt versuchte er sich hochzuziehen. Der Ritter Zarkotiens legte seine Armbrust ab und zog einen Dolch aus seinem Waffengürtel.

Taran musste schnell reagieren, wenn er Sodgar irgendwie helfen wollte. Er kniete nieder und griff nach der Armbrust des toten Ritters. Dann legte er hastig einen Pfeil ein. Er wusste, dass er kein guter Schütze war und er nur diese eine Chance hatte. Hoch konzentriert legte er die Armbrust an seine Schulter und versuchte sie ruhig zu halten, während der Ritter Karkats ausholte, um Sodgar mit seinem Dolch zu töten.

Taran drückte den Abzug und der Pfeil zischte durch den Gang über die schwarze Kluft hinweg. Die Spitze des Geschosses streifte den Kämpfer Zarkotiens an der Schulter. Vor Schmerzen ließ der Mann den Dolch fallen und ging auf die Knie. Mit schmerzverzerrtem Gesicht sah er zu Taran.

Diesen Moment der Unachtsamkeit erkannte Sodgar. Schnell schwang er seinen Körper zur Seite, sodass sein Fuß an der Wand Halt fand. Dann griff er nach dem Arm des verwundeten Ritters und zog. Auf dem rutschigen Steinboden verlor der das Gleichgewicht und stürzte über Sodgar hinweg in die Tiefe.

Mit großer Anstrengung schaffte es Sodgar wieder hinauf auf den Weg. Einen Augenblick blieb er schweratmend am Boden liegen, bevor er sich aufrichtete. „Ich danke dir von ganzem Herzen", rief er erleichtert über den Abgrund hinweg. „Das war ein guter Schuss."

„Ein guter Schuss hätte den Ritter direkt getötet", erwiderte Taran. Er schaute hinunter in den schwarzen Abgrund. „Ich denke, hier trennen sich vorerst unsere Wege. Jeder von uns muss allein weitergehen."

„Vielleicht treffen sich die Gänge ja irgendwo wieder", hoffte

Sodgar. Beide richteten ihre Kleidung und nahmen die Waffen der Ritter an sich, welche noch am Rand des Abgrunds lagen. Dann gingen sie jeder für sich weiter in das Labyrinth hinein.

Barion hatte endlich einen Eingang in das Labyrinth gefunden. Bevor er eintrat, wollte er nachsehen, ob Heron es bis zum Berg geschafft hatte. Da die Mauern des Labyrinths ihm die Sicht versperrten, wagte er sich vorsichtig aus ihrem Schutz. Nicht weit von ihm entfernt ragte ein großer Felsen leicht angewinkelt aus dem matschigen Boden. Er nahm ein paar Schritte Anlauf und rannte auf die Spitze hinauf. Von dort konnte er schließlich Heron erblicken. Erleichtert stellte er fest, dass sein Sohn den Fuß des Berges erreicht hatte. Er sah hinüber zu Hanul und Bretgo, die sich weiter tapfer gegen Angriffe von Dogus zur Wehr setzten.

Als Barion gerade von dem Felsen springen wollte, schoss Dogus die nächsten Pfeile mit seiner Maschine ab. Der erste traf den Schild von Hanul so weit außen, dass er ihm fast aus der Hand gefallen wäre. Doch Bretgo war dadurch einen kurzen Augenblick ohne Schutz. Der zweite Pfeil von Dogus flog heran und traf den jüngeren der Brüder mitten in der Brust. Sein markerschütternder Schrei zerriss die Luft, bevor er leblos von der Mauer stürzte. Wie gelähmt sah Hanul seinem Bruder hinterher. Dabei achtete er nicht darauf, seinen Schild wieder in Position zu bringen. Der nächste Pfeil flog heran und traf Hanul in der rechten Schulter. Mit schmerzverzerrtem Gesicht ließ er seinen Schild fallen und sank auf die Knie.

Barion sah hoch zu Dogus, der unter dem frenetischen Jubel

der Bürger Zarkotiens drei neue Pfeile nachlud, dabei hob er einen Arm triumphierend in die Luft. Als seine Waffe wieder einsatzbereit war, zielte er erneut und schoss alle drei Pfeile direkt hintereinander ab. Sie zischten über das Labyrinth hinweg und schlugen allesamt im Körper von Hanul ein. Er ging langsam zu Boden und blieb regungslos auf der Mauer liegen.

Barion wurde erneut bewusst, warum er diesen Wettkampf so hasste. Doch er wusste auch, dass nun nicht die Zeit war zu trauern. Immerhin hatte der Einsatz der beiden Brüder dazu geführt, dass Heron den Berg erreicht hatte. Und wenn Heron erstmal oben bei Dogus war, würde er den Tod von Bretgo und Hanul rächen. Da war sich Barion sicher.

Er sprang von dem Felsen hinunter in den Matsch und betrat das Labyrinth. Selbst wenn sein Sohn den Vogelmenschen überwältigt hätte, gab es noch den zweiten dupahlen Wettkämpfer Zarkotiens. Diesen zur Strecke zu bringen, war seine Aufgabe.

Es dauerte nicht lange, da gelangte Barion auf eine große offene Fläche, die sich mitten im Labyrinth befand. Während er achtsam weiter ging, traten aus einem Seitengang zwei Ritter. „Für Zarkotien!", brüllten sie und rannten mit Metallspeeren im Anschlag auf ihn zu. Barion zog umgehend sein Breitschwert und wartete auf die beiden. Ein hitziger Kampf entbrannte.

Zu Barions Verwunderung stellte sich schnell heraus, dass es ein Kampf auf Augenhöhe war. Die beiden Ritter waren nicht nur herausragende Speerkämpfer, sie ergänzten sich auch, als hätten sie ein Leben lang Seite an Seite gekämpft. Ihre Angriffskombinationen waren abgestimmt und Barion hatte große Mühe sich zu verteidigen. Selbst wenn er mal eine Gelegenheit fand, um mit seinem Schwert anzugreifen, halfen die beiden Ritter einander. Sie blockten seinen Schwertschlag gemeinsam und konnten so seinen Kräftevorteil ausgleichen.

Barion schwang erneut sein Schwert auf einen der Ritter, als drei Pfeile vom Berg herabzischten. Zwei verfehlten ihn knapp, der dritte streifte seine rechte Hand. Durch den unerwarteten Schmerz und die entstandene Fleischwunde auf seinem Handrücken ließ Barion das Schwert fallen.

Sofort witterten die Ritter ihre Chance und führten gleichzeitig einen Stoß mit ihren Speeren aus. Doch Barion packte die beiden Waffen geistesgegenwärtig direkt hinter der Spitze, noch bevor sie seine Brust durchbohrten. Mit aller Kraft drückten die Ritter Zarkotiens nun gegen ihre Speere, um sie doch noch in die Brust des Feindes zu treiben.

Obwohl die blutende Wunde an seiner Hand ihn stark beeinträchtigte, hielt Barion dem Druck stand. Kurz sah er hinauf zum Berg und musste feststellen, dass Dogus bereits dabei war, drei neue Pfeile in die Waffe einzuspannen.

Ihm war klar, dass es nur eine Möglichkeit gab dieser bedrohlichen Situation zu entkommen. Er bündelte seine Kräfte und drückte mit einem Ruck gegen die Lanzen der Ritter. Überrascht von Barions Kraft, verloren die Männer das Gleichgewicht und fielen mit ihren Waffen in den Händen zu Boden. Das gab Barion genügend Zeit, seine Dupahle zu aktivieren.

Wenige Augenblicke später stand er bereits in seiner Gibugestalt da. Die Ritter hatten sich wieder aufgerappelt und richteten ihre Speere auf den großen braunen Gibu. Barion hatte nun nicht mehr viel Zeit bis Dogus die nächsten Pfeile auf ihn feuern würde. Er sprang auf die Ritter zu und entwaffnete sie mit seinen Stoßzähnen. Dann machte er eine halbe Drehung um die eigene Achse und trat mit den Hinterbeinen aus. Die beiden Kämpfer Zarkotiens wurden von Barions Hufen im Gesicht getroffen. Ein kurzer dumpfer Laut entfuhr ihnen noch, dann schlugen sie mit eingeschlagenen Schädeln auf dem Boden auf.

Sofort setzte sich Barion in Bewegung. Sein Ziel war ein nahegelegener Gang, in welchem er vor Dogus Angriffen sicher sein würde. Der erste Pfeil zischte heran und flog handbreit über Barions Schädel hinweg. Der zweite traf den Boden zwischen seinen Vorderläufen. Gleich hatte er sein Ziel erreicht. Er machte einen großen Sprung und landete im sicheren Gang. Der letzte Pfeil traf auf die Labyrinthmauer hinter ihm, und blieb tief im Mörtel zwischen den groben Steinen stecken.

„Hilfe, Taran!", erklang plötzlich ein Schrei in der Ferne. Barion erkannte die Stimme Sodgars. Sofort preschte er los.

Heron hatte es endlich geschafft. Auch wenn der Aufstieg durch das nasse Gestein sehr beschwerlich gewesen war, befand er sich nun auf der Spitze des Berges. Dogus saß mit dem Rücken zu ihm auf der Maschine und ärgerte sich.

„Verdammt! Er ist mir entkommen!", entfuhr es ihm. Er suchte akribisch das Labyrinth ab. Dabei drehte er immer wieder den Kopf von links nach rechts. Sein weit vorstehendes Kinn sah dabei wie ein Schnabel aus. Seine knochigen Hände, die sich an den Enden seiner gelenkigen Flügel befanden, lagen auf dem Abschusshebel der Waffe. Die Federn seiner Flügel waren schwarz, so wie auch seine Hose, die knapp über seinen Krallenfüßen endete.

Heron pirschte sich vorsichtig an den Vogelmenschen heran. Dabei zog er langsam und geräuschlos Dolor aus seinem Halfter. Unbemerkt hinter dem Feind angekommen, holte Heron aus.

„Achtung, hinter dir, Dogus!", erklang auf einmal eine Frauenstimme.

Schnell schlug Heron zu und die Klinge Dolors zischte durch die Luft. Mit einem lauten, metallischen Knall prallte das Schwert auf Dogus' Säbel. Durch den Schrei gewarnt, hatte der Vogelmensch diesen in letzter Sekunde gezogen und Herons Angriff abgeblockt.

„Da ist ja der zweite Dupahle Edumonds!", sprach Dogus mit unangenehm tiefer Stimme. Die Klingen beider Waffen kreuzten sich noch immer und keiner der beiden gab nach. „Wie schön, dass du zu mir gekommen bist. Nachdem mir der andere noch knapp entkommen ist, wird es mir eine Freude sein nun dich anstelle seiner zu töten." Dreckig lachend hob Dogus eines seiner Beine, verpasste Heron einen Tritt und stieg mit einem Schlag seiner Flügel in die Luft auf.

Heron konnte gerade noch sein Gleichgewicht halten, indem er sich auf Dolor abstützte, als er auf einmal einen Schmerz in beiden Schultern spürte. Dogus befand sich direkt über ihm in der Luft und hatte seine Krallen in Herons Schultern gebohrt. Vor Schmerzen verkrampften seine Arme und Dolor fiel ihm aus der Hand. Seine Füße verloren den Kontakt zum Boden. Er sah hinauf zu Dogus, der kräftig mit seinen Flügeln schlug. Stetig stiegen sie höher auf und entfernten sich weiter und weiter von der Bergspitze. Heron versuchte den Schmerz in seinen Schultern zu ignorieren, was ihm jedoch nur mäßig gelang. Dennoch versuchte er einen klaren Kopf zu behalten, um sich aus der misslichen Lage zu befreien.

Sie befanden sich bereits ein ganzes Stück über dem Berg, als Heron endlich eine Idee hatte. Mit Mühe löste er die Kordel, welche er als Gürtel trug, von seinen Hüften, legte sie um Dogus' Beine und zog die Enden mit aller Kraft zusammen.

Sofort entfuhr Dogus ein spitzer Schrei und er versuchte seine Beine aus Herons Schlinge zu befreien. Dabei zappelte er hin und her, wodurch sie an Höhe verloren. Dogus löste den Griff seiner Krallen und hoffte, sich so seines Peinigers zu entledigen. Aber auch diese Maßnahme half nichts, denn Heron ließ die Enden der Kordel nicht los.

Der Vogelmensch hatte arge Probleme die Balance zu halten. Nach einem weiteren Versuch Heron abzuschütteln, verlor er sie gänzlich. Gemeinsam fielen beide unkontrolliert zu Boden und schlugen krachend in der Maschine ein. Holzbalken brachen und Splitter verteilten sich auf der ganzen Bergoberfläche.

Heron richtete sich langsam auf und schubste einen breiten Holzbalken von seinen Beinen. Trotz des Sturzes aus großer Höhe hatte er keine größeren Verletzungen davongetragen. Zwischen den Trümmern der zerstörten Maschine suchte er nach seinem Gegner. Er fand ihn in einiger Entfernung auf dem Rücken liegend. Einer seiner Flügel war gebrochen und stand unnatürlich vom Köper ab.

Sofort rannte Heron los, hob Dolor vom Boden auf und stellte sich breitbeinig über Dogus. Dann legte er seinem Widersacher die Klinge an die Kehle.

Plötzlich flog ein Dolch zischend auf Heron zu. Er riss geistesgegenwärtig sein Schwert hoch und leitete das heranfliegende Geschoss um. In einem Holzbalken blieb die Waffe leicht vibrierend stecken. Der Dolch war aus dem Labyrinth gekommen. Für einen Moment stockte Heron der Atem. Denn dort unten stand Kira!

So lange hatte er gehofft, sie wiederzusehen und nun stand

sie ihm als Feind gegenüber. Er versuchte, seine Gedanken zu zügeln, denn Kira war im Begriff, den nächsten Dolch auf ihn zu werfen. Doch bevor sie dies tun konnte, wurde sie von einer heranstürmenden Person umgeworfen. Er versuchte zu erkennen, wer es war, als ihm Dogus einen mächtigen Tritt verpasste. Heron fiel hintenüber und landete unsanft in den Holztrümmern. Mühsam rappelte er sich wieder auf und blickte zu Dogus, dessen Augen siegessicher funkelten.

„Also, auf zu Runde zwei.“

Kira blickte sich sichernd um. Ein paar Schritte von ihr entfernt stand ein Gardist auf einer Kreuzung des Labyrinths. Mit beiden Händen hielt er sein Schwert schützend vor sich.

„Dich hätte ich nun wirklich als Allerletztes erwartet! Du bist doch der schüchterne Gardist. Wie war dein Name noch gleich?“

„Sodgar!“, antwortete er verärgert.

Kira ging langsam auf ihn zu. Dabei drehte sie lässig ihren Dolch in der Hand. „Richtig. Der Gardist, der so töricht war, sein Leben für mich zu riskieren.“ Sie griff an.

Doch zu ihrer Überraschung versteckte sich der Gardist nicht hinter seinem Schwert, sondern begann seinerseits teils ungestüm, auf sie einzuschlagen. Jedoch wich Kira den Angriffen elegant aus und ging schließlich selbst wieder in die Offensive über. Anmutig setzte sie ihren Dolch ein. Ihr Kampfstil war makellos: Flüssige Bewegungen, die eher an Tanzen als an Kämpfen erinnerten. Sie war effektiv und schnell. Sodgars Ausweichversuche wirkten dagegen grobmotorisch und tollpatschig, waren aber nicht weniger effektiv.

Nach einem verfehlten Schwertstoß Sodgars machte Kira schließlich einen schnellen Schritt vorwärts. Sie stand nun dicht vor ihm und hielt einen ihrer Dolche an seine Kehle. „Ich muss sagen, du hast dich bis hierher tapfer gewehrt, Sodgar", sprach sie in ihrer typisch ironischen Art und Weise. „Auch wenn es von vornherein aussichtslos war."

Sodgar rang nach Luft. Der anstrengende Kampf hatte ihn viel Kraft gekostet. Schnaufend erwiderte er: „Sicher seid Ihr bei weitem geübter im Kampf als ich. Doch führe ich mein Schwert mit Stolz und Ehre. Ihr hingegen wisst nicht einmal, was Dankbarkeit bedeutet!"

„Dankbarkeit?", Kira presste verärgert ihren Dolch an seinen Hals. Ein kleines Blutrinnsal bildete sich und lief über seinen Adamsapfel.

„Ja, Dankbarkeit. Ohne mich wärt Ihr nicht mehr am Leben. Doch Euch Zarkotier scheint dieses Wort und jegliches Ehrgefühl fremd zu sein." Ernst sah er der Prinzessin tief in die Augen. Sie war sprachlos, als sie in sein entschlossenes Gesicht sah.

„Los, Prinzessin! Worauf wartet Ihr?", forderte Sodgar sie auf. „Tötet mich." Kira schien mit sich zu hadern. Unsicher biss sie sich auf die Lippe.

Eine Klinge rauschte von der Seite auf ihren Kopf zu. Im letzten Moment wehrte sie den Angriff mit ihrem Dolch ab. Durch die Wucht des Aufpralls verloren Kira und der Angreifer ihre Waffen. Der Angreifer reagierte am schnellsten umklammerte Kira mit festem Griff.

„Taran, das war Rettung in letztem Moment!", rief Sodgar erleichtert. „Lange hätte ich sie wohl nicht mehr ablenken können."

Taran hatte alle Mühe, die wild zappelnde Kira zu fixieren. „Töte sie, Sodgar. Sie hat es nicht anders verdient.

Sodgar hob schnell Kiras Dolch auf und legte die Spitze der Waffe auf die Narbe an ihrer Brust. „Wie oft musstet Ihr an mich denken, wenn Ihr die Narbe gesehen habt, Prinzessin?", sprach er mit ruhiger Stimme.

Kira hörte sofort auf sich gegen Tarans klammernden Griff zu wehren. Sie legte ihren Kopf nach vorne, sodass sich ihre und Sodgars Nasenspitze beinahe berührten. „Ob du es glaubst oder nicht. Ich habe oft an dich gedacht", flüsterte sie leise. „Ich habe dich sogar gesucht, um mich für deine heldenhafte Rettung zu bedanken."

Nun war es Sodgar, der sprachlos war. Er wich leicht zurück und sah Kira abschätzend an. „Stimmt das? Habt Ihr wirklich nach mir gesucht?"

„Sie versucht dich zu manipulieren, Sodgar!", rief Taran. „Töte sie endlich, bevor sie uns tötet!" Doch Sodgar schenkte Tarans Worten keine Beachtung.

„Natürlich stimmt es", sprach sie mit einem verführerischen Lächeln auf den Lippen. „Mir ist auch nicht entgangen, wie du fast jeden Tag an meinem Krankenbett Wache gehalten hast."

„Glaub ihr kein Wort, Sodgar!" rief Taran flehend. „Komm bitte zu Verstand und töte sie!"

Aber da war es schon zu spät. Kira riss mit einem Ruck ihren linken Arm aus Tarans Umklammerung, packte ihn am Handgelenk und schleuderte ihn über ihre Schulter hinweg auf Sodgar zu. Zusammen gingen die Gardisten zu Boden und blieben benommen im engen Gang des Labyrinths liegen.

Da begannen Kiras Augen rosa zu leuchten. Sie öffnete ihren Mund, aus dem sogleich rosafarbene Lichtwellen kegelförmig austraten. Parallel ertönte ein schriller, hoher Ton, der Taran und Sodgar in den Ohren schmerzte. Die Lichtwellen trafen auf die beiden Gardisten, die augenblicklich in Ohnmacht fielen.

Kira schloss zufrieden ihren Mund und das Leuchten in ihren Augen erlosch. Erschöpft vom Einsatz ihrer Dupahle ging sie schwerfällig zu Sodgar und beugte sich hinunter.

Da vernahm sie plötzlich ein dumpfes, schnell lauter werdendes Poltern und Schnaufen. Hektisch richtete sie sich auf und drehte sich in Richtung des Geräuschs um. Gerade noch sah sie den gewaltigen braunen Gibu, da wurde sie auch schon von seinen Stoßzähnen getroffen. Mit voller Wucht drückte das Tier die Prinzessin durch mehrere Wände des Labyrinths, bis schließlich nur noch eine riesige Staubwolke zu sehen war.

Während sich der Nebel verzog, ächzte Kira vor Schmerzen. Sie lag auf einem Schutthaufen, nicht weit entfernt von dem Gibu, der plötzlich in braunem Licht erstrahlte. Kurz darauf erlosch das Licht und sie erkannte Barion, der dort bewusstlos am Boden lag.

Kiras Blick wanderte hoch zum Berg, wo Heron und Dogus erbarmungslos miteinander kämpften. Dann wurde ihr schwarz vor Augen.

Heron atmete tief und schwer, während er und Dogus etwas entfernt voneinander ihre Kräfte sammelten. Er hatte Mühe, sich auf den Beinen zu halten und wankte leicht. Neben mehreren leichten Schnittwunden an Armen und Beinen zierte eine Platzwunde seine Stirn. Auch die Wunde an seiner linken Schulter bereitete ihm starke Schmerzen. Er konnte Dolor nur noch in der rechten Hand halten und es war ihm nicht mehr möglich, zugleich seinen Schild entstehen zu lassen. Seine Pahle war nutzlos und sein Schwert lag ihm so schwer in der Hand, als wäre es aus Blei.

„Gib endlich auf, du hast keine Chance gegen mich!", rief Dogus provokant und ließ ein spöttisches Gelächter folgen. Auch der Vogelmensch hatte einige Wunden davongetragen: Einer seiner Flügel war gebrochen und hing schlaff an seinem Körper herunter. Er blutete stark aus einer Schnittwunde am Hals und an den Beinen oberhalb seiner Krallen waren tiefblaue Blutergüsse zu sehen.

Der Regen hatte gänzlich aufgehört und ein Großteil der dunklen Wolken war weiter Richtung Süden gezogen. Die Zuschauer in der Arena waren fast still und beobachteten gebannt das Geschehen auf der Bergspitze. Heron sah hinauf zu den Bürgern Edumonds. Er hatte das Gefühl, dass er genau jetzt ihre Unterstützung benötigte. Er sah zu Alma, die ihn mit sorgenvoller Miene anstarrte.

Als hätte sie seine Gedanken gelesen, begann sie plötzlich rhythmisch zu klatschen. Sofort stimmten zahlreiche Bürger Edumonds mit ein. Immer mehr und mehr schlossen sich an und einige begannen, im Takt Herons Namen zu rufen: „Heron! Heron! Heron!"

Angetrieben von den Seinen, spürte Heron, wie neue Kraft in ihm freigesetzt wurde. Das war genau die Unterstützung, die er gebraucht hatte. Getragen von den vielen Bürgern Edumonds, rannte er auf Dogus zu und attackierte ihn mit schnellen Angriffen. In geschmeidigen Bewegungen glitt Dolor durch die Luft und brachte Dogus arg in Bedrängnis.

Nach einer von Heron besonders schnell ausgeführten

Schlagfolge verlor Dogus seinen Säbel. Im hohen Bogen flog er durch die Luft und fiel den Abhang des Berges hinunter. Mit Entsetzen sah der Dupahle Zarkotiens seiner Waffe nach.

„Gib auf. Es ist zu Ende", sprach Heron ruhig, während er langsam auf Dogus zuschritt.

Doch der Vogelmensch sah Heron trotzig entgegen. „Es ist noch nicht zu Ende." Dogus wendete sein Gesicht von seinem Kontrahenten ab und sah hinüber zu den Bürgern Zarkotiens. Augenblicklich waren sie es, die zu jubilieren begannen.

Heron hatte seinen Widersacher fast erreicht, da drehte dieser seinen Kopf. Ein graues Glitzern und Leuchten hatte Dogus Augen erfasst und er sprach siegessicher: „Ein Sturm zieht auf!"

Plötzlich verloren Herons Füße den Kontakt zum Boden. Ein starker Wind fegte über die Bergspitze hinweg und umgab Dogus wie ein Wirbelsturm. Schwebend wurde Heron von dem Sog erfasst und sein Körper wurde unkontrolliert um Dogus herumgeschleudert. Er verlor gänzlich die Orientierung und konnte nicht mal mehr sagen, wo oben oder unten war. Es fühlte sich an, als würde jeder Tropfen seines Blutes in seine Hände und Füße gedrückt. Sein Kopf dröhnte und er begann helle Lichtblitze zu sehen.

Doch da war noch etwas, das er fühlte. Ein unbekanntes, warmes Gefühl kam in ihm auf. Erst war es nur eine leichte Wärme, tief in ihm drinnen. Dann wurde sie jedoch stetig stärker. Zugleich verschwanden seine Kopfschmerzen und er merkte nicht mehr, wie er herumgeschleudert wurde. Die wärmende Energie hatte ihn vollends erfasst, als wäre er ganz nah bei Egoleit und Egolet. Er entschied sich, seine Augen wieder zu öffnen.

Zu seiner Verwunderung war alles um ihn herum in goldgelbes Licht getränkt. Alles war so grell und blendete ihn dennoch nicht. Die wohlige Wärme, welche ihn umgab, begann langsam zu verschwinden und er spürte wieder den Boden unter seinen Füßen. Das helle Licht verschwand und Heron sah die Bürger Edumonds. Viele hatten sich von dem Schlachtfeld abgewandt, um dem hellen Licht zu entgehen. Die anderen hielten sich schützend ihre Hände vor die Augen. Nach und nach bemerkten sie jedoch, dass das grelle Licht verschwunden war. Heron blickte in ihre erstaunten Gesichter.

„Dogus ist tot!", rief plötzlich einer von ihnen.

„Heron hat ihm mit seiner Dupahle das Leben genommen!", schrie ein anderer euphorisch.

Heron sah verwundert hinter sich und erkannte gerade noch, wie Dogus lebloser Körper in sich zusammensackte. Jegliche Farbe war von der Haut seines Widersachers gewichen. Seine Lippen, seine Wangen und sogar die sonst gelben Krallen des Vogelmenschen waren weiß.

Herons Beine gaben nach. Mit letzter Kraft setzte er sich auf einen Balken der zerstörten Maschine Zarkotiens. Ungläubig starrte er in die jubelnde Menge.

„Heron! Heron! Heron!", riefen sie alle lauthals und frenetisch.

Kapitel 21
Die Sonne Fillons

Wochen später wartete Heron auf dem Marktplatz Fillons auf Alma. Er hatte sich inzwischen daran gewöhnt, dass alle ihn mit größtem Respekt behandelten. Wohin er kam, sah er in strahlende Gesichter. Die Bürger der Stadt hatten ihm den Titel „Sonne Fillons" gegeben. Er konnte nicht leugnen, dass ihm dieser Name gefiel.

Mit einem offenen Festwagen waren sie letzte Nacht durch die Stadt gefahren worden. Der Anblick war atemberaubend. Überall in der Stadt hatten brennende Fackeln und Feuertröge die Nacht zum Tag gemacht. In den prall gefüllten Straßen Fillons herrschte ausgelassene Stimmung. Laute Musik klang durch die Gassen und Menschen tanzten an jeder Ecke. Viele drängten sich um den Festwagen, um die Helden zu beglückwünschen. Es wurde frisches Quellwasser ausgeschenkt, das sich auf den zahlreichen Karren hinter dem Festwagen befand und die durstigen Bürger Fillons nahmen es mit Tränen in den Augen entgegen.

„Hallo, Waldmensch", erklang plötzlich eine Frauenstimme hinter ihm und riss Heron aus seinen Gedanken.

„Kira?", ungläubig rieb er sich die Augen. „Was machst du hier?"

Sie lehnte sich mit einem Arm an den Pfosten des Marktstands neben ihr, während sie genüsslich in eine Likina biss. „Ich wollte dir zu deiner überragenden Leistung beim Kampf der

Dupahle gratulieren. Du hast mich wirklich beeindruckt. Dein Kampfstil war grandios und deine Fähigkeiten am Schwert sind großartig. Mit großem Mut hast du deinem Volk den verdienten Sieg gebracht."

Jetzt verstand Heron wirklich die Welt nicht mehr. So freundlich, offen und ehrlich hätte er Kira nicht eingeschätzt. Damals im Wald hatte er sie noch als überheblich und eingebildet wahrgenommen, nun zeigte sie eine ganz andere Seite. Ein leichtes Lächeln umspielte ihre Lippen, während sie sich ihr enges Lederkostüm richtete.

„Danke", antwortete Heron verlegen. „Ich habe nur versucht, meinem Volk zu helfen."

„Wie bescheiden du doch bist." Sie trat nah an ihn heran und flüsterte ihm verführerisch ins Ohr. „Das gefällt mir an einem Mann ganz besonders. Jemand der seine Stärke selbstlos für das Wohl anderer einsetzt."

„Können wir los, Heron?" Alma hatte sich unbemerkt genähert und sah Kira missbilligend an. „Wir haben noch viel zu erledigen."

Kira trat einen Schritt zurück und sprach sichtlich amüsiert: „Ich sehe schon, du hast eine Verabredung mit deiner Liebsten. Da will ich nicht weiter stören." Während sie an Heron vorbeiging, strich sie ihm sanft mit der Hand über die Schulter. „Es würde mich freuen, dich bald wiederzusehen", säuselte sie und mischte sich unter die Menschen.

„Ich bin nicht seine Liebste! Wir sind Freunde!", rief Alma ihr hinterher, ehe sie sich Heron zuwandte. „Was wollte die denn von dir?"

Heron sah verzaubert Kira hinterher und antwortete Alma nur beiläufig. „Sie hat mir zu unserem Sieg gratuliert."

„Das sah für mich aber nach etwas ganz anderem aus. Ich rate dir, dich vor ihr in Acht zu nehmen. Karkaten sind hinterlistig und falsch."

Erst als Kira aus Herons Sichtfeld verschwunden war, drehte er sich bedrückt zu Alma um. „Vielleicht sind ja nicht alle Karkaten so, wie du sagst."

Musik erklang laut in dem riesigen Festzelt, das auf einer Grünfläche im Park des Palasts aufgestellt worden war. Trommelrhythmen hallten donnernd durch das Zelt, gepaart mit verschiedenen Flötentönen, die eine aufdringliche, aber fröhliche Melodie spielten. Die geladenen adligen Gäste und einige Ehrenbürger Edumonds hatten in dem runden Festzelt Platz genommen. In den Gängen zwischen den Tischen liefen Diener mit Weinkrügen und Tellern voller köstlicher Speisen umher, während auf der Bühne in der Mitte des Zelts einige leichtbekleidete und verschleierte Frauen tanzten. Sodgar und Taran konnten ihre Blicke nicht von den Schönheiten abwenden, wohingegen Heron nur Augen für Kira hatte, die neben ihrem Vater am Tisch König Regonalds saß.

Plötzlich verstummte die Musik und die Tänzerinnen verließen die Bühne. Ein Redner Fillons in königlicher Tracht trat vor. „Sehr geehrte Könige, Adlige und Ehrenbürger. Wir kommen nun zum Hauptteil der heutigen Feierlichkeiten: Die traditionelle Übergabe der Besitzrechte an der Quelle. Hierzu bitte ich ein Mitglied des Zarkotischen Königshauses zu mir auf die Bühne."

Die Prinzessin Karkats stand auf und begab sich eleganten

Schrittes zur Mitte des Zeltes. Sie trug eine schwarze Haremshose und ein ebenfalls schwarzes, bauchfreies und enganliegendes Oberteil. Ihre Haare hatte sie aufwendig hochgesteckt und mit einer goldenen Haarklammer befestigt.

Während sie die Stufen zur Bühne hinaufstieg, sprach der Redner weiter. „Als nächstes bitte ich einen der Dupahle Edumonds zu mir hinauf."

Barion klopfte seinem Sohn sanft auf die Schulter. „Geh du, Heron. Ich hab diesen Moment bereits mehrere Male erlebt. Außerdem haben wir den Sieg dir zu verdanken."

Heron zögerte erst, doch als auch Sodgar und Taran ihn ermutigten, stand er auf und ging zur Bühne. Kira schenkte ihm ein strahlendes Lächeln, während der Redner weitersprach.

„Prinzessin Kira wird nun einen Kelch voll Quellwasser an Heron übergeben, als Zeichen für die Besitzrechte an der Quelle." Ein Diener betrat die Bühne und übergab eine mit Wasser gefüllte, kunstvoll verzierte Schale an Kira. Sie nahm die Schale entgegen und stellte sich Heron gegenüber.

„Ich, Kira, Prinzessin von Karkat, überreiche Euch hiermit das Quellwasser. Es soll symbolisch für die Besitzrechte an der Quelle stehen, die damit von Zarkotien an Edumond übergehen."

Heron nahm zitternd die Schale entgegen. Als er bemerkte, dass alle im Festzelt gespannt auf etwas zu warten schienen, flüsterte er leise: „Muss ich jetzt etwas sagen, Kira?"

Kira grinste. „Nein, musst du nicht." Sie legte ihre Hände über Herons und führte das Gefäß zu seinem Mund. „Es wird erwartet, dass du einen Schluck davon trinkst."

Kiras Berührung löste ein Kribbeln in seinem Bauch aus. Er hoffte inständig nicht rot anzulaufen, während er, geführt von ihr, einen Schluck Wasser zu sich nahm.

Als das Gefäß seinen Mund wieder verließ, applaudierten die Anwesenden. „Sonne Fillons, Sonne Fillons!", riefen sie dabei im Chor. Heron lächelte gerührt.

„Das ist dein Moment, Waldmensch", sprach Kira leise. „Koste ihn aus."

Die Feierlichkeiten waren im vollen Gange und der Wein floss in rauen Mengen. Auch Heron hatte bereits einige Becher Wein getrunken und genoss den Abend in vollen Zügen. Kira war seit der Zeremonie nicht von seiner Seite gewichen. Unter den misstrauischen Blicken von Alma umgarnte sie ihn, die Sonne Fillons, ununterbrochen.

König Regonald saß nachdenklich auf seinem Stuhl und beobachtete Barion. Der unterhielt sich schon seit längerem mit einigen Adligen, die er noch aus alten Zeiten kannte. Immer wieder lachten sie und stießen mit ihren Weinbechern an.

„Sieh nur, wie er sich feiern lässt", sprach Theofoldis gehässig zu Regonald. „Er spielt hier den großen Helden, dabei wäre er ohne deine Gnade nicht mal mehr am Leben."

König Regonald reagierte gereizt. „Wenn du hoffst, ich würde Barion doch noch für seine Tat verurteilen, irrst du dich. Ich weiß, was du im Schilde führst."

Der König Karkats hob beschwichtigend die Hände. „Mich in deine Angelegenheiten einzumischen, liegt mir fern."

„Du kannst dir deine hinterlistigen Spielchen sparen. Barion wird nächstes Jahr erneut mit seinem Sohn Heron für Edumond antreten. Und sie werden wieder als Sieger hervorgehen. Du wirst nichts dagegen tun können."

„Wie du meinst, Regonald", erwiderte Theofoldis knapp und

erhob sich vom Tisch. „Ich werde mich nun verabschieden. Morgen früh verlasse ich Fillon und reise zurück nach Karkat. Wir werden uns in einem Jahr beim nächsten Kampf der Dupahle wiedersehen."

Auf dem Weg zum Ausgang kam der König Karkats an Heron und Kira vorbei, die lachend am Rand des Zeltes standen. „Grandiose Leistung beim Kampf der Dupahle, Heron", lobte Theofoldis „Meine Tochter scheint bei der Auswahl ihrer Abendbegleitung einen guten Geschmack zu haben."

„Ich danke Euch für eure Anerkennung", erwiderte Heron stolz. „Was Eure Tochter betrifft, kann ich das Kompliment nur zurückgeben. Den Abend in der Begleitung einer so klugen und schönen Frau zu verbringen, ist mir eine Ehre."

Lächelnd hielt Kira ihm ihren leeren Becher vor die Nase. „Heron, könntest du uns beiden noch etwas Wein holen?"

„Gerne, Kira", antwortete Heron sofort. Nach einer kurzen und höflichen Verneigung vor König Theofoldis verschwand er im Getümmel der feiernden Menschen.

„Ich kann das nicht, Vater", sprach Kira verzweifelt, nachdem Heron außer Reichweite war. „Er ist ein guter Mensch. Seine Seele ist so rein und sein Herz so gütig. Ich möchte es ihm nicht brechen."

„Du hältst dich weiter an den Plan!", entgegnete Theofoldis harsch. „Oder muss ich dich daran erinnern, was auf dem Spiel steht?" Ohne ein weiteres Wort verließ Theofoldis das Festzelt.

Es war der Tag nach den Feierlichkeiten und König Regonald saß auf seinem Thron, als Barion und Heron den Thronsaal betraten. Sie schritten über den roten Teppich und begrüßten den König standesgemäß.

„Man sagte mir, dass ihr mich in einer dringlichen Angelegenheit sprechen wollt", begann König Regonald.

„Das ist richtig." Barion war einen Schritt vorgetreten. „Ich möchte dich um etwas bitten, Regonald", begann Barion höflich sein Anliegen vorzutragen. „Entbinde mich und meinen Sohn von der Pflicht, beim nächsten Kampf der Dupahle anzutreten."

„Aber Vater", reagierte Heron entrüstet. „Ich möchte weiter für Edumond kämpfen. Die Menschen brauchen uns."

„Schweig, Heron!", rief Barion verärgert. „Ich habe dich nicht nach deiner Meinung gefragt."

König Regonald hob verwundert die Augenbrauen: „Auch wenn du ihm den Mund verbietest, so muss ich deinem Sohn recht geben. Die Bürger Edumonds haben endlich wieder zwei Helden, an die sie glauben können. Nenne mir also einen triftigen Grund, warum ich so dumm sein sollte, deinem Wunsch zu entsprechen?"

„Wir haben Edumond nach langer Zeit den Sieg gebracht. Es gibt vorerst genug Wasser und die Menschen müssen nicht mehr leiden. Ich denke, dass wir es uns damit verdient haben, über unsere Zukunft zu entscheiden." Barion sah zu Heron. „Außerdem habe ich Angst, dass meinem Sohn etwas zustößt. Ich will nicht den nächsten wichtigen Menschen in meinem Leben verlieren."

„Das ist zu rührend, Barion", entgegnete König Regonald spöttisch. „Doch werde ich deiner Bitte keinesfalls nachkommen."

„Aber Regonald, ich bitte dich!", flehte Barion. „Sag den Bürgern einfach, dass wir verschwunden sind. Ich und Heron lassen uns dann irgendwo versteckt nieder. Keiner wird davon erfahren. Genau wie damals."

„Wie damals?" Regonald errötete vor Zorn. „Dass ich dich damals habe gehen lassen, war ein Fehler, den ich heute noch bereue. Ich bin offen und ehrlich zu dir. Nichts würde mich mehr freuen, als wenn du für immer aus meinem Leben verschwinden würdest. Deshalb gewähre ich dir deinen Wunsch. Du bist vom Kampf der Dupahle freigestellt. Geh fort und komm nie wieder hierher."

Barion war irritiert von dem plötzlichen Sinneswandel und bevor König Regonald es sich anders überlegte, drehte er sich zügig um und ging auf den Ausgang zu. „Komm, Heron, wir gehen."

„Halt!", rief König Regonald. „Ich habe nur gesagt, dass du von der Pflicht entbunden bist, Barion. Heron bleibt hier und wird nächstes Jahr erneut für Edumond beim Kampf der Dupahle antreten."

„Nein!", Barion starrte den König ungläubig an. „Du wirst mich nicht daran hindern, meinen Sohn mitzunehmen."

„Was passiert hier?", meldete sich nun auch Heron zu Wort. „Ich will hier nicht weg. Die Menschen Fillons glauben an mich. Ich bin die Sonne Fillons!"

König Regonald ignorierte ihn. „Hast du deinem Sohn je die Wahrheit erzählt?"

„Nein!", schrie Barion entsetzt und ging auf Regonald los. Unter dem fassungslosen Blick seines Sohnes legte Barion seine großen Hände um den Hals des Königs und drückte ihm die Kehle zu. Regonald rang nach Luft und versuchte sich mit Händen und Füßen zu wehren.

Sofort stürzten sich sechs Gardisten auf Barion und

versuchten dessen Hände von Regonalds Hals zu lösen. Als der König bereits blau angelaufen war, gelang es den Männern endlich, Barion unter Kontrolle zu bringen. Vier der Gardisten fixierten ihn mit großer Anstrengung, während die übrigen zwei ihre Schwerter auf ihn richteten.

„Vater, was ist los mit dir?", fragte Heron geschockt. „Bist du wahnsinnig geworden?"

„Er hat Angst vor der Wahrheit." Mühsam rang der König nach Luft. Und nun sah Heron etwas, das er nie für möglich gehalten hätte. Barion gab den Widerstand auf, sank auf die Knie nieder und seine Augen füllten sich mit Tränen.

„Was ist denn damals passiert?", rief Heron zitternd. „Sagt mir endlich die Wahrheit!"

Regonald massierte seinen geschundenen Hals, auf dem sich deutlich die Spuren der gewaltigen Hände Barions abzeichneten. „Ich werde dir erzählen, was damals geschehen ist." Seine Stimme schien nun voller Hass. „Es war ein dunkler, nebliger Tag. Barions und Elenoras achter Kampf der Dupahle sollte der nächste Triumph für Edumond werden. Das Schlachtfeld war damals so nebelverhangen, dass selbst ich und König Theofoldis kaum Sicht auf die Arena hatten. Und dass, obwohl wir sehr nah am Rand saßen. Die Bürger auf den Zuschauerrängen hingegen waren so weit entfernt, dass sie gar nichts vom Kampfgeschehen erkennen konnten. Für Zarkotien trat Mogan, der Sohn von Theofoldis, an. Sein Partner wurde schon kurz nach Beginn des Wettkampfs von deinem Vater getötet. Nach einem langanhaltenden Kampf war es schließlich Elenora, die Mogan überwältigte. Sie fesselte den Prinzen von Zarkotien und machte ihn somit kampfunfähig. Damit war auch dieser Wettstreit zugunsten Edumonds entschieden. Als Zeichen ihrer Treue zu

Edumond kniete Elenora vor mir nieder.

In dem Augenblick löste sich Barion aus dem Nebel hinter ihr. Sein Blick war kalt und gefühllos. Dann machte sich ein Lächeln in seinem Gesicht breit. Völlig unerwartet zog er einen Dolch aus seinem Waffengürtel und schnitt Elenora damit die Kehle durch."

Heron verschwamm es vor seinen Augen. Seine Stimme krächzte gequält, als er sich an seinen Vater wandte: „Ist das die Wahrheit?"

Wortlos ließ Barion den Kopf hängen und in kurzen, regelmäßigen Abständen tropften Tränen auf den roten Teppich unter ihm.

„Schau mich an und sag mir, ob das die Wahrheit ist?", schrie Heron plötzlich und ballte seine Hände zu Fäusten. „Bist du der Mörder meiner Mutter?"

Langsam hob Barion den Kopf und sah Heron an. Sein Gesicht schien um Jahre gealtert zu sein, er war blass und seine Lippen bebten. „Ich weiß es nicht, Heron. Nachdem Mogan gefesselt war, ist alles dunkel in meiner Erinnerung."

Mit den Worten seines Vaters brach für Heron eine Welt zusammen. Er wollte nur noch weg und rannte Richtung Ausgang.

„Sollen wir ihn aufhalten, mein König?", fragte einer der Gardisten.

„Nein", erwiderte König Regonald. „Der Junge muss das jetzt erstmal verarbeiten." Müde erhob er sich von seinem Thron und deutete auf Barion. „Steckt ihn ins Verlies und sorgt dafür, dass es ausreichend gesichert ist. Dort soll er bleiben, bis ich über sein Schicksal entschieden habe."

Heron zitterte am ganzen Körper und merkte, wie er das Gefühl in seinen Beinen verlor. Dennoch rannte er immer weiter. Erst durch den Park des Palastes, dann über die Hauptstraße und den Markt. Letztlich durchlief er das große Haupttor im Süden und fiel einige Meter vor der Stadt auf die Knie in den Sand. Er raufte sich mehrfach mit beiden Händen durch sein langes grünes Haar.

Zwanghaft versuchte er das Gefühlsdurcheinander in seinem Kopf zu sortieren. Die bittere Erkenntnis, dass es nicht irgendeine Krankheit gewesen war, die seiner Mutter das Leben genommen hatte, war schon kaum zu ertragen. Doch dass es sein Vater war, der sie hingerichtet hatte, riss ihm den Boden unter den Füßen weg. Sein Vater, sein Anker, die einzige Konstante in seinem Leben, hatte ihn von Anfang an belogen. Jetzt wurde ihm klar, warum Barion jedes Mal mit seinen Gefühlen rang, wenn sie über Elenora sprachen.

Heron griff nach dem Amulett um seinen Hals. Das Amulett, von dem er gedacht hatte, dass es seiner Mutter gehörte. Wahrscheinlich war auch das eine Lüge. Mit einem Ruck riss er es sich vom Hals und ließ es in den Sand fallen. Gedankenverloren sah er zu den Dünen der Wüste Edu und fühlte sich auf einmal sehr einsam.

„Ist alles in Ordnung, Heron?" Kira stand plötzlich vor ihm. Die Sonnenstrahlen umringten ihre Silhouette, wie damals im Wald, als sie sich das erste Mal begegnet waren.

„Du hast mich auf dem Marktplatz fast umgerannt." Sie kniete sich vor ihn in den Sand. „Möchtest du mir vielleicht sagen, was passiert ist?"

Heron wischte sich mit der Hand die Tränen aus dem Gesicht

und atmete tief durch. „Ich habe gerade erfahren, dass mein Vater meine Mutter getötet hat. Mein ganzes Leben lang hat er mich belogen."

„Dein Vater, Barion?", entfuhr es Kira ungläubig. „Das kann ich mir kaum vorstellen." Kira ergriff Herons Hand und streichelte sanft darüber. „Ich kann nur erahnen, wie du dich jetzt fühlst. In dir muss ein unglaubliches Durcheinander herrschen. Weißt du, warum er es getan hat?"

„Nein", erwiderte Heron trotzig. „Und ich will es auch gar nicht wissen. Es genügt die Tatsache, dass er es getan hat."

Kira seufzte. „In Ordnung, Heron. Wir sollten vielleicht vorerst nicht über deinen Vater sprechen." Sie nahm neben ihm im Sand Platz, ohne jedoch seine Hand loszulassen. Zart streichelte sie seinen Handrücken mit ihrem Daumen. „Was ist das für ein Schmuckstück?" Sie deutete mit dem Kopf auf das Amulett, welches zwischen Herons Beinen im Sand lag.

„Mein Vater sagte mir, dass es meiner Mutter gehört hat. Aber vielleicht war auch das eine Lüge." Heron rappelte sich auf. „Ich weiß deine Bemühungen wirklich zu schätzen, Kira, doch ich muss jetzt über vieles nachdenken. Am besten fernab von allem, was mich an meinen Vater erinnert."

„Dann komm mit mir nach Karkat. Dort hast du genug Abstand von allem."

„Meinst du das ernst?" Heron blieb verwundert stehen. „Ich glaube nicht, dass König Theofoldis erfreut wäre."

„Mach dir wegen meinem Vater keine Sorgen. Sei unser Gast, so lange bis du bereit bist nach Fillon zurückzukehren. Und in der Zwischenzeit können wir uns besser kennenlernen."

Heron brauchte nur kurz, um eine Entscheidung zu fällen. Er musste Fillon den Rücken kehren. Taran, Alma, Grama und auch alle anderen Menschen der Stadt würden ihn immer an seinen Vater erinnern.

„Einverstanden!", sprach er schließlich.

Kira stand auf, griff nach dem Amulett und steckte ihm das Schmuckstück samt Kette in seine Hosentasche. „Geh und pack deine nötigsten Sachen zusammen. Ich warte genau hier mit meiner Kutsche auf dich."

Heron nickte und machte sich auf den Weg zu der Gaststätte, in der er bisher genächtigt hatte. Hastig packte er alles, was er besaß, in seinen Beutel, als er bemerkte, dass er Dolor und seine Kampfausrüstung vergessen hatte. Grama hatte darauf bestanden, nicht nur die Kleidung aller Wettkämpfer zu flicken, sondern auch die Waffen zu polieren. Er musste noch einmal zu ihr.

Zu seiner Erleichterung waren Taran und Alma nicht dort. Doch Grama saß auf dem Sofa und flickte ein Hemd. Heron begrüßte sie freundlich. „Entschuldige die Störung, aber ich möchte nur kurz meine Kampfausrüstung und Dolor holen."

„Dein Schwert steht dort drüben in der Ecke. Die anderen Sachen liegen auf dem Tisch", sprach sie, ohne dabei ihre Tätigkeit zu unterbrechen. Heron klemmte sich das Bündel unter den Arm und griff nach seinem Schwert.

„Was bedrückt dich, Junge?" Grama sah kurz auf, bevor sie sich wieder auf das weiße Hemd in ihren Händen konzentrierte. „Ich merke, dich beschäftigt etwas. Wenn du möchtest, kannst du mir gerne erzählen, was es ist."

„Ich möchte ungern ausführlich darüber reden." Heron seufzte gequält. „Kurz zusammengefasst: Ich habe erfahren, dass Barion mich mein Leben lang belogen hat."

Grama legte das Hemd sowie Nadel und Faden zur Seite.

„Ein Konflikt zwischen Vater und Sohn also. Das kenne ich nur zu gut. Es ist oft nicht leicht ein Kind großzuziehen. Häufig muss man sie belügen oder ihnen etwas verheimlichen, um sie zu schützen."

„Das glaube ich dir gerne, Grama. Doch in diesem Fall ist es anders. Er hat etwas getan, was unverzeihlich ist. So unverzeihlich, dass ich fortgehen werde. Nichts wird mich davon abhalten." Entschlossen drehte er sich Richtung Haustür.

„Ich werde dich sicher nicht aufhalten." Grama war vom Sofa aufgestanden und ging langsam zu Heron. „Gelegentlich braucht es Zeit und Abstand, um den Kopf freizubekommen. Doch vergiss nicht, dass es noch andere Menschen gibt, denen du etwas bedeutest. Sie werden sich sorgen, wenn du plötzlich verschwunden bist."

Heron zögerte und griff in seine Hosentasche. Er nahm das Amulett heraus und gab es Grama. „Bitte gib das Taran und Alma. Sag ihnen, ich werde es mir wieder abholen." Er umarmte Grama fest und öffnete die Haustür.

„Sagst du mir, wohin du gehen wirst?" Grama hielt Heron sanft am Handgelenk fest und sah ihn freundlich an.

„Nach Karkat."

Seufzend ließ Grama ihn gehen.

Kapitel 22
Lila Rauch

Die Schlacht um Bangol stand kurz bevor. Die Ritianan waren zahlenmäßig weit überlegen und hatten die Stadt umzingelt. Die Allianz aus Bangolen und Aquinan hatte die Stadtmauer besetzt. Zugul, Nidal, Quing und Bugat standen auf der höchsten Stelle des Abwehrwalls, als der Häuptling der Bangolen zu den Kriegern sprach:

„Tapfere Krieger Bangols und Aquins. Es ist an der Zeit zu beweisen, aus welchem Holz wir geschnitzt sind. Es ist an der Zeit unsere Liebsten zu beschützen."

Ein glatzköpfiger Ritiana trat aus der Formation der Belagerer. Er richtete seine offenen Handflächen in Richtung der Stadt und seine Augen begannen orange zu leuchten. Vor seinen Handflächen bildete sich eine Feuerkugel, die stetig größer wurde.

„Seht. Sie versuchen, unsere Stadt niederzubrennen, wie sie es auch mit Aquin getan haben. Doch das werde ich nicht zulassen. Wenn sie uns bezwingen wollen, sollen sie es gerne versuchen. Aber nach unseren Regeln. Mann gegen Mann. Waffe gegen Waffe." Zugul breitete seine Arme aus und weißes Licht schoss aus seinen Augen. Dann schlug er mit aller Kraft seine Handflächen aufeinander. Eine weiße, wabernde Druckwelle breitete sich in alle Richtungen aus. Laut brummend erreichte sie die Belagerer, von denen einige ins Wanken gerieten. Augenblicklich erlosch das orange Leuchten in den Augen des Ritianas und die Feuerkugel vor seinen Händen verschwand.

Nidal war beeindruckt. Die weiße Druckwelle war ein direkter Angriff auf alle pahlen und dupahlen Begabungen gewesen. Scheinbar konnten Fähigkeiten jetzt nicht mehr eingesetzt werden.

Zufrieden lächelte Zugul, während das Licht in seinen Augen verschwand. „Bangolen kämpfen so, wie sie es am besten können. Mit der Waffe in der Hand!" Damit gab er den Befehl zum Angriff.

Mit vereinten Kräften stürmten Bangolen und Aquinan auf die desorientierten Ritianan los und drängten sie immer weiter fort von den Mauern der Stadt in unwegsameres Gelände.

Die Schlacht um Bangol war bereits einen Tag alt. Vor allem die Bangolen bestätigten ihren Ruf als große Kämpfer und hatten einen großen Anteil daran, dass die Stadt noch nicht gefallen war. Das Kampfgeschehen hatte sich weiter Richtung Küste verlagert.

Zugul hatte gerade einen weiteren Ritiana mit seiner Axt hingerichtet. Sein Brustkorb bebte und er atmete schwer. „Komm Zugul, wir ziehen uns etwas zurück", schlug Nidal vor. Zugul willigte ein und sie ließen sich hinter die Frontlinie fallen. Von einer Anhöhe aus hatten sie einen guten Überblick.

„Die Schlacht läuft besser als erwartet", stellte Zugul fest. „Deine Aquinan schlagen sich gut und auch du kämpfst sehr tapfer."

„Danke für deine lobenden Worte, Zugul. Der Mut und die Stärke deiner Krieger beflügeln meine Aquina. Nur leider sehe ich auch viele erschöpfte Kämpfer in unserer Allianz."

Zugul schwang seine Axt auf seine Schulter. „Erschöpfung? Nicht bei meinen Bangolen. Die haben noch genügend Kraft in sich. Ich denke, wir werden schon bald als Sieger hervorgehen."

Nidal war beeindruckt von dem Optimismus Zuguls, doch tief in seinem Inneren spürte er, dass die Schlacht noch lange nicht entschieden war.

„Die Ritianan ziehen sich zurück." Quing kam zu ihnen die Anhöhe hinaufgerannt.

Tatsächlich hatten sich die Ritianan etwas zurückgezogen und standen nun in Reih und Glied. Ein besonders auffälliger Ritiana trat vor das Heer. Er war mit unzähligen Fellen sowie Ketten aus tierischen Zähnen behangen. In ritianischer Sprache begann er lauthals auf seine Kämpfer einzureden.

„Das ist der Anführer des ritianischen Heeres." Nidal sah durch sein Fernglas. „Jetzt hat er sich in Bewegung gesetzt und kommt mit erhobenen Händen auf uns zu."

„Bestimmt haben sie eingesehen, dass sie machtlos gegen uns sind und wollen sich ergeben", sprach Zugul voller Stolz.

„So sehr es mich freuen würde, kann ich mir das nicht vorstellen", erwiderte Nidal zweifelnd. „Komm, Zugul. Wir gehen ihm entgegen."

Mittig des Schlachtfeldes trafen sie auf den Ritiana. Die Kämpfer Bangols und Aquins hatten sich ebenfalls etwas zurückgezogen und warteten auf weitere Befehle.

„Ihr habt bis hierher tapfer gekämpft, das muss ich wirklich sagen", sprach der Anführer der Ritianan. Um seine Augen leuchtete ein lilafarbener Nebel. Zugul und Nidal waren auf der Hut und bereit, ihre dupahlen Kräfte einzusetzen. In sehr verständlicher Sprache fuhr der Ritiana fort: „Doch werde ich nicht zulassen, dass ihr mein Heer noch weiter schwächt."

Nidal war sich sicher, dass die Worte unmöglich von dem Ritiana selbst kommen konnten. Es klang, als würde ihm irgendwer die Worte in den Mund legen. Gerade als Nidal etwas erwidern wollte sprach der Ritiana weiter:

„Ich spüre, dass viele der Bangolen sehr erschöpft sind. Ihr Geist ist stark geschwächt und es gibt nur noch wenige, die sich meiner Macht entziehen können."

Plötzlich machte sich Unruhe unter den Kämpfern der Aquinan und Bangolen breit. Nidal wandte sich um und sah, dass die Augen vieler Bangolen von demselben lilafarbenen Rauch umgeben waren wie die des Ritianas.

Nidal erschrak: Die Augen des Häuptlings waren ebenfalls von lila Rauch befallen. Es sah aus, als wären alle Emotionen aus seinem Körper verbannt worden. Mit kaltem Gesichtsausdruck hob er seine Axt hoch und richtete sie gen Himmel. Auch die anderen Bangolen, welche vom Rauch betroffen waren, taten es ihrem Häuptling gleich und streckten ihre Waffen in die Luft.

Erneut meldete sich der Anführer der Ritianan zu Wort. „Ihr hättet aufgeben sollen, als ich euch die Chance dazu gab. Nun ist es jedoch zu spät."

Er hatte die letzten Worte kaum ausgesprochen, als sich das schreckliche Schauspiel ereignete. Die vom Rauch betroffenen Bangolen schwangen ihre Waffen hinunter und richteten sich selbst hin. Auch Nidal musste mitansehen, wie sich Zugul seine Axt in die Brust rammte.

„Nein! Vater!" Der Schrei kam von Bugat.

Alle übriggebliebenen Bangolen sowie die Aquinan waren in Schockstarre verfallen. Bugat lief an ihnen und den zahlreichen Leichen vorbei und erreichte endlich Zugul. Mit Tränen in den Augen legte er seine Stirn auf die seines Vaters.

Der ritianische Anführer zog sich zurück und rief laut

lachend: „Vernichtet sie!" Sogleich griff der Feind an.

„Verteidigt euch!", brüllte Nidal und riss die Bangolen und Aquinan aus ihrer Schockstarre. Gemeinsam mit Quing trennte er Bugat von dem Leichnam seines Vaters. „Auch wenn die Trauer groß ist, so müssen wir bei Verstand bleiben." Nidal legte seine Hände auf Bugats Schultern, der ihn mit leeren Augen ansah. „In der Stadt sind zahlreiche Frauen und Kinder. Wir müssen versuchen so viele wie möglich zu retten."

Bugat nickte kaum merklich und wischte sich die Tränen von den Wangen. „Aber wie sollen wir das anstellen?"

„Wir schlagen mit den übriggebliebenen Kämpfern eine Schneise in die Reihen der Belagerer. Durch diese können wir die Frauen und Kinder zum nördlichen Pass entlang der Klippen führen. Dort sollte deine Dupahle wieder funktionieren und du kannst mit ihr den Pass hinter uns versperren. Das sollte uns genügend Vorsprung geben, um sicher nach Fillon zu gelangen."

Die Trauer der Überlebenden konnte man nicht nur sehen, sondern auch hören. Ein Gesang, so traurig, dass er Bugat die Kehle zuschnürte, erfüllte die Küste Edumonds. Es waren Frauenstimmen, die über den Verlust von Ehemännern und Söhnen sangen. Sie beteten zu Egoleit und Egolet, dass ihnen kein weiteres Leid widerfahren solle.

„Auch wenn mein Plan erfolgreich war, so mussten doch zu viele sterben", sprach Nidal bedrückt.

„Ja, Nidal", stimmte Bugat deprimiert zu. „Die Moral der Menschen Bangols und Aquins ist gebrochen."

Nidal klopfte Bugat tröstend auf die Schulter. „Das ist nach dem, was wir erlebt haben, nur zu verständlich. Doch wir müssen jetzt nach vorne sehen."

„Das fällt mir im Moment sehr schwer." Bugat seufzte. „Du bist weitaus weiser und geübter darin Entscheidungen zu fällen. Deshalb bitte ich dich, nicht nur für die Aquinan, sondern auch für uns Bangolen zu entscheiden."

„Gerne nehme ich dir diese Last ab." Nidal lächelte ihm zuversichtlich zu. „Es wird noch ein langer Weg bis Fillon. Durch deine Steinblockade am Küstenpass sind die Ritianan gezwungen, über die Treibsandebene Richtung Fillon vorzurücken. Ich hoffe, dass uns dies genügend Zeit verschafft, Fillon zu warnen."

Kapitel 23
Schneewüste

Alma saß auf einem Stuhl in Gramas kleiner Behausung und betrachtete das goldgelbe Amulett mit der Sonne. Seit Heron fortgegangen war, lag es unberührt auf dem Tisch. Weder Alma noch Taran hatten es an sich nehmen wollen.

Die Haustür sprang auf und Taran stürmte herein. Er war außer Atem und hielt sich gebückt mit einer Hand an der Türzarge fest. Nach ein paar tiefen Atemzügen rief er aufgeregt: „Vater ist zurück! Zwar mit leichten Verletzungen, aber sonst ist er wohlauf."

Alma sprang auf und eilte zur Tür: „Lass uns schnell zu ihm gehen!"

„Das geht nicht, Schwester", hielt Taran sie zurück. „Vater wurde direkt in den Palast gerufen. Er muss dem König von der Schlacht bei Erbholt berichten. Wir werden warten müssen, bis er bei uns auftaucht." Alma setzte sich enttäuscht zurück auf den Stuhl und Taran gesellte sich zu ihr. So warteten beide ungeduldig bis zum frühen Abend auf ihren Vater.

„Ich bin so froh wieder bei euch zu sein." Gregotsch betrat lächelnd Gramas Haus und seine Kinder fielen ihm direkt in die Arme. Sanft drückte er sie beide an seine Brust. Er war froh und erleichtert, wieder in Sicherheit und bei seiner Familie zu sein. Lächelnd nahm er auch Grama in die Arme, bevor er sich erschöpft auf den Stuhl fallen ließ. Die letzte Zeit war kräftezehrend gewesen und einige Narben und Schwellungen zierten seinen Körper.

„Wo sind Barion und Heron?", erkundigte er sich, nachdem er einen ganzen Krug Wasser geleert hatte. Augenblicklich war Tarans und Almas Freude wieder verflogen.

Nach einem Moment der Stille war es Taran, der seinem Vater berichtete, was in der Zwischenzeit geschehen war. Gregotschs Miene versteinerte sich. „Das kann ich einfach nicht glauben." Er schüttelte vehement den Kopf. „Das würde Barion niemals tun. Es muss ein Irrtum sein."

„Das dachten wir auch, als wir es hörten", stimmte Alma ihrem Vater zu. „Doch laut dem, was man sich auf der Straße erzählt, ist es wohl die Wahrheit. Heron war am Boden zerstört und ist Hals über Kopf mit Prinzessin Kira nach Karkat geflüchtet."

Gregotsch stand auf und ging nachdenklich im Raum auf und ab. „Zu gerne würde ich der Sache auf den Grund gehen, doch gibt es im Moment leider noch etwas Wichtigeres, worum wir uns kümmern müssen."

„Ihr habt die Valdrieten also nicht besiegen können?", fragte Taran besorgt.

Gregotsch schüttelte enttäuscht den Kopf. „Wir hatten den ersten Kontakt mit ihnen bereits in der Wüste Edu. Jedoch waren es nur Spähtrupps des Feindes, die wir mit Leichtigkeit erlegten. Als wir dann die Wüste verließen, trafen wir auf ihr Heer. Nach harten Kämpfen gelang es uns schließlich, den Feind von den Ebenen zu drängen. Doch am Waldrand Erbholts zeigte sich die wahre Schlagkraft dieser Eisgreise. Sie waren uns zahlenmäßig weit überlegen. Sehr viele unserer Gibu-Reiter starben. Nach wochenlangen harten Kämpfen blieb uns nur der Rückzug."

„Das ja grauenvoll, Vater." Taran wusste, was das bedeutete: Krieg.

„Deswegen war ich bis gerade eben im Palast. Nachdem ich Bericht erstattet habe, berief König Regonald einen Kriegsrat ein. Morgen früh treffen wir uns erneut, um weitreichende Vorkehrungen zu treffen."

Während Alma nachdenklich auf Herons Amulett starrte, hatte sich Taran noch eine Frage aufgedrängt: „Was ist mit unseren Verbündeten? Hat man Boten nach Aquin, Bangol und der Schmiede geschickt?"

Gregotsch nickte. „Regonald hat sofort Boten ausgesandt."

„Und was ist mit Zarkotien?" Alma war aufgesprungen und sah ihren Vater fragend an. „Wird Karkat und König Theofoldis auch um Hilfe gebeten?"

„Nein!", entgegnete Gregotsch ernst. „Nach König Regonalds Einschätzung werden wir mit der Unterstützung aus Aquin, Bangol und der Schmiede unserem Feind überlegen sein. Mal davon abgesehen, glaube ich nicht, dass König Theofoldis uns helfen würde."

Alma rannte zum Schrank und holte ihren Leinenbeutel heraus. Hektisch stopfte sie ihre Sachen hinein.

„Was hast du vor?", Taran schaute ihr verwundert zu. „Wo willst du jetzt noch hin?"

Alma zog ihren Beutel zu und drehte sich entschlossen zu ihm um. "Ich gehe nach Karkat. Wenn Heron erfährt, das Fillon angegriffen wird, will er sicher zurückkehren, um seine Heimat zu verteidigen. Ich hoffe, ihr versteht das. Ich muss das einfach tun, also versucht nicht, mich abzuhalten."

„Geh, mein Kind." Gregotsch nickte ihr verständnisvoll zu. „Wenn du glaubst, es ist deine Aufgabe Heron herzuholen, dann geh. Aber bitte gebe auf dich Acht." Dankbar lächelte Alma ihren Vater an und eilte zur Tür.

Taran wollte aufspringen, um seine Schwester aufzuhalten, doch Gregotsch hielt ihn an der Schulter fest. „Lass sie gehen, Taran."

„Warum?" Taran sah seinen Vater verständnislos an. „Wir können sie doch nicht einfach ganz allein nach Karkat gehen lassen."

Doch Gregotsch lehnte sich über den Tisch und sah ihm in die Augen. „Zum einen steht ein Krieg bevor. Da ist es mir lieber, wenn sie in Karkat ist und nicht hier. Zum anderen solltest du dir eines gut merken: Stell dich nie einer Frau in den Weg, wenn sie festen Willens einen Entschluss gefasst hat."

Alma lief schnellen Schrittes durch die dunklen Gassen Fillons. Nur gelegentlich schaffte es Getos Licht durch die Wolkendecke zu brechen. Kurz bevor sie das Stadttor erreichte, hörte sie eine Stimme hinter sich.

„Hallo, warte mal!", rief ein Mann ihr hinterher. Alma bekam ein unbehagliches Gefühl. Abends waren viele zwielichtige Gestalten in Fillon unterwegs. Sie lief schneller und hörte, wie auch der Mann zu laufen begann. „Du brauchst keine Angst zu haben. Ich will dir nichts tun", rief der Unbekannte erneut.

Doch Alma dachte nicht daran, stehen zu bleiben, sondern rannte so schnell sie konnte weiter. Verängstigt suchte sie die Straße vor sich nach einem Wachmann Fillons ab. Da packte sie plötzlich jemand an der Schulter. Erschrocken drehte sie sich um.

„Du bist es ja doch." Sodgar stand in ziviler Kleidung vor ihr. „Tut mir leid, dass ich dir Angst gemacht habe. Ich habe dich in der Dunkelheit nicht richtig erkannt."

Alma atmete erleichtert auf. „Du hast mir wirklich einen ganz schönen Schrecken eingejagt, Sodgar. Was machst du hier, mitten in der Nacht?"

„Ich bin für eine Woche vom Dienst freigestellt. Deshalb nutze ich die Zeit, um mal wieder ein paar alte Freunde zu treffen. Wir hatten uns so viel zu erzählen, da ist es spät geworden. Gerade kam ich aus dem Gasthaus und wollte heimgehen, als ich dich vorbeilaufen sah." Er deutete auf den Leinenbeutel, den sie auf ihrem Rücken trug. „Das ist ganz schön viel Gepäck für eine nächtliche Stadtwanderung. Darf ich fragen, wohin du so spät noch gehen willst?"

„Ich habe beschlossen, noch heute Richtung Karkat aufzubrechen", antwortete Alma zaghaft.

„Mitten in der Nacht willst du die Stadt verlassen?", entfuhr es Sodgar verwundert. „Und dann auch noch ganz allein?"

Alma nickte. „Ich weiß, es klingt seltsam, aber als ich erfuhr, dass Fillon ein Krieg bevorsteht, musste ich sofort aufbrechen. Heron ist vor einigen Tagen nach Karkat gegangen und ich will ihm unbedingt von der drohenden Gefahr berichten. Wenn er das erfährt, will er sicher zurückkommen und an unserer Seite kämpfen."

„Ich komme mir dir", sprach Sodgar kurzentschlossen. „Auch wenn Barion wegen seiner vermeintlichen Tat eingesperrt worden ist, so stehe ich noch immer in seiner Schuld. Als er mir damals in Erbholt das Leben gerettet hat, habe ich mir selbst geschworen, diese Schuld irgendwann zu begleichen. Wenn ich nun wenigstens einen Teil dieser Schuld streichen kann, indem ich seinen Sohn zurückhole, will ich mir diese Möglichkeit nicht entgehen lassen."

„Einverstanden", stimmte Alma zu und versuchte ihre Erleichterung zu verbergen. An der Seite von Sodgar würde sie sich bedeutend sicherer fühlen.

„Warte hier. Ich packe nur kurz meine Ausrüstung zusammen." Sodgar drehte sich um und ging schnellen Schrittes davon.

Herons erste Tage in Karkat waren überschaubar verlaufen. Kira hatte ihn durch die große, kalte Burg geführt und ihm die dazugehörigen Anlagen gezeigt. Außerdem wurden sie, für sein Empfinden etwas zu häufig, zu König Theofoldis gerufen. Ihn ehrte zwar die Aufmerksamkeit des Königs, der einen freundlichen Eindruck auf ihn machte, doch hatte er bei jedem Aufeinandertreffen ein unerklärlich mulmiges Gefühl. In Kiras Nähe jedoch fühlte er sich wohl. Die Prinzessin war sehr bemüht, ihn von den Geschehnissen in Fillon abzulenken.

„Komm Heron, es geht los." Kiras Augen strahlten ihn durch seine offene Zimmertür an. „Ich habe für heute etwas ganz Besonderes geplant."

Überrascht stand Heron auf und ging auf sie zu. „Wenn das Besondere nicht eine weitere langweilige Unterredung mit deinem Vater ist, bin ich wirklich gespannt."

Kira lachte. „Keine Angst, das ist es sicher nicht. Komm, die Kutsche wartet bereits." Sie griff nach seinem Handgelenk und zog ihn mit sich in den Gang.

Kurz darauf saßen beide in einer schwarzen Kutsche und durchquerten die Straßen Karkats. Die schmalen Häuser aus grauem Stein reihten sich eng aneinander und fügten sich nahtlos in das einfarbige Stadtbild ein. Auf wirklich allem schien ein bedrückend grauer Ascheteppich zu liegen. Obendrein wirkte alles in Karkat reparaturbedürftig und in die Jahre gekommen. Zahlreiche Fenster waren beschädigt, Türen hingen nur noch halb in den Angeln und der schlecht planierte Weg sorgte für eine holprige Fahrt.

Heron beobachtete das Geschehen auf den Straßen. „Halte mich nicht für unhöflich, aber warum ist hier alles so heruntergekommen? Nach den jahrelangen Siegen im Kampf der Dupahle hatte ich ein wohlhabenderes Stadtbild erwartet."

Kira rutschte etwas näher, um ebenfalls aus dem Fenster der Kutsche sehen zu können. „Das solltest du mal meinen Vater fragen", sprach sie sarkastisch. „Von den Einnahmen, die die Siege mit sich brachten, haben die Bürger Karkats nicht viel abbekommen. Theofoldis hat dem Volk eingeredet, dass die Einnahmen für schlechte Zeiten zurückgelegt werden müssen. Und nun hortet er Berge von Münzen in seiner Schatzkammer. Er hat die Bürger durch jahrelangen Druck und harte Strafen eingeschüchtert. Dabei sind die Menschen Karkats so gutmütig und freundlich, wenn man ihnen mit Offenheit begegnet."

Kira hob die Hand und winkte einer schwarzgekleideten Gruppe zu, die nah bei der Straße stand. Einer von ihnen spielte eine schöne Melodie auf einem Instrument, das Heron unbekannt war. Es bestand aus einem großen Beutel, aus dem nach oben mehrere Holzröhrchen hinausragten. Am unteren Ende befand sich eine Art Schlauch, der zum Mund des Mannes führte. „Was ist das für ein seltsames Instrument?", fragte

Heron fasziniert.

Die Menschen winkten Kira lächelnd zurück. „Das ist eine Kirolu. Sie spielen das Volkslied Karkats darauf. Es erzählt von der Stärke Karkats und der Liebe zu ihrem König." Ein zynisches, kurzes Lachen entwich Kira. „Es ist schon ein Widerspruch in sich, dass König Theofoldis darin von den Bürgern besungen wird. Dabei sind ihm die Menschen hier völlig egal. Ich im Gegensatz begegne den Bürgern auf Augenhöhe." Kira biss sich auf die Lippe. „Es tut mir leid. Ich sollte in deiner Gegenwart nicht so über meinen Ziehvater sprechen."

„Ziehvater?" Heron bekam große Augen. „König Theofoldis ist gar nicht dein richtiger Vater?"

„Nein, ist er nicht. Ich bin in Sutra, eine Insel im Osten Zarkotiens, geboren. Meine Eltern starben dort bei einem Bürgerkrieg, als ich vier Jahre alt war. Ich habe zwar keine Erinnerung an diese Zeit, doch von Theofoldis weiß ich, dass er den Bürgerkrieg niederschlug. Danach fand er mich zufällig im Wald und nahm mich aus Mitleid bei sich auf."

Kira seufzte, während die Kutsche durch die Stadtmauer hinaus auf die steinerne Ebene vor Karkat fuhr. „Ich habe ihm vieles zu verdanken. Deshalb sollte ich auch nicht schlecht über ihn reden. Aber wie er mit Menschen und speziell den Bürgern Karkats umgeht, macht mich jedes Mal wütend."

„Das mit deinen Eltern tut mir sehr leid." Heron ergriff ihre Hand, legte seinen Arm um ihre Schulter und zog sie zu sich heran.

„Sieh nur, wir sind gleich da!" Übertrieben aufgeregt lehnte sie sich vor und sah aus dem Fenster. Dabei löste sie sich aus seiner Umarmung.

Heron war etwas enttäuscht, ging aber auf Kiras

Enthusiasmus ein. „Meinst du die rauchenden Quellen dort hinten?"

„Ja. Das sind die nordwestlichen Quellen von Karkat", bestätigte Kira. „Nirgends im Königreich befinden sich so viele an einem Ort."

Die Kutsche hielt an und sie stiegen aus. Gemeinsam gingen sie zu einem besonders großen Krater, aus dem rote Rauchschwaden wabernd aufstiegen. Nach ein paar Schritten hatte sie den Rand erreicht und sie spürten die Hitze der Quelle. Das leuchtend rote Wasser blubberte an vielen Stellen und der heiße Rauch sorgte für Schweißperlen auf Herons Stirn.

„Das ist wirklich ein magischer Ort", stellte Heron fasziniert fest. „Aber der beißende Rauch und die Hitze sind gewöhnungsbedürftig."

„Das glaube ich dir gerne." Sie lachte. „Mir macht das schon lange nichts mehr aus. Aber komm weiter, es gibt noch mehr zu sehen." Sie liefen durch die malerische Landschaft, bis Kira plötzlich stehenblieb.

„Ab jetzt müssen wir vorsichtig und leise sein", flüsterte sie und begann eine der Quellen zu umrunden. Wenige Schritte später blieb Kira erneut stehen und sprach jetzt wieder in normaler Lautstärke. „Wir haben Glück, er ist nicht da."

„Wen meinst du?" Heron sah sich suchend um. Kira streckte den Arm aus und deutete auf eine Stelle zwischen zwei Quellen. Jetzt sah auch Heron die flache Grube, in welcher drei braun marmorierte, große Eier lagen. „Sind die Eier von einem Besalt? In der Schmiede sagte man uns, dass sie hier bei den Quellen leben."

Kira nickte. „Sie mögen die Wärme. Doch gelegentlich müssen sie ihre Nester verlassen, um etwas zu essen. Sie fliegen in die Schwarzen Sümpfe im Süden Zarkotiens und jagen dort. Zu unserem Glück scheint der Bewohner dieses Nestes gerade dort zu sein."

„Habt ihr Karkaten keine Angst vor ihnen?", fragte Heron, während er fasziniert die Eier bewunderte.

„Nein", antwortete Kira. „Die Besalte sind zwar Fleischfresser, halten sich aber von uns Menschen fern. Lange Zeit haben die alten Könige Karkats versucht, die Tiere zu zähmen und als Waffe einzusetzen, aber es ist ihnen nicht gelungen."

Ein markerschütterndes Gebrüll ließ Heron zusammenzucken. „Könnte es sein, dass der Besalt zurückkehrt?", fragte er nervös.

„Gut möglich. Es ist sicherer, wenn wir gehen. Wenn man ihren Eiern zu nahe kommt, können sie sehr wütend werden." Schnell liefen sie zurück zur Kutsche.

„Wir sind heute hier zum Kriegsrat zusammengekommen, um Vorkehrungen für den bevorstehenden Angriff der Valdrieten zu treffen." König Regonald hatte die Hauptmänner der Garde und einige Berater zusammengerufen. Auch Gregotsch und Darwin saßen mit am Tisch der Entscheidung. Der Wachmann Erbholts strich nachdenklich mit seinen Fingerspitzen über die große, massive Steinplatte, die den größten Teil des Raums einnahm. Zahlreiche lednische Buchstaben waren darin eingemeißelt. König Regonald stand vor einer großen Karte Nord-Pregolets, die an der Wand hing, und deutete mit seinem Schwert auf eine Stelle in der Wüste Edu.

„Unsere Späher berichten, dass sich die Valdrieten hier

301

befinden und nur langsam vorankommen. Das schwere Kriegs-gerät durch den Sand der Wüste zu befördern, macht ihnen große Probleme. Uns gibt dieser Umstand etwas mehr Zeit zur Vorbereitung." Regonald nahm wieder auf seinem Stuhl am Tisch der Entscheidung Platz und sah in die Runde. „Da zwei unter uns schon Kontakt mit dem Feind hatten, möchte ich das Wort an Wachmann Gregotsch und Hauptmann Darwin wei-tergeben."

„Vielen Dank, mein König", begann Gregotsch und stand auf. „Wenn wir auch immer noch nicht den Grund für den An-griff der Valdrieten kennen, so konnten Darwin und ich den-noch einige Beobachtungen machen. Die Valdrieten brauchen die Kälte, wie wir die Luft zum Atmen benötigen. Jeden Ort, an dem es nicht friert, meiden sie um jeden Preis. Des Weiteren sind sie körperlich um ein Vielfaches stärker als der durch-schnittliche Gardist, obwohl sie äußerlich alt und zerbrechlich aussehen. Im Kampf sind sie dafür behäbiger und ihre Reaktio-nen sind etwas langsamer als unsere. Wie wir uns das zunutze machen können, wird Darwin nun erläutern." Gregotsch setzte sich wieder. Darwin erhob sich und richtete das Wort an die Anwesenden:

„Um dauerhaft von kalten Temperaturen umgeben zu sein, führen die Valdrieten magische Artefakte mit sich. Diese kön-nen ein großes Areal mit Schnee und Frost bedecken. Diese blauen Lanzen zu zerstören, sollte für uns oberste Priorität ha-ben. Zweitens sind wir sicher, dass sie von Süden aus angreifen werden. Unsere Stadt bietet nur vor dem Stadttor eine genügend große Fläche zum Angriff. Von allen anderen Seiten ist die Stadt durch den lockeren Sand und die vielen Dünen nicht angreifbar. Wir werden also jedes einsatzfähige Katapult in die Nähe der

Süd-Mauer bringen. Mit denen müssen wir die magischen Artefakte der Valdrieten zerstören. Drittens sollten wir im Nahkampf auf lange Waffen und allzu schwere Rüstungen verzichten. Dadurch wären unsere Gardisten weitaus flinker als die behäbigen Valdrieten, was uns vielleicht einen Vorteil verschafft. Zuallerletzt möchte ich noch einen wichtigen Punkt ansprechen. Die Pfeilspitzen und Klingen der Valdrieten sind von dem gleichen magischen Leuchten umgeben, wie auch die kälteerzeugenden Artefakte. Wenn solch eine Waffe eure Haut berührt, fallt ihr in einen tiefen, unangenehmen Schlaf. Was die Bevölkerung betrifft, so bieten wir allen Frauen, Kindern und Alten an, im Palastpark Schutz zu suchen." Darwin nickte in die Runde und setzte sich wieder.

„Vielen Dank für eure hilfreiche Zusammenfassung", übernahm König Regonald das Wort. „Gibt es noch irgendwelche Fragen oder Einwände?"

„Ja, mein König", meldete sich ein Hauptmann zu Wort. „Werden wir Unterstützung aus unserem Königreich bekommen? Und werden wir Zarkotien um Beistand bitten?"

König Regonald nickte. „Es sind bereits vor einigen Tagen Boten nach Bangol, Aquin und zur Schmiede geschickt worden. Einen letzten habe ich heute Morgen doch noch nach Karkat gesandt. Doch wie ich Theofoldis kennen, brauchen wir von ihm keine Hilfe zu erwarten."

König Regonald wartete kurz, ob noch jemand eine Frage hatte. Als sich keiner zu Wort meldete, entließ er seinen Rat: „Ihr wisst, was zu tun ist."

„Ja, mein König", antworteten alle einstimmig.

Alma und Sodgar liefen durch die westlichen Ländereien Karkats. Der Boden unter ihnen war fast überall von Asche bedeckt und vielerorts ragten große Krater aus dem Erdreich heraus. Alma zuckte jedes Mal zusammen, wenn Fontänen aus den Roten Quellen in die Luft schossen.

Wieder ließ ein Geräusch sie zusammenfahren. Doch dieses Mal waren nicht die Quellen der Grund dafür. Es war ein lautes Brüllen gefolgt vom Schreien einiger Männer.

Neugierig und vorsichtig folgten sie den Geräuschen, bis sie einen großen Felsen erreichten. Obwohl die Schreie und das Gebrüll bis gerade noch stetig lauter geworden waren, herrschte nun plötzlich Stille. Alma schlich vorsichtig um den Felsen herum, bis sie sehen konnte, was auf der anderen Seite vor sich ging.

In einer nahen Senke standen einige Ritter Karkats. Ein paar von ihnen waren mit langen Speeren bewaffnet, der Rest zog angestrengt mit den Händen an langen Tauen. Sie waren bemüht, ein riesengroßes Tier zu fixieren, welches sich jedoch brüllend wehrte. Das Wesen hatte vier kräftige Beine, die dick wie Baumstämme waren, und eine weiße, lederne Haut. Aus dem wuchtigen Köper ragte ein kurzer Schwanz heraus, der wild hin und her schlug. Auf dem kurzen Hals saß ein breiter Schädel mit einem großen Maul, aus dem unzählige spitze Zähne ragten.

Die Ritter Karkats hatten den ganzen Körper des Tieres mit Tauen umschlungen, welche auch die großen Flügel an seinen Körper drückte. Immer wieder stachen die Ritter mit ihren Speeren zu, sodass es aus mehreren Wunden blutete. „Ein Besalt!", flüsterte Sodgar.

Plötzlich erfüllten helle Frauenschreie die Luft. Auf der

gegenüberliegenden Seite der Senke waren zwei junge Damen aufgetaucht, die laut schreiend auf die Ritter Karkats zuliefen. Die beiden waren etwas korpulenter und hatten große Ähnlichkeit miteinander. Entschlossen gingen sie mit ihren kurzen Schwertern auf die Ritter los.

„Das sind Mara und Tiara!", sprach Alma überrascht. „Sie sind Freundinnen von mir, mit denen ich in der Schmiede gelebt habe. Als sich unsere Wege damals trennten, wollten sie hierherziehen, um die Besalte zu erforschen."

„Und anscheinend auch um die Tiere zu beschützen", merkte Sodgar an, während sich Tiara und Mara tapfer gegen die Ritter Karkats schlugen. Alma zog eilig ihren kleinen Dolch unter ihrem Kleid hervor. Dann trat sie aus der Deckung.

„Du willst ihnen doch nicht etwa helfen?", fragte Sodgar irritiert. „Unser Ziel war es Heron zurückzuholen und nicht die Besalte zu retten."

„Sicherlich hast du recht", erwiderte Alma und krempelte die Ärmel ihres Kleides hoch. „Doch werden die Zwillinge ohne unsere Hilfe keine Chance gegen die Ritter haben. Wir müssen ihnen helfen." Alma rannte in die Senke hinunter.

Sodgar schaute ihr zwiegespalten nach und sah, dass eine der beiden Zwillinge von den Rittern Karkats überwältigt worden war. Kurzentschlossen zog er sein Schwert aus dem Halfter und folgte Alma.

„Da kommen ja noch mehr!", rief einer der Ritter Karkats, als er Alma und Sodgar entdeckte. Mittlerweile waren beide Zwillinge entwaffnet und der Besalt hatte entkräftet die Gegenwehr aufgegeben.

„Alma?", rief Tiara überrascht, während sie von einem Ritter gefesselt wurde.

Alma hatte den ersten Ritter erreicht und wich seinem Schwertschlag aus. In diesen hatte der Mann so viel Schwung gelegt, dass er fast das Gleichgewicht verlor. Alma nutzte den Augenblick und gab dem Ritter einen Tritt in den Allerwertesten. Ächzend fiel er zu Boden.

Auch Sodgar war in der Senke angekommen und sah sich sofort zwei Rittern gegenüber. Es ergab sich ein hitziger Kampf. Wer am Ende die Oberhand behalten sollte, war lange Zeit nicht absehbar.

Einem der Ritter gelang es, sich unbemerkt hinter Alma zu schleichen. Er umklammerte sie mit seinen Armen und der Dolch fiel ihr aus den Händen. Wild zappelnd versuchte sie sich aus der Umklammerung zu lösen, doch waren ihre Mühen vergebens. Ein zweiter Ritter kam dazu und fesselte sie. Nun lagen alle Hoffnungen auf Sodgar. Er leistete noch lange und tapfer Widerstand, aber die Überzahl der Ritter machte ihm zu schaffen. Schließlich gelang es einem Ritter, ihn mit seinem Speer zu entwaffnen.

„Für euren Angriff auf die Männer Karkats werdet ihr hart bestraft werden", sprach einer der Ritter, während er Sodgar fesselte. „Ich bin gespannt, was König Theofoldis mit euch machen wird."

Kira und Heron befanden sich im vorderen Innenhof der Burg. Zwischen dem großen Tor, das den Eingang der Anlage versperrte und einem großes Außengefängnis aus dicken Eisenstäben.

„Nur weil es ein Übungskampf ist, werde ich mich nicht

zurückhalten", tönte Kira spöttisch. Sie vollführte eine schnelle Drehung und gab Heron einen kräftigen Tritt. Krachend fiel er auf einen Wassereimer nahe der Holztür, die zum Hauptturm führte.

„Du kämpfst wirklich großartig. Doch ich hab mich bisher nur aufgewärmt." Elegant sprang er vom Boden auf und ging zum Angriff über.

Immer wieder prallten die Kampfstöcke der beiden aufeinander, während sie in gleichermaßen anmutigen Bewegungen umherwirbelten. Heron erwischte die Prinzessin am Knöchel, woraufhin sie das Gleichgewicht verlor. Im Fallen griff sie nach Herons Kleidung und riss ihn mit sich. Gemeinsam stürzten beide unsanft auf den dreckigen Boden.

„Einigen wir uns auf ein Unentschieden?", fragte Heron, während sie nebeneinander lagen.

„Einverstanden!", stimmte Kira lachend zu. Ihr Blick fiel auf Herons Kragen. Als sie ihn mitgerissen hatte, mussten sich zwei Knöpfe seiner Weste geöffnet haben, weshalb nun ein Großteil seiner Brust frei lag. „Du trägst dein Amulett gar nicht mehr."

„Ja, ich hab es bei meinen Freunden in Fillon gelassen", erklärte Heron. „Als Zeichen dafür, dass ich irgendwann zurückkommen werde."

„Mein Bruder Mogan besitzt ein ähnliches Amulett wie deins. Größe und Form des Steins sind ungefähr identisch. Doch hat seins zwei silberne Hörner und der Stein eine andere Farbe."

„Du hast einen Bruder?", entfuhr es Heron erstaunt. „Warum hast du ihn mir noch nicht vorgestellt?"

Kira nahm Heron seinen Holzstab ab und steckte ihn in ein offenes Holzfass, in dem weitere Waffen ruhten. „Streng genommen ist er nicht mein Bruder. Er ist Theofoldis' einziges leibliches Kind. Aber er war stets wie ein großer Bruder zu mir. Wir verbrachten hier viel Zeit gemeinsam." Kira ging über den Innenhof und forderte Heron mit der Hand auf, ihr zu folgen. „Ich hätte ihn dir gerne vorgestellt, doch ich habe ihn schon lange nicht mehr gesehen. Ein halbes Jahr, nachdem er gegen deine Eltern beim Kampf der Dupahle verloren hatte, ging er fort."

„Ich wusste doch, dass ich den Namen Mogan schon einmal gehört hab. Regonald erwähnte, dass Mogan einer der Dupahle Karkats war, als…" mitten im Satz stockte er und Trauer machte sich in seinem Gesicht breit.

Vor der Tür zum Hauptturm der Burg blieb Kira stehen und griff nach Herons Hand. „Es tut mir leid", sprach sie mitfühlend. „Ich wollte dich nicht daran erinnern."

„Ist schon gut. Ich muss lernen, damit umzugehen.", entgegnete Heron. „Erzähl mir mehr über deinen Bruder."

Kira nickte lächelnd und öffnete die Tür. „Mogan ist zwanzig Jahre älter als ich und hat mich immer verteidigt. Wenn ich etwas angestellt hatte, nahm er die Schuld auf sich und bezog an meiner Stelle die Prügel unseres Vaters. Wir hatten immer ein gutes Verhältnis, bis zu seiner Niederlage im Kampf der Dupahle. Danach war er wie ausgewechselt. Er interessierte sich nur noch für Mystisches und verbrachte Tage in der Bibliothek. Immer häufiger geriet er mit Theofoldis aneinander, bis unser Vater schließlich genug hatte.

Unter dem Vorwand, Mogan plane ihn vom Thron zu stürzen, verbannte Theofoldis meinen Bruder aus Zarkotien. Mogan packte daraufhin seine Sachen und verschwand, ohne sich von mir zu verabschieden. Seitdem habe ich ihn weder gesehen noch etwas von ihm gehört."

Kira und Heron hatten die große Treppe in einem der Türme erreicht, als ihnen ein Ritter Karkats entgegenkam. „König Theofoldis bittet Euch in den Thronsaal. Er hat Kunde aus Fillon erhalten."

Theofoldis erwartete sie auf seinem pompösen schwarzen Thron inmitten des düsteren Thronsaals. Breite Stufen führten hinauf auf das steinerne Podest. Die Fackeln an den Wänden warfen flackernde Schatten auf die Gesichter der vier Ritter Karkats, welche neben der großen schwarzen Tür positioniert waren. Kira und Heron blieben vor der untersten Stufe stehen.

„Fillon wird angegriffen", sprach Theofoldis mürrisch.

„Von wem?" Heron stockte der Atem.

„Die Stadt wird voraussichtlich in den nächsten Tagen von den Valdrieten belagert sein."

„Hast du bereits eine Entscheidung gefällt, Vater? Werden wir Fillon helfen?"

Theofoldis sah seine Tochter durchdringend an. „Nein. Wir werden Fillon nicht unterstützen."

"Aber warum nicht, Vater?", entfuhr es Kira entrüstet. „Auch wenn die Beziehungen beider Völker behaftet ist, sollten wir uns zu Zeiten einer großen Bedrohung zur Seite stehen!"

„Ich verstehe nicht, warum du urplötzlich die große Retterin spielen willst", erwiderte Theofoldis wütend. „Als ob uns die Belange von Edumond etwas angehen. Soll Regonald sich selbst um dieses Problem kümmern." Der König erhob sich vom Thron und winkte dabei kaum sichtbar die vier Ritter Karkats zu sich. „Meine Entscheidung steht fest. Karkat und Zarkotien werden nicht nach Fillon gehen." Theofoldis drehte sich zu

Heron um und sah ihn herausfordernd an. „Und du bleibst auch hier!" Auf ein weiteres Handzeichen des Königs ergriffen die Ritter Karkats den völlig überraschten Heron.

„Was soll das, König Theofoldis?", rief Heron aufgebracht. „Warum wollt ihr mich hier festhalten?"

Theofoldis ging langsam die Treppe zu ihm herunter. „Weil ich nicht will, dass du Zarkotien erneut eine Niederlage im Kampf der Dupahle zufügst."

„Der Kampf der Dupahle?", entfuhr es Kira spottend. „Im Angesicht eines bevorstehenden Krieges ist doch dieser Wettkampf völlig unwichtig, Vater."

„Schweig endlich! Hättest du deinen Teil unseres Plans besser umgesetzt, müsste ich nicht zu solchen Mitteln greifen."

Heron hatte gerade noch versucht sich aus der Fixierung der Ritter zu lösen, nun erlosch seine Gegenwehr und er sah verwirrt zu Kira. „Von welchem Plan spricht dein Vater? Sag mir, was das zu bedeuten hat?"

Kira sah schuldbewusst zu Boden. Mit leiser Stimme antwortete sie. „Es tut mir leid Heron, aber mein Vater ließ mir keine Wahl. Er hat mich…"

„Ich habe lediglich den Plan geschmiedet", unterbrach Theofoldis seine Tochter. „Du hast ihn umgesetzt." Er stand nun dicht vor Heron. „Sie hatte die Aufgabe dich zu verführen. Du solltest dich in sie verlieben, was ihr auch fast gelungen ist. Dann hätte sie dich leicht überreden können, für Zarkotien beim Kampf der Dupahle anzutreten." Heron war kreidebleich geworden. Gekränkt sah er zu Kira, die neben ihm auf dem Boden kniete.

„Du siehst also, Heron", fuhr Theofoldis fort, „es war von Anfang an alles nur vorgespielt. Meine Tochter hatte nie wirklich Gefühle für dich."

Kira schrie mit Tränen in den Augen: „Du kannst so ein schreckliches Scheusal sein!" Fluchtartig rannte sie aus dem Thronsaal.

Urplötzlich erfasste ein helles Licht den gesamten Thronsaal. Die Strahlen, welche aus Herons Augen schienen, blendeten die Ritter Karkats so sehr, dass sie Heron losließen, um ihre Augen zu schützen.

„Ich werde mich nicht von Euch aufhalten lassen", sprach Heron entschlossen und breitete seine Arme aus. „Für Eure Intrige sollt ihr büßen."

„Er setzt seine Dupahle ein!", rief König Theofoldis panisch und ging hinter dem Podest des Throns in Deckung. Gerade noch rechtzeitig, bevor alles in goldenes Licht getränkt wurde. Einen kurzen Moment später war das gleißende Licht wieder verschwunden und Heron sank erschöpft auf seine Knie.

„Wir leben noch! Es hat nicht funktioniert", rief einer der Ritter überrascht und tastete ungläubig seinen Körper ab. Theofoldis kam zögerlich hinter seinem Thron hervor und vergewisserte sich, dass auch er selbst unversehrt geblieben war. Erleichtert ging er um das Podest herum auf Heron zu. Heron starrte wortlos die Ritter Karkats an, welche begannen ihn zu fesseln.

„Deine Dupahle ist nichts mehr als ein helles Licht", spottete Theofoldis. „Du warst es sicher nicht, der Dogus das Leben genommen hat. Ein Glück, dass mein Plan nicht aufgegangen ist. Mit dieser armseligen Dupahle hättest du mir keinen Sieg gebracht." Majestätisch schritt er wieder die Stufen zu seinem Thron hinauf. „Sperrt ihn in den Kerker der Burg."

Heron war am Boden zerstört und leistete keine Gegenwehr

mehr. Völlig erschöpft vom Einsatz seiner Dupahle und über-
rumpelt von den Ereignissen, führten ihn die Ritter aus dem
Thronsaal.

„Wir haben die vier festen Katapulte auf den Stadtmauern und
zehn weitere dahinter positioniert." Darwin deutete mit seiner
Hand hinunter auf den Marktplatz, wo die Kriegsgeräte in Reih
und Glied standen.

„Sehr gut", befand Gregotsch, der neben Darwin auf der
Stadtmauer stand. Sein Blick wanderte über die große Fläche des
Marktes, auf welcher einige Gardisten die Katapulte vorbereite-
ten. Ohne den bevorstehenden Krieg würden jetzt zahlreiche
Bürger diesen Platz belagern und lautstark Waren miteinander
handeln. Doch in den letzten Tagen hatten sich die Straßen Fillons geleert. Mit jeder Vorkehrung, die für den bevorstehenden
Krieg getroffen wurde, hatte sich die Zahl der Bürger, die in der
Stadt unterwegs waren, verringert. Mittlerweile wirkte Fillon fast
wie eine Geisterstadt. Viele hatten sich bereits, wie von König
Regonald angeboten, hinter die Mauern des Königlichen Palasts
zurückgezogen. Die paar wenigen, die ihr Haus nicht verlassen
wollten, hatten ihre Fenster vernagelt und die Türen verbarrikadiert.

„Auf der Burgmauer sind in regelmäßigen Abständen Feuer-
fässer aufgestellt worden, sodass unsere Bogenschützen ihre
Pfeile daran entzünden können. Das Stadttor ist gesichert und
alle Gardisten haben das Gewicht ihrer Ausrüstung reduziert."

Gregotsch besah sich die Stadtmauer aus weißem Stein, die
durch eine hohe Brüstung nach außen abgegrenzt war. Auf der

ganzen Länge des Gemäuers gab es vier große Türme, auf deren Dächern sich jeweils ein Katapult befand. Er legte besorgt die Stirn in Falten. „Ich hatte gehofft, dass uns die Aquinan, Bangolen oder zumindest die Schmiede beistehen werden. Doch leider sind nicht mal unsere Boten von ihnen zurückgekehrt. Ich hoffe, unsere Verbündeten werden noch kommen." Er seufzte schwer. „Zumindest haben wir unser Bestes getan, die Stadt zu sichern. Jetzt müssen wir abwarten."

„Ich denke, wir werden nicht lange warten müssen", sprach Darwin plötzlich und sah hinaus auf die Dünen der Wüste Edu. „Dort am Horizont kann ich die ersten Valdrieten bereits sehen."

Das Heer der Valdrieten hatte sich wie eine bedrohliche weiße Welle immer weiter der Stadt genähert. Nun waren sie vor Fillon angekommen und fingen an Stellung zu beziehen. Sie brachten ihre zahlreichen Katapulte in Position und teilten sich untereinander auf. Durch ihre blau leuchtenden Artefakte hatte sich die Wüste Edu in eine Winterlandschaft verwandelt. Ein Schneegestöber zog über die Dünen und die ersten Schneeflocken legten sich auf die Helme der Gardisten. Die heraufgezogenen Wolken hatten den Großteil des Himmels verdunkelt, sodass man nicht mehr erkennen konnte, ob es Tag oder Nacht war.

König Regonald streckte seine Handfläche aus und fing ein paar Flocken auf. Sein Blick folgte der Stadtmauer. In Zweierreihen hatten sich seine Gardisten aufgestellt und verfolgten abwartend das Geschehen vor den Toren der Stadt. Regonald konnte die große Nervosität und enorme Anspannung seiner Männer spüren, die beim Anblick des Valdrietischen Heeres nicht verwunderlich war. Zahlenmäßig waren sie den Belagerern weit unterlegen. Dennoch vertraute er auf die Tapferkeit seiner Männer und deren eisernen Willen die Stadt zu beschützen. Er hob seine Hand und rief lauthals, während er durch die Reihen seiner Männer schritt:

„Gardisten Fillons, hört mich an. Ich weiß, der Feind erscheint bedrohlich und mächtig, doch es ist nicht alle Hoffnung verloren. Auch wenn der Himmel uns die Dunkelheit gebracht hat, so gibt es keinen Grund für Schwermut. Oberhalb dieser Wolken wachen weiter Egoleit und Egolet über uns." Regonald zog das Königschwert aus seiner Schwertscheide und streckte es zum Himmel. „Wir bekämpfen ihr Eis mit unserem Feuer. Ihre Kraft mit unserem Willen und ihren Hass mit unserer Leidenschaft. Lasst sie uns dahin schicken, wo sie hergekommen sind! Ich kämpfe mit an eurer Seite. Wir verteidigen zusammen die Stadt. Mit euch, meinen Brüdern. Auf dass unser schönes Fillon weiter erstrahle!"

König Regonald bemerkte, dass seine Rede die gewünschte Wirkung nicht verfehlt hatte. Alle Gardisten streckten ebenfalls ihre Waffen gen Himmel und waren fest entschlossen, alles für einen Sieg zu geben.

Ein Rauschen zog durch die Luft. Tausende blaufunkelnde Punkte zischten über ihre Köpfe hinweg.

Entsetzt schrie einer der Gardisten: „Achtung, Eispfeile!"

Kapitel 24
Die Fackel der Hoffnung

Die ersten zwei Tage der Schlacht bei Fillon griffen die Valdrieten ausschließlich aus der Ferne an. Immer wieder schossen sie mit ihren Katapulten schwere Steinbrocken auf die Stadtmauern Fillons und es regnete Eispfeile auf sie nieder. Doch das dicke Gemäuer hielt bisher jedem Treffer stand.

„Der nächste Pfeilhagel!", rief Hauptmann Darwin. Die Gardisten rissen ihre Schilde hoch. Laut prasselten die Eispfeile auf sie nieder, wodurch sich eine Eisschicht darauf bildete.

Ein letzter heller Ton erklang und auch König Regonald kam wieder unter seinem Schild hervor. Vor seinen Füßen lag einer dieser blau leuchtenden Pfeile. Er hob seinen Stiefel und trat mit der Hacke darauf. Während er den Fuß hin und her drehte, erlosch das blaue Licht und eine kleine vereiste Fläche blieb zurück. Er sah zu Gregotsch und Darwin, die neben ihm standen. „Bisher schlagen wir uns sehr gut."

Gregotsch nickte. „Auch ich bin zuversichtlich. Die Eispfeile stellen keine wirkliche Gefahr dar. Außerdem haben wir bereits viele ihrer Katapulte mit unseren zerstört und die Stadtmauer hält weiter allen Angriffen stand."

Auf einmal vibrierte der Boden unter ihren Füßen, als ein weiterer Felsbrocken gegen die Stadtmauer prallte.

„Leider haben sie immer noch genügend Katapulte, um das Dauerfeuer fortzuführen", stellte Darwin ernüchtert fest. „Auch von ihren magischen Artefakten scheinen sie mehr als genug zu haben. Ich weiß nicht wie viele wir schon getroffen und zerstört haben. Doch immer wieder bringen sie neue herbei."

König Regonald sah versonnen hinunter auf den Marktplatz. Auch dort waren einige Felsbrocken des Feindes eingeschlagen und hatten die Anzahl von Fillons Katapulten reduziert. „Mit jedem Tag, der verstreicht, ohne dass sie unsere Stadtmauern überwinden, steigt meine Hoffnung auf einen Sieg. Nutzt die Zeit und betet zu Egoleit und Egolet, dass uns die anderen Völker Edumonds zur Hilfe kommen."

Mit einem lauten Krachen prallte das nächste Geschoß unweit von König Regonald gegen die Stadtmauer. Ein kleiner Teil der oberen Brüstung wurde abgetrennt und fiel mit einem dumpfen Ton zu Boden.

„Es scheint, als hätten die Valdrieten ihre Strategie geändert." Darwin sah besorgt auf das feindliche Heer. „Sie haben wohl eingesehen, dass sie unsere Stadtmauer nicht durchbrechen können."

Regonald folgte seinem Blick. Tatsächlich hatten sich zahlreiche Truppenverbünde in Bewegung gesetzt. Mit langen Leitern liefen sie auf die Stadtmauer zu.

„Sie versuchen die Mauern zu erklimmen!", rief Regonald seinen Gardisten zu. „Schwertträger, haltet euch bereit. Bogenschützen zu den Fässern." An den brennenden Feuerfässern entzündeten die Bogenschützen ihre Pfeile und legten sie in die gespannten Bögen ein.

König Regonald hob seine Hand. „Meine Brüder, lasst uns den Valdrieten einen warmen Empfang bereiten." Er wartete, bis die Feinde nah genug an der Stadtmauer waren. Dann senkte er seine Hand wieder. „Feuer!"

Heron saß auf einer kleinen Holzbank, die abgesehen von einem Haufen Stroh das Einzige war, was sich in seiner Zelle befand. In seiner Hand hielt er einen Becher mit Wasser. Er versuchte, sein Spiegelbild darin zu erkennen, als eine Stimme zu ihm drang.

„Bitte schenke mir nur einem Moment deiner Zeit. Du musst auch nichts sagen. Mir reicht es schon, wenn du zuhörst." Es war Kiras Stimme.

„Da ich hier eh nicht weg kann, bin ich wohl gezwungen, deinen Worten Gehör zu schenken." Heron hatte Kira nicht mal angesehen und starrte stattdessen weiter auf das Wasser in seinem Becher.

„Es tut mir wirklich leid, was ich getan habe." Ihre Stimme zitterte. „Ja, es stimmt, dass ich dem Plan meines Vaters zugestimmt habe. Aber nicht freiwillig. Er drohte mir damit, die Bürger Karkats zu bestrafen, sollte ich nicht einwilligen. Ich hatte die Wahl, tausende Menschen, die mein Leben hier erst erträglich machen, dem Zorn meines Vaters auszusetzen oder dir etwas vorzuspielen. Ich hoffe du verstehst, warum ich mich für letzteres entschieden habe." Schuldbewusst musterte sie Heron und hoffte auf eine Reaktion. Doch er starrte weiter regungslos in seinen Becher und schwieg. „Ich habe nach kurzer Zeit mit dir bemerkt, was für ein besonderer Mensch du bist. Ich lernte dich näher kennen und es fiel mir zunehmend schwerer die Maskerade der Täuschung aufrecht zu erhalten. Mehrmals überlegte ich, dir die Wahrheit zu sagen, doch brachte ich es aus Liebe zu den Bürgern Karkats nicht übers Herz."

„Natürlich." Heron schnaubte verächtlich. „Ich glaube dir kein Wort. Ich hätte damals auf dem Marktplatz auf Alma hören sollen. Sie warnte mich vor dir! Vor den Karkaten! Ihr seid ein hinterhältiges Volk. Du und dein Vater habt es mir beide bewiesen. Ihr seid beide gleich."

„Das stimmt nicht", erwiderte Kira zornig. „Ich bin nicht wie Theofoldis."

Heron löste seinen Blick vom Inhalt des Bechers und stand von der Bank auf. Herausfordernd sah er durch die Gitterstäbe hindurch in Kiras gerötete Augen. „Du bist also anders als dein Vater? Dann beweise es mir und lass mich frei."

Kira sah zu Boden und schüttelte dabei kaum merklich den Kopf. „Das kann ich nicht. Auch wenn ich das Verhalten meines Vaters verurteile, so kann ich mich nicht gegen ihn stellen. Glaub mir bitte, dass die Situation auch für mich nicht leicht ist."

„Ja, du hast es wirklich schwer", sprach Heron süffisant. Dann ging er hinüber zu dem Strohhaufen, der ihm als Bett diente. Den Becher stellte er auf dem Boden ab, legte sich mit dem Rücken auf das Stroh und verschränkte die Arme hinter dem Kopf. „Ich habe erfahren, dass mein Vater der Mörder meiner Mutter ist. Meine endlich entdeckte Dupahle gibt mir die lächerliche Fähigkeit, ein helles Leuchten zu erschaffen, welches aber sonst keinerlei Wirkung besitzt. In diesem Augenblick wird meine Heimat von Valdrieten angegriffen und ich kann ihnen nicht zu Hilfe kommen." Heron griff nach dem Becher und nahm einen Schluck Wasser. „Und du willst mir erzählen, wie schwer du es hast?"

Mit den letzten Worten warf er den Wasserbecher Richtung Kira. Aus Reflex duckte sie sich, während das Metallgefäß mit einem Klirren auf die Gitterstäbe traf.

Kira nahm ein Tuch aus ihrer Tasche und trocknete sich

damit ihr Gesicht ab. Sie hatte trotz ihrer schnellen Reaktion einiges vom Inhalt des Bechers abbekommen. Resigniert stopfte sie das Tuch wieder in ihre Tasche, drehte sich um und ging zur Treppe, die aus dem Verlies führte. Kurz bevor sie verschwand, drehte sie sich noch einmal um. „Ich kann verstehen, dass du mich für das, was ich getan habe, verabscheust, doch ich hoffe, ich kann dir eines Tages beweisen, dass ich anders bin als du denkst." Sie seufzte schwer und verschwand über die Treppe.

Heron schaute nachdenklich zur Decke und strich sich mit den Fingern durch sein grünes Haar. Unweigerlich musste er an Alma denken. Er war gegangen, ohne sich von ihr und Taran zu verabschieden. Bei all seinem Frust durch die Tat seines Vaters bereute er es zutiefst, dass er mit Kira nach Karkat gegangen war. Zu gerne wäre er jetzt an der Seite seiner Freunde und er hoffte inständig, dass es den beiden gut ging.

Alma, Sodgar und die Zwillinge wurden nach ihrem missglückten Versuch den Besalt zu befreien in die Burg von Karkat gebracht und in ein Außengefängnis im vorderen Innenhof gesperrt. Nachdem die Gitter hinter ihnen versperrt worden waren, öffnete sich erneut die große Zugbrücke. Zahlreiche Ritter zerrten an Tauen den großen weißen Besalt in den Innenhof. Das Tier war völlig entkräftet und konnte sich kaum noch auf den Beinen halten. Mühsam schleppte der Besalt sich weiter, bis er schnaufend zu Boden sank. Sein mächtiger Kopf blieb dicht neben dem Zellengitter liegen und der Körper erschlaffte. Die Ritter fesselten Kopf und Beine mit dicken eisernen Ketten, die mit Ankern im Gestein der Burgmauer befestigt waren.

„Es tut mir leid, dass ihr beiden wegen uns hier eingesperrt seid", sprach Mara. „Ihr wolltet doch eigentlich nur Heron nach Fillon zurückholen. Und jetzt sitzt ihr wegen uns hier fest."

Alma tröstete sie: „Du brauchst dich nicht entschuldigen. Wir haben aus freien Stücken gehandelt. Außerdem sind wir unserem Ziel ein ganzes Stück näher. Heron muss irgendwo hier in Karkat sein." Sie betrachtete Sodgar, wie er vorne an den Gitterstäben stand und den Innenhof der Burg begutachtete. Dort, wo der Besalt gestürzt war, hatte sich Tiara neben das Gitter gehockt. Alma ging zu ihr. Sie bemerkte die große Fleischwunde am Hals des Tieres. Seine weiße Haut war blutverschmiert und er atmete schwer.

„Warum tun die Karkaten dem Besalt das an?", Alma hockte sich zu Tiara.

„König Theofoldis lässt seit einiger Zeit die Tiere in seine Burg bringen, um sie dort zu töten", erklärte Tiara traurig.

Alma schüttelte ungläubig den Kopf. „Aber warum das? Es gibt doch genug Tiere hier, von denen sich die Karkaten ernähren können."

„Sie jagen die Besalte nicht wegen ihres Fleisches", erwiderte Tiara. „Sie töten die armen Tiere, um Teile ihres Körpers auf dem Markt von Batero Ilis zu verkaufen. König Theofoldis will so seine Schatzkammer weiter füllen." Tiara streckte ihre Hand aus und versuchte den Besalt zu berühren, doch sie konnte ihn nicht erreichen. „Es gibt dunkle Heiler, die vom Weg der Pflanzenheilkunst abgewichen sind. Sie glauben seit langem, dass die Besalte magische Wesen sind, und versuchen aus dem Blut und den Organen der Tiere die Magie für ihre Tränke zu extrahieren. Völliger Schwachsinn, wenn du mich fragst."

Alma legte den Arm um ihre Freundin. „Er tut mir so

unendlich leid. Sag mal Tiara, hast du schon versucht mit ihm zu kommunizieren?"

Tiara nickte. „Ich wollte schon immer mal versuchen, meine Pahle bei einem Besalt einzusetzen. Doch war ich noch keinem so nahe wie diesem. Gerade habe ich ihn ganz vorsichtig berührt, konnte aber seine Gedanken nicht verstehen."

„Vielleicht kann ich dir helfen", schlug Alma vor. „Meine Pahle funktioniert ähnlich wie deine. Die Stimmen der Tiere formen sich in meinem Kopf zu unserer Sprache um. Und ebenso funktioniert es umgekehrt. Wenn du mich währenddessen berührst, kannst du vielleicht auch hören, was er sagt."

„Liebend gerne würde ich das Versuchen." Tiara legte ihre Hand auf Almas.

„Hallo, mein Name ist Alma, und neben mir ist meine Freundin Tiara. Sagst du mir, wie du heißt?" Der Besalt öffnete seine Augen einen Spalt weit.

„Mein Name ist Fogun." Seine Stimme in Almas Kopf klang tief und schwach.

Ein Blick zu Tiara verriet ihr, dass sie die Worte ebenfalls vernommen hatte. „Bitte frag ihn, ob er starke Schmerzen hat."

„Wir Besalte können eure Sprache verstehen, sie jedoch nicht sprechen", antworte Fogun sofort. „Und um deine Frage zu beantworten: Bis eben hatte ich noch starke Schmerzen. Doch dann wurden sie immer weniger." Während Fogun sprach, fielen ihm immer wieder die Augen zu. „Warum seid ihr Menschen so grausam zu uns? Am Anfang dieser Welt war das noch anders. Ihr Menschen habt uns in Frieden leben lassen und schenktet uns sogar Bewunderung. Und wir Besalte genossen das und griffen euch Menschen im Gegenzug nicht an. Es war wie ein wortlos vereinbarter Friedenspakt. Bis in der Frühzeit einige von euch anfingen, unsere Eier zu stehlen. Ihr versucht uns zu zähmen und uns euren Willen aufzuzwingen. Doch wir Besalte lassen uns nicht kontrollieren. Das Einzige, was uns wichtig ist, ist unsere eigene Familie." Fogun schloss die Augen. Er schien immer mehr das Bewusstsein zu verlieren. „Irgendwann habt ihr Menschen eingesehen, dass man uns nicht bändigen kann. Ich dachte, nach dieser schrecklichen Zeit würde wieder Ruhe einkehren, doch dem war nicht so. Denn eines Morgens überfiel eine Schar Ritter mein Nest. Ich war auf Beutezug in den Schwarzen Sümpfen. Als ich zurückkam, war meine Familie verschwunden. Ihr müsst wissen, unsere Kinder waren frisch geschlüpft. Ich fand ein Schild mit dem Wappen Karkats darauf in der Nähe meines Nests und flog daraufhin über die Stadt. Da sah ich meine Familie. Sie lagen tot in genau diesem Innenhof."

„Das ist ja grausam!" Alma und Tiara hatten mit Tränen in den Augen der Geschichte Foguns gelauscht. „Und was hast du daraufhin getan?", wollte Alma wissen.

Fogun öffnete die Augen jetzt zum ersten Mal ganz. Mit seinen großen roten Pupillen sah er Alma und Tiara an. „Voller Wut habe ich die Ritter auf der Burgmauer angegriffen. In meinem Rachewahn war ich bereit, jedes Leben hier auszulöschen. Doch nachdem ich einige von ihnen getötet hatte, fingen sie an mit Pfeilen auf mich zu schießen. Da ich trotz des Verlustes meiner Familie immer noch einen Rest Lebenswillen in mir trug, floh ich schwer verwundet zu den Quellen. Fortan führte ich dort ein sehr trostloses Leben und konnte meine Zeit auf der Welt nicht mehr genießen. Doch ich liebte das Leben zu sehr, um zu sterben." Abermals schnaufte Fogun schwer und seine Augen fielen zu.

Alma sah besorgt zu Tiara: „Es steht sehr schlecht um ihn. Wenn er trotz dieser schweren Verletzung keine Schmerzen verspürt, kann es nicht mehr lange dauern, bis er von uns gehen wird."

Fogun hob seinen Kopf ein Stück, um ihn dann direkt vor ihnen abzulegen. „Ich danke euch, dass ihr versucht habt, mein Leben zu retten. Ihr habt mir gezeigt, dass nicht alle Menschen schlecht sind. Doch nun ist wohl die Zeit gekommen, zu meiner Familie ins Totenreich zu gehen." Eine große Träne löste sich aus dem Auge des Besalts und lief seinen Kopf hinunter. „Ich wünsche euch ein schönes Leben. Macht mehr daraus, als ich es zuletzt getan habe."

Auch Sodgar und Mara waren an die Gitterstäbe getreten und sahen den Besalt mitleidig an, dessen Atmung immer schwächer wurde.

„Es steht schlecht um ihn, oder?", fragte Mara ihre Schwester zögerlich.

Tiara nickte kaum merklich. „Es ist traurig, dass ein so wundervolles Wesen wegen der menschlichen Gier sterben muss."

„Nein!", rief Alma plötzlich. „Das kann ich nicht zulassen." Grünes Licht flammte in ihren Augen auf und sie presste ihren Körper so nah wie möglich an die Gitterstäbe heran. Schnell entfernten sich Sodgar und die Zwillinge von ihr. Alma streckte ihre Hände aus und legte sie auf Foguns Kopf. Als hätte ein Blitzschlag ihn getroffen, ging ein Ruck durch seinen Körper und er riss die Augen weit auf.

„Was machst du mit mir Alma?" Seine Stimme klang erschrocken und ängstlich.

„Du hast den Tod nicht verdient", erwiderte Alma. „Irgendetwas in mir will, dass ich dich rette." Zeitgleich mit Almas

Worten bildete sich eine grüne, pulsierende Aura um den Besalt. Sodgar und die Zwillinge wichen noch weiter zurück und suchten Schutz in der hintersten Ecke des Gefängnisses.

„Was macht sie mit ihm?", fragte Sodgar mit weit aufgerissenen Augen.

„Sie rettet dem Besalt das Leben", antwortete Tiara, ohne ihren Blick vom Geschehen zu nehmen. „Schau, die große Wunde an Foguns Hals."

Tatsächlich begann das Blut von überall her zurück in die Wunde zu fließen. Immer mehr Stellen der weißen Besalthaut wurden vom roten Lebenselixier befreit. Bald war Foguns Hals wieder schneeweiß und die Wunde begann sich wabernd zu verformen. Kleine grüne Dampfwolken stiegen mehrmals daraus empor, bis die Wunde vollkommen verschlossen war. Das Leuchten in Almas Augen erlosch und auch die grüne Aura um Fogun herum verschwand. Völlig erschöpft fiel Alma zu Boden. Eine Hand lag noch immer zwischen den Gitterstäben und mit den Fingerspitzen berührte sie Foguns Kinn.

„Ich weiß, du hättest dich gefreut deine Familie wiederzusehen und ich hoffe, du bist mir jetzt nicht böse, Fogun", sprach sie leise und entkräftet. „Doch ich glaube, es gibt einen Grund, warum du dich nach deinem Verlust nicht aufgegeben hast."

Fogun öffnete seine großen Augen und sah Alma mit feuchten Augen an. „Du wunderbare Alma hast mein Leben gerettet. Wie sollte ich da einen Groll gegen dich hegen? Ich werde mit meiner Familie irgendwann wieder vereint sein, doch ich bin froh, dass der Zeitpunkt noch nicht gekommen ist. Vermutlich hast du recht und ich habe noch eine Aufgabe in dieser Welt." Erschöpft schloss er seine Augen wieder und schlief ein.

☼

Seit mittlerweile fünf Tagen verteidigten die Gardisten Fillons bereits tapfer ihre Heimat. Zwar gelang es den Valdrieten immer wieder, über die Leitern auf die Stadtmauer zu gelangen, doch die Schwertträger der Gardisten hielten ihre Stellung erfolgreich.

Schwer atmend stützte sich Gregotsch auf sein Knie und sah auf den blutigen Boden unter sich. Sein Blick wanderte weiter die Stadtmauer entlang und er erspähte König Regonald, der an der Seite seiner Gardisten gegen mehrere Valdrieten kämpfte. Zahlreiche tote Gardisten lagen überall zwischen den Leichen der Valdrieten auf dem Boden der Stadtmauer. Trauer überkam ihn. Es waren viele junge Männer darunter, die kaum etwas von ihrem Leben gesehen hatten und es bereits wieder abgeben mussten. Er raufte sich verzweifelt die Haare und seufzte schwermütig. Warum musste dieser Krieg nur sein? Sie verteidigen ihre Heimat und wissen noch nicht einmal, warum sie überhaupt angegriffen werden.

Eine Vibration unter seinen Füßen, zwang Gregotsch auf die Knie. Eines der Valdrietischen Katapulte hatte erneut die Stadtmauer getroffen. Noch hielt sie stand, war aber mittlerweile an vielen Stellen stark beschädigt. Gregotsch richtete sich auf und sah erneut über die Mauer hinweg zu seinen Kameraden. Ihre Anzahl hatte stark abgenommen und er schätzte, dass nur noch halb so viele Verteidiger wie am Anfang der Schlacht lebten. Doch sicher war es ihnen gelungen, das Heer des Feindes stark zu dezimieren. Er trat näher an die Brüstung heran, um seine Vermutung zu überprüfen.

Erneut kamen Schwermut und Hoffnungslosigkeit in ihm auf: Das Heer der Valdrieten schien immer noch so groß wie zu

Beginn der Schlacht zu sein. Mehrere Bataillone standen im Schneegestöber vor den Mauern Fillons und griffen unermüdlich an.

Dabei fiel Gregotsch ein Valdriet ganz besonders ins Auge, den er sofort wiedererkannte. Es war der Eiskoloss, dem sie bereits in Erbholt begegnet waren. Der, der sie während ihrer Gefangenschaft nicht aus den Augen gelassen hatte. Vermutlich war er der Anführer des Valdrietischen Heeres. Sein Blick traf sich mit Gregotschs. Ein selbstgefälliges Lachen lag auf den Lippen des Feindes.

„Kämpft, Männer, haltet Stand! Für Fillon!" König Regonald, trieb zum wiederholten Male seine Männer an, während er zu Gregotsch hinüber humpelte. Eine blutende Platzwunde klaffte an seiner Stirn.

„Mein König, es sind zu viele", sprach Gregotsch entmutigt. „Ich glaube nicht, dass wir noch länger als einen Tag standhalten können."

Regonald warf einen Blick hinunter zu den Belagerern. Resigniert erwiderte er: „Und was soll ich jetzt tun, Gregotsch? Wir können nur weiterkämpfen und hoffen, dass…"

Ein Horn ertönte in der Ferne. Gregotsch und der König sahen suchend über die schneebedeckte Ebene hinweg. Die blau leuchtenden Artefakte der Feinde warfen ihren Schein auf den schneebedeckten Boden. Doch abseits der feindlichen Truppen hatte die Nacht alles in Dunkelheit gelegt.

Ein weiteres Mal vernahmen sie den hellen Klang des Horns, welches auch die Aufmerksamkeit der Belagerer auf sich zog. Immer mehr von ihnen sahen Richtung Westen.

Der Schein einer einzelnen brennenden Fackel durchstach die Dunkelheit und umspielte die Silhouette eines Mannes.

Der Anführer der Valdrieten brüllte wild: „Faschons geschatt Nidien!" Augenblicklich formierte sich ein Teil seines Heeres. Sie bildeten eine Reihe in Richtung des Fackelträgers, der in der Zwischenzeit einige Schritte die Düne hinabgegangen war. Das Licht der leuchtenden Artefakte erfasste den Mann, sodass er nun deutlich zu erkennen war.

„Das ist Eran!", rief einer der Gardisten auf der Mauer. „Die Schmiede ist doch gekommen!" Hoffnung und Zuversicht keimten in den Reihen der Verteidiger auf.

Die Valdrieten hingegen schienen von Erans Erscheinen unbeeindruckt zu sein. Ihr Anführer brüllte einige abfällige Laute.

Eran blieb stehen, drehte sich um und entzündete mit seiner Flamme zwei weitere Fackeln. Die beiden Bewahrer, welche sie in den Händen hielten, waren nun deutlich zu erkennen. Auch diese zwei hielten nun ihre Fackeln hinter sich. Dadurch wurden vier weitere Bewahrer im Licht der Flammen sichtbar. Eine Kettenreaktion aus Flammen war ausgelöst, die sich rasant, wie eine Welle die Dünen hinaufarbeitete. Doch es waren nicht nur die Gesichter der Bewahrer zu erkennen. Auch zahlreiche Aquinan und Bangolen waren unter den Fackelträgern.

Kurze Zeit später schien es, als würde die komplette Düne brennen. Das Gefolge Erans erstreckte sie über die ganze Breite der Westflanke.

Der Anführer der Valdrieten begann wild gestikulierend seine Artgenossen zu instruieren. Sofort bildeten sie weitere Abwehrreihen am Fuße der Dünen.

Eran setzte sich in Bewegung und lief über den schneebedeckten Boden auf die Valdrieten zu. Wie ein Feuerschwanz folgte ihm das Meer aus Fackeln. Seine Augen begannen zu funkeln und weiße Strahlen traten aus ihnen heraus.

Die erste Verteidigungslinie der Valdrieten duckte sich hinter ihre Schilde und streckte ihre Speere nach vorn. Kurz bevor Eran auf sie traf, streckte er abrupt seine Arme nach vorn. Die Schildträger der Valdrieten wurden wie von Zauberhand in die Luft geschleudert.

Eran und sein Gefolge preschten in die Reihen der Valdrieten wie eine scharfe Axt in trockenes Holz. Mit seinen Armen führte der Herr der Schmiede fließende Bewegungen aus und schleuderte die Feinde in seinem Umfeld reihenweise fort.

König Regonald strahlte vor Zuversicht und Hoffnung. „Unsere Brüder sind doch gekommen. Egoleit und Egolet sei Dank." Er streckte sein Schwert in die Luft und rief: „Öffnet die Tore. Stürmt heraus. Lasst uns die Kälte aus Edumond vertreiben!"

Kapitel 25
Die sechs Amulette

Die ganze Nacht lang kämpften die Streitkräfte Edumonds unermüdlich für den Sieg. Die dunklen Wolken hatten sich mittlerweile verzogen und die ersten Sonnenstrahlen fielen über die Dünen auf Fillon. Nun konnte man die nächtlichen Fortschritte des Heeres von Edumond deutlich erkennen. Die Streitkräfte hatten die Valdrieten so weit zurückgedrängt, dass sich die Heere von Regonald und Eran zusammenschließen konnten. Viele tapfere Krieger hatten dafür ihr Leben gelassen. Jedoch waren die Verluste der Valdrieten um ein Vielfaches höher.

Der Heerführer des Feindes wusste, dass kein Sieg mehr zu erringen war. Lauthals gab der Eiskoloss Befehle an sein dezimiertes Heer und die Valdrieten zogen sich zurück.

Motiviert durch den zum Greifen nahen Sieg, trieben die Streitkräfte Edumonds die Valdrieten die Dünen hinauf. Immer wieder erschlugen sie Feinde, die nicht schnell genug flüchten konnten.

Plötzlich tauchte aus dem Nichts eine lilafarbene Wand aus Rauch auf und versperrte ihnen den Weg. Misstrauisch blieben sie stehen und beobachteten, wie sich der dichte Rauch merkwürdig zu verformen begann. Konturen zeichneten sich darin ab, bis schließlich ein Kopf zu erkennen war, welchen eine Kapuze bedeckte. Das Gesicht zierte eine bedrohliche Maske, eine Fratze mit zwei Hörnern sah furchteinflößend auf die Kämpfer Edumonds hinunter.

Der maskierte Unbekannte begann mit tiefer Männerstimme zu sprechen: „Es wäre besser für euch, wenn ihr zurück in die Stadt geht und dort eure Kräfte sammelt."

König Regonald ging furchtlos ein paar Schritte auf die Rauchwolke zu. „Wer seid ihr und warum versperrt ihr uns den Weg?"

„König Regonald", sprach der Unbekannte spöttisch. „Wenn Ihr denkt, der Sieg ist Euer, dann liegt Ihr falsch, Denn dies war erst der Anfang. Es war eine kleine Kostprobe meiner Macht, der Ihr zugegebenermaßen tapfer Einhalt geboten habt. Doch genau in diesem Moment nähert sich mein Heer von Ritianan von Westen. Die Größe und die Kampfkraft meiner Verbünde- ten sucht ihresgleichen in ganz Pregolet. In wenigen Tagen wer- den sie Fillon erreichen. Fragt gerne die Aquinan und Bangolen in Euren Reihen. Sie sind von dieser Übermacht bereits über- rollt worden."

Der Maskierte lachte finster und der Nebel verformte sich erneut. Das Abbild des Unbekannten verzerrte sich und die Konturen verschwammen im Rauch.

„Wartet!", rief König Regonald. „Ihr habt mir noch nicht auf meine Frage geantwortet. Wer seid Ihr?"

Kurz bevor sich der Rauch vollends verzogen hatte, tauchten zwei lila leuchtende Augen darin auf und ein letztes Mal erklang die tiefe Stimme des Maskierten: „Mein Name ist Prinz Mogan von Karkat." Dann verflüchtigte sich der Rauch endgültig.

„Prinz Mogan von Karkat", sprach König Regonald ungläu- big und leise zu sich selbst.

„Sollen wir die Valdrieten verfolgen, mein König?" Darwin war neben ihn getreten und sah ihn erwartungsvoll an.

Der König sah hinüber zu den Spitzen der Dünen Edu.

„Nein", entschied er schließlich. „Unsere Männer sind erschöpft. Wir ziehen uns zurück. Versorgt die Verwundeten und
setzt die Gefallenen bei. Alle Entscheidungsträger sollen sich
mit mir am Tisch der Entscheidung einfinden."

Es wurde bereits hitzig diskutiert, als König Regonald den Raum
betrat. Während er den Tisch der Entscheidung umrundete, verstummten die Gespräche nach und nach. An seinem Platz angekommen sah der König jeden Anwesenden der Reihe nach an:
Nidal, Quing, Bugat, Eran, Gregotsch, Darwin und einige weitere Hauptmänner.

„Ich danke euch allen. Dafür, dass wir noch am Leben sind.
Euer Herzblut und euer Wille haben es möglich gemacht." Alle
Anwesenden klopften sich mit ihrer Faust auf die linke Brust
und zollten den Worten Regonalds Respekt. „Wir wissen nun,
wer die Streitkräfte unseres Feindes befehligt. Es ist Mogan, der
Prinz von Karkat. Der damals von König Theofoldis selbst verstoßene Thronfolger Zarkotiens. Er hat sich zu erkennen gegeben und droht uns mit dem nächsten heranrückenden Heer."
König Regonald wandte sich an Quing, Nidal und Bugat. „Sagt
mir, meine Freunde, ist es wahr, was Mogan behauptet?"

. „Ja es ist wahr, König Regonald." In Nidals Worten
schwang die Trauer mit. Er berichtete von dem Angriff der Ritianan. Von dem nächtlichen Flammeninferno, welches viele
Aquinan das Leben gekostet hatte. Vom Bündnis zwischen
Aquin und Bangol und der gemeinsamen Verteidigung Bangols.
Und schließlich von dem erschütternden Ereignis, bei dem so
viele Bangolen, unter anderem auch Häuptling Zugul, auf mysteriöse Weise gestorben waren. Nidal verstummte und rang um
seine Fassung. „Wir machten einen Bogen um die Stadt, als wir

bemerkten, dass auch Fillon angegriffen wurde. Unser Plan war es, die Belagerer von hinten zu stürmen. Dort begegneten wir Eran und den Bewahrern der Schmiede. Wir schlossen uns zusammen, um euch gemeinsam zur Hilfe zu kommen." Nidal verstummte.

„Ich möchte euch allen mein Beileid ausrichten. Es erfüllt mich mit Trauer, dass so viele Aquinan und Bangolen ihr Leben lassen mussten. Ich versichere euch, wir werden den Feind für seine Taten bestrafen", fuhr König Regonald fort. „Die Drohung von Mogan ist ernst zu nehmen und wir müssen uns mit der erneuten Verteidigung Fillons befassen. Darwin, Gregotsch: Sendet Späher aus. Sie sollen das Heer der Ritianan ausfindig machen. Wir müssen wissen, wieviel Zeit uns noch bleibt, bis sie hier eintreffen. Außerdem muss unser Verteidigungswall so schnell wie möglich repariert werden. Jeder Bürger, der nur ein wenig handwerkliches Geschick besitzt, soll mithelfen."

„Und was ist, wenn erneut das Gleiche passiert, wie bei der Schlacht vor Bangol?", warf Bugat ein. „Was ist, wenn erneut unsere Streitkräfte ihre Waffen gegen sich selbst richten?"

„Ich teile deine Sorge", stimmte König Regonald zu. „Noch wissen wir nicht, wie Mogan oder die Ritianan es vollbracht haben, dass sich ein Großteil der Bangolen hinrichtete. Doch die Tatsache, dass es nur bei einem Teil der Bangolen geschah und danach auch kein zweites Mal, gibt mir etwas Hoffnung."

„Leider wissen wir trotz der Teilnahme Mogans beim Kampf der Dupahle nicht, was seine Fähigkeiten sind.", gab Eran zu bedenken. „Er hat sie damals bei seiner Niederlage gegen Barion und Elenora nicht eingesetzt. Aber ganz gleich, ob es nun Mogan oder ein Ritiana war, so ist die dupahle Kraft sehr mächtig. Dupahle Fähigkeiten der Gedankenkontrolle sind mir zwar bekannt, aber bisher nur bei niederen Lebewesen. Dass ein Dupahle einen Menschen oder gleich mehrere kontrolliert, habe ich noch nicht erlebt."

„Danke für deine Einschätzung, Eran", sprach König Regonald. „Da wir noch keine weiteren Anhaltspunkte haben, ist es sinnlos, weitere Zeit damit zu verschwenden. Lasst sie uns lieber nutzen, um die Stadtmauern zu befestigen, die Verletzten zu heilen und unsere Kräfte zu sammeln. Sorgt dafür, dass jeder männliche Bürger Edumonds, der fähig ist eine Waffe zu führen, bewaffnet wird. Sobald es Neuigkeiten gibt, treffen wir uns erneut hier."

Angespannt ging Gregotsch am darauffolgenden Morgen zusammen mit Darwin die Treppe zur Stadtmauer hinauf. Er hatte ein mulmiges Gefühl im Bauch. Jedem Gardisten, der ihnen von oben entgegenkam, stand die Furcht ins Gesicht geschrieben.

Sie erreichten die obere Befestigungsanlage und traten an die Brüstung. Die Ritianan waren über Nacht eingetroffen. Heerscharen hatten sich in der Wüste Edu breitgemacht. Sie belagerten nicht nur die große Fläche vor der Stadt, sondern auch die dahinterliegenden Dünen. Auf der östlichen Flanke hatten die übriggebliebenen Valdrieten Stellung bezogen. Ihre Artefakte hatten das Gebiet um ihre Position herum bereits wieder mit weißem Schnee bedeckt. Wie auch die Ritianan, waren die Valdrieten dabei, Zelte zu errichten und sich auf den Angriff vorzubereiten.

„Es sind so viele!", sprach Darwin verzweifelt, ohne seinen Blick vom Feind abzuwenden. „Wie sollen wir gegen ein so zahlenmäßig überlegenes Heer bestehen?"

Obwohl die warme Wüstenluft über die Stadt hinweg zog,

war Gregotsch kalt. Die Anstrengungen der letzten Zeit hatten ihm schwer zugesetzt und er machte sich große Sorgen. Nicht nur um die Stadt und das Wohlergehen der Bürger, sondern auch um seine Kinder. Taran hatte die Schlacht gegen die Valdrieten zwar unbeschadet überstanden, aber nun standen sie einer Übermacht gegenüber. Und von Alma hatte er seit ihrer eiligen Abreise nach Karkat nichts mehr gehört. Er betete innerlich zu den Sonnen, dass es ihr gut ginge.

„Sag mal, ist dir aufgefallen, dass sie keinerlei großes Kriegsgerät mit sich führen?" Darwin riss ihn aus seinen Gedanken.

Überrascht sah Gregotsch von der Stadtmauer herab. „Du hast recht", stellte er verwirrt fest. „Warum haben die Ritianan keine großen Kriegswaffen bei sich? Wie wollen sie so unsere Stadtmauern überwinden?"

Darwin zuckte mit den Schultern. „Das kann ich dir auch nicht sagen. Aber es scheint, als schickten sie eine Abgesandte." Eine junge Ritianarin, die sich mit erhobenen Händen aus dem Heer gelöst hatte, wurde von vier Gardisten am Stadttor in Empfang genommen.

Gregotsch beäugte die wunderschöne Frau mit leicht gelocktem, rotem Haar, das weit über ihre knappe Kleidung fiel. Diese bedeckte lediglich die wichtigsten Körperstellen, wodurch sehr viel ihrer braungebrannten Haut zu sehen war. „Lass uns zum Raum der Endscheidung gehen. Mal sehen, was sie uns mitteilen möchte."

Die Gardisten brachten die Ritianerin zum Tisch der Entscheidung, vor dem sie mit geschlossenen Augen stehen blieb.

„Sprecht, Abgesandte", forderte König Regonald die junge Frau auf. Sie öffnete langsam ihre Augen und alle sahen den lilafarbenen Rauch, der wabernd ihre braunen Pupillen umrandete. Nidal, Bugat und Quing sprangen sofort auf.

„Wir haben diesen Rauch schon einmal gesehen!", rief Quing panisch. „Wir müssen sie sofort töten!"

„Nicht der Rauch hat die Bangolen getötet. Der ist nur ein Mittel zum Zweck." Die Ritianarin streckte ihre Hände demonstrativ wehrlos nach vorn. „König Regonald. Wie ich sehe, habt Ihr meinen Rat von unserem letzten Aufeinandertreffen befolgt." Ihre Betonung war miserabel, so als würde sie die Sprache nicht kennen, aber dennoch sprechen.

„Ich glaube nicht, dass wir uns schon einmal begegnet sind", erwiderte König Regonald misstrauisch.

Ein Lächeln umspielte ihre Lippen. „Das sind wir uns sehr wohl, nur weißt du nicht, dass ich es bin", spottete die Abgesandte. „Aber lassen wir diese Spielchen. Ich bin Mogan, Prinz von Karkat. Diese hübsche Ritianarin dient mir lediglich als Marionette."

Einige der Anwesenden tuschelten nervös, bis König Regonald wieder das Wort ergriff. „Sagt, Mogan, warum greift Ihr Edumond an?"

Die Ritianarin kam langsam auf ihn zu. Ihr Gang war aufreizend, und während sie den Tisch der Entscheidung umrundete, strich sie Gregotsch mit einem Finger über die Schulter. Dabei sprach sie mit verführerischer Stimme: „Weil ich ganz Pregolet beherrschen will. Ich gebe zu, Edumond war ursprünglich nicht mein erstes Ziel. Eigentlich wollte ich meinen Siegeszug in Zarkotien beginnen und meinen Vater König Theofoldis für seine Taten bestrafen. Doch mit hoher Wahrscheinlichkeit wärt ihr widerwärtig gutmütigen Menschen Edumonds selbst euren verhassten Nachbarn zu Hilfe geeilt. Dieses Risiko konnte ich nicht eingehen. Ich war mir aber sicher, dass mein Vater niemals euch unterstützen würde. Aber noch viel wichtiger, spüre ich in eurer Stadt die Anwesenheit eines Gegenstandes, den ich schon sehr lange begehre."

„Und was soll das für ein Gegenstand sein?", fragte König Regonald verwundert.

Die Abgesandte blieb neben Darwin stehen und zeigte auf die Kette, die er um seinen Hals trug. Ein silberner Anhänger, das Sonnensymbol der Garde Edumonds, hing daran. „Durch mein Amulett des Todes spüre ich die Anwesenheit vom Amulett des Lebens. Ein großes silbernes Amulett in der Form einer Sonne. So wie dieses hier, nur größer und mit einem goldgelben Stein in der Mitte." Ratlos blickten sich die Männer des Kriegsrats untereinander an.

„Ich habe noch nie von diesen Amuletten gehört und es ist mir ehrlich gesagt auch gleichgültig," erwiderte König Regonald gereizt. „Ich verlange nur eins von dir und deinem Heer: Verlasst die Ländereien Edumonds! Geht dahin, wo ihr hergekommen seid, und kommt nie wieder zurück!"

Die junge Abgesandte ging weiter um den Tisch herum. „Das kann und werde ich natürlich nicht tun. Wir wissen beide nur zu gut, dass mein Heer die Stadt in kürzester Zeit einnehmen kann. Es hat bereits mit Leichtigkeit Aquin und Bangol vernichtet. Doch trotz meiner Überlegenheit bin ich so gütig euch ein Angebot zu machen." Die von Mogan kontrollierte Ritianarin war bei der großen Wandkarte von Nord-Pregolet angekommen. „Händigt mir das Amulett des Lebens aus und legt eure Waffen nieder. Übergebt mir die Herrschaft Edumonds und rettet damit die Leben eurer Männer, Frauen und Kinder."

König Regonald schnaubte verächtlich. „Und was dann? Was

passiert, wenn du unsere Frauen und Kinder versklavt hast und unsere Krieger befehligst?"

„Dann ist Zarkotien an der Reihe", sprach die Ritianarin zornig. Ihre Fingernägel bohrten sich oberhalb von Karkat in den Stoff der Karte. „Ich will das Königreich meines Vaters zerstören!" Sie riss mit einem Ruck den Teil der Karte heraus, auf dem Karkat eingezeichnet war, und warf den Fetzen vor König Regonald auf den Tisch. „Nach meiner Niederlage im Kampf der Dupahle behandelte mich mein Vater wie Dreck. Dabei war dieser Tag meine wahre Geburtsstunde. An diesem Tag erfuhr ich erst, was wahre Macht bedeutet." Sie hatte den Tisch nun einmal umrundet und stand mit dem Rücken zur Tür. „Ich gebe euch genau drei Tage Zeit, mir das Amulett des Lebens zu übergeben und eure Waffen niederzulegen. Wenn ihr dies tut, vertraut auf mein Wort, dass ich keinem Bürger Edumonds Schaden zufügen werde. Wenn ihr jedoch lieber euer Volk in den Tod schicken wollt, so verspreche ich euch: Fillon wird in Asche liegen und keiner wird überleben. Seht das, was jetzt folgt als kleine Warnung an. „Kaum hatte die Abgesandte ausgesprochen, begannen ihre Augen rot zu leuchten. Die zwei Gardisten wollten sich auf sie stürzen, doch wichen vor einer aufkommenden Hitze zurück.

Das feuerrote Licht hatte schnell den ganzen Raum getränkt und die Ritianarin begann zu brennen. Einer der Hauptmänner Edumonds griff nach seinem Stuhl und schleuderte ihn auf die brennende Frau. Doch sie war mittlerweile zu einer glühend heißen Feuerkugel geworden. Der Stuhl verbrannte im Flug, sodass er das Innere der Kugel nicht erreichte.

„Quing, lösch das Feuer!", rief Bugat. Alle hatten sich in die hinterste Ecke des Raumes verzogen. Die Hitze wurde unerträglich.

Quings Augen leuchteten auf und breite Wasserstrahlen schossen aus seinen Händen direkt auf den Feuerball zu. Ein lautes Zischen erfüllte den Raum und es bildete sich eine große Dampfwolke. Die Eingangstür hinter der Feuerkugel war mittlerweile verbrannt und ein Teil des Wasserdampfes zog aus dem Raum hinaus in den Gang. Dennoch wurde die Luft durch den übrigen heißen Wasserdampf noch weiter aufgeheizt. Allen lief der Schweiß über die Stirn.

„Hör auf, Quing!", rief Eran. „Das bringt nichts. Sie ist zu heiß!" Augenblicklich erlosch das Leuchten in Quings Augen und die Wasserstrahlen aus seinen Händen versiegten. Stattdessen glommen Erans Augen weiß auf. Er machte ein paar schwingende Armbewegungen, woraufhin sich der Tisch der Entscheidung bewegte. Eran positionierte die große Steinplatte so, dass sie alle dahinter Schutz fanden. Durch den starken Gegendruck der Flammen hatte der Herr der Schmiede große Mühe den Tisch in Position zu halten und er biss die Zähne fest aufeinander.

Plötzlich schossen Bugats Felsbrocken aus dem Boden empor. „Ich versuche sie einzusperren", rief er angestrengt. Doch noch bevor er das Steingefängnis komplettiert hatte, schmolzen die ersten Steine. Sie verwandelten sich, von der Spitze beginnend, in Lava, die am unteren Gestein herunterlief.

„Mach weiter, Bugat! Mehr Felsen! Schneller!", rief Quing, während er selbst abermals seine Dupahle aktivierte. Mit seinen Wasserstrahlen zielte er auf die Steine Bugats. Unter lautem Zischen verteilte sich der heiße Dampf erneut im Raum.

„Sieh nur, Bugat, es funktioniert!", rief Quing. „Mach weiter, wir schaffen das!" Durch das Abkühlen der schmelzenden

Steine bildete sich nach und nach ein Schale aus Stein um die Ritianerin herum. Irgendwann war sie vollends in einem Kokon gefangen.

Erschöpft deaktivierten Bugat und Quing ihre Dupahle und lehnten sich an die Wand des Raumes.

„Gute gemacht, ihr beiden." König Regonald wischte sich den Schweiß von der Stirn. „Ich sage euch, wir werden uns von Mogan nicht einschüchtern lassen. Ja, sein Heer ist groß und mächtig, doch glaube ich an uns. Ich glaube, dass wir Bewohner Edumonds stark genug sind, um ihm die Stirn zu bieten. Wir sollten die drei Tage, die er uns gegeben hat, nutzen. Hauptmänner, versichert euch, dass jeder Mann in der Stadt bewaffnet und instruiert ist. Errichtet Sperren in den Straßen, sodass die Feinde bei einem Fall der Stadtmauer über die große Hauptstraße ziehen müssen. Die Frauen der Stadt sollen Stoffbündel mit schweren und scharfen Gegenständen befüllen. Dies können sie dann aus den Häusern entlang der Straße auf die Feinde schleudern. Schafft wirklich alles heran, was einen Feind verletzen kann."

„Zu Befehl, mein König", sprachen Darwin, Gregotsch und die anderen Hauptmänner im Einklang und eilten zur Tür hinaus.

Der König wandte sich an Nidal, Quing und Bugat. „Wenn die Schlacht beginnt, möchte ich, dass die Allianz eurer Streitkräfte direkt hinter dem Stadttor positioniert ist. Sollte die Mauer überwunden werden, müsst ihr versuchen, die Feinde aus der Stadt fernzuhalten."

„In Ordnung", erwiderte Nidal und wollte mit Quing und Bugat den Raum verlassen, als der König ihn zurückhielt.

„Ihr, Nidal, bleibt bitte noch. Ich möchte noch etwas mit Euch und Eran besprechen. Eure Weisheit und Belesenheit wird dabei sehr hilfreich sein." Nidal nickte, während Bugat und Quing den Raum verließen.

„Was beschäftigt Euch, mein König?", fragte Eran schließlich.

Regonald hatte die Stirn in Falten gelegt. „Mir geht dieses Amulett des Lebens nicht aus dem Kopf. Mogan sagte, dass er es durch sein eigenes Amulett bei uns spürte. Es ist ihm sogar so wichtig, dass er den Erhalt dieses Schmuckstückes an die Bedingung unserer Kapitulation knüpft. Meine Frage an Euch ist nun: Habt Ihr schon einmal von diesem Amulett des Lebens gehört oder wisst Ihr, wo es sich befindet?"

„Letztere Frage kann ich wohl beantworten." Die Stimme hatte ihren Ursprung hinter dem immer noch auf der Seite liegenden Tisch der Entscheidung. Der verhüllte Berater des Königs trat plötzlich dahinter hervor. „Das Amulett befindet sich nicht mehr in Fillon. Ich habe es schon einmal gesehen und weiß auch, wer es besitzt. Auch Ihr, König Regonald, solltet Euch an das Amulett erinnern. Einst trug es Elenora, die Meisterin im Kampf der Dupahle. Mittlerweile gehört es jedoch ihrem Sohn Heron, der momentan in Karkat weilt."

„Heron ist in Karkat?", entfuhr es dem König überrascht. „Ich möchte, dass er sofort zurück nach Fillon geholt wird. Wir können jeden Kämpfer bei der Verteidigung der Stadt gebrauchen und wir müssen herausfinden, was es mit diesem Amulett des Lebens auf sich hat."

„Ich habe vor einigen Wochen etwas über Amulette gelesen." Nidal rieb sich nachdenklich mit den Fingerspitzen über die Schläfen. „Ein anderer Gelehrter Aquins kam zu mir. Er war damit beauftragt, die unzähligen nicht kategorisierten Schriften unserer riesigen Bibliothek einzustufen. Dabei fielen ihm einige

Schriftstücke in die Hände, welche er nicht einzuordnen wusste. Ihr Verfasser war jemand, der sich Rastloser Wanderer nannte. Hauptsächlich handelten seine Texte von mystischen Gegenständen und Orten. Aber dabei erwähnte er auch ein Amulett des Lebens. Für mich wirkten die Schriften damals wie Geschichten, die ein umherziehender Händler in Gasthäusern erzählt, um als Dank für den Zeitvertreib einige Almosen zu erbetteln. Ich kategorisierte sie als unwichtig und unglaubwürdig ein. Eine Entscheidung, die ich nach den heutigen Ereignissen bereue."

„Könnt Ihr Euch noch an den Inhalt der Texte erinnern?", fragte Eran ungeduldig. „Wißt Ihr noch, was dort über das Amulett des Lebens geschrieben stand?"

Nidal ging im Raum auf und ab, seine Stirn in Falten gelegt. „Ich denke, dass ich mich an den Großteil erinnern kann. Die besagte Schrift war unvollständig. Darin erzählte der Wanderer von sechs mächtigen Amuletten, welche seit der Entstehung Pregolets existieren. Jedes von ihnen hat ein bestimmtes Attribut, was dem Träger die entsprechende Macht verleiht. Jedoch können nur Pahle und Dupahle diese Kraft nutzen. So wie es der Wanderer beschreibt, werden die bestehenden Fähigkeiten des Trägers mit dem Attribut des entsprechenden Amuletts ergänzt. Wie sich das Ganze auswirkt, beschreibt der Wanderer nicht. Vier der Amulette werden nicht weiter erwähnt, jedoch berichtet der Verfasser von den beiden mächtigsten. Das Sonnenamulett des Lebens mit einem goldgelben Stein in der Mitte erlaubt dem Träger, das Leben zu manipulieren. Das zweite ist das Amulett des Todes, welches dem Besitzer die Fähigkeit gibt, den Tod zu beherrschen. Es ist silbern und hat zwei große Hörner am oberen Rand. In der Mitte ist ein lilafarbener Stein eingearbeitet. An mehr erinnere ich mich nicht."

„Danke, Nidal. Nun geht und schützt die Bürger Edumonds." Eran und Nidal verließen den Raum. Der König blieb zurück und stand ganz allein auf dem von Ruß und Gesteinsbrocken bedeckten Boden. Langsam bückte er sich und hob sein Schwert vom Boden auf. In dem Durcheinander musste es ihm aus der Scheide gefallen sein. Er pustete leicht darüber, um die Klinge vom Ruß zu befreien. Bedächtig steckte er es in seine Schwertscheide und sprach zu sich selbst: „Und du, Regonald, wirst der Vergangenheit einen Besuch abstatten. So schwer es dir auch fällt."

Kapitel 26
Die drei Gefängnisse

„Lasst uns bitte allein", sprach König Regonald zu der Verlieswache, nachdem diese die Zellentür geöffnet hatte. „Wie sie wünschen, mein König", antwortete die Wache und verließ den untersten Trakt des Gefängnisses von Fillon.

Regonald sah in die dunkle Zelle hinein, in deren Mitte Barion auf einem Hocker saß und regungslos auf den Boden starrte. Seine Handschellen waren mit schweren Stahlketten an einer großen Metallplatte befestigt, die fast den kompletten Gefängnisboden bedeckte.

„Stell das Essen wie immer auf den Hocker neben der Tür", sprach Barion leise und eintönig, ohne dabei aufzusehen.

„Ich bringe dir kein Essen", erwiderte Regonald angespannt.

„Regonald? Was willst du verlogener Dirkast von mir?", sprach Barion entrüstet. „Willst du dich noch weiter an meinem Elend ergötzen? Oder nur kontrollieren, ob ich wirklich sicher verwahrt bin?" Mit immer noch gesenktem Haupt zerrte Barion an den schweren Ketten an seinen Armen, sodass sie klirrend auf die Metallplatte fielen. „Ihr hättet euch die Mühe dieser Vorkehrungen sparen können. Warum sollte ich versuchen auszubrechen, wenn doch da draußen nur Missgunst und Verachtung auf mich warten? Jetzt, wo alle wissen, jetzt wo Heron weiß …", Barion schnaubte und vermied es, den Satz zu beenden.

„Ich bin nicht aus den von dir genannten Gründen hier, Barion", antwortete König Regonald. Seine Unterlippe zitterte und er rang nach Fassung. „Glaub mir, dass mir die Entscheidung nicht leichtgefallen ist, dich hier unten aufzusuchen. Aber Fillon ist in großer Gefahr und wir brauchen dich." Barion schnaufte abermals verächtlich.

Regonald setzte sich auf den Hocker neben der Tür. „Nachdem wir den Angriff der Valdrieten auf Fillon erfolgreich abgewehrt hatten, gab sich uns der Anführer des Feindes zu erkennen. Er hat mit einem gewaltigen Heer von Ritianan die Städte Bangol und Aquin eingenommen. Nun steht er mit dieser Übermacht vor den Toren Fillons. Ihr Anführer erwähnte, das seine damalige Niederlage im Kampf der Dupahle seine eigentliche Geburtsstunde war. Du hast damals gegen ihn gekämpft, als uns allen durch den Nebel die Sicht genommen war. Ich hoffe nun, dass du mir sagen kannst, was Prinz Mogan von Karkat mit dieser Bemerkung gemeint haben könnte."

„Prinz Mogan von Karkat ist für all das verantwortlich?", entfuhr es Barion verwundert. Erstmals hob er seinen Kopf, sein Gesicht war blass und wirkte ausgezehrt.

„Ja, ist er", antwortete Regonald schwermütig. „Irgendwie ist es ihm gelungen, die Valdrieten und Ritianan seinem Willen zu unterwerfen."

Plötzlich riss König Regonald die Augen weit auf. Sein Gesicht wurde blass und er starrte Barion entgeistert an. „Deine Augen!", stammelte er leise, ohne seinen entsetzten Blick von Barion zu nehmen. In einem kurzen Anfall der Schwäche hielt er sich an den Gitterstäben der Tür fest.

„Was ist mit meinen Augen?", fragte Barion genervt. „Hast du jetzt endgültig den Verstand verloren?"

Der König richtete sich mühsam wieder auf. „Die Befehlshaber des Valdrietischen und Ritianischen Heeres haben einen mysteriösen lilafarbenen Rauch um ihre Augen. Das gleiche

Phänomen wurde bei vielen Bangolen beobachtet, kurz bevor die sich bei der Schlacht vor Aquin selbst hinrichteten. Und zuletzt schickte uns Mogan eine Ritianische Abgesandte, durch die er zu uns sprach." Regonald schluckte schwer und griff sich an die Schläfe. „Ich erinnere mich nun, dass ich diesen merkwürdigen Rauch schon einmal sah." Schweißperlen tropften vom Rand seiner Krone auf den Steinboden vor ihm. „Damals an dem Tag als Elenora starb, ist mir etwas aufgefallen. Ich hielt es für eine Sinnestäuschung, ob der schlechten Sicht und habe es somit wieder vergessen. Doch eben, als ich dir tief in die Augen sah, fiel es mir wieder ein." König Regonald ging langsam und schwerfällig auf Barion zu. „Damals als Elenora starb, waren auch deine Augen von dem lilafarbenen Rauch umgeben."

Aufgebracht sprang Barion von seinem Hocker auf, wodurch die Ketten an seinen Armen sich maximal spannten. „Das heißt, dass nicht ich meine geliebte Elenora getötet habe. Sondern Mogan mich mit seinen Kräften kontrolliert hat?"

Regonald löste sein Schwert vom Gürtel und warf es neben sich. Dann nahm er seine Krone ab und ließ auch diese fallen. Sie rollte klirrend über die Metallplatte des Kerkerbodens auf Barion zu. Schließlich stieß sie gegen dessen Stiefel und ging in rotierender Bewegung zu Boden. „Jahrelang standen wir beide, Seite an Seite. Du setztest mehr als einmal dein Leben für mich und Edumond aufs Spiel. Obendrein warst du mir ein treuer Freund. Leider vergaß ich das alles für lange Zeit. Es wurde begraben unter einem dichten Tuch aus Eifersucht, Trauer und Unwissenheit." Mit betretener Miene trat Regonald dicht vor Barion. „Es tut mir leid, dass ich dich so lange für den Tod von Elenora verantwortlich gemacht habe. Ich schäme mich unendlich für mein Verhalten."

Barion ging in die Hocke und hob die Krone auf. Dann richtete er sich auf und legte seine Hand auf die Schulter von Regonald. „Selbst ich habe an meiner Unschuld gezweifelt, mein Freund. Doch die Hauptsache ist, dass wir nun die Wahrheit kennen. Ich muss sofort Heron davon erzählen."

Regonald seufzte. „Leider ist Heron nicht in Fillon. Ich erfuhr, dass er nach Karkat gegangen ist. Ich habe bereits jemanden ausgesandt, um ihn zurückzuholen. Denn scheinbar ist das Amulett, das dein Sohn trägt, ein mächtiges magisches Artefakt. Mogan besitzt das Gegenstück dazu und möchte Herons als Zugabe zu unserer Kapitulation.

„Ich gehe nicht davon aus, dass du Mogans Bedingungen erfüllen willst?", fragte Barion zweifelnd.

„Niemals!", erwiderte Regonald. „Aber wenn das Amulett wirklich so mächtig ist, könnte es eine wertvolle Waffe im Kampf gegen Mogan sein."

„Du hast recht, Regonald.", stimmte Barion zu. „Dann müssen wir zu Egoleit und Egolet beten, dass Heron schnell wieder hier in Fillon auftaucht. Ich kann es kaum erwarten ihn wieder zu sehen. Ich hoffe nur, dass es ihm in der Zwischenzeit gut ergangen ist."

Regonald verließ die Zelle, ging zu einem Schlüsselbrett in der Mitte des Ganges, nahm einen Schlüssel vom Haken und kehrte damit zurück. Während er begann die Schellen an Barions Fuß- und Handgelenken zu öffnen, sprach er mitfühlend: „Ich kann gut nachvollziehen, dass du dich um Heron sorgst. Meinen Sohn beim Kampf der Dupahle zu beobachten, war wie eine Folter für meine Seele."

„Du hast einen Sohn, Regonald?", fragte Barion verwundert. „Das war mir nicht bekannt."

„Niemand außer mir weiß bis jetzt davon", antwortete Regonald, während er die letzte Schelle von Barions Handgelenken nahm. „Sieh es als Zeichen meiner Freundschaft, dass ich es dir erzähle. Mein Sohn wurde ein paar Jahre nach Heron geboren. Ich hatte bei einem Fest zu viel Wein getrunken. Die junge Kellnerin Grete und ich hatten uns schon den ganzen Abend Blicke zugeworfen. Den Rest kannst du dir wohl denken. Einige Zeit später sagte sie mir, dass sie ein Kind von mir erwartet." Regonald zögerte versonnen. „Versteh, was ich nun sage, bitte nicht falsch. Ich mochte Grete wirklich sehr, aber es durfte einfach niemand von uns erfahren. Der König und eine einfache Kellnerin, das hätte mich meinen Thron kosten können. Auch Grete bestand darauf, dass wir unsere Liebe, sowie auch das erwartete Kind, geheim halten. Dies gelang uns sehr gut, bis eines Tages unser Sohn zur Welt kam." Wieder schwieg er einen Moment. „Leider verstarb Grete während der Geburt. Da ich den Jungen jedoch nicht einfach zu mir nehmen konnte, gab ich ihn in die Obhut einer Palastdienerin. Ich wusste zufällig, dass sie und ihr Mann seit langem versuchten, ein Kind zu bekommen. So legte ich ihnen den kleinen als Findelkind vor die Tür. Sie beide zogen daraufhin meinen Sohn mit viel Liebe und Zuneigung groß. Im Hintergrund jedoch habe ich immer ein Auge auf Sodgar geworfen und sorgte auch dafür, dass er bei der Garde aufgenommen wurde."

„Sodgar ist dein Sohn?", schoss es überrascht aus Barion heraus.

Regonald nickt. „Ja, mein Sohn Sodgar. Ich bereue es wirklich zutiefst, dass ich nie den Mut hatte, ihm die Wahrheit zu sagen." Bedächtig sah er zu Boden. „Wahrscheinlich war es besser so. Ich hätte als Vater bestimmt genauso eine schlechte Figur abgegeben, wie als Freund."

Da spürte Regonald plötzlich eine Berührung auf seinem Hinterkopf. Langsam sah er auf.

Barion hatte ihm wieder seine Krone aufgesetzt. Nun hielt er Regonald freundschaftlich seine Hand entgegen und sprach: „Noch einmal, wir beide, als Freunde, Seite an Seite, bis zum Ende von Pregolet."

Heron stand in seiner Zelle und blickte durch die kleine Öffnung oberhalb der Außenmauer. Drei dicke Eisenstäbe versperrten ihm die Flucht. Seit Tagen versuchte er zwanghaft, eine Möglichkeit zu finden auszubrechen. Doch bisher war ihm keine eingefallen. Wütend schlug er mit der Faust gegen die kalte Steinwand. Etwas Mörtel bröckelte herunter.

„Hallo, Heron!", erklang plötzlich eine Stimme dicht hinter ihm.

Erschrocken fuhr Heron herum. Vor ihm stand der Mann im grauen Umhang. Intuitiv sprang er auf den mysteriösen Unbekannten zu und wollte ihn mit den Armen umklammern. Aber sein Versuch endete auf dem Kerkerboden. Er war einfach durch den Mann hindurchgefallen.

„Bleib ganz ruhig, Heron! Dir droht keine Gefahr und ich werde dieses Mal sicher nicht verschwinden", sprach der Unbekannte mit ruhiger Stimme.

Langsam stand Heron auf und fixierte dabei den Mann. „Wer in Egoleits Namen seid Ihr?"

„Mein Name ist Sapio", stellte sich der Unbekannte vor. Dann nahm er seine Kapuze vom Kopf. Zum Vorschein kamen graue, lockige Haare und ein von Falten durchzogenes Gesicht. Außerdem hatte er ein rotes, aufgerolltes Leinentuch so um seinen Kopf gebunden, dass es seine Augen verdeckte. „Ich denke, dass mein Pseudonym, der Sehende, dir geläufiger ist."

Heron rieb sich die Augen. „Seid Ihr wirklich hier? Warum bin ich gerade durch Euch hindurch gefallen?"

„Nein, ich bin nicht körperlich hier, sondern nur durch meine dupahle Fähigkeit", antwortete Sapio. „Ich kann ein sehendes Abbild meines Geistes an jedem Ort, an dem ich schon einmal war, entstehen lassen."

Vorsichtig versuchte Heron ihn zu berühren. Doch seine Finger glitten einfach durch Sapio hindurch. „Und warum habe ich Euer Abbild schon vor meinem Besuch in der Schmiede gesehen? Damals als ich Alma gegen die Dirkaste verteidigte? Ihr kanntet mich doch noch gar nicht."

Sapio lief langsam durch die Zelle. „Dafür musst du wissen, dass man mich nicht ohne Grund den Sehenden nennt. Ich habe eine Pahle, die es mir ermöglicht in die Seele eines Menschen zu sehen und besondere Kräfte zu spüren. Und du, Heron, hast eine mächtige und kräftige Energie in dir. Diese Energie ist so stark, dass ich sie bereits gespürt habe, als du mit Alma Erbholt verlassen hast. Seitdem versuche ich, regelmäßig ein Auge auf dich zu werfen und deinen Weg zu leiten. Als Alma damals von dem Dirkastrudel angegriffen wurde, war ich es, der dich geweckt hat. In den Höhlen der Schmiede zeigte ich dir den Raum der Meister. Ich wollte dein Interesse für den Wettkampf wecken, sodass du in die Fußstapfen deiner Eltern trittst. Auch die Idee, Barion an deiner Seite kämpfen zu lassen, kam von mir. König Regonald wäre von sich aus nie darauf gekommen."

„Doch warum das alles?", platzte es aus Heron heraus.

„Warum hast du mich geleitet?"

Das Abbild Sapios blieb vor Heron stehen. „Es geschieht nicht ohne Grund, dass Egoleit und Egolet jemanden mit solch großer Kraft segnen. Ich kann dir zum jetzigen Zeitpunkt noch nicht sagen, warum du diese Kraft in dir trägst, aber ich bin mir sicher, dass wir bald erfahren werden, was deine Bestimmung ist. Das Schicksal wollte jedenfalls, dass du der Träger vom Amulett des Lebens bist. Wahrscheinlich weil der Besitzer des Gegenstücks gerade versucht Fillon zu zerstören."

Heron stutzte. Sein Amulett, das er in Fillon gelassen hatte, sollte irgendein magischer Gegenstand sein? Nachdenklich strich er mit seiner Hand über die Brusttasche, in welcher sich das Foto seiner Mutter befand. Dann sprach er erneut zu Sapio. „Wenn das Amulett meiner Mutter magische Kräfte besitzt, welche sind das und wer ist es, der Fillon bedroht?"

Sapio berichtete, was sie über die Amulette herausgefunden hatten und Heron verstand plötzlich. „Oft wenn ich in Sorge oder Gefahr war, spendete mir das Amulett Hoffnung und Kraft. Damals beim Kampf gegen die Dirkaste, als die Sonnenstrahlen durch die Wolkendecke brachen. In der Schmiede, als Bugat mich provozierte, nachdem ich der Kammer der Dupahle zugewiesen wurde. Bei der Trofe, kurz bevor der Wettkampf begann. Und letztlich vor dem Kampf der Dupahle. Das Attribut, das Leben zu kontrollieren, verlieh mir erst das Amulett meiner Mutter. Damals als ich meine Dupahle bei Dogus einsetzte, hatte ich es um meinen Hals. Da ich es jetzt jedoch nicht mehr habe, konnte ich die Ritter Karkats und Theofoldis mit meiner Dupahle nicht töten. Aber …" Erkenntnis verfinsterte Herons Miene. „Das bedeutet auch das, dass meine Dupahle nur ein helles Leuchten ist."

Sapios Abbild schüttelte vehement den Kopf. „Du kannst hell und stark leuchten wie unsere geheiligten Sonnen. Ich halte deine Dupahle für sehr bedeutend. Wir haben doch beim Kampf der Dupahle gesehen, wie mächtig deine Fähigkeit in Verbindung mit dem Amulett ist. Aus diesem Grund musst du auch unbedingt zurück nach Fillon kommen und mit uns Mogans Heer zu ..."

„Mogan!" unterbrach Heron den Sehenden. „Er ist doch der verbannte Prinz von Karkat. Kira erzählte mir von ihm. Wenn ich mich richtig erinnere, auch von seinem Amulett, das meinem in gewisser Weise ähnelte." Heron blickte durch die engen Gitterstäbe der Außenwand hindurch auf den Hinterhof der Burg. „Weiß man, welche Kräfte er durch das Amulett besitzt?"

Sapio kam zu ihm. „Nein. Seine genauen Kräfte und Fähigkeiten kennen auch wir nicht. Wir wissen, dass es ihm möglich ist, die Kontrolle von einem oder mehreren Menschen zu übernehmen. Doch scheinbar kann er es nicht jederzeit und bei jedem tun. Aber wir sind uns sehr sicher, dass er damals, als deine Mutter starb, die Kontrolle über deinen Vater erlangt hat. Barion wurde bereits freigelassen und bereitet die Verteidigung Fillons mit uns vor.

Heron fiel erleichtert auf die Knie und eine Träne der Freude kullerte über seine Wangen. „Er ist doch unschuldig", sprach er mehrmals leise zu sich selbst, so als wolle er sich die freudige Nachricht in den Kopf brennen.

„Ich muss so schnell es geht nach Fillon." Entschlossen rannte er zur Zellentür. „Könnt ihr mich hier rausholen, Sapio?"

Der Sehende trat durch die Gitterstäbe nach außen. „Ich werde eine Lösung finden. Habe etwas Geduld." Dann verschwand sein Abbild im Nichts.

☼

Kira stand im Innenhof der Burg Karkats in einer abgelegenen Ecke zwischen zwei großen Karren und blickte hinüber zum Außengefängnis. An den Gitterstäben neben dem Besalt hockte Alma und schien mit sich selbst zu sprechen. Hinter ihr saßen die Zwillinge und waren in ein Gespräch vertieft.

Dann bemerkte sie Sodgar, der sie mit kühlem Gesichtsausdruck fixierte. Bemüht ebenfalls keine Miene zu verziehen, hielt Kira seinem Blick stand. Doch innerlich arbeitete es in ihr. Schon seitdem sie damals von Barion erfahren hatte, dass Sodgar sie vor den Valdrieten in Erbholt gerettet hatte, musste sie immer wieder an ihn denken. Auch seine Worte und sein Verhalten beim Kampf der Dupahle hatten ihr imponiert. Er war der Grund, warum sie überhaupt noch lebte.

Sodgar drehte sich plötzlich um und begab sich zu den Zwillingen. Kira atmete auf. Lange hätte sie seinen Blick nicht mehr erwidern können.

„Warum gehst du nicht zu ihm, mein Kind?", vernahm Kira eine Stimme hinter sich. Reflexartig zog sie ihre Dolche und war fest entschlossen, demjenigen die Zunge herauszuschneiden, der es gewagt hatte, sich an sie heranzuschleichen.

Neben ihr stand ein alter Mann im grauen Umhang, der seine Augen mit einem Tuch verbunden hatte. Sie wollte ihn an der Schulter fassen, um ihm einen ihrer Dolche an die Kehle zu drücken, griff jedoch durch den Mann hindurch ins Leere.

„Entschuldigt bitte, falls ich Euch erschreckt haben sollte. Dies lag nicht in meiner Absicht", sprach der Mann freundlich. „Mein Name ist Sapio. Ich bin ein Berater König Regonalds."

Kira versuchte ihn am Umhang zu greifen, fasste aber erneut durch ihn hindurch. „Was wollt Ihr hier, Sapio? Ich dachte, in Fillon herrscht Krieg. Habt Ihr nichts Besseres zu tun, als einer Prinzessin Karkats nachzustellen?"

Sapio lachte laut auf. „Ach Prinzessin, Ihr seid genauso schnell mit den Dolchen wie mit Eurer Zunge. Nicht lange drum herumreden, sondern direkt zur Sache kommen. Aber gut, mir soll es recht sein. Ich möchte von Euch, dass Ihr die gefangenen Bürger Edumonds freilasst. Vor allem Heron."

„Natürlich!", sprach Kira sarkastisch. „Nennt mir einen guten Grund, warum ich dies tun sollte."

„Ich nenne euch gleich drei Gründe", erwiderte Sapio. „Erstens sind sie für euch nutzlos. Was habt Ihr davon, sie hier festzuhalten? Sie stellen keine Gefahr für Euch dar, und das wisst Ihr selbst. Als Zweites appelliere ich an Eure Heimatliebe. Nehmen wir an, Karkat wird angegriffen. Ihr würdet dann doch auch für Euer Volk kämpfen wollen, oder etwa nicht? Und drittens seid Ihr direkt involviert in unseren Krieg. Es ist Euer Bruder Mogan, der für den Angriff auf Karkat verantwortlich ist. Er hat uns mitgeteilt, dass Karkat sein nächstes Ziel ist, sobald er Edumond eingenommen hat. Euch sollte also daran gelegen sein, dass wir ihn aufhalten."

Ungläubig sah Kira ihn an. „Mein Bruder ist wieder aufgetaucht", sprach sie leise und mit zittriger Stimme. „Warum? Und warum greift er Fillon an?"

„Weil er Herrscher von ganz Pregolet werden will", antwortete Sapio. „Ursprünglich war Karkat sein geplantes erstes Ziel. Doch hatte er Sorge, dass wir Euch beim Kampf unterstützt hätten. Dem entgegen wusste er, dass Euer Vater uns keine Hilfe sein würde. Was sich schließlich auch bewahrheitet hat."

Das Abbild Sapios umkreiste sie langsamen Schrittes. „Eurem Bruder ist es scheinbar gelungen, die Kontrolle über zwei Völker Ost-Pregolets zu bekommen. Könnt Ihr mir vielleicht sagen, wie er das vollbracht haben könnte?"

„Seine Dupahle", antwortete Kira prompt. „Mogan konnte mit seiner Dupahle die Kontrolle über niedere Lebewesen übernehmen. Dies gelang ihm jedoch nur bei Tieren mit sehr niedriger Intelligenz, wie Würmern und Käfern. In späteren Jahren vollbrachte er es aber auch einmal bei einem Gibu. Allerdings war das Tier obendrein sehr erschöpft nach einer langen Reise. Scheinbar ist es ihm nun doch gelungen, seine Dupahle auch bei Menschen einzusetzen."

Jetzt war es Sapio, der überrascht war. „Jetzt erklärt sich mir einiges. Die Ritianan und Valdrieten galten laut den Aufzeichnungen als Menschen einfachen Geistes. Barion war nach dem Sieg beim Kampf der Dupahle durch den Einsatz seiner Fähigkeiten sicher bis aufs Letzte entkräftet. Und die Bangolen galten nicht als besonders intelligent. Außerdem waren viele von ihnen durch die Schlacht vor Bangol sehr erschöpft."

Wissend hob Sapio den Zeigefinger. „Das Amulett des Todes hat scheinbar seine Kräfte so verstärkt, dass er sie alle hat kontrollieren können. So wird es gewesen sein." Er ging einen Schritt auf Kira zu. Sein Gesicht war nun direkt vor ihrem. „Ich spüre, dass Ihr im Gegensatz zu Eurem Vater eine gute Seele habt. Deshalb bitte ich Euch: Lasst die Gefangenen frei. Wir brauchen Heron dringend in Fillon."

„Das kann ich nicht", sprach Kira resigniert. „Wenn es nach mir ginge, würde ganz Zarkotien in den Krieg ziehen und Edumond unterstützen. Doch ich bin nur die Prinzessin Karkats. Theofoldis wird nichts auf mein Wort geben, so wie es schon immer gewesen ist."

„Ich kann Eure Argumente zwar verstehen", entgegnete Sapio, „doch solltet Ihr darüber nachdenken, wie Ihr Euer Leben zukünftig führen wollt. Ihr könnt Euch weiter von Eurem Vater unterdrücken lassen und Eure eigenen Werte ignorieren. Oder Ihr steht für Eure Meinung ein und handelt dementsprechend."

Kira seufzte schwer und blickte über Sapios Schulter hinweg zum Außengefängnis. „Und was ist, wenn …"

Sie bemerkte, dass Sapio plötzlich verschwunden war. Trotzdem beendete sie ihren Satz: „… ich nicht den Mut dazu habe?"

Es war früh am Morgen und die ersten Sonnenstrahlen schienen in den Innenhof der Festung Karkats. Sodgar war gerade aufgestanden. Alma saß bereits wieder bei Fogun und unterhielt sich mit dem Besalt. Die Zwillinge Mara und Tiara schliefen noch auf ihren Strohhaufen.

Sodgar ließ seinen Blick über den Innenhof schweifen und erblickte Prinzessin Kira, die in gewohnt selbstsicher Manier direkt auf ihn zukam. Ein breites Grinsen machte sich auf seinem Gesicht breit, als die Prinzessin direkt vor ihm stehenblieb. Nur die Gitterstäbe trennten die beiden voneinander.

„Gefangener, sagt mir, warum grinst Ihr so unverschämt und frech?", sprach Kira in ihrem üblichen Befehlston.

Sodgar musste laut lachen, und auch Alma stimmte mit ein. „Wir haben bemerkt, dass du uns in den letzten Tagen häufig beobachtet hast. Darum haben wir gewettet, ob du irgendwann den Mut hast, zu uns herüberzukommen." Sodgar wandte sich an Alma: „Du hattest recht. Ich hätte nicht gedacht, dass sie es wagt." Er fasste in seine Westentasche und warf Alma ein Stück trockenes Brot hinüber. „Hier, dein Gewinn."

Alma fing das Brot auf und bedankte sich mit einer ausladenden Handbewegung. Dann warf sie ihrerseits das Brot weiter zu Fogun. Der Besalt öffnete sein Maul und nahm das Brot mit seiner Zunge auf. Dieses wirkte im Verhältnis zu der Größe des Tiers nur wie ein Krümel zwischen seinen Zähnen. Provokativ theatralisch schluckte Fogun die kleine Mahlzeit hinunter und schloss dann wieder zufrieden die Augen.

Plötzlich griff Kira nach Sodgars Weste und zog ihn an die Gitterstäbe. „Ihr seid nicht in der Position Witze über mich zu machen", zischte sie. Dann legte sie ihren Kopf zwischen die Gitterstäbe und flüsterte Sodgar ins Ohr: „Der einzige Grund, warum ich euch beobachtet habe, warst du, Sodgar. Seit du mir bei den Valdrieten in Erbholt das Leben gerettet hast, gehst du mir nicht mehr aus dem Kopf. Beantworte mir nur eine Frage. Hättest du das für jeden getan oder hat es mit mir zu tun?"

Mit einer schnellen Bewegung legte Sodgar seine Hand auf ihren Hinterkopf und zog sie fest an die Gitterstäbe heran. Ihre Lippen berührten sich fast und er konnte ihren nervösen Atem auf seinem Gesicht spüren. „Ich hätte es natürlich für jeden getan."

Kira schien enttäuscht und wollte sich von ihm abwenden. Doch Sodgar griff mit seiner anderen Hand an ihren Rücken und hielt sie so vom Gehen ab. Er ergänzte: „Doch ich hätte es sicher nicht ertragen, nie wieder Euer schönes Gesicht sehen zu können. Es hätte mir das Herz gebrochen."

Eine gefühlte Ewigkeit sahen sich die beiden in die Augen, ohne dass jemand etwas sagte. Dann legte Kira ihre Hände auf

Sodgars Brust und schob ihn sanft zurück. Er löste seinen Griff und flüsterte: „Bitte, Kira. Lass uns frei."

Die Prinzessin warf ihm ein leichtes Lächeln zu. „Das kann ich nicht tun. Doch wenn du auf dein Herz hörst, wirst du einen Weg finden, hier herauszukommen." Mit diesen Worten drehte sich die Prinzessin um und verschwand über den Innenhof.

Kapitel 27
Riesen Probleme

Der dritte Tag nach Mogans Drohung neigte sich dem Ende entgegen und die letzte Sonne ging langsam hinter den Dünen unter. Der Himmel war sternenklar und es wehte nur ein leichter Wind. Eigentlich wäre es ein wunderschöner Abend gewesen, an dem man mit Freunden durch die Straßen Fillons ziehen würde und in eines der zahlreichen Gasthäuser einkehrt, um dort einen heiteren Abend zu verbringen. Doch die Realität sah ganz anders aus. Die Straßen Fillons waren wie leergefegt, alle Häuser verbarrikadiert und eine bedrückende Stille hatte die Stadt befallen.

Barion stand neben König Regonald auf der Stadtmauer und blickte auf das gewaltige Heer der Ritianan, das die Wüste vor ihnen belagerte.

„Was haben sie nur vor, Barion?", sprach König Regonald nachdenklich. „Ich verstehe einfach nicht, wie sie ohne großes Kriegsgerät unsere Stadtmauer bezwingen wollen."

„Mogan wird sicher einen hinterhältigen Plan haben", erwiderte Barion. „Wie auch immer dieser aussehen mag. Wir haben uns bestmöglich vorbereitet." Er richtete noch einmal seine alte, silberne Rüstung, die sich im Museum Fillons befunden hatte. Zum Glück passte sie ihm noch wie angegossen.

Regonald sah über seine Schultern hinunter auf den Marktplatz. Das Heer Nidals, bestehend aus Aquinan und Bangolen, hatte dort Stellung bezogen. „Ich denke, du hast recht. Egal was Mogan uns entgegenbringt, wir werden uns dagegenstemmen.

Eran und die Bewahrer der Schmiede haben rund um den Palast Stellung bezogen und sorgen für die Sicherheit unserer Frauen und Kinder. Nidal und seine Männer stehen auf dem Marktplatz und sind bereit den Feind gebührend zu empfangen, falls es ihm gelingt, in die Stadt einzudringen. Und zuletzt stehen hier oben mit uns zahlreiche tapfere Gardisten auf der Stadtmauer. Diese hat kürzlich erst bewiesen, wie schwer es ist sie zu überwinden. Wir sollten nur darauf achten, erschöpften Gardisten frühzeitig eine Pause zu verschaffen, sofern dies möglich ist. Nicht dass sie dasselbe Schicksal ereilt wie den vielen Bangolen bei der Schlacht vor Aquin." Der König warf Barion ein leichtes Lächeln zu. „Ich, mein Freund, bin voller Zuversicht."

„Ich auch, Regonald", stimmte Barion zu. „Wir sollten Mogan keine Möglichkeit geben, seine Dupahle zu nutzen. Sollten die Informationen über seine Fähigkeiten stimmen."

Der König legte seine Hand auf Barions Schulter. „Es ist beruhigend, dich an meiner Seite zu wissen."

Plötzlich keimte Unruhe unter den Gardisten auf. Im Heer der Ritianan hatte sich eine Schneise gebildet, durch welche jemand auf die Stadtmauer zuritt. Es war Mogan, der auf dem Rücken eines großen, zweibeinigen Tieres saß. Der Körper des seltsamen Geschöpfs war von dunkelgrünem Fell bedeckt. Der kurze Schwanz hatte die Form eines Hammers und der Kopf des Tieres war nach unten geneigt, wodurch sein gelber Schnabel fast den Wüstenboden berührte. Auf dem Ledersattel, die Zügel straff in der Hand, saß Mogan. Sein langer schwarzer Mantel lag über den Flanken des Tieres. In der weiten Kapuze blieb sein Gesicht unter seiner gehörnten Maske verborgen.

Nicht weit von der Stadtmauer entfernt zog Mogan kräftig an den Zügeln, wodurch das Tier seinen stampfenden Schritt stoppte. Es öffnete den Schnabel und streckte seinen Kopf gen Himmel. Ein markerschütterndes Kreischen erklang.

„Regonald!", rief Mogan. „Ich, Mogan, war so gnädig, dir eine Frist zu gewähren. Doch mir scheint, du bist so töricht mein großzügiges Angebot abzulehnen."

Regonald trat an die Brüstung der Stadtmauer. „Wir werden unsere Freiheit nicht hergeben. Und selbst wenn wir uns entschieden hätten, dein Angebot anzunehmen, könnten wir deine zweite Bedingung nicht erfüllen. Denn das Amulett des Lebens befindet sich nicht in Fillon."

„Das ist eine Lüge!", erwiderte Mogan verärgert. „Ich spüre, dass sich das Amulett in der Stadt befindet."

Taran tippte unruhig mit dem Finger auf seine Brust. Als er Barions Blick bemerkte, wandte er schnell sein Gesicht ab.

„Damit ist deine Entscheidung gefallen und das Schicksal Fillons besiegelt", sprach Mogan weiter. „Wir werden deine Stadt auslöschen und alle Bürger Edumonds, die sich uns in den Weg stellen, töten. Jedes Haus werden wir niederbrennen und schließlich in der Asche das Amulett des Lebens suchen." Mit diesen Worten riss Mogan die Zügel seines Reittiers herum, was das Geschöpft erneut mit einem schrillen Kreischen quittierte. Während er durch die Schneise des Ritianischen Heeres zurückritt, streckte er seinen rechten Arm in die Luft und rief. „Tötet sie alle!"

Augenblicklich begannen die Ritianan wie wild zu brüllen. Es klang wie sinnlos durcheinander gerufene Laute, die dennoch einen Rhythmus ergaben. Immer lauter brüllten sie, während einer der Ritianan aus der vordersten Reihe hervortrat. Er breitete die Arme aus. Sofort verstummten seine Artgenossen und seine Augen begannen grün zu leuchten.

„Sie setzen eine Dupahle ein!", rief Barion zu den Seinen. „Was auch immer nun geschehen wird, haltet Stand! Wenn sie uns mit Pfeilhageln eindecken, wir halten Stand! Wenn ihre Übermacht auch noch so groß scheinen mag, wir halten Stand!" Barion zog sein Schwert und streckte es in den Abendhimmel von Fillon. „Und jetzt frage ich Euch, tapfere Krieger Edumonds: Selbst, wenn die Lage hoffnungslos erscheint, was tun wir dann?"

„Wir halten Stand!", rief die Gardisten euphorisch. Die starke Entschlossenheit und der absolute Wille, dem Feind alles entgegenzustemmen, stand jedem Einzelnen ins Gesicht geschrieben.

Auch König Regonald zog sein Schwert und rief seinen Männern zu: „Solange es noch Bürger Edumonds gibt, die sich dem Feind entgegenstellen, lebt die Hoffnung auf einen Sieg. Ich glaube an jeden Einzelnen von euch. Für Edumond!"

„Für Edumond!", antworteten die Gardisten lauthals.

Der Schall des Schlachtrufs war gerade verklungen, als der Boden zu beben begann. Barions Blick richtete sich auf den Ritiana, der seine Dupahle aktiviert hatte. Im gleichen Moment brach der Boden an mehreren Stellen auf und Wurzeln drangen aus dem Wüstensand ans Tageslicht. Es waren dicke Stränge, deren Spitzen sich auf die Stadtmauer zuschlängelten. Die ersten erreichten sie und wanden sich mit ihren Enden um die Giebel und Erker der Mauer.

„Deswegen brauchen sie keine Belagerungsmaschinen oder Leitern", sprach Barion zu Regonald, während die ersten Ritianan begannen, auf die breiten Wurzeln zu springen. Über diese hinweg rannten sie hinauf zur Mauer und nutzten die Gewächse wie eine Rampe.

„Bogenschützen, schießt auf die Ritianan, während sie über

die Wurzeln hinauflaufen!", befahl Barion. Sofort traten die Bogenschützen vor und eröffneten das Feuer. „Schwertkämpfer, zieht eure Waffen und haltet Stand!" Dann rannte Barion hastig die Treppe zum Marktplatz hinunter.

„Nidal!", rief er schon von weitem. „Ihr müsst mit Euren Männern raus vor die Mauer. Die Ritianan haben eine dupahle Fähigkeit eingesetzt und erklimmen über große Wurzeln die Stadtmauern. Wir müssen diese Wurzeln zerstören."

Nidal hob seine Faust als Zeichen dafür, dass er die Botschaft verstanden hatte. Dann rief er: „Öffnet das Tor!" Sofort ertönte ein Knattern und Quietschen.

Während sich das Stadttor langsam öffnete, wandte sich Nidal an seine Aquinan und Bugats Bangolen: „Ihr habt es gehört! Wir sind an der Reihe, unseren Beitrag zum Fortbestehen Edumonds zu leisten. Lasst uns die Ritianan zurückdrängen und die Wurzel zerstören."

Noch bevor die ersten Ritianan durch das Tor ins Innere der Stadt gelangen konnten, setzte sich die Allianz von Bangolen und Aquinan in Bewegung. Mit Nidal, Quing und Bugat an der Spitze stürmten sie hinaus vor die Tore der Stadt. Wie eine Klinge durch warme Butter gleitet, schnitten sie durch das Heer der Ritianan. Schnell hatten sie einen Ring um die Stadtmauer herum freigekämpft, sodass kaum noch Angreifer auf die Wurzeln gelangen konnten. Bugat rannte zu einem der Gewächse. Er holte mit seiner Axt aus und schlug mehrmals auf den unteren Teil ein. Nach einigen Schlägen war sie schließlich durchtrennt. Knackend löste sich das Gewächs von der Stadtmauer und fiel mit einem dumpfen Ton in den Wüstensand.

Weitere Bangolen wollten es ihm gleichtun, als sie ein seltsames Knistern vernahmen. Es hatte seinen Ursprung an dem abgetrennten Wurzelstumpf, der vor Bugat aus dem Boden ragte. Es wuchs plötzlich und in Windeseile eine neue Wurzel aus dem Stumpf empor. Nur einen Augenblick später hatte sie sich wieder an der Mauer Fillons verankert.

„Die Wurzel zu fällen bringt nichts. Wir müssen den Dupahle töten!", rief Quing.

Bugat fixierte den Dupahlen, der konzentriert inmitten des Getümmels der angreifenden Ritianan stand. „Quing, ich brauche freie Sicht auf ihn. Kannst du dafür sorgen?!"

Quing nickte und setzte seine Dupahle ein. Das blaue Leuchten erfüllte seine Augen und das Wasser schoss aus seinen Händen. Mit dem Wasserstrahl schoss er eine Schneise in die Reihen der Angreifer.

Bugat hatte jetzt freie Sicht auf den Ritiana. Er umfasste den Griff seiner Waffe mit beiden Händen und holte über seinen Kopf hinweg aus. Dann schleuderte er seine Axt mit aller Kraft auf sein Ziel. Sie zischte rotierend, parallel zu Quings Wasserstrahl, durch die Luft und schlug mittig im Brustkorb des Dupahlen ein. Er wurde weit zurück geschleudert, wobei er einige seiner Artgenossen mit sich riss. Regungslos blieb der Dupahle liegen und das grüne Leuchten in seinen Augen erlosch.

Die Ritianan brüllten verärgert. Mit geballter Kraft griffen sie nun an. Die Aquinan und Bangolen gerieten heftig unter Druck, was auch Nidal bemerkte.

„Tut irgendetwas, um sie aufzuhalten. Wir brauchen Zeit, um die Wurzeln zu zerstören!", rief er Bugat und Quing zu. Letzterer versuchte bereits, die Ritianan mit seiner Dupahle zurückzudrängen, aber er konnte den Strahl nicht auf alle Angreifer richten. Dann sprang ihm Bugat zur Seite und setzte ebenfalls seine Dupahle ein. Das rote Leuchten glomm in seinen Augen auf und die ersten Felsen schossen aus dem Boden empor.

Jedes Mal, wenn Quing eine Gruppe Ritianan mit seiner Dupahle zurückgedrängt hatte, ließ Bugat an dieser Stelle einen breiten Felsen entstehen. Dies wiederholten sie beide fortwährend, bis sich eine Mauer aus Felsen gebildet hatte. Vereinzelt kletterte die Ritianan zwar hinüber, jedoch waren es nur wenige. Sie konnten leicht überwältigt werden. Nun konnten Bangolen und Aquinan endlich damit beginnen, die Wurzeln zu fällen. Auch die Gardisten auf den Mauern halfen eifrig dabei und versuchten die Gewächse mit ihren Schwertern von der Stadtmauer zu trennen.

Barion sah herab und atmete auf. Die erste Angriffswelle wurde abgewehrt. Doch die nächste würde nicht lange auf sich warten lassen.

☼

Es wurde Abend und die Sonne ging langsam unter. Der große Burgturm von Karkat warf einen breiten Schatten auf das Außengefängnis im Innenhof.

„Morgen geht es dir an den Kragen." Ein Diener Karkats hatte gerade einige Beile sowie Metallschalen auf einen großen Tisch in der Nähe von Fogun abgelegt. Dreckig lachend verschwand er durch eine Seitentür.

„Oh nein!", entfuhr es Tiara traurig. „Das heißt also, dass Fogun morgen getötet werden soll." Auch Mara betrachtete wehmütig den Besalt, der ruhig schlafend da lag.

„Nein, es darf nicht so weit kommen." Alma war aufgesprungen und lief unruhig in der Zelle auf und ab. „Sodgar, du sagtest doch, dass du mit Sicherheit einen Weg finden wirst uns zu befreien."

„Das ist nicht so leicht wie ich dachte, Alma", erwiderte Sodgar trotzig. „Es ist ja nicht so, dass ich einfach einen Schlüssel aus meiner Tasche zaubern kann." Sodgar schlug sich mit der flachen Hand auf seine Brusttasche.

Plötzlich verzog er überrascht das Gesicht. Hastig griff er in die Tasche und zog einen Zettel und zwei Schlüssel heraus. „Kira muss mir die Sachen zugesteckt haben, als ich gestern mit ihr aneinandergeraten bin." Langsam breitete er den Zettel auseinander und las leise vor:

"Ihr sollt das Recht haben eure Heimat zu verteidigen. Deshalb helfe ich euch bei der Flucht. Wartet bis heute Nacht die Wache wechselt. Die neue Wache wird so tun, als ob sie schläft. Der kleinere der beiden Schlüssel öffnet euer Gefängnis. Der größere ist für Herons Verlies."

„Heron ist hier?", entfuhr es Mara überrascht.

„Und er ist ebenfalls hinter Gittern?" Almas Augen zeugten von großer Sorge.

Sodgar las weiter: „Lauft im Hauptturm die Treppe bis ganz nach unten. Hinter der schweren Eichentür findet ihr Heron. Eure Waffen und persönlichen Gegenstände befinden sich in einem Holzschrank, der sich im Vorraum zum Verlies befindet. Mehr kann ich nicht für euch tun. Ich hoffe, dass ich so beweisen kann, dass ich mehr bin als die Tochter meines Vaters. Ich hoffe, euch gelingt die Flucht und die Verteidigung eures Volkes. Viel Glück, Kira."

Fassungslos sah Sodgar zu Alma. Dabei hielt er die beiden unterschiedlich großen Schlüssel vor sich.

„Scheinbar haben wir die Prinzessin falsch eingeschätzt",

gestand sich Alma ein.

Es war bereits mitten in der Nacht, als die Gefängniswache ihren Dienst beendet hatte. Die Ablösung trug einen geschlossenen Helm und eine schwere Rüstung. Kurz nachdem die erste Wache im Gebäude verschwunden war, setzte sich die zweite auf den Boden und legte das Kinn auf die Brust.

Sodgar, Alma und die Zwillinge standen auf und gingen leise zur Tür ihres Gefängnisses. Die Wache regte sich nicht. Sodgar zog den kleineren Schlüssel aus seiner Brusttasche und steckte ihn vorsichtig in das Schloss. Klackend öffnete sich die Gefängnistür. Mara und Tiara machten sich daran, Fogun von seinen Ketten zu befreien. Alma und Sodgar schlichen an der Wache vorbei zum Hauptturm der Burg. Darin angekommen, liefen sie die von Kira angesprochene Treppe hinunter und gelangten in das Verlies.

„Hallo, wer ist da?", war Herons Stimme zu hören. Er stand an seinem Zellengitter und sah blinzelnd in den dunklen Flur des Verlieses.

„Wir sind es, Alma und Sodgar", flüsterte Alma leise und hastete zu Heron. Durch die Gitterstäbe hindurch drückte sie ihn fest an sich. „Es ist so schön, dich wiederzusehen."

Sodgar öffnete die Zellentür und Heron trat erleichtert heraus. „Ich freu mich auch, endlich ein paar vertraute Gesichter zu sehen. Der Sehende hat also sein Wort gehalten."

Wie von Kira beschrieben, fanden sie in einem der Schränke im Vorraum ihre Waffen und Habseligkeiten. Dann eilten sie fast lautlos die Treppe hinauf und gelangten zurück auf den Innenhof. Mara und Tiara hatten Fogun schon fast vollständig von seinen Ketten befreit. Sie waren gerade dabei die letzte Fußfessel zu lösen.

„Mara und Tiara? Was macht ihr den hier?", fragte Heron verwundert.

„Das erklären wir dir später", antwortete Alma und war bemüht, leise zu sprechen. „Schnell auf den Rücken von Fogun."

„Alarm, die Gefangenen sind ausgebrochen!" Drei Ritter Karkats hatten den Innenhof vom Hauptgebäude aus betreten. Sie zogen ihre Schwerter und rannten los.

„Wir bekommen den Bolzen nicht aus der letzten Fußfessel!", rief Mara verzweifelt. „Er steckt zu fest."

Heron, der gerade hinter Alma auf Foguns Rücken klettern wollte, machte kehrt und zog Dolor aus seinem Halfter. „Ich werde die Ritter aufhalten. Sodgar, versuch den Zwillingen zu helfen."

Während Heron gegen die Ritter Karkats kämpfte, zog Sodgar ebenfalls sein Schwert. „Tretet zur Seite", rief er Mara und Tiara zu. Er holte über den Kopf aus und schlug mit voller Kraft auf den Bolzen der Eisenschelle, die um Foguns Fuß lag. Ein lautes Klirren ertönte und Funken schlugen aus. Sodgar holte ein zweites Mal aus und sein Schwert schnellte hinunter. Der Bolzen rutschte aus der Führung und die Schelle fiel von Foguns Bein. Sofort begannen die Zwillinge auf den Rücken des Besalts zu klettern.

Heron hatte bereits zwei der Ritter Karkats niedergestreckt. Dem letzten verpasste er einen Schlag mit seinem Ellenbogen. Wie ein Stein ging der Mann zu Boden.

„Schnell, Heron, da kommen bereits weitere Ritter aus dem Haupthaus!", rief Alma. Sie saß zusammen mit Sodgar und den Zwillingen auf Foguns rücken. „Wenn wir nicht sofort losfliegen, werden sie Fogun treffen."

Heron sah hinüber auf die andere Seite des Innenhofs. Tatsächlich waren fünf weitere Ritter Karkats aufgetaucht und nahmen ihre Bögen vom Rücken. Er rannte los und sprang mit einem gewaltigen Satz auf den Rücken des Besalts.

Fogun breitete seinen Flügel aus und begann abzuheben. Da zischte der erste Pfeil heran und traf Fogun am Flügel. Vor Schmerz brüllend, verlor der Besalt an Höhe und landete schließlich wieder auf dem Boden des Innenhofs.

„Sie werden Fogun töten, bevor wir außer Reichweite ihrer Bögen sind", rief Tiara verzweifelt. Der nächste Pfeil zischte heran und verfehlte den Besalt nur knapp.

Die nächsten Ritter hatten ihre Bögen gespannt und zielten auf Fogun. Doch kurz bevor sie die todbringenden Geschosse abfeuern konnten, wurden sie von einem Ritter mit schwerer Rüstung zu Boden geworfen. Es war die von Kira geschmierte Wache, der bei dieser Aktion der Helm vom Kopf fiel.

„Kira?", entfuhr es Sodgar verwundert. Auch die anderen sahen erstaunt hinüber und beobachteten, wie sich die Prinzessin Karkats wieder vom Boden erhob.

Sie warf Sodgar ein kurzes Lächeln zu und rief: „Jetzt sind wir quitt!"

„Das wird Konsequenzen haben!" Theofoldis hatte den Innenhof ebenfalls betreten.

„Los, Fogun. Schnell weg von hier", sprach Alma. Augenblicklich begann Fogun mit den Flügeln zu schlagen und stieß sich mit aller Kraft vom Boden ab.

„Du hast mich und unser Volk hintergangen!", schrie Theofoldis. „Dafür wirst du bestraft werden."

Fogun hatte den Innenhof verlassen und stieg neben dem Hauptturm immer weiter hinauf.

„Ich kann Kira nicht einfach ihrem Schicksal überlassen", sprach Sodgar unerwartet. „Ich denke, dass ihr bei der Verteidigung Fillons auf mein Schwert verzichten könnt." Verwirrt sahen die anderen zu ihm.

Sie hatten fast die Spitze des Turms erreicht als Heron fragte: „Was hast du vor?"

„Bei meiner Geliebten bleiben." Mit diesen Worten stürzte sich Sodgar hinab und landete auf dem Plateau des Burgturms. Gekonnt rollte er sich auf der steinigen Fläche ab. Während Fogun weiter in den Nachthimmel aufstieg, erhob er sich und hob zum Abschied die Hand.

☼

Sodgar schlich vorsichtig die Stufen hinunter. Als er das Ende der Treppe erreichte, lag ein langer, breiter Flur vor ihm, von dem zahlreiche Türen ausgingen. Im spärlichen Licht der wenigen Fackeln erkannte er mehrere Truhen rechts und links an den Wänden.

„Schnell, Männer! Ich hab genau gesehen, wie einer von ihnen oben auf den Turm gesprungen ist", erklangen plötzlich Stimmen vom Ende des Flurs. Begleitet von klappernden Geräuschen, welche Sodgar den Rüstungen der Ritter Karkats zuordnete.

Eilig suchte er nach einer Möglichkeit sich zu verstecken, doch die Türen in seiner Nähe waren allesamt verschlossen. Dann fiel sein Blick auf eine der Truhen an der gegenüberliegenden Wand. Hastig eilte er hinüber und riss den Deckel auf. Nur einige gefaltete Tücher befanden sich darin. Schnell kletterte er hinein und schloss den Deckel. Durch den sich schließenden Spalt sah er gerade noch, wie sechs Ritter Karkats um eine Ecke kamen.

„Haltet die Augen offen. Wir können uns nicht erlauben ihn entwischen zu lassen. Ich möchte nicht wissen, was König Theofoldis mit uns anstellt, wenn wir mit leeren Händen wiederkommen."

Die Ritter standen offenbar direkt neben seiner Truhe. Sodgar hielt den Atem an und versuchte sich nicht zu bewegen.

„Er muss weiter oben sein", rief einer der Ritter.

Sodgar hörte, wie sie die Treppe hinaufliefen. Er wartete noch einen Moment, bis er sicher war, dass alle Ritter die Treppe zum Turm betreten hatten. Dann öffnete er langsam den Deckel, vergewisserte sich, dass die Luft rein war und kletterte heraus.

☼

Theofoldis stand im Waffenzimmer vor Kira, die mit dem Rücken an einem Holztisch lehnte. Sie hatte die Rüstung abgelegt. Ihre Hände waren mit Seilen hinter ihrem Rücken zusammengebunden.

„Wie kommst du dazu, den Gefangenen zur Flucht zu verhelfen?", fragte Theofoldis verärgert. „Ist das der Dank dafür, dass ich dich großgezogen habe?" Er verpasste Kira eine kräftige Ohrfeige, die sie ohne einen Laut hinnahm.

Stolz entgegnete sie: „Weil sie gute Menschen sind. Sie haben das Recht darauf, ihre Heimat zu verteidigen. Wohl gemerkt, gegen deinen Sohn. Wir sollten alle unsere Ritter mobilisieren und ihnen zu Hilfe eilen. Denn Mogan wird nach dem Sieg über Edumond sicher nicht aufhören. Sein nächstes Ziel wird

Zarkotien sein. Aber du willst das ja nicht wahrhaben."

Theofoldis' Gesicht war rot vor Zorn. Wütend verpasste er Kira zwei weitere Ohrfeigen. Wieder gab sie keinen Ton von sich. Blut lief aus ihrem Mundwinkel, während Theofoldis entgegnete: „Auch wenn ich Mogan damals verbannt habe, wird er sicher nicht seine Heimat angreifen. Schließlich ist er immer noch mein leiblicher Sohn. In deinen Adern hingegen, fließt nicht mein Blut."

Kira lachte spöttisch: „Du glaubst wirklich, dass Mogan dich verschonen wird? Er hat dich doch schon damals gehasst, wenn du ihn zum wiederholten Male mit Prügeln übersätest. Was soll sich heute daran geändert haben? Mogan wird uns nicht verschonen. Er wird dich nicht verschonen. Du solltest als König tapfer, mutig und weise handeln. Stattdessen bist du feige und eigensinnig." Kira beugte sich vor uns sah Theofoldis in die Augen. „Mogan hasst dich. Dass Volk hasst dich. Und ich hasse dich auch!"

Außer sich vor Wut holte Theofoldis mit der Faust aus und schlug mehrmals auf Kira ein. Sie sackte zusammen und krümmte sich vor Schmerzen am Boden. Dann zog der König sein Schwert unter seinem Mantel hervor und kniete sich neben Kira. Mit einer Hand fasste er in ihr Haar und riss ihren Kopf nach hinten. Mit der anderen hielt er die Klinge an ihren Hals. „Weißt du eigentlich, dass ich schon länger geplant hatte, dich zu töten?", sprach Theofoldis mit einem Grinsen im Gesicht. „Nicht nur innerhalb des Volks, sondern auch unter meinen Rittern wurden Stimmen laut, die lieber dich auf dem Thron sehen würden. Gib zu, dass du seit Langem geplant hast, mich zu stürzen."

Kiras Gesicht sah entstellt aus. Ein Augenlid war stark

angeschwollen, und auf einer ihrer Wangen prangte ein großer Bluterguss. Sie wollte sprechen, musste jedoch erst das Blut ausspucken, das sich in ihrem Mund gesammelt hatte. „Du bist doch verrückt. Wenn jemand das Volk gegen dich aufgebracht hat, dann warst du es selbst."

Theofoldis lachte zynisch. „Leugne es nur, so wie es damals deine Eltern getan haben."

„Was haben meine Eltern geleugnet?" Kira horchte auf.

„Dass sie versuchten mich zu stürzen!", schrie ihr Theofoldis ins Gesicht. Etwas ruhiger fuhr er fort: „Ich hab dir zwar immer erzählt, dass sie bei einem Bürgerkrieg starben, den ich beendet habe. Das ist aber nicht die Wahrheit. Denn es gab diesen Bürgerkrieg nicht. In Wahrheit erfuhr ich damals, dass deine Eltern einen Aufstand gegen mich planten. Daraufhin zog ich mit meinen Rittern nach Sutra und ließ alle töten, die an meiner geplanten Entthronung beteiligt waren. Alle bis auf deine Eltern und dich." Kira spürte seinen Atem, als er ihr ins Ohr flüsterte: „Ich wollte es mir nicht nehmen lassen deine Eltern, die Anführer des Aufstandes, selbst zu töten. Mit meinem silbernen Schwert des Königs von Karkat nahm ich ihnen beiden das Leben. Genau das Schwert, was gerade an deiner Kehle liegt und welches dein loses Mundwerk gleich zum Schweigen bringen wird." Theofoldis lachte. „Schon eine Ironie des Schicksals. Du verlangst, dass wir gegen Mogan in die Schlacht ziehen, obwohl du es ihm zu verdanken hast, dass du noch lebst. Ich hätte auch dich damals getötet, doch Mogan bettelte mich an, dich zu verschonen. Schließlich willigte ich ein, denn mir gefiel der Gedanke, dich als Trophäe in meiner Nähe zu behalten."

Kiras Augen waren starr und glasig. Sie wollte nicht wahrhaben, was Theofoldis ihr gerade gestanden hatte. Wütend schnaubend versuchte sie sich aufzurichten, doch der König drückte sie wieder zu Boden.

„Du wirst dich nicht lange mit der Wahrheit abfinden müssen, Kira." Er drückte die Klinge so fest an ihren Hals, dass sich eine Schnittwunde bildete. „Denn es ist an der Zeit für dich, diese Welt zu verlassen."

„Nein!" Sodgar stürmte plötzlich ins Waffenzimmer und nahm beim Vorbeilaufen einen Speer von der Wand. Der König war so überrascht, dass er es nur noch schaffte, sich aufzurichten. Sodgar traf Theofoldis in vollem Lauf mit dem Speer in der Schulter und schob ihn so durch den Raum. Schließlich prallte der König mit dem Rücken gegen die Wand, wodurch der Speer hinten aus der Schulter austrat und sich tief in die Holzvertäfelung bohrte. Theofoldis schrie vor Schmerzen und versuchte mit einer Hand den Speer herauszuziehen, doch vergeblich.

Sodgar eilte zu Kira und half ihr auf. Dann durchtrennte er ihre Fesseln mit dem Königsschwert, das Theofoldis hatte fallen lassen. Kira übernahm die Waffe und schleppte sich zu Theofoldis. Zitternd vor Wut war sie es nun, die ihm die Klinge an die Kehle drückte.

Während das Blut aus der Wunde an seiner Schulter strömte, flehte er winselnd: „Aber meine kleine Kira. Das war doch nicht so gemeint. Du wirst doch nicht deinen Vater töten wollen."

„Du hast mich mein Leben lang benutzt und obendrein meine Eltern getötet", sprach Kira gekränkt. „Nun wirst du die gerechte Strafe dafür erhalten."

„Halt! Tretet vom König weg und legt die Waffe nieder!" Sechs Ritter Karkats stürmten in den Raum und richteten ihre Schwerter auf Sodgar und Kira.

Während Sodgar die Hände hob, machte Kira keine

Anstalten, die Klinge von Theofoldis' Hals zu nehmen. „Er hat es verdient zu sterben. Er hat meine Eltern getötet!", schrie sie mit Tränen in den Augen.

„Prinzessin, ich bitte Euch, nehmt die Waffe herunter", wiederholte der Ritter ein weiteres Mal.

Tränen füllten ihre Augen. „Warum wollt ihr ihn schützen? Alle Bürger Karkats wissen, was für ein schlechter Mensch er ist. Das Volk Karkat und das Königreich Zarkotien, beide bedeuten ihm gar nichts. Fast jeder hier wünscht sich doch seinen Tod. Nur ist keiner bereit den Mut zu fassen, sich gegen ihn zu stellen. Lasst mich sein Leben beenden und uns alle von seiner Tyrannei befreien."

Einen Moment lang geschah nichts. Dann löste sich einer der Ritter aus der Reihe.

„Ich stehe zu Euch, Prinzessin Kira", sprach er und senkte seine Waffe.

„Ich bin auch auf Eurer Seite, Prinzessin Kira." Der zweite Ritter steckte sein Schwert in die Scheide und trat ebenfalls vor. Dann tat es ihnen auch der dritte Ritter gleich und schließlich hatten alle sechs Kira die Solidarität ausgesprochen.

„Ich danke euch für euren Mut und euer Vertrauen", sprach Kira dankbar. „Ich werde endlich dieses Königreich von seiner Krankheit befreien und meine Eltern rächen!"

„Das Volk ist bereits befreit", stellte Sodgar fest. „Du kannst für dich selbst nur noch Genugtuung ernten. Für Rache ist es wohl zu spät." Er deutete auf Theofoldis, der ohne jegliche Körperspannung an der Wand hing. Nur der Speer in seiner Schulter hinderte ihn am Umfallen. Sein Gesicht war kreidebleich und seine Lippen schimmerten blau. König Theofoldis war bereits tot.

374

Die Ritter Karkats knieten einer nach dem anderen nieder und riefen einstimmig: „Hoch lebe Königin Kira!"

Fogun landete nordwestlich von Karkat zwischen den Roten Quellen. Nachdem alle vom Rücken des Besalts geklettert waren, setzten sie sich erschöpft auf den aschebedeckten Boden. Alle bis auf Heron.

„Wir haben keine Zeit zu verlieren", sprach er zu Alma. „Wenn es stimmt, was der Sehende mir sagte, muss ich mit meinem Amulett schnell nach Fillon."

„Dein Amulett?", fragte Alma verwundert und stand wieder auf.

„Ja. Es hat wohl magische Kräfte. Damit kann es den Unterschied zwischen Sieg und Niederlage ausmachen. Gib es mir bitte, Alma, und dann lass uns aufbrechen." Heron schaute nach Westen. In der Ferne meinte er ein gelbes Leuchten am Nachthimmel zu erkennen, dass seinen Ursprung wohl in Fillon hatte.

Alma folgte seinem Blick und sprach zögerlich: „Ich hab dein Amulett nicht. Ich habe es in Fillon gelassen. Entweder ist es in Gramas Haus oder Taran hat es an sich genommen."

„Ok, lass uns dennoch sofort aufbrechen." Heron zurrte Dolor wieder auf seinem Rücken fest.

„Dann ist es wohl Zeit, erneut Lebewohl zu sagen", sprach Mara. „Hoffentlich gelingt euch die Verteidigung Fillons und wir sehen uns eines Tages wieder."

Tiara ergriff Almas Hand. „Wir werden weiterziehen und die Tierwelt Pregolets anderswo erforschen. Viel Glück!"

Mit einer herzlichen Umarmung verabschiedeten sich die Zwillinge von Alma, Heron und Fogun. Dann machten sie sich auf den Weg und waren bald hinter einem Krater verschwunden.

„Der Weg nach Fillon ist noch weit, Heron. Aber ich habe eine Idee." Alma wandte sich an Fogun: „Mein Freund, würdest du uns beide noch bis nach Fillon fliegen?"

Der Basalt senkte seinen Kopf, sodass er sich direkt vor Alma befand. „Du rettetest mein Leben und verhalfst mir bei der Flucht, gute Alma. Wenn ich meine Schuld damit begleichen kann, werde ich mit euch in die Schlacht ziehen."

„Was hat er geantwortet?", fragte Heron ungeduldig.

Ein breites Lächeln machte sich in ihrem Gesicht breit. „Unsere Chancen auf einen Sieg sind gerade gestiegen."

Kurz darauf flogen beide erneut auf dem Rücken von Fogun durch den Nachthimmel. Getos leuchtete voll und hell, und es war keine Wolke am Himmelszelt zu erkennen.

Alma lehnte sich an Herons Schulter. Dann sprach sie leise: „Ich hoffe, Gregotsch und Taran geht es gut."

„Ganz bestimmt", antwortete Heron zuversichtlich. Dann griff er nach Almas Hand. „Sie sind bestimmt wohlauf."

In Gedanken blickte Heron voraus. Das gelbe Leuchten am Firmament wurde heller, je näher sie der Stadt kamen. Leise und kaum hörbar sprach er zu sich selbst: „Ich komme, Vater."

Die Schlacht vor Fillon war einen Tag alt. Mittlerweile war es wieder später Abend geworden. Nachdem der Ritianische Angriffsversuch über die Wurzeln abgewehrt worden war, hatten sich die Aquinan und Bangolen wieder hinter die Stadtmauer zurückgezogen. Zwischen den großen Feuern, die auf dem Schlachtfeld entzündet wurden, standen einige Bataillone Ritianischer Bogenschützen. Der Feind hatte seine Angriffsbemühungen auf Pfeilangriffe beschränkt. Laufend entzündeten sie ihre Geschosse an den großen Feuern und ließen sie auf die Stadtmauer niederregnen. Die Valdrieten hingegen hatten hinter der Frontline des Schlachtfelds Stellung bezogen und beteiligten sich bisher noch nicht an der Schlacht.

„Alles in Ordnung, mein Sohn?"

Taran blickte von der Stadtmauer hinunter und antwortete monoton. „Ja, es ist alles in Ordnung, Vater."

Auch Gregotsch schaute hinunter auf das feindliche Heer. „Was haben sie nur vor? Der Versuch mit den Wurzeln wird doch nicht ihr einziger Plan gewesen sein."

„Das glaube ich auch nicht", stimmte Taran zu. „Vielleicht haben sie auf Nachschub gewartet." Er wies mit dem Finger auf die rechte Flanke des Schlachtfeldes. Tatsächlich war ein großes Bataillon Ritianan aufgetaucht, das sich unter die Belagerer mischte.

„Gut möglich, dass du recht hast, mein Sohn. Wir werden abwarten müssen, was geschieht. Ich sollte jetzt wieder auf meinen Posten zurückkehren." Gregotsch klopfte ihm ermutigend auf die Schulter. „Bleib tapfer, mein Sohn. Wir werden diese Schlacht gewinnen."

Als Gregotsch ging, legte Taran die Handfläche auf seine Brust. Er spürte das Amulett von Heron an seinen Fingerspitzen. Bei den Vorbereitungen der Angriffe hatte er es von Gramas Tisch genommen und um seinen Hals gehängt.

377

„Vater, warte!", rief er plötzlich. Dieser blieb stehen und drehte sich um. „Wenn Heron mit seinem Amulett hier gewesen wäre, hätten wir eine Chance gehabt, den Krieg abzuwenden? Hätten wir dann Mogan das Amulett angeboten und so versucht Frieden auszuhandeln?"

Gregotsch sah ihn entschlossen an. „Nein, mein Sohn. König Regonald hätte nicht zugelassen, dass wir versklavt werden."

Barion kam gerade vom Palast, wo er sich mit Eran beraten hatte. Wehmütig sah er in die Straße, die zu Gramas Haus führte, als ein dumpfes Krachen ihn zusammenfahren ließ. Es kam aus der Richtung der Stadtmauer. Umso näher er dem Schlachtfeld kam, desto lauter wurde das Geräusch. Da bemerkte er, dass der Boden zu beben begann. Oben auf der Stadtmauer entdeckte er Taran. Sein Gesicht war angsterfüllt und er ruderte wie wild mit den Armen.

„Barion, wir brauchen Hilfe! Sie haben noch ein Dupahle eingesetzt."

Plötzlich tauchte am Himmel hinter Taran der riesige Kopf eines Ritianas auf. Seine Augen leuchteten türkis. Der Riese war bestimmt viermal so groß wie die Stadtmauer. Über diese senkte er nun seinen gewaltigen Fuß. Die dort positionierten Gardisten sprangen panisch zur Seite. Einige fielen bei ihrer Flucht schreiend von der Mauer hinunter.

Einen Moment lang verfiel Barion in Schockstarre. Die Stadtmauer war zerstört und Massen von Ritianan stürmten ins Innere der Stadt. Auch der Riese setzte seinen behäbigen Gang fort und lief auf den Palast zu. Langsam, aber brachial zog er eine Schneise der Verwüstung in die Straßen Fillons.

„Haltet die Ritianan auf!", rief Barion den umstehenden Gardisten zu. Dann aktivierte er seine Dupahle und nahm die Verfolgung des Riesen auf.

Auch Nidal, Bugat und Quing waren dem Riesen nachgeeilt und schlugen mit ihren Äxten und Schwertern auf seine nackten Füße ein – doch dieser schien das nicht einmal zu bemerken. Unbeirrt lief er einfach weiter Richtung Palast.

Dann rauschte Barion mit hoher Geschwindigkeit heran. Er sprang in vollem Lauf auf einen Karren, dann weiter auf eine angrenzende Mauer und weiter auf das Dach eines langen Hauses. Dort nahm er Fahrt auf und stieß sich am Ende kraftvoll ab. Er flog durch die Luft und traf mit voller Wucht den Riesen an der Ferse. Seine großen Hauer bohrten sich in sein Fleisch.

Diesen Angriff hatte der Ritiana gespürt. Denn er blieb stehen und blickte verwundert hinunter. Als er Nidal, Quing, Bugat und Barion sah, bewegte er seinen Fuß plötzlich seitwärts, wodurch die vier unsanft weggeschleudert wurden. Sie prallten hart gegen eine naheliegende Hauswand. Dann sah der Riese wieder zum Palast und lief weiter.

Während die anderen drei noch mit den Folgen des harten Aufpralls kämpften, schüttelte Barion sich nur kurz und nahm dann abermals die Verfolgung auf.

Der Ritiana war fast beim Palast angekommen, als Barion ihn wieder eingeholt hatte. Plötzlich flog ein Lastenkarren durch die Luft und traf den Riesen mitten im Gesicht. Wütend schüttelte er seinen Kopf. Weitere Gegenstände rauschten heran, welche den Ritiana zwar nicht wirklich verletzten, ihn jedoch am Weiterlaufen hinderten. Die Wut des Riesen wuchs zunehmend, während er mit seinen Händen versuchte die Flugobjekte abzuwehren. Da traf ihn ein heranfliegendes Stück Zaun mitten im Auge. Brüllend und außer sich vor Wut machte er endlich den Verursacher der lästigen Fluggeschosse aus.

Es war Eran, der einige Häuserreihen entfernt auf einem Dach stand. Er hatte seine Dupahle eingesetzt und schleuderte mit weiß leuchtenden Augen einen Gegenstand nach dem anderen auf den Riesen. Dieser rannte wutentbrannt direkt auf den Herrn der Schmiede zu, holte mit seiner gewaltigen Faust aus und schlug auf das Gebäude ein, auf dem Eran stand, bis es krachend in einer großen Staubwolke verschwand.

Barion sah wie gebannt auf das Ende der Straße, wo sich die Wolke aus Staub langsam verflüchtigte. Dann entdeckte er Eran, der auf dem eingestürzten Dachfirst des Hauses lag. Seine dunkle Haut war von weißem Staub bedeckt. Blut lief aus einer Platzwunde über seinem rechten Auge und bahnte sich seinen Weg die Wange hinunter. Mit angestrengter Miene sah der Herr der Schmiede auf den riesigen Holzbalken, der nur zwei Handbreit über seinem Körper schwebte. Er hatte seine Handschuhe ausgezogen und hielt mit seiner Pahle den Balken davon ab, ihn zu erdrücken. Es schien ein Kampf gegen die Zeit zu sein, denn die Faust des Riesen lag oben auf dem Balken auf. Halb kniend hatte sich der Ritiana über Eran gebeugt und drückte mit all seiner Kraft den Balken gen Boden. Erans Kopf begann zu zittern und er biss vor Anstrengung die Zähne aufeinander.

Barion versuchte verzweifelt eine Lösung zu finden, um Eran zu helfen, als plötzlich ein lautes Brüllen durch die Stadt hallte. Suchend sah Barion zum Himmel und entdeckte vor dem hell leuchtenden Mond die schwarze Silhouette eines riesigen geflügelten Tieres. Es schoss hinunter auf die Stadt, direkt auf den riesigen Ritiana zu.

Mit einer Eleganz, welche Barion einem solch großen Tier gar nicht zugetraut hätte, flog es eine enge Kurve und hielt frontal auf den Kopf des Riesen zu. Dann streckte es seine Beine nach vorne aus und landete im Gesicht des Ritianas. Gezielt trieb das Tier mehrmals seine scharfen Zähnen in die Haut des Riesen. Der brüllte vor Schmerz und versuchte, den Angreifer mit seiner freien Hand loszuwerden.

Nun erkannte Barion auch Heron und Alma auf dem Rücken des mächtigen Besalts. „Weiter so, tötet ihn!", rief Barion euphorisch, nachdem der Riese endlich seine Faust vom Balken über Eran genommen hatte. Der Herr der Schmiede schleuderte mit letzter Kraft den Balken fort. Barion setzte sich sofort in Bewegung, um Eran zu helfen. Auf dem Weg entdeckte er, dass sein Sohn vorne im Bart des Ritianas hing. Mit einer Hand hielt er sich an den dicken Barthaaren fest und mit der anderen nahm er Dolor von seinem Rücken. Dann rammte er mit aller Kraft über die Hälfte des Schwerts in den Hals des Ritianas und hängte sich mit seinem ganzen Körpergewicht an den Griff der Waffe. Dolor war so scharf, dass Heron, am Griff des Schwertes hängend, den Hals des Ritianas herunterglitt. Aus der entstandenen Wunde strömte das Blut wie ein Wasserfall. Mit weit aufgerissenen Augen begann der Riese zu taumeln und sein Körper neigte sich in Erans Richtung.

„Nein!", schrie Barion, als er die Situation erkannte. Gleich würde Eran von dem Riesen erdrückt werden. In vollem Galopp lud er den Herrn der Schmiede auf seine Stoßzähne auf und sprang ab, kurz bevor der Leib des Riesens krachend aufschlug.

Helles Leuchten tränkte alles in Türkis. Als das Licht erloschen war, hatte der Ritiana nicht mehr seine Riesengestalt. Sein

Mund war weit aufgerissen und Barion erkannte gleich, dass er tot war.

„Geht es Eran gut?" Nidal kam in Begleitung von Quing und Bugat auf Barion zugelaufen.

„Er atmet schwer", antwortete Barion. „Bringt ihn zu den Heilern in den Palast. Ich sehe nach Heron."

Inzwischen waren mehrere Gardisten zu ihnen gestoßen. Gemeinsam luden sie den geschundenen Körper Erans auf eine provisorische Bahre und brachten ihn unter Nidals Führung in den Palast. Quing und Bugat wurden von Nidal zurück an die Stadtmauer geschickt.

„Heron! Wo bist du?", rief Barion immer wieder, während er die Umgebung nach seinem Sohn absuchte. „Heron! Heron!" Seine Angst verstärkte sich mit jedem Mal, wo er keine Antwort auf seine Rufe bekam.

Da fiel sein Blick auf eine kleine Holzhütte, deren Dach zerstört war. Durch das Fenster sah er, dass sich im dunklen Inneren etwas bewegte. Barion eilte auf die Hütte zu.

Noch bevor er sie erreichte, sprang die Tür auf und Heron kam herausgestolpert. Seine Kleidung war vom Blut des Riesen verschmiert und er schien etwas benommen zu sein. Gerade als er drohte zu fallen, hatte Barion ihn erreicht und stützte seinen Sohn mit dem Kopf ab.

Heron strich sanft über das braune Fell des Gibus und hob dann langsam seinen Kopf. Blinzelnd sah er Barion an. „Vater. Endlich bin ich wieder bei dir."

Kapitel 28
Die Krieger aus dem Dunkeln

Heron wischte sich mit einem Stofffetzen das Blut aus dem Gesicht. „Ich weiß nun, dass du Mutter nicht getötet hast. Verzeih mir, Vater, dass ich an dir gezweifelt habe".

„Du musst keinesfalls um Verzeihung bitten." Barion, der noch immer in seiner Gibugestalt war, gab Heron einen leichten Schubs mit einem seiner Hauer. „Ich selbst habe nicht an meine Unschuld geglaubt. Doch die Hauptsache ist, dass wir nun die Wahrheit kennen. Mogan hat Elenora getötet." Barion drehte seinen bulligen Körper und sah die lange Hauptstraße entlang, welche zum Marktplatz führte. „Und es wird Zeit, dass der Prinz von Karkat nach all den Jahren seine gerechte Strafe bekommt."

Auch Heron drehte sich um und sah zum Ende der Straße. Die Ritianan hatten den Marktplatz eingenommen und wollten sich in Richtung Palast vorkämpfen. Jedoch wurden sie von den Aquinan und Bangolen aufgehalten. Zusätzlich flogen unzählige Leinenbeutel aus den oberen Fenstern der umliegenden Gebäude. Diese waren mit schweren Gegenständen befüllte und erschwerten dem Feind das Vorankommen.

„Du hast recht, Vater. Mogan muss sterben", stimmte Heron zu. „Doch um ihn zu bezwingen, werde ich mein Amulett benötigen. Alma sagte mir, dass sie es bei Grama gelassen hat. Weißt du zufällig, ob es noch dort ist?"

„Du hast das Amulett nicht bei dir?", fragte Barion verwundert.

Heron schüttelte den Kopf. „Nein, ich ließ es Taran und

Alma als Zeichen meiner Freundschaft hier, als ich nach Karkat ging."

Barion dachte angestrengt nach. „Bei Grama ist es sicher nicht. Ich selbst habe sie zusammen mit Gregotsch in den Palast gebracht. Da sie ihre wenigen Sachen allesamt mitnehmen wollte, haben wir jeden Schrank geleert. Es muss also jemand …" Barion hob den Kopf und schnaufte laut. So als wäre ihm ein Licht aufgegangen. „Taran muss das Amulett bei sich haben. Wir alle waren so mit den Vorbereitungen zur Verteidigung beschäftigt, dass Gregotsch und ich ihm gar nicht mehr begegnet waren. Somit wusste er auch nicht, dass Mogan nach deinem Amulett sucht." Verärgert über sich selbst schüttelte Barion den Kopf. „Jetzt wird mir klar, warum Taran so auffällig reagiert hat, als Mogan vor der Stadtmauer das Amulett erwähnte."

„Wir müssen also schnell Taran finden", fasste Heron zusammen.

„Richtig. Steig auf!" Barion ging leicht in die Knie, wodurch sein bulliger Gibukörper sich senkte. „Lass uns gemeinsam die Ritianan zurückdrängen." Heron kletterte auf den Rücken seines Vaters und sie galoppierten über die Hauptstraße, direkt auf die Frontlinie zu.

Kurz vor dem Marktplatz trafen sie auf die ersten Feinde. Barion rammte einen nach dem anderen mit seinen großen Hauern aus dem Weg. Heron hielt sich mit einer Hand am Fell seines Vaters fest. Mit der anderen umfasste er den Griff Dolors. Blutdürstig zischte das Schwert durch die Luft und richtete die Feinde hin, welche Barion nicht erwischt hatte.

Gemeinsam wirkten sie unaufhaltsam. Wie einst Elenora auf dem Rücken Barions durch die Arena beim Kampf der Dupahle geritten war und unzählige Widersacher niederschlug, war es jetzt Heron, der ihren Platz einnahm und zusammen mit seinem Vater die Feinde das Fürchten lehrte. Zusammen mit den vereinten Streitkräften Edumonds gelang es ihnen, den Feind immer weiter zurückzudrängen, bis sie schließlich die Stadt befreit hatten.

„Führt eure Bangolen und Aquinan auf die rechte Flanke!", rief Barion Quing und Bugat zu. „Sorgt dafür, dass der Feind nicht mehr ins Innere der Stadt gelangt."

Dann wandte sich Barion an die Gardisten. „Männer Fillons und Erbholts. Verteidigt die linke Flanke!" Sofort teilten sie sich auf und folgten Barions Anweisungen.

Herons sah suchend über das Schlachtfeld. Er musste unbedingt Taran finden. Doch er konnte ihn im Durcheinander nicht erspähen. Stattdessen entdeckte er einen Mann im schwarzen Umhang, der auf einem seltsamen Reittier saß. Sofort war Heron klar, dass dies Mogan sein musste, so sehr stach er aus der Masse heraus. Der verstoßene Prinz von Karkat schien sehr unzufrieden mit dem Verlauf der Schlacht zu sein. Wild gestikulierend brüllte er die Ritianan und Valdrieten in seiner Nähe an.

Doch dann wurde Mogan plötzlich ruhiger. Er streckte seine Arme gen Osten und aus den Augenlöchern seiner Maske strahlte lilafarbenes Licht. Der östliche Horizont begann sich lila zu färben. Es wirkte, als würden Strahlen aus dem Boden emporsteigen und den Himmel einfärben.

„Das Licht kommt aus der Todesfurt!", rief ein Gardist hoch oben auf einem Turm der Stadtmauer. Durch sein Fernglas hatte er die Umgebung der Stadt im Blick und konnte über die Dünen hinwegsehen. „Lila Rauch steigt dort auf und bewegt sich auf uns zu."

Wenig später hatte der Rauch das Schlachtfeld erreicht. Und inmitten der dichten Wolke waren Knochen und Schädel zu erkennen, die sich allmählich zu menschlichen Skeletten zusammenfügten.

„Mogan hat die gefallenen Krieger vergangener Schlachten aus der Todesfurt heraufbeschworen!" Tatsächlich trat ein Skelett nach dem anderen aus dem Rauch. Mit Teilen alter Rüstungen, rostigen Schwertern und Bögen bewaffnet, liefen sie die Dünen hinunter.

„Da sind Taran und Gregotsch!", rief Heron und wies mit Dolor auf eine kleine Gruppe Gardisten, die von Valdrieten umzingelt waren. „Die Skelette haben sie fast erreicht. Ich muss zu ihnen!"

„Geh nur, mein Sohn. Ich halte hier mit den anderen die Stellung." Heron nickte und rannte los.

Doch es war fast unmöglich für ihn, sich bis zu seinen Freunden durchzukämpfen. Zu viele Feinde versperrten ihm den Weg. Da schoss plötzlich ein dunkelhäutiger Mann aus dem Sand empor. Er flog durch die Luft und richtete dabei drei Ritianan mit seinem Säbel hin.

„Kalif!", rief Heron freudig, als der Mann neben ihm landete. „Dich schicken die Sonnen!"

„Hallo, Heron." Kalif erstach eine heranstürmenden Feind beiläufig mit seiner Waffe. „Was machst du so weit abseits der Frontlinie?"

Heron deutete mit dem Kopf auf die Gruppe von Gardisten, die immer weiter dezimiert wurde. „Meine Freunde sind vom Rest des Heers abgeschnitten. Ich muss zu ihnen. Das Schicksal der Schlacht könnte davon abhängen."

„Ich verstehe", erwiderte Kalif. „Dann werde ich dir helfen."

Er sprang in die Luft und tauchte dann kopfüber in den Sand ein.

Heron kämpfte sich weiter zu Taran und Gregotsch vor. Dabei tauchte Kalif regelmäßig neben ihm auf und sprang, wie ein Fisch über der Wasseroberfläche, über den Boden. Unzählige überraschte Feinde richtete er so hin und erleichterte Heron das Vorankommen.

„Wie sollen wir Untote bezwingen?", rief Taran seinem Vater zu. Er hatte gerade zwei der von Mogan beschworenen Skelette mit seinem Schwert zerschlagen. Doch aus dem Knochenhaufen trat sogleich lilafarbener Rauch aus und die Skelette setzten sich, wie durch eine magische Hand geführt, wieder zusammen.

„Ich weiß es nicht, mein Sohn", erwiderte Gregotsch außer Atem, nachdem er einen Valdrieten erschlagen hatte. „Doch wenn uns nicht bald etwas einfällt, werden wir überrannt."

Taran kämpfte erneut gegen die zwei Skelette. Er blockte den Angriff der beiden Feinde mit seinem Schild und vollführte dann eine schnelle Drehung um die eigene Achse. Dabei schwang er sein Schwert durch die Luft und schlug den beiden Skeletten den Schädel ab. Die Körper der beiden fielen zu Boden. Schnell griff sich Taran einen der Schädel und schleuderte ihn, soweit er konnte, fort. Doch abermals trat der Rauch aus den Knochen und der Schädel schwebte wieder auf ihn zu. „Mit normalen Waffen können wir ihrer nicht Herr werden", stellte Taran resigniert fest.

„Nein, mein Freund. Ich denke, dass nur Magie sie besiegen kann." Heron stand plötzlich zwischen ihnen. Er blockte den

Angriff eines Valdrieten mit seinem pahlen Schild und rammte dem Feind Dolor in den Brustkorb. Mit einem Krächzen glitt der Valdriet von Herons Klinge und fiel leblos zu Boden.

Dann widmete sich Heron den beiden wieder auferstandenen Skeletten. Während er kämpfte, sprach er zu Taran: „Wenn Mogan die Skelette mit seinem Amulett aus dem Tod wieder in eine Art Lebenszustand befördern kann, dann ist es mir vielleicht möglich, ihnen dieses Leben wieder zu nehmen. Doch dafür brauche ich mein Amulett. Hast du es bei dir?"

Taran griff mit der Hand an seinen Kragen und zog sich die Kette mit dem Amulett über den Kopf.

Ein grausames, schrilles Krächzen ließ beide herumfahren. Dort saß Mogan auf seinem vogelähnlichen Reittier, das abermals zu kreischen begann.

„Da ist ja das Amulett des Lebens, nach dem ich mich schon so lange sehne!" Mogan gab seinem Reittier einen kräftigen Tritt mit den Hacken und das Wesen schritt auf sie zu.

Heron nahm das Amulett aus Tarans Hand und hängte es sich um den Hals. „Wir sind hier von Feinden umringt und es sind einfach zu viele. Ihr müsst versuchen zusammen mit euren Gardisten zur Stadtmauer zu gelangen. Ich werde euren Rückzug decken."

„Einverstanden!", stimmte Gregotsch zu und rief zu seinen Männern: „Wir ziehen uns zurück! Drängt mit vereinten Kräften in Richtung Stadt." Sofort folgten die Gardisten seiner Anweisung und formierten sich neu.

Heron versuchte unterdessen, die heranstürmenden Massen an Skeletten, Valdrieten und Ritianan aufzuhalten, während sich Gregotsch und seine Männer langsam vorankämpften. Nur

Taran blieb neben Heron und richtete sein Schwert gegen die Feinde. „Ich lasse dich nicht allein zurück, mein Freund."

„Ich hatte nichts anderes erwartet", erwiderte Heron mit einem kurzen Lächeln. Dann wehrte er den Angriff eines Valdrieten ab.

Quing und Bugat war es zusammen mit den Aquinan und Bangolen gelungen, die rechte Flanke zu stabilisieren. Die Ritianan wurden ein ganzes Stück weit von der Stadtmauer weggedrängt. Seite an Seite streckten die beiden Freunde etliche Feinde nieder.

Gerade ließen sie sich etwas hinter die Frontlinie fallen und gönnten sich eine kurze Verschnaufpause.

„Warum ist der Boden plötzlich so heiß?", fragte Quing verwundert, nachdem er sich auf selbigen gesetzt hatte.

„Jetzt wo du es sagst, fällt es mir auch auf." Bugat legte seine Handfläche auf den Sand. Da begann der Boden unter ihnen sich schwarz zu verfärben. Es bildeten sich merkwürdige Risse, aus denen heißer Dampf austrat.

„Das glüht wie heiße Kohle!" rief Bugat. „Wir müssen schnell runter von der Fläche, bevor wir noch verbrennen." Sofort rannten beide los.

Als sie die schwarze Fläche fast verlassen hatten, schossen zwei Feuerfontänen vor ihnen aus dem Boden. Im letzten Moment konnten sie ausweichen und fielen auf den heißen, verkohlten Sand.

Ein schmutziges Lachen war zu hören. Quing und Bugat

blickten sich suchend um. Nicht weit entfernt stand ein Ritiana. Dieser sah jedoch anders aus als seine Artgenossen. Er war sehr dünn und viel größer als die anderen Ritiana. Seine Haut war überall von Malereien überzogen, welche Flammen darstellten, in denen Menschen verbrannten. Mit einem breiten, fiesen Grinsen im Gesicht sah er Quing und Bugat herausfordernd an.

„Das ist der Dupahle, der Aquin zerstört hat!" Wütend sprang Quing auf. „Ich erkenne ihn wieder. Er war der Verursacher des Feuerregens, welcher so viele Aquinan das Leben gekostet hat."

„Dann wird es Zeit, ihn für seine Taten büßen zu lassen." Bugat und Quing rannten direkt auf den Ritiana zu, als dessen Augen ein rotes Leuchten erfasste. Augenblicklich stieg die Temperatur rasant an und weitere Flammensäulen schossen aus dem verkohlten Wüstensand empor. Die so entstandene mannshohe Wand aus Feuer versperrte den beiden die Sicht auf den Ritiana und breitete sich rasant seitwärts aus. Ehe Quing und Bugat reagieren konnten, waren sie von einem Ring aus Flammen umgeben.

Quing drehte sich einmal um die eigene Achse. „Die Flammen kommen immer näher", stellte er erschrocken fest. „Nicht lange und wir werden verbrennen."

„Nicht, wenn wir es verhindern können." Bugat aktivierte seine Dupahle. „Ich werde eine Schutzmauer aus Steinen errichten, welche die Flammen aufhält." Bugats Felsen schossen aus dem Boden und bildeten schnell einen Kreis um die beiden herum. Auch Quing aktivierte seine Dupahle und zielte mit seinem Wasserstrahl direkt auf die Flammen.

Doch die beiden mussten schnell feststellen, dass weder der eine noch der andere Plan von Erfolg gekrönt war. Da die

Flammen dem Boden entsprangen, konnten Bugats Felsen sie nicht aufhalten. Und auch Quings Wasserfontänen vermochten es nicht die große Flammenwand nur ansatzweise zu löschen. Sein Wasser verdampfte schon, bevor es das Feuer erreichte.

„Das bringt nichts, Bugat!", rief Quing verzweifelt. Der Wasserstrahl aus seinen Händen ließ nach.

„Du hast recht, Quing." Auch Bugat deaktivierte seine Dupahle und sah sich hilfesuchend um. „Es muss doch einen anderen Weg geben, um aus dieser Falle zu entkommen!"

Quing schüttelte resigniert den Kopf. „Ich glaube nicht. Gleich werden uns die Flammen erreichen und wir werden den Tod finden."

Auch Bugat schien langsam zu begreifen, dass Quing recht hatte. Es gab für sie einfach keinen Ausweg. Die Hitze war mittlerweile schier unerträglich geworden und der Schweiß lief ihnen über das Gesicht.

Wie paralysiert starrten sie auf die Flammenwand, die immer näher kam. Der heiße Feuerring wurde immer kleiner und würde bald ihr flammendes Ende herbeiführen. Durch das flackernde Feuer hindurch konnten sie verzerrt den Ritiana erkennen. Seine Augen leuchteten rot und seine Arme waren nach vorne ausgestreckt. Noch immer lag ein breites, dreckiges Grinsen in seinem Gesicht. Seine Visage würde wohl das Letzte sein, was Quing und Bugat vor ihrem Tod sehen sollten.

„Es war mir eine Ehre, an deiner Seite zu kämpfen", sprach Bugat resignierend zu Quing. „Dies wollte ich dir noch sagen, bevor wir verbrennen oder am Qualm ersticken."

„Ersticken?" Quing riss die Augen weit auf und schöpfte neue Hoffnung. „Das könnte funktionieren. Meinst du, der Ritiana kann schwimmen?"

Bugat war verwirrt. „Keine Ahnung, ob er schwimmen kann. Warum fragst du das gerade jetzt?"

„Einen Versuch ist es allemal wert", sprach der Aquina optimistisch. „Bugat, aktiviere deine Dupahle nochmals und schließ den Ritiana mit deinen Steinen ein!"

Der Bangole verstand zwar noch immer nicht, was Quing vorhatte, tat aber dennoch, was sein Freund von ihm verlangte. Er aktivierte abermals seine dupahle Fähigkeit, wodurch sofort Felsen rund um den Ritiana aus dem Boden heraus sprossen. Nur wenige Augenblicke später war der Feind von hohen Steinwänden dicht umringt.

„Meine Kraft ist aufgebraucht. Was jetzt?"

„Jetzt bin ich dran." Der Aquina kniete sich neben Bugat und hielt seine Handflächen flach auf den Boden. Dann begannen seine Augen blau zu leuchten.

„Quing, was soll das bringen?", fragte Bugat verwundert. „Ich sehe nicht, dass sich irgendetwas tut."

„Es funktioniert! Sieh nur, Bugat!" Quing wies mit dem Kopf in Richtung des engen Steingefängnisses, das Bugat um den Ritiana errichtet hatte. Aus einigen schmalen Lücken zwischen den Felsen drang Wasser nach außen hervor. Gespannt warteten beide ab, was geschah.

Doch es tat sich nichts. Das Feuer um sie herum brannte mit gleichbleibender Kraft weiter und die Flammen waren nur noch eine Armlänge von ihnen entfernt. Auch Quing war am Ende seiner Kräfte und das Licht in seinen Augen erlosch. „Scheinbar konnte sich der Ritiana doch über Wasser halten." Quing senkte erschöpft den Kopf.

Doch urplötzlich wurde die Flammenwand kleiner. Nach und nach verschwanden die Feuersäulen und die Hitze nahm langsam ab. „Sieh nur Quing!", rief Bugat. „Die Flammen, sie verschwinden!"

Schwer atmend hob Quing wieder seinen Kopf. Die letzten Flammen erloschen und die Gefahr war gebannt. Sie hatten es tatsächlich geschafft und waren dem sicheren Tod noch entkommen.

Bugat legte seine Hand auf die Schulter seines Freundes. „Er konnte wohl doch nicht schwimmen!", sprach er mit einem Augenzwingern.

Ein Lächeln huschte über Quings Lippen. „Zum Glück nicht."

Dann blickten sie auf das Schlachtfeld vor Fillon und ihnen wurde klar, dass sie zwar vorerst dem Tod entkommen waren, die Gefahr aber noch lange nicht gebannt war. Die untoten Skelettkrieger hatten mittlerweile große Teile des Schlachtfeldes eingenommen. Zusammen mit den Valdrieten und Ritianan drängten sie die Streitkräfte Edumonds immer weiter zurück in Richtung Stadt. Bugat stützte seinen bulligen Oberkörper auf seine Axt und richtete sich mühevoll auf.

„Meine Axt dürstet es danach, ein paar Knochen zu zerschlagen. Sind deine kleinen Aquina-Hände noch stark genug, um mir dabei zur Seite zu stehen?" Herausfordernd sah er seinen Freund an.

„Allemal stark genug, um mit dir mitzuhalten." Bugats Optimismus hatte Quings Sorgen vertrieben und er schöpfte neuen Siegeswillen.

„Auf ein Neues, mein Freund!"

Barion streckte einen Ritiana mit seiner Faust nieder. Erschöpft beugte er sich vor und stützte sich mit den Händen auf seinen Knien ab. Die Schlacht und der Einsatz seiner Dupahle hatten ihn fast seine ganze Kraft gekostet. Der Boden zu seinen Füßen war mit Schnee bedeckt. Es fielen fortlaufend weitere dicke Flocken und die Luft war kalt. Die Valdrieten waren bis zu ihm vorgedrungen und hatten sich unter die Ritianan gemischt. Auch die mit ihm tapfer kämpfenden Verteidiger Edumonds schienen langsam die Kräfte zu verlassen. Dem hingegen hatte das Auftauchen der Skelettkrieger dem Feind einen Schub gegeben. Immer weiter wurde das ausgedünnte Heer Edumonds auf der linken Flanke in Richtung Stadtmauer gedrängt. Nicht mehr lange und sie würden ihre Position aufgeben müssen. Die Katapulte und Bogenschützen auf der Stadtmauer würden ihnen dann keine Hilfe mehr sein.

Da entdeckte Barion den König, der gerade mit Mühe sein Schwert aus dem leblosen Körper eines Valdrieten zog. Von Regonald unbemerkt, näherte sich ein weiterer Valdriet. Hastig eilte Barion vor, ergriff eine am Boden liegende Eislanze, holte aus und schleuderte sie auf den Angreifer. Tief bohrte sie sich in den Oberarm des Valdrieten, der sein Schwert fallen ließ.

König Regonald drehte sich erschrocken um und rammte geistesgegenwärtig sein Königsschwert in die Brust des Valdrieten. Dankbar und erschöpft nickte er Barion zu.

Aus dem Augenwinkel nahm Barion einen Schatten wahr und Regonald wurde zur Seite geschleudert. Noch einmal mobilisierte Barion seine Kräfte und rannte auf die Stelle zu, an der Regonald eben noch gestanden hatte. Als er näherkam, erkannte er schließlich, was den König getroffen hatte: Es war ein großer Hammer, der von blau waberndem Qualm überzogen war. Der

Besitzer dieses Hammers war der Koloss, dem sie damals in Erbholt begegnet waren. Seine Augen umgab ein lilafarbener Schimmer, was Barion die Gewissheit gab, dass auch er unter Mogans Einfluss stand.

Der Koloss sah Barion herausfordernd an. Er hatte ihre damalige Begegnung anscheinend nicht vergessen, streckte beide Fäuste vor sich aus und machte eine Geste, die unmissverständlich war: Er wollte Barion entzweibrechen.

Unbeeindruckt davon, entdeckte Barion den König. Ein Stück weit hinter dem Valdrieten saß er an einen Leichenhaufen gelehnt und war offensichtlich schwer verletzt. Sein Gesicht war fahl und unter seinem Körper hatte sich eine große Blutlache im weißen Schnee gebildet.

Der Valdrietische Anführer lief auf Barion zu und schwang seinen Hammer mit einer Hand. Barion duckte sich darunter hinweg, wurde dann aber von einem harten Schlag getroffen. Der Valdriet hatte sein Ausweichmanöver vorausgesehen und nach dem Angriff mit seiner Waffe sofort einen Faustschlag mit der freien Hand folgen lassen.

Benommen lag Barion am Boden und schüttelte sich, um den Schwindel loszuwerden, der seine Umgebung verzerrte. Obwohl die Maßnahme nur mäßigen Erfolg zeigte, versuchte er wieder aufzustehen. Da traf ihn erneut der Koloss mit seiner Faust und schlug ihn nieder. Schemenhaft erkannte Barion das Gesicht seines Feindes, der sich nun vor ihm aufbaute. Der Valdriet beugte sich vor und umschlang mit seiner großen Hand Barions Hals. Langsam hob er ihn so vom Boden hoch und sah triumphierend in sein gezeichnetes Gesicht. Dann schleuderte er ihn weg, als würde er sich von lästigem Ballast befreien. Barion schlug hart auf dem Boden auf. Aber trotz seiner

Schmerzen robbte er das kurze Stück zu Regonald hinüber und setzte sich neben ihn.

Dann sprach er völlig entkräftet: „Es tut mir leid. Aber ich denke nicht, dass wir noch einen Sieg davontragen können. Meine Kräfte sind am Ende. Ich bin am Ende."

Mittlerweile schien es, als hätte der König kaum noch Blut in seinem Körper. Seine Haut hatte dasselbe Weiß angenommen wie der Schnee, der seine Rüstung bedeckte. Unter Schmerzen drehte er den Kopf, um Barion ins Gesicht sehen zu können. Dann sprach er leise und kraftlos: „Es ist in Ordnung, Barion." Wir haben tapfer und mit Herz gekämpft. Nichts mehr als das konnten wir geben." Blut lief nun auch aus seinem Mund, was ihn jedoch nicht davon abhielt weiterzusprechen. „Mich beruhigt der Gedanke, an der Seite eines Freundes zu sterb…" Der König hustet schwer, wodurch ein großer Schwall Blut aus seinem Mund lief. „Aber bitte tue mir noch einen letzten Gefallen, Barion." Regonald ergriff Barions Hand. „Solltest du die Schlacht überleben: Versprich mir in die Hand, dass du Sodgar sagst, wer sein wirklicher Vater war. Er soll mit deiner Unterstützung an meiner Stelle regieren. Sollte es noch etwas zu regieren geben." Die Stimme des Königs war nun kaum noch zu verstehen, so leise sprach er.

Barion legte seine zweite Hand über die von Regonald. „Das verspreche ich dir, mein Freund! Ich werde ein Auge auf ihn haben und ihn unterstützen." Barion bemerkte, dass sich der Koloss wieder näherte. Auf seinem Weg wurde er jedoch vereinzelt von Gardisten angegriffen, was sein Vorankommen verlangsamte.

In den Augen des dahinscheidenden Königs war Erleichterung zu erkennen. Seine schmerzverzerrten Gesichtszüge glätteten sich und er flüsterte: „Danke, mein Freund!"

Dann entwichen die Lebensgeister endgültig aus Regonalds Körper. Seine Augen wurden glasig und seine Pupillen weiteten sich. Ein letztes Mal hob sich sein Brustkorb für einen tiefen Atemzug. Mit leicht offenem Mund entwich die Luft gleichmäßig aus seinem Körper. König Regonald war tot.

Kapitel 29
Leben und Tod

Barions Atem war ruhig. Er selbst war verwundert darüber. Denn nachdem König Regonald diese Welt verlassen musste, war auch sein Ende nicht mehr fern.

Der Valdrietische Koloss kam mit riesigen Schritten auf ihn zu. In der rechten Hand hielt er seinen mächtigen Hammer, der bedrohlich neben seinem Körper hin- und herschwang. Dieser Anblick hätte wohl jedem das Blut in den Adern gefrieren lassen. Doch Barion verspürte keine Angst vor dem Tod. Er wusste, dass früher oder später der Tag kommen würde. Der Tag, an dem auch sein Leben ein Ende nimmt. Eigentlich hätte er diesen Tag schon viel früher erwartet – so oft hatte er gekämpft und sein Leben aufs Spiel gesetzt, so oft war er dem Tod gerade noch entwischt. Doch früher war vieles anders. Da hatte er immer noch einen Ausweg aus misslichen Lagen gefunden. Heute sah er keinen Ausweg. Er war entwaffnet und zu entkräftet, um seine Dupahle zu aktivieren.

Der Valdriet hatte Barion erreicht und baute sich demonstrativ vor ihm auf. Ein breites, zufriedenes Lächeln machte sich im Gesicht des mächtigen Feindes breit. Der Koloss wollte diesen Moment scheinbar vollends auskosten. Siegessicher hob er auffällig langsam den Hammer über seinen Kopf.

Barion ergab sich seinem Schicksal und drehte den Kopf zur Seite. Etliche Gardisten stemmten sich auf dem Schlachtfeld mit letzter Kraft gegen die Übermacht. Einer von ihnen erinnerte Barion mit seinem eleganten Kampfstil an seinen Sohn Heron.

Eine Träne löste sich aus Barions Auge und lief über seine Wange. Er musste daran denken, wie sein Sohn wohl gerade unermüdlich gegen den Feind kämpfte. Heron hatte diesen unbändigen Willen, den er von seiner Mutter geerbt hatte. Barion selbst kam sich plötzlich unfassbar schwach und armselig vor. Elenora würde ihn auslachen, wenn sie ihn jetzt so sähe. Wie er sich seinem Schicksal ergeben hatte und auf seinen Tod wartete.

Der Valdriet hatte seinen Triumph über Barion wohl genügend ausgekostet. Seinen Hammer hatte er gen Himmel gestreckt, bereit Barions Schädel damit zu zerquetschen.

„Barion, hier, fang auf!" Gregotsch warf ihm kraftvoll ein großes Schwert zu. Der Valdriet war einen Moment lang abgelenkt. Barion fing die heranfliegende Waffe direkt am Griff und stach sofort zu. Das ging viel zu schnell für den behäbigen Valdrieten. Sein Blick lag noch auf Gregotsch, als das Schwert seinen Bauch durchbohrte. Ein dumpfer Schmerzlaut entwich dem Feind. Doch trotz dieses Treffers hielt er seinen Hammer weiterhin hoch über dem Kopf gestreckt. Immer noch gewillt, seinen Gegner damit zu erschlagen.

Die Gefahr war noch nicht gebannt. Barion zog das Schwert aus dem Bauch des Valdrieten, um es direkt ein weiters Mal hineinzurammen. Die Klinge trat in den Oberkörper des Kolosses ein, ohne ihn dieses Mal vollends zu durchbohren. Zu Barions Verwunderung stand der Valdriet noch immer auf seinen Beinen, auch wenn er leicht zu taumeln begann.

Barion ließ seine Waffe los. Mit beiden Händen stützte er sich am Boden ab und trat mit aller Kraft gegen den Knauf des Schwertes. Bis zum Griff rammte er es in den Oberkörper des Feindes, sodass die Klinge am Rücken wieder austrat. Jetzt brüllte der Koloss vor Schmerzen und wankte noch stärker. Der

Hammer glitt aus seinen Händen und fiel zu Boden. Barion rappelte sich auf und preschte los. Mit der Schulter rammte er den Valdrieten, der wie ein gefällter Baum zu Boden fiel.

Schwer atmend sah Barion zum Feind hinunter. Das lila Leuchten um dessen weit aufgerissene Augen verschwand. Seine Glieder erschlafften. Der Anführer der Valdrieten war tot.

Barion atmete tief durch. Abermals war er dem Tod entkommen. Nur hatte er sich dieses Mal nicht selbst aus der misslichen Lage befreit. Es war Gregotsch, der ihm das rettende Schwert zugeworfen hatte.

Sein Freund kämpfte gerade gegen zwei Valdrieten gleichzeitig. Gregotsch war im Alter sicher etwas behäbig geworden und seine Art das Schwert zu führen wirkte altmodisch. Doch war sein Kampfstil nicht weniger effektiv. Ein Ritiana bekam Gregotschs Klinge zu spüren und einen heranstürmenden Valdrieten streckte er mit seinem Schild nieder.

Schwer atmend nutzte Gregotsch die kurze Verschnaufpause und stützte sich auf seinen Schild. Sein Blick und Barions trafen sich. „Dir scheint meine Kampfvorführung ja sehr zu gefallen. Aber wie wäre es, wenn du mir ein bisschen zur Hand gehen würdest?"

„Ich komme schon, mein Freund", erwiderte Barion und schleppte sich hinüber zu Gregotsch.

Es dauerte nicht lange, bis sie von Valdrieten umzingelt wurden, die ihre Eislanzen auf sie richteten.

„Es sieht nicht gut für uns aus", bewertete Barion die Lage. „Ich bin mit meinen Kräften am Ende und um uns herum befinden sich bestimmt zwanzig Feinde."

„Ach Barion, mein Freund", entgegnete Gregotsch ruhig.

„Als ob du es nicht mit ein paar Valdrieten aufnehmen könntest. Aber wenn du willst …" Gregotsch gab dem Valdrieten, welchen er eben zu Boden gestreckt hatte, mit seinem Schwert den Todesstoß. Dann beendete er seinen Satz: „… können wir gerne teilen. Mehr als den Tod haben wir nicht zu befürchten."

„Dein Optimismus vermag es jedes Mal mich zu ermutigen", erwiderte Barion ironisch. „Lass uns sehen, ob ich noch irgendwo Reserven in mir habe."

Gregotsch und Barion stellten sich Rücken an Rücken auf und warteten auf den Angriff der Valdrieten.

„Die beiden gehören mir!", raunzte Mogan die umstehen Kämpfer seines Heeres an. Er hatte sich bis zu Taran und Heron durchgekämpft. „Wie ich sehe, hat das Amulett des Lebens seinen Träger zurück." Mogan nahm seine Waffe aus ihrer Halterung am Sattel. Mit beiden Händen griff er den Stab mit der langen Sichel und richtete sie gegen Heron. „Dann wollen wir mal sehen, welches Amulett stärker ist – das Amulett des Lebens oder das Amulett des Todes." Er gab seinem Reittier die Sporen, woraufhin es krächzend zum Angriff überging.

Das Tier attackierte Heron mit seinem scharfen Schnabel. Immer wieder schnappte es nach ihm, doch er wich ein ums andere Mal gekonnt aus. Mogan kämpfte derweil parallel mit Taran. Dieser duckte sich unter einem Angriff Mogans hinweg und blockte den folgenden mit seinem Schild, wurde jedoch durch die Wucht des Aufpralls zu Fall gebracht. Dabei fiel ihm sein Schwert aus der Hand. Auf allen Vieren krabbelnd, versuchte er schnell seine Waffe zu erreichen, doch Mogan griff sofort wieder an. Gerade noch rechtzeitig konnte sich Taran auf den Rücken drehen und seinen Schild zwischen sich und die Sichel bringen. Der heftige Aufprall drückte den Schild so stark auf seinen Brustkorb, dass er aufschrie.

„Nein … Taran!", rief Heron entsetzt, als er den Schrei vernahm und sah, wie sein Freund mit schmerzverzerrtem Gesicht am Boden lag. Abermals wich er dem Schnabel des Tieres aus und griff dann mit Dolor an. Die Klinge erwischte Mogans Reittier oberhalb des Auges. Kreischend schüttelte das Wesen seinen Kopf.

Heron wollte Taran zur Hilfe zu eilen, doch Mogan verpasste ihm einen kräftigen Tritt mit seinem Stiefel. Er stürzte neben Taran zu Boden. Schnell wollte er sich wieder aufrichten, doch Mogan legte bereits seine Klinge an Herons Hals.

„Das war leichter als ich erwartet hatte", triumphierte Mogan. Taran krümmte sich vor Schmerzen und hielt sich mit beiden Händen den Brustkorb. Über ihm schwebte bedrohlich der Schnabel des Reittiers.

„Es ist aus." Mogan lachte finster. „Wag es nicht, nur einen Muskel zu bewegen. Sonst segnet dein Freund das Zeitliche." Tarans Schmerzensschreie waren nun so laut, dass Herons ganzer Körper sich zusammenzog.

„Halt durch, mein Freund!", sprach Heron verzweifelt. „Bitte halt durch." Nach Hoffnung suchend, sah Heron zum Himmel. Der Tag war angebrochen und eine dichte Wolkendecke warf ihren grauen Mantel über Pregolet.

Da hellte sich Herons Miene urplötzlich auf. Er löste seinen Blick vom Himmel und sah Mogan entschlossen an. „Noch ist es nicht zu Ende." Genau in diesem Moment erklang ein markerschütterndes Gebrüll. Fogun rauschte aus der Luft heran und schnappte mit seinem Maul nach Mogans Reittier. Er riss das panisch krächzende Wesen im Vorbeifliegen mit sich in die Lüfte. Mogan versuchte sich noch festzuhalten, doch dann stürzte er hinab und schlug ein ganzes Stück entfernt in den Reihen seines Heeres auf dem Wüstenboden auf.

Sofort eilte Heron seinem Freund zu Hilfe. „Taran, sprich mit mir!", redete Heron verzweifelt auf ihn ein. Dabei klatschte er Taran mehrmals mit der flachen Hand auf die Wange. Doch der reagierte nicht. Tarans Blick war starr gen Himmel gerichtet und sein Atem war schwach.

„Heron, was ist mit meinem Bruder?" Fogun landete und Alma sprang von seinem Rücken.

„Er wurde von Mogan schwer verletzt. Kannst du ihm helfen?"

Alma riss die Uniform ihres Bruders an der Knopfleiste auf und schob sein Unterhemd hoch. Tarans Brust war ein einziger lilafarbener Bluterguss. „Ohne Arznei kann ich ihm nicht helfen. Hilf mir, ihn auf Foguns Rücken zu legen."

Während Fogun ihnen mit seinem Maul die Feinde vom Leib hielt, luden sie Taran auf seinen Rücken. Alma kletterte hinauf und hielt Heron ihre Hand entgegen. „Kommst du mit?"

„Kümmere dich um Taran", antwortete Heron kopfschüttelnd. „Ich werde versuchen diesen Krieg ein für alle Mal zu beenden."

„Pass auf dich auf, Heron." Schweren Herzens gab sie Fogun ein Zeichen und der Besalt schoss hinauf in die Lüfte.

Heron wandte sich in die Richtung, in der Mogan abgestürzt war. Der hatte den Sturz offenbar unbeschadet überstanden und kam wütenden Schrittes direkt auf ihn zu. Heron hob Dolor vom Boden auf und lief ihm entgegen. Auch Mogan beschleunigte seine Schritte, sodass beide Widersacher aufeinander zu rannten.

Ihre Klingen trafen sich funkenschlagend vor ihren Köpfen. Doch Heron reagierte am schnellsten und verpasste Mogan einen Tritt. Der verstoßene Prinz Karkats stolperte rückwärts, konnte sich aber eben noch auf den Beinen halten.

„Ich werde dich für jede deiner Taten bestrafen." Heron holte aus und griff Mogan erneut an. Nach einigen schnellen Hieben, die der Prinz von Karkat noch abwehren konnte, verpasste Heron ihm einen Schlag mit dem Ellenbogen. Durch den Treffer flog Mogan die Maske vom Gesicht und seine Kapuze rutschte von seinem kahlen Kopf. Mit der flachen Hand rieb sich der Anführer des Feindes über seine karkatisch roten Wangen, die seine breite Nase umfassten. Hasserfüllte Augen lagen breit unter seinen dichten, spitz zulaufenden Augenbrauen.

„Du hast meine Mutter Elenora getötet!" Wütend verpasste er Mogan einen Schlag mit seinem Schwertgriff. Der Prinz von Karkat ging zu Boden und stützte sich auf allen Vieren ab. „Dafür wirst du büßen!"

Gerade als Heron zustechen wollte, griff Mogan in den Wüstensand und warf Heron eine Ladung davon ins Gesicht. Dann sprang er elegant auf und griff mit seiner Sichel an. Heron wich geistesgegenwärtig zurück. Die Spitze von Mogans Klinge streifte seine Brust und hinterließ eine Schnittwunde. Er ging rückwärts und versuchte dabei seine Augen vom Sand zu befreien.

„Du bist also der Sohn Elenoras!", tönte Mogan. „Sie sollte ursprünglich das erste Ziel meiner Macht werden. Doch letztlich musste ich deinen Vater auserwählen. Er war geschwächt genug, um Opfer meiner Dupahle zu werden." Mogan lachte finster.

Heron hatte seine Augen vom Sand befreit. Er ließ seinen Schild entstehen und rannte abermals auf Mogan zu. Seine Augen begannen gelb zu leuchten, ein heller Lichtstrahl trat aus seinem Schild heraus und traf Mogan.

Doch zu Herons Verwunderung zeigte seine Dupahle keine Wirkung. Mogan lief im Lichtschein von Herons Dupahle auf ihn zu, sprang ab und machte eine halbe Drehung in der Luft. Er führte einen gewaltigen Hieb in Richtung seines Gegners aus.

Mit großer Mühe blockte Heron den Angriff. Gelbe Blitze züngelten über die Oberfläche seines Schilds. Durch die Wucht des Aufpralls wurde Heron zu Boden geworfen. Überrascht deaktivierte er seine Dupahle, während Mogan selbstsicher lächelnd auf Heron zuging. „Du hast keine Ahnung von der Macht der Amulette. Man kann ihre Kräfte nicht gegeneinander einsetzen. Sie schützen sich voreinander." Heron starrte auf das gehörnte Amulett um Mogans Hals und den lilafarbenen Stein in seiner Mitte. Mit erhobener Waffe schritt Mogan auf ihn zu. Doch als der Prinz Karkats ihn erreichte, machte Heron eine elegante Rolle rückwärts und stand so wieder auf. „Dann muss ich dich halt ohne die Macht meines Amuletts vernichten."

„Nein, vorerst genug des Kräftemessens!" Rund um Mogan formierten sich Skelettkrieger. „Erledigt ihn!" Sofort stürmten die Skelette auf Heron zu. Es waren unzählige, derer er sich erwehren musste, während Mogan lächelnd zusah, wie Heron die Kräfte verließen. Er konnte die Skelette gar nicht so schnell in ihre Einzelteile zerschlagen, wie sie wieder auferstanden.

Gerade zertrümmerte er einen der Feinde mit seinem Schild, als ein weiteres Skelett sein Schwert erhob. Doch es wurde aus dem Nichts von einem glänzenden Metallstab getroffen. Erschrocken fuhr Heron herum.

„Sapio?" Tatsächlich stand dort der Sehende in einem grauen Gewand, die Augen unter einem Tuch verborgen. In seinen Händen hielt er einen glänzenden Metallstab, mit dem er gerade den nächsten Feind niederstreckte.

„Ich bin hier, um dir etwas Zeit zu verschaffen", sprach Sapio. „Nutze die Macht deines Amuletts, um die Skelettkrieger zu vernichten. Solange sie für den Feind kämpfen, ist kein Sieg zu erringen."

„Ich werde es versuchen", erwiderte Heron. „Doch wie willst du allein die Feinde von mir fernhalten?"

Sapio hatte das nächste Skelett zerschlagen und warf Heron einen vielsagenden Blick zu. „Ich bin nicht allein. Ich werde meine tripahle Fähigkeit einsetzen."

Plötzlich nahm Sapio das Tuch von seinen Augen und türkisfarbenes Licht strahlte aus seinen Augenhöhlen. Er breitete seine Arme aus, woraufhin auch seine Fingerspitzen zu leuchten begannen. Dann schlug er ruckartig seine Handflächen zusammen, wodurch ein heller, türkiser Lichtblitz erschien. Dieser war für den Moment so hell, dass jeder auf dem Schlachtfeld davon geblendet wurde.

Als Herons Augen sich wieder an die Umgebung gewöhnt hatten, standen plötzlich unzählige Sapios um ihn herum. Sie alle waren perfekte Ebenbilder und hielten ebenso wie ihr Original einen Stab in ihren Händen. Dann begannen sie gemeinsam gegen die Skelette zu kämpfen. Bis auf einer von ihnen. Dieser drehte sich zu Heron um. „Mach schnell, lange kann ich meine Tripahle nicht nutzen."

Heron nickte und sah sich um. Die Skelettkrieger waren überall auf dem Schlachtfeld verteilt. Wie sollte er sie nur alle mit seiner Dupahle erreichen?

Als hätte jemand Fremdes ihm einen Gedanken eingepflanzt, wusste er plötzlich genau, was er zu tun hatte. Er kniete sich auf den blutgetränkten Wüstensand und blickte hinauf zum Himmel. Der Wolkenteppich schien dicht und undurchdringlich. Dann begann das Leuchten in seinen Augen aufzuflammen. Er streckte seine Arme gen Himmel, und gelbe Strahlen schossen aus seinen Handflächen. Oben am Firmament trafen sie auf die Wolkendecke. Immer breiter wurden sie und kurz darauf begann die Wolkendecke an unzähligen Stellen aufzubrechen. Es bildeten sich kleine Kreise, durch die das Licht Egoleits und E-golets hindurch zu Boden schien. Aus jedem dieser kleinen Wolkenlöcher traten gelbe Säulen aus. Von oben beginnend, arbeiteten sie sich weiter hinunter zum Boden. Es war ein atemberaubender Anblick, wie sie sich auf dem ganzen Schlachtfeld verteilten. Jede dieser Säulen traf auf eines der Skelette. Der lilafarbene Rauch, der diese zusammenhielt, verschwand und die Untoten fielen in sich zusammen. Unter den Verteidigern Edumonds brach Jubel aus und neue Hoffnung keimte auf.

Herons Dupahle endete zeitgleich mit Sapios Tripahle. Die Ebenbilder des Sehenden verschwanden und letztlich blieb nur der echte übrig. Dieser stand auf seinen Stab gestützt vor Heron.

„Mein Beitrag zum Sieg ist hiermit getan. Ich werde mich zurückziehen, solange noch etwas Kraft in mir ist." Offensichtlich stark geschwächt, humpelte Sapio an Heron vorbei Richtung Stadtmauer. „Nun liegt es an dir, Sonne Fillons."

Völlig erschöpft von der Vernichtung der Skelettkrieger, kniete Heron immer noch am Boden. Mühsam richtete er sich wieder auf. Gardisten, Aquinan und Bangolen waren zahlenmäßig weiterhin unterlegen. Zwar war die Lage aussichtsreicher geworden, jedoch war der Sieg noch immer in weiter Ferne. Heron konnte Mogan erkennen, wie er einen Gardisten nach dem anderen hinrichtete. Wie ein wilder Dirkast biss sich seine Klinge durch die Vereidigung Fillons.

Da ertönte eine helle Melodie über dem Schlachtfeld. Heron kannte das Instrument, dem sie entstammte. Auch die Melodie erkannte er: Es war eine Kirolu. Es war das Lied Karkats.

Dort im Osten, auf der Düne, über welche kürzlich noch die Skelettkrieger das Schlachtfeld betreten hatten, standen die Ritter Karkats, angeführt von einer Frau in silberner Rüstung und einem Mann in Gardisten-Uniform.

Während die Kirolu weit über das Schlachtfeld hallte, erschienen quietschend große Holzmaschinen auf dem Scheitelpunkt der Düne. Jeweils zehn Ritter Karkats zogen die rollenden Kriegsgeräte in Position. Es waren große Armbrüste, wie sie König Theofoldis auch beim Kampf der Dupahle eingesetzt hatte.

Die Melodie der Kirolu endete abrupt und Kira trat vor. „Ich bin Kira, Königin von Karkat und Herrscherin über Zarkotien!" Ihre Ritter zogen die Schwerter aus ihren Halftern und klopften anerkennend auf die Schilde. Dann fuhr Kira fort. „Seit langer Zeit ist Nord-Pregolet uneins. Der Streit um das Wasser hat beide Völker entzweit und das Band, welches uns einst verband, durchtrennt. Hiermit gebe ich Kraft meines Amtes bekannt, dass dieses Band nun erneuert wird." Sie zog ihr silbernes Königsschwert aus der Schwertscheide und zeigte damit auf die Heerscharen des Feindes.

Dann wandte sie sich an die Ihren: „Meine Ritter Karkats. Lasst uns gemeinsam Nord-Pregolet befreien. Kämpft für die Freiheit und alles, was euch lieb ist! Kämpft für den Frieden

Nord-Pregolets!" Mit der Spitze ihres Schwertes wies sie auf die Geschütze: „Feuer!"

Augenblicklich hagelte es Pfeile auf die Reihen der Feinde nieder. „Zum Angriff!", schon rannten die Ritter Karkats, mit Sodgar und Kira an der Spitze, die Dünen hinunter. Wie ein gewaltiger Hammer preschten die Heerscharen aus Zarkotien in die Reihen der Ritianan und Valdrieten.

Bugat und Quing hatten mit ihrer Allianz aus Bangolen und Aquinan die rechte Flanke fast vollständig von Feinden befreit. Sie hatten es so geschafft, zu den Gardisten Fillons aufzuschließen und bildeten einen Wall um die Stadtmauer.

„Hilfe! Ich brauche hier Hilfe!", war eine männliche Stimme zu hören.

Quing und Bugat blickten sich suchend um. Auf dem Schlachtfeld hinter ihnen lagen unzählige Leichen und aus einigen fast erloschenen Holzhaufen traten Rauschwaden aus. Das Holz war längst verbrannt und glühte nur noch so vor sich hin. Da erklang erneut die tiefe Männerstimme. „Mein Freund braucht Hilfe! Hört mich niemand?" Quing und Bugat suchten eilig die naheliegende Umgebung ab.

„Barion!", rief Quing plötzlich, woraufhin Bugat zu ihm eilte. Tatsächlich lag hinter einem Haufen von toten Valdrieten Herons Vater am Boden. Sein Bein blutete stark. Er hatte es mit einem Stofftuch abgebunden und die Wunde so provisorisch versorgt. „Wir müssen ihn sofort zu den Heilern in den Palast brin…."

„Meine Verletzung ist nur halb so schlimm.", unterbrach

Barion den Aquina. „Helft stattdessen meinem Freund Gregotsch. Um ihn steht es weitaus schlechter." Er deutete mit seiner blutverschmierten Hand zwischen Quing und Bugat hindurch. „Bringt ihn zum Palast."

Bugat und Quing fuhren herum. Gregotsch lag regungslos auf dem Boden unter einem toten Valdrieten. Sofort eilten sie zu ihm und befreiten seinen Körper vom Leichnam des Feindes. Gregotsch war nicht mehr bei Bewusstsein. Seine linke Hand war abgetrennt worden und lag in einer großen Blutlache neben seinem Arm.

„Ich werde ihn in den Palast bringen." Bugat lud den Wachmann Erbholts auf seine Arme. „Kümmere du dich um Barion." Dann rannte Bugat los.

„Sucht nach seiner Tochter Alma!", rief Barion ihm nach. „Ich glaube, dass nur sie ihn noch retten kann." Dann verschwand Bugat mit Gregotsch auf den Armen hinter der Stadtmauer.

„Wie ich schon sagte: Ich komme zurecht", wehrte Barion Quings Hilfe ab. „Geh und hilf Heron. Gewinnt diese Schlacht für uns."

„In Ordnung, Barion." Mit gezogenen Dolchen stürmte Quing los. „Für Gregotsch und alle Gefallenen!"

Heron hatte seine letzten Kraftreserven mobilisiert und zusammen mit den Rittern Karkats und einigen Gardisten das Heer Mogans auf der linken Flanke zurückgedrängt. Nun stand er abermals Mogan gegenüber.

„Aus dieser Schlacht scheint ihr als Sieger hervorzugehen",

sprach er erzürnt. „Aber seid euch sicher, dass ich den Krieg gewinnen werde. Ihr alle werdet früher oder später vor mir und meiner Macht niederknien!"

Sodgar, Quing und Kira hatten sich bis zu Heron durchgekämpft und stellten sich demonstrativ an seine Seite. „Ich weiß nicht, welche Krankheit deinen Kopf befallen hat, mein Bruder. Aber sie scheint deinen Geist zu vernebeln. Der Krieg endet heute. Wir werden auch den Rest deines Heeres vernichten und dich für deine Taten zur Rechenschaft ziehen."

Mogan lachte. „Wie ich sehe, hat meine kleine Schwester es zur Königin gebracht. Und dass, obwohl du ohne mich wohl nicht mal mehr am Leben wärst." Er befestigte seine Waffe an seinem Halfter und griff in seine Manteltasche. „Doch sei es drum. Wie ich sagte, ist der Krieg noch nicht vorbei. Ich werde wiederkommen und meine Macht wird dann um ein Vielfaches größer sein." Er wies auf Heron. „Dann werden wir unser Duell um Leben und Tod zu Ende bringen." Mogan öffnete seine Faust, wodurch eine lilafarbene Kugel auf den Boden fiel und zerbrach. Lilafarbener Rauch entwich und breitete sich in Windeseile auf dem Schlachtfeld aus.

Es dauerte eine ganze Weile, bis die Sicht wieder besser wurde. Doch dann rief einer der Ritter Karkats plötzlich: „Sie fliehen über die Dünen!" Tatsächlich sah man am Scheitelpunkt eines nahen Sandhügels, wie die letzten Ritianan darüber hinweg flüchteten.

„Wir verfolgen sie!", befahl Kira ihren Rittern. „Wir jagen sie aus Nord-Pregolet." Sofort nahmen ihre Männer die Verfolgung auf. Auch Sodgar, Quing und eine Vielzahl der Streitkräfte Edumonds folgten ihnen.

411

Heron jedoch blieb an Ort und Stelle zurück. Seine Hände begannen zu zittern. Dann dreht er sich langsam um die eigene Achse. Unzählige Tote waren auf dem Schlachtfeld verstreut. Tapfere Krieger Nord-Pregolets, die ihr Leben für die Freiheit ließen.

Das Zittern weitete sich auf Herons Arme aus. Er konnte Dolor nicht mehr halten. Sein Schwert fiel vor ihm auf den Boden.

Herons Beine wurden weich. Er musste sich setzen. Bald würde er nach seinen Freunden und seinem Vater suchen. Sobald er wieder genügend Kraft gesammelt hatte.

Heron legte sich auf den sandigen Boden. Das letzte bisschen Kraft hatte seinen Körper verlassen. Er war müde, unendlich müde und erschöpft. Seufzend schloss er die Augen und fiel in einen tiefen Schlaf.

Kapitel 30
Eine neue Ära

Heron schloss sich in Fillon dem Menschenstrom an, der in freudiger Erwartung in Richtung Todesfurt zog. Gemeinsam mit Menschen aus allen Teilen des Landes verließ er die Stadt durch das Haupttor, um an den Feierlichkeiten zur Wiedervereinigung Nord-Pregolets teilzunehmen. Im warmen Wüstensand vor der Stadt blieb Heron stehen und ließ seinen Blick über die Dünen schweifen. Durch die beiden Sonnen am klaren blauen Himmel angestrahlt, funkelten sie und wirkten geradezu idyllisch auf die Vorbeiziehenden. Nicht so auf Heron. Ein Jahr war vergangen seit dem Sieg über Mogans Heer, doch er hatte die Bilder des Krieges immer noch vor Augen. Auch wenn die Bürger, die lachend an ihm vorbeizogen, glücklich und unbeschwert wirkten, so war er sicher, dass auch sie nie vergessen würden, was sich damals zugetragen hatte. Viele tapfere Männer Edumonds hatten an dieser Stelle den Tod gefunden, durch einen Krieg, den Mogan ihnen gebracht hatte. Dessen letzte Worte waren seitdem immer wieder durch Herons Kopf geschwirrt und hatten ihm manch schlaflose Nacht bereitet: „Ich werde mit vielfach größerer Macht zurückkehren!" Dies zu verhindern war nun Herons neue Bestimmung geworden. Schon kurz nach der Schlacht wurde er auserkoren, als „Hüter des Amuletts" die Suche nach den vermissten Amuletten, die in den Schriften des Wanderers erwähnt wurden, zu leiten. Um mehr über deren Ursprung und Verbleib zu erfahren, hatten auf sein Geheiß Nidal, Sapio und andere Gelehrte damit begonnen, die

413

Bibliotheken des Landes nach weiteren Schriften zu durchforsten. Zusätzlich waren auch Spione in alle Regionen Nord-Pregolets entsandt worden. Zweifelsohne würde auch Mogan nach den Amuletten suchen und Heron wollte nichts unversucht lassen, ihm zuvorzukommen. Doch bisher waren alle Anstrengungen vergeblich gewesen. Keine Spur von Mogan, kein Hinweis auf nur eines der Amulette. Heron war frustriert. Vor einigen Monaten noch hatte er die Quelle Nishas aufgesucht in der Hoffnung, der kleine Beschützer würde sich ihm erneut zeigen. Auch dies vergebens. So war die Bilanz nach fast einem Jahr Nachforschung ernüchternd und seine Stimmung getrübt. Selbst an so einem Tag wie heute.

"Seht mal, wer da ist!" Eine Gruppe junger Frauen lief lachend an Heron vorbei. „Unsere rettende Sonne." Sie grüßten ihn überschwänglich winkend.

Heron hob geschmeichelt die Hand und erwiderte ihren Gruß, dann folgte er langsamen Schrittes weiter dem Menschenstrom. Die ausgelassene Stimmung unter den Bürgern war spürbar und Heron gönnte allen diese Zeit der Freude und des Friedens. Das Jahr war hart gewesen, insbesondere für das einfache Volk. Es gab kaum eine Familie, die keine Opfer hatte bringen müssen. Viele Soldaten waren nicht mehr heimgekehrt, zahlreiche Häuser waren zerstört worden und so manches Kind hatte keine Eltern mehr. Doch die Einwohner Fillons hatten sich zusammengerauft und einander geholfen, mit tatkräftiger Unterstützung der Bürger Zarkotiens. Tatsächlich war schon kurz nach dem Sieg wieder Hoffnung aufgekeimt. Die Hilfe, die Fillon aus Karkat erhalten hatte, und der persönliche Einsatz etlicher Zarkoten beim Wiederaufbau der Stadt hatten innerhalb kurzer Zeit einen Großteil der über die Jahre angewachsenen

Vorurteile bröckeln lassen. Kira war eine treibende Kraft gewesen und ihr gutes Verhältnis zu Sodgar hatte Pate gestanden für den Wandel in den Köpfen der Menschen. Kurz Zeit später hatten dann beide Königreiche damit begonnen, ein neues Bündnis zu planen, das heute, am Jahrestag des Triumphes, besiegelt werden sollte. Der nächste Schritt in eine bessere Zukunft für alle.

Inzwischen hatte Heron im Sog der Menschen die Todesfurt erreicht. Es schien, als würden sich alle Einwohner Nord-Pregolets zu diesem epochalen Ereignis versammeln. Bangolen, Erbholter, Aquinan, Karkaten und weitere Bürger beider Königreiche säumten in Scharen die Grenze zwischen Edumond und Zarkotien.

Etwas abseits der Massen entdeckte er Eran, der auf einen Stock gestützt, neben dem Abbild Sapios stand. Der Herr der Schmiede war nach langer Leidenszeit dem Tod gerade noch entgangen. Mehrere Wunden und Knochenbrüche hatten ihn jedoch für immer gezeichnet. Einer seiner Arme blieb versteift, genau wie sein linkes Knie. Heron grüßte sie beide kurz und bahnte sich seinen Weg weiter zur Brücke, bis er am Fuß der Überführung Bugat und Quing begegnete. Er freute sich die beiden zu sehen, denn sie waren sich schon längere Zeit nicht mehr begegnet. Bugat, inzwischen zum Häuptling Bangols gewählt, war durchweg damit beschäftigt, den Wiederaufbau seiner Heimatstadt voranzutreiben. Um die Freundschaft zwischen Bangolen und Aquinan zu untermauern, hatte man sich darauf geeinigt, sie am anderen Ende der Kupferbrücke neu zu errichten. Quing fungierte dabei als Friedensbotschafter zwischen beiden Völkern und unterstützte Bugat bei der Planung und Umsetzung der notwendigen Arbeiten. Ähnlich wie bei den Karkaten und den Bürgern Fillons waren auch hier die Aquinan den Bangolen tatkräftig zur Hilfe geeilt.

Nach einer herzlichen Begrüßung betrat Heron die steinerne Überführung. Die vier gewaltigen Türme an den Enden der Brücke waren mit langen Stoffen in den Farben beider Reiche geschmückt worden und thronten nun, Wächtern gleichend, auf beiden Seiten der Todesfurt über die bald vereinten Länder. Ihr Anblick hatte etwas Erhabenes, Würdevolles. Ganz dem feierlichen Anlass angemessen.

Heron hatte die Mitte der Brücke fast erreicht, als er auf eine Gruppe von Menschen traf, die von ihm abgewandt stand. Sanft legte er seine Hand auf das schwarze Zeichen der Heiler, das auf die Rückseite von Almas weißem Kleid gestickt war. Sie war zum neuen Oberhaupt der Heilergilde berufen worden, mit der Aufgabe, die Heilwesen beider Reiche zusammenzuführen. Ohne sich umzusehen, griff Alma wissend nach Herons Hand. Sie zog ihn neben sich und warf ihm aus den Augenwinkeln ein liebevolles Lächeln zu.

„Da bist du ja, mein Sohn." Barion strahlte, als er Heron wohlwollend auf die Schulter klopfte. Er stand Alma gegenüber und trug eine Uniform, welche Farben und Symbole beider Völker miteinander verband. Zukünftig sollte dies die Kleidung der Truppen sein und Barion war der Erste, der sie tragen durfte. Denn auch ihm war eine besondere Ehre zuteilgeworden: die Ernennung zum Oberbefehlshaber der neuen gemeinsamen Streitmacht.

„Vater!" Heron erwiderte Barions Geste und umarmte ihn anschließend. Sein Blick glitt an Barions voluminösem Brustkorb vorbei. „Sei gegrüßt Gregotsch. Wie geht es deinem Arm?"

Der ehemalige Wachmann Erbholts hob seine Metallhand,

die mit Lederriemen an seinem Stumpf befestigt war. „Du meinst dieses kleine Andenken hier?" Er lächelte verschmitzt. „Nur ein Kratzer." Wie auch die anderen, musste Heron lachen.

„Nichts vermag dir die Laune zu trüben, mein Freund." Barion warf Gregotsch einen anerkennenden Blick zu. „Nicht mal der Verlust deines Postens als Wachmann Erbholts." Er grinste.

„Dafür hast du ja wohl gesorgt." Gregotsch verpasste seinem alten Freund mit seiner Prothese einen schwachen Hieb auf die Brust. Barion hatte ihn zu seinem Stellvertreter und seiner rechten Hand berufen.

„Außerdem wird er mehr als gebührend durch mich vertreten werden!" Augenzwinkernd trat Taran, voller Stolz über seine eigene Beförderung, an die Seite seines Vaters. „Ich glaube die Zeremonie geht los."

Heron wandte sich um und sah hinüber zum Scheitelpunkt der Brücke, wo Nidal neben einem kahlköpfigen Mann in gelber Kutte wartete. Applaus brandete auf. Kira und Sodgar hatten die Brücke von der anderen Seite betreten und begaben sich nun feierlich und gemessenen Schrittes in Richtung Brückenmitte. Sodgar trug das Gewand seines Vaters. Nach der Schlacht hatte Barion sein Wort gehalten und Sodgar offenbart, wer sein leiblicher Vater war. Der wollte es zuerst nicht wahrhaben und auch der Rat Fillons hatte seine Zweifel gehabt. Doch fand man schließlich in des Königs Schlafgemach, neben etlichen Liebesbriefen von Sodgars Mutter, auch sein Testament. Danach bestanden keine Zweifel mehr an Sodgars Anspruch auf den Thron. Einige Zeit später wurde er zum König von Fillon und Herrscher über Edumond gekrönt.

Kiras Krönung war zu diesem Zeitpunkt schon lange vollzogen worden. Im ersten Jahr ihrer Regentschaft hatte sie eine

Menge Veränderungen in Zarkotien angestoßen. Die Steuerabgaben waren auf ein angemessenes Niveau gesenkt worden. Weiterhin hatte sie verfügt, dass ein großer Teil des Reichtums Theofoldis zur Instandsetzung der maroden Infrastruktur des Landes aufzuwenden sei. Der Zustand der Straßen und Wege hatte sich seitdem deutlich gebessert. Ein Grund mehr für den zunehmend wachsenden Handel zwischen den beiden Ländern. Nun schritt die Königin von Zarkotien, in schwarzrotem Gewand und selbstsicher wie eh und je, an Sodgars Seite. Bald hatten sie die Brückenmitte erreicht und die Feierlichkeiten konnten beginnen.

„Bürger Edumonds und Zarkotiens!" Der Mann in der gelben Kutte war zwischen die Königin und den König an die steinerne Brüstung der Brücke getreten, auf der eine große Stoffrolle ruhte. „Wir alle sind hier heute zusammengekommen, um einem wahrhaft historischen Ereignis beizuwohnen, der Wiedervereinigung Nord-Pregolets!" Wieder brandete Applaus auf. Dann fuhr er fort: „Hört nun Kira, Königin vor Karkat und Herrscherin von Zarkotien, wie auch, Sodgar, König von Fillon und Anführer Edumonds!" Der Sprecher trat einen Schritt zurück und überließ beiden die Bühne. Es war ruhig geworden und Heron sah, wie auch die Menge gespannt zu Kira und Sodgar blickte.

Der König Edumonds ergriff zuerst das Wort. „Vor genau einem Jahr war die Freiheit Nord-Pregolets gefährdet und unser aller Sicherheit bedroht. Doch durch den Zusammenhalt und das Bündnis unserer Völker in der Schlacht von Fillon konnte der Angriff abgewehrt und der Sieg davongetragen werden!! Schon kurz darauf war Königin Kira …" Sodgar musste seine Rede unterbrechen. Tosender und langanhaltender Beifall von beiden Seiten der Furt machte ein Weiterreden unmöglich. Sodgar warf Kira einen liebevollen Blick zu und drückte ihre Hand. „Schon bald" setze er wieder an, „schon bald war uns beiden klar, dass dies der Beginn einer neuen Einigkeit zwischen unseren Ländern sein sollte. Fest entschlossen, diese historische Chance nicht zu verpassen, haben wir uns auf den Weg begeben, Edumond und Zarkotien wieder zu vereinigen. Der Weg zu diesem Bündnis war allerdings schwieriger als wir es uns vorgestellt hatten. Viele Interessen waren anfangs zu unterschiedlich, viele Vorurteile in den Köpfen aller verhinderten oft eine Annäherung und den notwendigen Kompromiss. Doch am Ende hat der gemeinsame Wille gesiegt, wir haben die Aufgabe bewältigt. Und dazu habt ihr, die Völker Zarkotiens und Edumonds entscheidend beigetragen. Dafür danken wir euch!" Wieder musste Sodgar seine Rede unterbrechen. Die Menschen waren gerührt und applaudierten lang und nachhaltig. Sie waren eine solche Art Wertschätzung von einem König nicht gewohnt. „Ich werde jetzt nicht auf alle Aspekte der Wiedervereinigung eingehen und ich glaube darüber seid ihr auch ganz froh ..." Gelächter kam auf. „So wollen wir nur einige besondere Institutionen erwähnen, die wir zusammengeführt haben. Zum einen wurde beschlossen, unseren gemeinsamen Sonnenglauben unter dem Dach des Sonnentempels von Karkat zu vereinen." Sodgar deutete auf den Mann in gelber Kutte, der ihm dankbar zunickte. „Auch die Heiler Nord-Pregolets agieren nun gemeinsam." Sodgar wies in Richtung Alma, die daraufhin leicht errötete.

Der König trat nun einen Schritt zurück und überließ Kira die Bühne. Ohne jede sichtbare Nervosität fuhr sie nahtlos fort. „Wir beschlossen weiterhin ein gemeinsames Waffenbündnis! Die Führung des Militärs haben wir General Barion übertragen, den ihr alle noch aus den Kämpfen der Dupahle kennt. Er hat bereits Maßnahmen zur Verstärkung unserer Verteidigung eingeleitet." Barion trat einen Schritt vor und verneigte sich und wiederum brandete Beifall auf. Die Königin fuhr fort: „Der Krieg hat von uns allen einen hohen Tribut gefordert. Bangol befindet sich im Aufbau, Erbholt ist zu großen Teilen wiederhergestellt und auch die weiteren Schäden der Schlacht werden wir noch beseitigen. Aber ich will nicht verhehlen, dass dazu noch einige Anstrengungen nötig sein werden. Habt Geduld und habt Vertrauen! Gemeinsam werden wir auch diese Aufgabe meistern!" Lauter Jubel folgte ihren Worten. Heron war beeindruckt davon, wie geschickt Kira sprach und sie es verstand, die Menschen für sich einzunehmen. Sie setze nochmal an. „Ein Punkt aber ist mir besonders wichtig zu erwähnen. Wie ihr alle wisst, war der größte Streitpunkt zwischen unseren Ländern von jeher die Verteilung des zur Verfügung stehenden Wassers. Viele unserer besten Kämpfer haben ihr Leben im Kampf für das Vorrecht verloren, aus der Quelle im Norden schöpfen zu dürfen. Einen Luxus, den wir uns in Zukunft nicht mehr leisten können und wollen. Wir haben uns früh darauf geeinigt, das Wasser der Quelle gerecht aufzuteilen. Uns ist bewusst, dass nicht genügend vorhanden ist, um den Bedarf sowohl in Karkat als auch in Fillon vollends zu decken. Aber, wir arbeiten bereits an einer Lösung, Wasser aus Erbholt auf einem sicheren Weg in den Norden transportieren zu können. Auch diese Aufgabe werden wir gemeinsam meistern!" Kira machte wieder eine Pause und ließ den Beifall verklingen. „Das oberste Bestreben bei all unseren Entscheidungen war, ist und wird auch zukünftig immer das Wohl aller sein. Frieden, Einigkeit und Nächstenliebe sollen als neue Pfeiler unser Bündnis stützen. Auf unsere gemeinsame Zukunft! Hoch lebe das wiedervereinigte Nord-Pregolet!!" Unter tosendem Applaus trat Königin Kira zurück. Sie strahlte über das ganze Gesicht und genoss sichtlich den Zuspruch der Massen. Sowohl Sodgar als auch Kira waren sich vor diesem Tag nicht immer sicher gewesen, ob ihre beiden Völker auch wirklich in vollem Umfang hinter dem Zusammenschluss stehen würden. Offensichtlich eine unbegründete Sorge. Beiden war die Erleichterung deutlich anzumerken.

Das Oberhaupt des Sonnentempels trat nun wieder zwischen Kira und Sodgar. Eine Fanfare erklang, der Geistliche begann zu sprechen und hob dabei seine Hände.

„Durch das neue Bündnis von Edumond und Zarkotien werden zukünftig König Sodgar und Königin Kira gleichberechtigt herrschen und regieren. Es wurde beschlossen, dass die nun verbundenen Länder ab sofort den altehrwürdigen Namen Lednien tragen sollen." Die beiden Könige traten daraufhin gemeinsam zur Stoffrolle auf der Brüstung und gaben ihr einen leichten Stoß. Der Stoff wickelte sich hinunter zur Todesfurt, wodurch ein großes Wappen zum Vorschein kam. Zu sehen war, rot umrandet, eine gelbe Sonne auf orangefarbenen Grund, davor fliegend ein schwarzer Besalt.

„Lednien ist wieder eins!", riefen beide im Einklang und reichten sich symbolisch die Hände. Augenblicklich brach frenetischer Jubel aus und es gab kein Halten mehr. Die Menschen klatschten, grölten und applaudierten ohne Unterlass in ohrenbetäubender Lautstärke.

Mitgerissen von der ausgelassenen Stimmung legte Heron seinen Arm um Almas Hüfte und trat mit ihr an die Brüstung der Brücke. Der Anblick der losgelöst feiernden Bürger ergriff sie beide gleichermaßen. Kleine Fahnen wurden geschwenkt und viele warfen ihre Kopfbedeckung in die Höhe. Bangolen und Aquina, Bürger Fillons und Karkaten, sie alle reichten sich die Hände und zelebrierten freudestrahlend den Geburtstag Ledniens. Das Königspaar machte ein Zeichen in Richtung der Gruppe Herons und bedeutete ihnen, sich doch zu ihnen zu gesellen. Gerne kamen alle der Aufforderung nach. Die neue Stellung des „Königspaares" hatte ihre gegenseitige Freundschaft nicht getrübt, im Gegenteil. Sie waren als Gruppe zusammengewachsen, trotz ihrer verschiedenen Aufgaben und Posten, alle vereint im Dienste Ledniens. Diese Geste war auch aus einem anderen Grund kein Zufall. Kira und Sodgar wollten den Bürgern noch einmal bildlich vor Augen führen, wie wichtig sie alle für die Wiedervereinigung gewesen waren. Und weiterhin sein würden.

Während Heron, Barion und Alma mit den Umstehenden um die Wette strahlten und sich artig bei den Oberhäuptern bedankten, mischten sich erstaunte und verwunderte Ausrufe in die allgemeine Jubelstimmung. Kaum merklich wurde die Aufmerksamkeit der Menschen entlang der Todesfurt langsam abgelenkt. Etwas ging vor sich.

„Was ist denn da unten?" waren immer lauter Rufe von Bürgern vernehmbar, die am Rande der Furt standen. Auch die Gruppe um Heron nahm jetzt den Stimmungswechsel deutlich wahr. Neugierig traten sie ebenfalls ans Brückengeländer und sahen hinunter in das Dunkel.

„Da glitzert doch etwas!" Jetzt konnte auch Heron sehen, was unter den Menschen zunehmend Verwunderung auslöste und immer mehr von ihnen an den Rand der Furt zog. Die Strahlen der hochstehenden Sonnen ließen irgendetwas am Grund funkeln. Eine dünne Linie, die stetig breiter wurde, zog sich allmählich durch den kompletten Graben. Die ansteigende Verwirrung hatte dazu geführt, dass es beträchtlich ruhiger geworden war. Jetzt war ein leises Rauschen zu vernehmen, das beständig anstieg. Instinktiv blickte Heron auf und drehte sich um.

„Wasser! Es ist Wasser! Es kommt aus dem Gebirge!" war ein lauter Ruf von der nördlichen Seite der Brücke zu vernehmen. Alle um Heron hasteten nun dorthin und rieben sich ungläubig die Augen. In der Ferne konnte man sehen, wie sich vehement Wassermassen den Weg durch die verwinkelte Furt bahnten, immer weiter auf die Brücke zu. Dabei schoss in jeder Biegung eine kleine Welle über das Ufer in den Wüstensand. Bald schon hatte das Wasser die Feierlichkeiten erreicht und strömte unter der Brücke hindurch. Es brach sich an den mächtigen Pfeilern der Überführung, wodurch ein sanfter und kühler Sprühnebel entstand.

„Ein Fluss! Die Todesfurt ist ein Fluss geworden!", riefen die Ersten außer sich vor Freude. Heron sah immer noch ungläubig hinunter. Das Wasser stürmte weiterhin mit voller Kraft vorbei und hatte den Graben der Todesfurt fast bis zum Rand gefüllt. Die Menschen realisierten allmählich, welches Naturereignis sich gerade vor ihren Augen zutrug. Jubelnd rannten sie zum Flussufer. Einige tauchten ihre Köpfe ins kühle Nass und wieder andere berührten ungläubig, fast ängstlich, mit ihren Fingerspitzen die Oberfläche des Wassers. Die Freude kannte nun keine Grenzen mehr. Viele lagen sich in den Armen, andere tanzten, einige verloren die Fassung und weinten hemmungslos.

Alma schluchzte ebenfalls vor Glück und fiel Heron um den Hals. Barion und Gregotsch hatten sich beide setzen müssen, auch sie konnten es kaum fassen. Selbst die beiden Könige waren von den Ereignissen völlig überwältigt und fanden keine

Worte. Der Priester in der gelben Kutte hatte sich hingekniet und die Hände erhoben. Offensichtlich sprach er ein Dankesgebet. Es war nicht weniger als ein Wunder geschehen.

Heron sah demütig zum nördlichen Gebirge. Langsam wurde ihm klar, dass Nisha mit seinen Worten recht behalten hatte.

Den ganzen Nachmittag über feierten die Bürger Ledniens den Neuanfang in den Straßen Fillons. Noch immer konnten die meisten nicht fassen, was sich da heute ereignet hatte. Nord-Pregolet und die Todesfurt waren Geschichte. Lednien und der neu entstandene Fluss Fieris (benannt nach dem altlednischen Wort für Frieden) waren an ihre Stelle getreten.

Während fast alle nach Fillon gezogen waren, um dem großen Volksfest beizuwohnen, stand Heron noch immer am Fluss und sah auf das Gewässer, das sich mittlerweile beruhigt hatte. Er war sehr nachdenklich. Nishas Vorhersage war eingetroffen und es dämmerte ihm, dass auch die anderen Weissagungen der kleinen Gestalt wahr werden könnten. Die letzten Sonnenstrahlen der Abendsonne tauchten die Landschaft in ein sanftes Orange und brachen sich schimmernd auf der Wasseroberfläche, als plötzlich eine hohe Stimme erklang.

„Sieh da, sieh da, ich hatte recht,
jetzt staunt Heron wohl nicht schlecht.
Nach dem Ende der Krawalle,
reichlich Wasser fließt für alle."

Suchend sah Heron sich um. Dann entdeckte er Nisha. Der kleine blaue Beschützer saß am Ufer und ließ seine Füße im

Wasser baumeln. Heron setzte sich zu ihm. „Ja, du hattest von Anfang an recht." Nisha nickte und beäugte Heron anschließend prüfend.

Da ist etwas, das dich bedrückt,
und was gehört ins Licht gerückt.
Fragen stapeln sich in dir,
so zögre nicht und stell sie mir.

„Ich habe tatsächlich Fragen an dich." seufzte Heron. „Du hast mich damals Beschützer genannt. Wohl wegen meines Amuletts. Erklär mir, was ist ein Beschützer? Was sind seine Aufgaben? Was ist meine Aufgabe?" Heron hielt dabei das Amulett in seinen Händen. Nisha schwieg zunächst und strich mit den Fingerspitzen über die Wasseroberfläche, wodurch sich sanfte, kleine Wellen bildeten.

„Als Beschützer wirst du geboren,
von heiligem Schicksal auserkoren,
um zu wachen mit Sonnengeleit,
über den Wandel in unserer Zeit.
Niemand war je so wichtig wie du,
deshalb höre mir genau nun zu:
Du bist der Schlüssel zum Frieden der Welt.
Der, mit dem alles steht und fällt."

„Also bin ich dazu bestimmt das Amulett des Lebens zu beschützen und Mogan das Amulett des Todes? Erwartungsvoll sah er Nisha an.

„Nicht bei jedem Beschützer, ist es so klar wie bei dir.
Ist es Mogans Bestimmung oder nur seine Gier?
Welchen Plan das Schicksal auch immer verfolgt,
es ist alles vorbestimmt und damit gewollt!"

Heron rieb sich nachdenklich die Stirn. „Aber was ist mit den anderen Amuletten? Gibt es sie? Kannst du mir sagen, wo ich sie finden kann?" Nisha dachte einen Augenblick nach, bevor er antwortete.

„Nisha kann dir das nicht sagen
und wird auch keine These wagen.
Doch vollends werde ich nicht schweigen,
so hab Geduld, sie werden sich zeigen."

Nisha erhob sich vom Rand des Flusses und sah Heron eindringlich an.

Frohe Momente werden bald rar,
des Südens Bedrohung ist immer noch da.
Ich wünsche dir von Herzen Glück,
schau stets nach vorn und nicht zurück.
Heron wird bald klarer sehen,
doch jetzt sollte er zur Feier gehen.

Mit einem großen Satz sprang Nisha in die Luft und hob dabei eine Hand zum Abschied. Dann tauchte er sanft ins Wasser ein und ließ nur kleine Wellen zurück.

Heron blieb grübelnd noch eine Zeit lang am Ufer des Flusses sitzen. Schließlich richtete er sich langsam auf und ging gemäßigten Schrittes Richtung Fillon.

Kapitel 31
Aufbruch

Niemand hätte ahnen können, wie schnell sich Nishas Ankündigung bewahrheiten sollte. Die Menschen hatten lang und ausgiebig bis in die frühen Morgenstunden gefeiert. Nach all den Entbehrungen des letzten Jahres und der unsicheren Zukunft, vor denen die meisten von ihnen gestanden hatten, war der gestrige Tag eine Art Erlösung gewesen. Und ein Neuanfang. So hofften sie zumindest.

Heron erwachte mit der zweiten Sonne, früher als sonst und auch früher als die meisten anderen Bürger Fillons. Er war zeitig zu Bett gegangen. Das Feiern war ihm nur bedingt gelungen. Da er kein Spielverderber hatte sein wollen, war er geblieben, solange er konnte. Alma hatte ihm seine Sorgen angesehen und versucht, ihn auf andere Gedanken zu bringen. Doch Nishas Worte hallten immer noch in seinem Kopf nach. Die Last der Verantwortung, die Bürde, die er fühlte, wog schwer. An diesem Abend zu schwer.

Als er die Augen aufschlug, war das Erste, was er sah, Sapios Abbild. Heron war sofort auf den Beinen. „Und?" fragte er erwartungsvoll. Sapio lächelte und nickte.

Es lag eine große Spannung über dem Tisch der Entscheidung. Der Raum war gut gefüllt mit den Würdenträgern und Stammesführern Ledniens. Von überall her war leises Murmeln zu vernehmen. Allseits traf man auf fragende und nichtsahnende

Gesichter. Alle waren sich sicher, dass nur etwas sehr Bedeutsames der Grund für diese kurzfristige Einberufung sein konnte. Was die Spannung nur noch vergrößerte. Zum Glück waren die allermeisten Teilnehmer aufgrund der gestrigen Feierlichkeiten immer noch vor Ort gewesen. Nidal, Bugat und Quing hingegen befanden sich bereits im Aufbruch, als die Nachricht sie erreichte. Etwas widerwillig waren sie dem Ruf des Königspaares gefolgt, denn es gab viel zu tun beim Wiederaufbau Bangols. Die Unruhe im Saal nahm zu und alle harrten ungeduldig der Dinge, die ihnen zweifellos gleich eröffnet werden würden. Erneut öffneten sich die Saaltüren und ein Raunen ging durch die Menge. Das Königspaar betrat zusammen mit Heron den Raum und sogleich wich das Murmeln einer erwartungsvollen Stille. Alle hatten sich erhoben.

„Ich danke Euch für Euer Kommen! Setzt Euch, bitte setzt Euch.", ergriff Kira das Wort, nachdem sie und Sodgar am Ende des Tisches Platz genommen hatten. „Wachen, bitte verlasst den Raum und verriegelt die Tür. Stellt sicher, dass niemand den Raum weder betritt noch verlässt." Erneut machte sich Unruhe breit. Kira wartete, bis die Garde den Raum verlassen hatte und die Tür verschlossen war. „Alles, was in diesem Raum gesagt wird, bleibt in diesem Raum!" Eindringlich ließ sie ihren Blick über die Versammlung schweifen. Alle nickten. „Das Schicksal scheint uns keine Pause zu gönnen in diesen Tagen." fuhr sie fort. „Erst die Wiedervereinigung, dann ein Fluss und nun …" sie blickte in Richtung Heron und forderte ihn auf, weiterzumachen. „Eine erste Spur. Wir haben einen Hinweis erhalten, der uns zu einem der vermissten Amulette führen könnte!" Der Hüter des Amuletts strahlte triumphierend.

Aufgeregt lauschte die Versammlung den Ausführungen Herons. In einem Urwald in West-Pregolet war man auf etwas gestoßen und das ausgerechnet durch Sapios Bruder, der dort seit langer Zeit lebte. Sapio, der mittlerweile erschienen war, übernahm die Schilderung der Einzelheiten.

„Ich habe meinen Bruder Rupio gestern Abend noch aufgesucht, um ihm von den Geschehnissen in Lednien zu berichten. Ihr müsst wissen, dass er seit langer Zeit zurückgezogen in West-Pregolet lebt. Er ist älter als ich und manchmal recht zerstreut. Ich erzählte ihm bereits vor geraumer Zeit von unserer Suche nach den Amuletten. Doch er konnte mir keinen Hinweis geben, was ich ehrlich gesagt, auch nicht erwartet hatte. Gestern habe ich beiläufig das Thema noch einmal erwähnt. Und zu meiner großen Überraschung berichtete er mir diesmal von einer Statue, die sich versteckt mitten im Urwald befindet. Den Urwald, in dem er lebt. Bei einem der seltenen Ausflüge, die er noch macht, hatte er sie entdeckt und eine Zeichnung von ihr angefertigt."

Sapio zog ein Pergament aus seiner Tasche, auf welchem eine große Figur abgebildet war. Den Hals der Statue zierte ein herzförmiges Amulett. In seiner Mitte war ein großer Stein zu erkennen, der eine verblüffende Ähnlichkeit mit den Steinen in den bekannten Amuletten von Heron und Mogan besaß. „Ich habe die Nacht genutzt, um mehr über die Statue herauszufinden. Und es war nicht umsonst. In einer alten Schrift habe ich Abbildungen gefunden, die die Vermutung nahelegen, dass es sich um eine Darstellung der Anführerin der Zirlags handelt."

„Das ist der Stand der Dinge", ergriff Heron wieder das Wort und erhob sich. „Wir können nicht sicher sein, ob es sich wirklich um eines der gesuchten Artefakte handelt, aber es ist ein ernstzunehmender Hinweis. Was wir wissen, ist: Die Spur weist nach West-Pregolet zu den Zirlags. Und sie könnte über kurz oder lang auch von anderen gefunden werden." Jedem im Raum war klar, wen er meinte. „Vielleicht gibt es noch mehr Statuen. Und die sind möglicherweise nicht so gut versteckt." Heron setzte sich wieder. Erneut hatte sich eine erwartungsvolle Stille ausgebreitet.

„Wir müssen dem nachgehen!" Kira sprach ruhig, aber energisch. „Das ist eine Chance, die wir uns nicht entgehen lassen können." Aufgeregtes Stimmengewirr setzte ein. Alma hatte sich erhoben. „Nach West-Pregolet?" Fragend sah sie in die Runde. „Wirklich?". Überall im Raum machten sich sorgenvolle Gesichter breit. „Jahrelang haben uns die Waldzarren vom Rest Pregolets abgeschnitten. Wir wissen nicht, ob sie in den Stillen Wald zurückgekehrt sind. Und selbst wenn sich die Passage durch den Wald als ungefährlich herausstellen sollte, haben wir keine Ahnung davon, was uns in West-Pregolet erwartet. Wollen wir dieses Risiko wirklich eingehen?" Es war still geworden am Tisch der Entscheidung.

„Ja wir wissen nicht allzu viel, das ist richtig.", stimmte Kira ihr zu. „Seitdem mein Stiefvater jeglichen Handel über den Hafen von Batero Ilis unterbunden hat, erhalten wir nur noch selten Informationen über die Lage in West-Pregolet. Dennoch denke ich, müssen wir das Risiko eingehen. Wir können uns nicht erlauben, dass Mogan das Amulett vor uns findet und an sich reißt. Wir sind im Krieg, vergesst das nicht!" Kira hatte mit eindringlicher Stimme gesprochen.

„Ganz unwissend sind wir nicht, meine Königin", ergänzte Sapio. „Mein Bruder und ich stammen beide aus West-Pregolet. Auch wenn wir schon viele Jahre keinen Kontakt mehr zu unserem Volk und dem der Zirlags pflegen, so können wir dennoch hilfreich für eine Expedition sein. Ich werde eine detaillierte Karte meiner Heimat anfertigen und euch per Boten zukommen lassen. Damit wird es leichter sein, sich dort zurecht zu finden. Vor Ort wird uns mein Bruder ebenfalls unterstützen können. Rupio hat mir seine Hilfe bereits angeboten, sofern es seine Kräfte erlauben."

„Und was ist mit Mogan?", sprach Nidal nachdenklich. „Vielleicht ist er dem Amulett ebenfalls auf der Spur, wenn er es nicht bereits hat. Wäre es nicht erst einmal sinnvoller, Rupio weitere Erkundigungen einholen zu lassen? Unter Umständen kann er oder jemand der ihm nahesteht, Kontakt zu einem Zirlag herstellen?" Nidals Vorschlag stieß bei einigen im Saal auf spontane Zustimmung.

Sodgar schaltete sich nun ein. „Wir haben das bereits mit Sapio erörtert. Er will seinen Bruder nicht unnötig in Gefahr bringen und ihm außerdem die Anstrengungen und die Aufregung ersparen. Viel wichtiger, wir würden Zeit verlieren. Zeit, die wir gegebenenfalls nicht haben! Ich stimme Königin Kira zu, wir sollten das selbst in die Hand nehmen, besser heute als morgen!"

„Ich sehe das genauso." sprang nun Barion seinem König zur Seite. „Solange nur die geringste Chance besteht, dass wir eines der Amulette vor Mogan finden, so sollten wir vor der Gefahr nicht zurückschrecken. Ich bin bereit zu gehen!"

Alma holte aufgebracht Luft und wollte erneut etwas sagen, als Gregotsch seine Hand sanft auf die seiner Tochter legte. „Sie haben recht, Alma. Es hängt einfach zu viel davon ab." Alma sank in sich zusammen und ließ sich resignierend in ihren Stuhl zurückfallen.

„Gibt es weitere Einwände?" Sodgar sah in die Runde. Bis auf Alma schüttelten alle Anwesenden den Kopf, woraufhin sich der König Barion zuwandte. „Ich danke Dir für Dein Angebot, nichts weniger habe ich von Dir erwartet. Aber du kannst nicht gehen, wir brauchen Dich hier. Unsere Streitkräfte müssen so schnell wie möglich für einen neuen Kampf gerüstet sein. Und du bist dafür unverzichtbar." Barion senkte den Kopf, er hatte diese Antwort erwartet. „Aber" fuhr Sodgar fort, „deine Familie wird trotzdem ihren Beitrag leisten können. Der Hüter des Amuletts wird gehen!"

Heron nickte und trat vor. Er hatte ein Jahr auf diese Gelegenheit gewartet, für ihn war von Anfang an klar gewesen, dass das seine Aufgabe sein würde. Dankbar richtete er seinen Blick auf die beiden Könige. „Ich bin bereit!"

„Und wer soll Dich begleiten?" fragte Kira. Heron lächelte und sagte „Das ist einfach."

Fünf Tage später war alles zum Aufbruch bereit. Der angekündigte Bote war tags zuvor in Fillon eingetroffen und hatte Heron die Karte sowie weitere Pergamentrollen mit Informationen über West-Pregolet übergeben. Ihm schauderte, nun gab es kein Zurück mehr. Schweren Schrittes verließ er das Haus und ging in Richtung südliches Stadttor.

Die Verabschiedung von Barion, Alma und Gregotsch war Heron schwergefallen. Besonders Alma hatte mit Tränen zu kämpfen, während sie in seinen Armen lag. Sein Vater versuchte Stärke zu zeigen und ließ sich nicht anmerken, dass er sich große Sorgen um seinen Sohn machte. Heron kannte seinen Vater lange genug, um zu wissen was wirklich in ihm vorging. Heron konnte es verstehen. Er selbst war mit jedem Tag, mit dem die Abreise nahte, unsicherer geworden.

Während er nur mit leichtem Gepäck durch die nachtstillen Straßen Fillons ging, spürte er wieder den Druck der Verantwortung, der auf ihm lag. Dieses Gefühl, das er zuletzt vor dem Kampf der Dupahle verspürt hatte, schnürte ihm erneut die Kehle zu. Es war eine Reise ins Unbekannte, die sie vor sich hatten, mit der stetigen Sorge, auf Mogan treffen zu können. Natürlich hatten sie weitreichende Vorkehrungen getroffen, um ihre Abreise und den Zweck der Expedition geheim zu halten. Sie führten nur das Nötigste mit sich, um schnell voranzukommen und alle waren einzeln mitten in der Nacht aufgebrochen, um keine unnötige Aufmerksamkeit zu erregen. Doch Heron wusste, dass Mogans Macht groß war. Natürlich bestand trotz allem die Gefahr, dass ihre Mission entdeckt werden würde.

„Heron!?" Kurz vor dem Stadttor war plötzlich das Abbild Sapios direkt vor dem Hüter des Amuletts aufgetaucht. Erschrocken wich er einen Schritt zurück.

„Ich möchte Dir noch einen letzten Rat mit auf die Reise geben." Der Sehende sprach leise, um keine Aufmerksamkeit zu erregen. „West-Pregolet wird euch einiges abverlangen. Der Dschungel birgt viele Gefahren, wir haben schon darüber gesprochen. Auch die Geschichte West-Pregolets wird euch vor große Herausforderungen stellen."

„Die Geschichte?" Heron sah Sapio verwundert an „Was meinst du damit?"

„Die Geschichte hat einen Dorn in West-Pregolet getrieben." Sapio wirkte traurig und verbittert zugleich. „Liebe und Hass sind in meiner Heimat nicht mehr im Gleichgewicht. Mehr kann ich jetzt nicht sagen. Sobald ihr bei meinem Bruder angekommen seid, erfahrt ihr mehr. Ich werde ihm täglich vor Sonnenuntergang einen Besuch abstatten. So bleiben wir weiter in Kontakt. Alles Gute für Euch. Wir sehen uns." Heron nickte dankbar und Sapios Abbild trat zur Seite, um ihm den Weg freizugeben.

Heron verließ Fillon durch das Südtor und blickte dabei noch einmal wehmütig zurück. Das helle Licht von Getos am sternenklaren Himmel tränkte die Fassade der sandsteinernen Stadt in ein mattes gelbes Licht. Es war jetzt über zwei Jahre her, dass er Fillon das erste Mal betreten hatte und noch immer war er überwältigt von der Schönheit der Wüstenstadt. Seufzend ging er weiter durch den immer noch warmen Wüstensand, der sich über den Tag aufgeheizt hatte. Er überquerte eine der großen Dünen. Auf der Rückseite, am vereinbarten Treffpunkt, warteten seine drei Begleiter bereits ungeduldig auf ihn. Auch sie trugen, neben ihren Waffen, nur einen kleinen Beutel auf dem Rücken. Es waren Bugat, Quing und Taran.

Herons Wahl war leicht gewesen und er hatte sie im Grunde schon vor langer Zeit getroffen. Alle drei waren für ihn im Laufe der Zeit zu unverzichtbaren Freunden geworden, auf die er sich hundertprozentig verlassen konnte. Blindes Vertrauen würde notwendig sein in den kommenden Wochen. Alle hatten mehr oder weniger sofort zugesagt. Bugats Rolle als neuer Häuptling war noch am ehesten unvereinbar mit ihrem Ansinnen, doch die Mission war zu wichtig für ganz Lednien und Bugats Kraft unverzichtbar. Quings Wissensschatz und seine Fähigkeiten im Kampf sollten sich ebenfalls als äußerst nützlich erweisen. Taran hatte er aus anderen Gründen ausgewählt. „Sein gutes Herz

435

wird unserer Gruppe guttun!" hatte er seinem Vater geantwortet, nachdem dieser ihn gefragt hatte, warum er Taran ausgewählt habe. „Eine weise Entscheidung" hatte Barion anerkennend zugestimmt.

„Wir haben genügend Nahrung für zwölf Tage", holte Taran seinen Freund wieder in die Gegenwart. „Auch wenn ich nicht glaube, dass wir so lange bis nach West Pregolet brauchen."

„Sei dir da nicht so sicher", widersprach ihm Heron. „Bis nach Erbholt und zum Grünen Wald sollten wir nicht aufgehalten werden. Doch wir wissen nicht, was uns ab dem Stillen Wald erwartet." Bugat und Quing nickten zustimmend. Heron gab Taran einen aufmunternden Klaps auf die Schulter. Er blickte in die Gesichter seiner Freunde. „Bereit?" Alle nickten. „Dann auf nach West-Pregolet!" Die Gruppe setzte sich in Bewegung und lief mit Bugat an der Spitze über die nächste Düne.

Heron bildete das Schlusslicht. Während er ging, blickte er in den tiefstehenden Mond. Seine Gedanken kreisten immer noch beim Sehenden und seinen letzten Worten. Unweigerlich beschlich ihn das Gefühl, dass sich die Gefahren West-Pregolets als weitaus größer herausstellen würden, als sie sich alle vorstellen konnten.

Ihr wollt wissen, wie es weiter geht?

Folgt mir auf:
Instagramm

SASCHA.KRONE.AUTOR

TikTok

Besonderer Dank:

Zum Abschluss möchte ich mich noch bei einem besonderen Menschen bedanken, ohne den dieses Buch nie fertig geworden wäre: meiner Frau.

Vielen Dank, dass du mir stets zugehört hast, wann auch immer ich über das Buch sprechen wollte.

Vielen Dank, dass du mich aufgebaut hast, wenn meine Motivation auf einem Tiefpunkt war.

Vielen Dank, dass du mich immer weiter angetrieben hast, das Buch fertig zu stellen.

Du hast mir den Rücken freigehalten, damit ich Herons Geschichte erzählen konnte. „Die Amulette von Pregolet" ist zu großen Teilen auch dein Verdienst.

Ich liebe dich.